FENRIR
猎狼钩

[英] M.D.拉克兰 （M.D.Lachlan）——— 著　陈岳辰——译

中国华侨出版社

图书在版编目（CIP）数据

　　猎狼钩 / (英) 拉克兰著；陈岳辰译. —北京：中国
华侨出版社, 2014.12
　　ISBN 978-7-5113-5049-7

　　Ⅰ.①猎… Ⅱ.①拉… ②陈… Ⅲ.①长篇小说—英
国—现代 Ⅳ.①I561.45

　　中国版本图书馆CIP数据核字（2014）第285033号

猎狼钩

著　　者/［英］M.D.拉克兰
译　　者/陈岳辰
出 版 人/方　鸣
责任编辑/月　姝
特约编辑/周亚菲
封面设计/马顾本
版式设计/睿佳工作室
经　　销/新华书店
开　　本/870mm×1280mm　1/32　印张 / 17　字数 / 442千字
印　　刷/三河市中晟雅豪印务有限公司
版　　次/2015年2月第1版　2015年2月第1次印刷
书　　号/ISBN 978-7-5113-5049-7
定　　价/35.00元

中国华侨出版社　北京市朝阳区静安里26号通成达大厦三层　邮编:100028
法律顾问：陈鹰律师事务所
发 行 部：（010）82605959　传真：（010）82605930
网　　址：www.oveaschin.com
E-mail：oveaschin@sina.com

如发现印装质量问题，影响阅读，请与印刷厂联系调换。

版权合同登记号　图字 01-2014-6750

献给我的妻子克莱儿

天使捉住那龙，那带毒的巨蛇，也是魔鬼，或叫撒旦，将他捆绑一千年。这一千年间，他被关在最深的无底坑里，坑口关闭，用印封上，使他不得再欺骗蒙蔽列国的子民，直至千年期满。等到这千年过去了，必须暂时地释放他。

——"钦定版"《圣经·默示录》（20:1-3）

　　阿萨诸神见巨狼被捆绑，以唯一一条能够彻底束缚他的细链，将他禁锢于尖叫之岩上，并埋入深深的地底裂隙。接着找来一块黑色巨岩，钉入地底，扣紧尖叫之岩，让它更为稳固。

　　巨狼张大骇人的巨嘴，猛力撞击岩石，企图咬噬诸神。神祇们于是又拿出一把利剑，插入狼口。这把利剑贯穿了巨狼的上下颚，有如他的口衔。巨狼发出痛叫，口涎流淌成河。他将待在那里，直到诸神的黄昏降临。

——古诗《埃达》

目　录

第一部　剑的年代

第二部　狼的年代

第一部

剑的年代

1 狼夜

烽火连天的巴黎，是他见过最美的风景。薄暮之下黑烟成柱，宛如巨龙的尾巴遮蔽低垂的斜阳，源头是河岛上的城镇，起了大火。低头顺着山坡瞭望，几座桥塔都守稳了，法兰克人逐退了北方强敌，然而一座桥连带桥面下的长船却烧了起来。河边围墙上，厄德伯爵①的赭黄色旗帜依旧飘扬，乍看也像是舞动于夕日余晖下的小火舌。

勒熙②深呼吸一口气。除了木头燃烧、守军往入侵者泼溅的滚油之外，还有另外一种他可以辨认的味道——火葬的味道。

对他而言，这气味属于北方民族以船送行死者的习俗。基辅一役之后，他看过北人③将名为阿斯寇德和狄尔的两位领袖放在船上、推向城

---

① 原文Eudes，有时译为戊德，巴黎伯爵罗贝尔与其第二位夫人之子，后成为西法兰克之王。
② 原文为Leshii，为斯拉夫民间传说的森林精怪。
③ 原文Northmen，意指"来自北方的人"，因此亦有北人或音译"诺（尔）斯人"的称呼方式。北人属于日耳曼语支，原本居于北欧的中部和南部，现已广布欧洲各地。

外的湖泊，随着焚烧的船身一起沉入水中。那是场盛大的丧礼，因为两名死者都有英勇的表现。

火葬的气味仿佛吸干勒熙口鼻中的水分。有人在下面被活活烧死？他摇摇头，在胸前以手指画了象征裴朗①神的符号，暗忖这世界就是勇士太多一些，倘若由商人主导的话，残忍杀戮可以减少一半不止。

他望向那城镇，以东方的标准看并不大，但设置于绝佳的战略位置，方便阻止维京人的劫掠部队往塞纳–马恩省河上游逼进。

这天傍晚夜风冷冽，他一呼气就化为白雾。勒熙真希望可以下去找杯法兰克人的酒喝，并在火堆旁取暖。过去经验里，法兰克人其实友善平和，至少在他们自己的城镇里都不太凶暴。另外，法兰克人特别喜欢丝绸。勒熙很欣赏巴黎那儿的华丽建筑，白色、方正，入口有拱门，砖瓦堆栈出陡斜的屋顶。但他不愿再想下去，越想着温暖，就越觉得这儿好冷。晚上除了自己的帐棚以外没有地方可以遮风，所以只能以大地为床，别妄想能进旅店。

勒熙继续眺望，看见桥上守军正积极灭火。其实这几座桥梁存在的目的就只是防止船只沿河而上，一如伯爵兴建的其他防御工事，已经发挥了功效。北方民族到底派来多少人不容易估算，若能占据河流两岸，勒熙认为一定是大军，至少要有四千人。不过，目前连城区外的陋屋都还插着黄色旗帜，所以丹麦人的军力或许没这么多；话虽如此，也足够攻下未受城墙保护的外围区域。

然而北方劫掠部队并没有刻意抢占外围，显而易见他们并不看重这些小房子，而是将目标放在沿岸较为富裕的城区。对北人而言，巴黎是个需要克服的阻碍，因此不打算冒着折损兵力的风险占据郊区。勒熙对

---

① 原文Perun，斯拉夫神话中的主神，与北欧神话主神奥丁有共通之处，如掌管雷电、暴雨，并与世界树有关。

此颇为赞赏：一般而言无论指挥官下什么命令，士兵们看见敌军以后就全忘光了。换言之，眼前并非乌合之众，而是一支有纪律的军队。

有没有可能溜到郊区租个房间睡觉呢？恐怕没机会。现在当地人一定恐慌不已，无论他被哪一方看见都可能落得个吊死的下场。

就勒熙所见，目前两岸都有维京人。长船已经停泊，黑旗在静滞的春风中下垂，但仍构成一片旗海。想起伴随黑旗而来的光景，他不免打了个寒战。

在东方已经看过许多次——渡鸦，饿狼，他们随着北人就能够饱餐。勒熙认为这座城市终将沦陷，只是要花上比较长的时间。

"她在里面吗？"勒熙必须说拉丁文，那是他与旅伴唯一的共通语言。

"预言如此。"

"想把她救出来需要好运气。当地居民一定不欢迎北方民族。"

"没要他们欢迎。"

"可以先和你的同胞会合，和他们同时冲进去。看他们军力充足，应当是迟早的问题。"

"他们并非我的同胞。"

"你也是北人吧，所谓的瓦良格人。"

"我不是丹麦人。"

"瓦良格人看起来都差不多的，查克利。不管叫作丹麦人、北人、维京人、诺曼人还是瓦良格人，根本就是同一种人的不同名称而已。"①

---

① 诺曼人（Normans）其名称起源于北人（Norsemen），中世纪时法国北部族群，但其贵族阶级衍生于斯堪的纳维亚半岛（即俗称北欧），因此直至十世纪还保有维京文化。瓦良格人（Varangians）则指八到十世纪时出现于东欧的维京后裔，同样起源于斯堪的纳维亚半岛，但沿着商路到达了东欧地区，生活方式亦与维京人类似，劫掠和经商并行。由于这些名称几乎都指向同一血缘人种，故事中也时常混用而不特做区别。

"我不叫作查克利。"

"但你的本质就是查克利。查克利在我的语言里，意思是'干枯'。名字是什么呢，不就是其他人称呼你的方式吗？我母亲叫我勒熙，但在家乡大家都叫我骡子。我也不喜欢人家这么叫，但老实说是很贴切，因为我就是一天到晚带东西送给人家，有给王公贵族的、也有给我自己的。大家叫我骡子，所以我的名字是骡子。我叫你查克利，你的名字就是查克利。名字与命运一样，不是自己选择的。"

北人嗤之以鼻，不过这是从东方旅行至今，勒熙初次看他露出笑容。

这位旅伴对勒熙而言浑身上下都神秘。在他身边会有很深沉的不安。若非先知赫尔吉①大公授意，勒熙才不肯答应带这人前往巴黎，也一定找尽借口推辞。赫尔吉也是瓦良格人，但同时是拉多加、诺夫哥罗德、基辅以及罗斯周边地带的统治者，而且远征至拜占庭，将自己的盾牌钉在那儿紧闭的大门上。君主位高权重，子民莫敢不从。

勒熙曾询问这位陌生男子如何称呼，赫尔吉却说他没有名字，就随便取一个吧。于是就这么决定叫他查克利，其实已经比勒熙想到的要客气些。即使以瓦良格人的标准而言，查克利也相当高大，但相比起来皮肤色泽较深、肌肉精瘦结实，勒熙总联想到从大地生出的某种奇异生物，或许是棵扭曲的大树，总之没那么像是人类。

拉多加的每个人，勒熙都认识。诺夫哥罗德的居民，他也认识大半。基辅同样在掌握之中。然而勒熙就是没见过这个人。起先他试着与查克利讲话："我做丝绸生意的，你呢，兄弟？"对方不回应，深邃的眸子凝望自己。等到两人上路，大公没有派遣护卫，勒熙会意过来；路途中遇见其余商人，就算大家一同窝在火边取暖，也都躲得远远的。借

---

① 赫尔吉（Helgi）即历史上的奥列格（Oleg）大公。

宿于农家，农夫却鬼鬼祟祟尽出，不敢与两人攀谈，甚至山坡上的盗匪观望一阵以后也没有勇气接近。这陌生男子卖的是恐惧，恐惧如同麝香自他身上源源不绝散发。

勒熙猜想这半狼人一定是北方民族野地宗教的祭司才对，不过他却也没见过这种类型。瓦良格人大半推举领袖代行神职，拉多加城外树林里就有些神殿，北方民族在那儿献活物祭拜神祇，仪式中身上大半会有锤头或刀剑的符号，据说比较隐密的祭典中还会配戴真正绞死过人的绳索。然而旅伴只有脖子上一条皮绳绑着颗怪异的小石头，石头上有雕刻，勒熙还没机会靠近观察。

北人卸下背上的包袱，掏出一样东西。

勒熙总想知道旅伴带了些什么，便凑过去看，也立刻辨识出来：那是一张完整的狼皮，但相当稀奇，是纯黑色，尽管在暮色下也显得异乎寻常。此外狼皮相当大，可以肯定是勒熙此生仅见。他是行商，看过的狼皮可也不少。

"真漂亮的一张皮，"他开口，"不过巴黎的商家现在恐怕没心情做生意。要是你打算当被子盖，天气这么冷，我是向导，该分我一点儿吧。"

北人没回话，拎着狼皮径自走入树林。

勒熙无计可施，觉得自己处境真惨，心里期盼着流言是假——要是巴黎真的受到包围，那么其余贸易中枢如鲁昂恐怕也无法幸免。

于是远行至此却是一无所获？他暗忖或许在维京人营地内有办法将货物给卖掉，过去照顾骡子的时候左右为难，是否该卸下货物好？或者让他们继续驮着，若入夜后有北人独自上山，想要逃跑动作才会快。说不定应该将东西卖给入侵者才对，勒熙一直生活在瓦良格人统治的地方，也算是了解北方民族，只要能够说服对方别拿自己当成祭品，应该就有办法和他们做生意。

往下眺望河谷平原，长船从北往南撤，看来局势又有所转变。丹麦人开始退后，似乎受到了追击。随后东方出现两个身影，是一前一后骑着马的两个人。丹麦人冲过去迎接，他心想也许是商人，这么说来真的可以下去做买卖。

可是天气好冷，而且他老了，老得没力气折腾。假如之前赚得够多，说不定在拉多加就会尽量设法拒绝赫尔吉。但这五年世道纷乱，他有太多趟都给强盗抄走货物，加上东方蚕虫起了疫病，于是积蓄越来越少。赫尔吉答应给他一批货，勒熙舍不得放弃，只要这趟用好价码卖出去，回家之后就将这种行商生意交给后生晚辈去做吧。他好累，累得没法子继续思考，从骡子背上解下了包裹。该不该生火，喝点儿酒？有何不可？天都黑了，再多一条烟有何分别，加上有山坡挡住，应当也没人看得见。

骡子捆好以后，勒熙取出毯子，生了火，一边喝酒一边吃无花果干，搭配少许白面包和奶酪，恍恍惚惚就睡了，醒来时满月高挂天上。为何醒来？因为他听见一阵吟诵，低语声如同远处流经一条河。

他边发抖边起来想找外套，但脑袋豁地清醒：这时候还找什么外套，刀呢？他拔出刀，在月光下检查。这刀平常用来切割绸缎，刀刃宽而锋利，看着使人安心。

吟诵声并非勒熙理解的语言。他知道自己还有选择，可以靠过去察看，可以忽视，也可以赶紧离开。不过一共六头骡子，想走也会被发现。声音太过古怪，他睡不着了，何况难保不是什么奇怪的敌人。先下手为强，他这么心想，于是便朝着声音来源过去。

月光皎洁，地上树影清晰，仿佛银布上的墨线。勒熙紧握缎刀，察觉林子彼端大约三十步外有个朦胧身影。继续往前，结果吟诵停了下来，同时云层遮蔽月亮。他什么也看不见，只能摸着树干向前，却蓦地在自己肩边听见呼吸声。

勒熙吓得往后一退，却给树根绊倒，背朝地面倒下。往上一瞥，月光透过云朵边缘渗出，阴影仿佛凝聚成人形。但，那根本不是人，否则不会有巨大的狼头。

他尖叫着将刀子往面前一架，隔在自己与怪物中间。黑暗朝怪物涌去，仿佛受它汲取。

"不必怕。"

是北人查克利的声音，沙哑而沉重。勒熙眯起眼睛，仔细一瞧，的确是他披着巨大的狼皮，所以顶着狼头，就像自己化为一匹狼。这狼除了皮，还夹杂着黑影、恐惧和想象。

风吹、云散，一瞬间月光明亮，勒熙察觉查克利脖子少了那块石头，手掌与脸颊都沾染了不知何物，又黑又稠。他下意识伸手探向狼头，却摸到一股湿黏，放在唇上试了试，竟是血。

"查克利？……"

"我是一匹狼。"北人这么回答。暗云蔽月，夜色如泉灌注于半人半狼的漆黑。之后勒熙又是独自一人。

2 精修圣人[①]

约翰嗅得出瘟疫降临的味道。脏乱的街道下弥漫腐气，受饥荒所苦的人民的气息里带有一股酸臭。

晚上他从圣日耳曼德佩那儿被抬出来，衣服沾满了修道院烧毁留下的烟臭味。冷水往身子洒落，接着几名修士拉着毛毡将他搬到船上，航程摇晃个不停。大伙儿一直沉默，他感受得到那股紧绷氛围。船桨静静地拍打水面，声音轻而缓。之后，有人低声报上通关密语。

"是谁？"

"精修圣人约翰。瞎子约翰。"

门开了，这才是麻烦的地方，必须将伤员从小船搬移过狭窄的阶梯。弟兄们原本想照旧，以毛毡当载具垫在他身子底下，不过很快发现阶梯太陡。无计可施时，约翰自己开口了。

"一个人直接带我上去就好，"他说，"我很轻。"

---

① 精修圣人与一般所谓告解师原文同为confessor，但此处指受过苦难却未致死，因而受封为圣人者，相对于死后受封的殉道圣人。

"精修圣人，你有办法爬到我背上吗？"

"不行，我是瘸子，不是猴子。你该看得出来才对。"

"那要怎么带你上去呢？"

"用抱的，像抱小孩那样。"

护送他过来的这两人在修道院待得不久。修士会特地派遣懂武艺者前往南部的圣日耳曼区，协助修道院对抗北人入侵。他们十分努力，但不知如何与圣人相处，那份犹豫在约翰下船以后有了切身体会。习武的二人，未曾有过与在世圣人肢体碰触的经验。

朝圣门也很窄。这座城市的围墙是罗马人所修建，有九英尺厚。过了一段时间，因为贵族不希望出入时经过纷乱的市集，于是重新凿了门。这设计并未变成围墙的破绽，反倒更强化防御作用，因为侵入者想要从此处穿过围墙，必须侧身挤进甬道，根本不能挥舞武器。这条路的别名是死人巷，其来有自。

但也因此，尽管抱着他的修士已经很小心，约翰仍与墙面刮磨了好几下。

他被抱上一条阶梯，并听见背后有关门声、脚步声，一些人窃窃私语向修士们问问题。本来春天该嗅进河水的沁凉，不过约翰只闻到小巷子里的屎尿，还有带着苦涩却令人舒服的滚油以及烫沙。看来若维京人今晚想要冒险攻城，守军也已经做好万全准备。

修士将约翰重新放上毛毡，他感觉自己被两人抬起，穿过小小的巷子。之所以半夜进城，一方面为避开敌人耳目，另一方面也是为避开自己人耳目。这儿有太多病人，个个挫折绝望，如果白天过来，恐怕圣人寸步行进不得，将有太多人想获得他带有治愈力量的抚触。

停在某处后，约翰知道自己被放下了，一股轻风吹来腐烂味道。他早已听说城里已经没有地方可以埋葬，所以死者就直接陈放在街道边，等到战火平息才慢慢处理。就约翰看来，这样也好，人必须从灵性层面去面对死亡，了解生命必然会终结，才愿意细数自己的罪。然而他依旧为城内居民感到难过，毕竟失去至亲至爱、看着亲朋好友化作没有生命的遗体，自己却要继续日常生活，内心一定很难承受。

圣人出发之前就明白自己有可能受困在这岛上。目前守军还保有一截河道，两岸都不受丹麦人控制，因此这座受城墙包围的都市还有办法获得物资，也尚可像他一样偷偷进出，尽管风险相当高。更急迫的问题是人民已经忍了四个月这种日子，身体渐渐衰弱、士气也振作不起来。倘若北人专注于城墙以外的地区，根本不打算逆流而上，想必能够夺取河运主导权，届时连这种小船也无法进城，更遑论货物。

"神父？"

他认得出这嗓音。

"俄波卢院长。"

"谢谢你赶来。"院长的声音就在耳边，应当是弯下腰来了。约翰鼻子察觉激斗后的汗臭，还夹杂着油烟与血腥味，假如更靠近大概会觉得他和屠宰场差不多。"你有办法帮她吗？"

"看来我要帮的似乎不是她，而是大家。"

俄波卢动了动腿，约翰就听见锁甲的铁环敲击声。院长还没卸下武装。

"知道为什么请你来吗？"

"厄德伯爵有令，我就来了。听说伯爵的妹妹艾莉丝身体有恙。"

"是的，她目前在圣埃提恩修道院的神父房修养。"

"是什么症状？疟疾吗？"

"不是生理上，而是精神或灵性方面。她躲进大教堂不肯出来，厄德伯爵认为这样有损民心士气，民众需要看见贵族健康自信的模样。"

"那就请她出来和大家微笑一下。自家人都希望她露面了，一个女人家能躲到哪儿去呢？"

"她声称自己受人追捕，我的部下不方便强迫一位名义上有难的女子离开教堂。"

"谁追捕她？"

"她不肯讲，只说对方来了，要躲在教堂才安全。"

约翰想了想："她是宫廷出身？"

"不算，她小时候在安德尔-卢瓦尔省洛什镇那种地方长大。"

"所以说不定小姐给乡野奇谈吓着了。偏僻的地方，晚上有不少人会围着篝火裸体跳舞，但一到白天又上教堂做礼拜。"

"艾莉丝是天主教徒。"

"同时也是女性。然后她被灌输一些乡下人的迷信，如此而已。是有些棘手，我也承认，但这值得围城时冒险把我叫进来吗？"

院长压低声音。"没这么简单，"他说，"厄德伯爵收到敌军的信。"

"他们没要到钱不肯走？"

"不是。他们想要那位小姐，所以只要她出面，对方发誓会立刻退兵。"

约翰身子前后摇摆一阵。是沉思，抑或是体能关系，俄波卢也没把握。

"一个女孩嫁过去，不只可以带来和平，还有可能将真正的信仰传入异族之中。给他们金银财宝，就像羊入狼口，对方只会贪得无厌。你确定北人只要接走小姐，就会终止战争？"圣人问道。

"他们发了誓。依我过去接触的经验，北人发誓的事情一定会做到。"

"可是我们那位胖皇帝花钱消灾没指称他们是基督的敌人，那时候北人也发了誓。结果呢，还不是又来侵略了。"

"我觉得不可以相提并论，或许从一开始就误会了他们到这儿来的原因。有些迹象显示他们真的只想要小姐一个人，完全没有想要往上游逼进。换句话说，艾莉丝出面，他们就可以离开了。"

"只是伯爵的妹妹，以维京人的一个王而言，胃口是不是小了些。"约翰说。

"出身名门，美貌也很出名。就算是他们地位最高的王，也配不上法兰克人的村姑。"

"但人家指名了。"约翰说。

俄波卢又换了脚："没错。"

约翰边想边说："总而言之，这位小姐可以结束包围，免人民于瘟疫。只要她答应下嫁蛮族，敌人就会撤退，只不过她不肯。这位小姐未免太傲慢了吧？"

"还有一个问题是——"

街上起了骚动，俄波卢也没再说下去。有人靠近，脚步声沉重，约翰算了算，至少也有十人，而且都是军人。他们在附近停下来，约翰也立刻察觉身边多了一个人，对方看着自己。因为这个人露面，所有人不敢继续聊天，连动物仿佛也不敢啼叫。

"修士——"

"厄德伯爵。"约翰回应道。

"至少你还会过来。"伯爵的声音与约翰记忆中没有太大差异，还是短促、不耐烦，好像有许多重要的事情待办，希望人家别浪费他的时间。

"伯爵有令，圣日耳曼修道院的弟兄会倾全力配合。"

但却换来一声短笑。

"果真如此，你们的修士应该是在这儿守卫城墙，而不是带着财产逃进乡间，躲得比满身罪孽还要深。"

"精修圣人他一直留在修道院。"俄波卢说。

"诺曼人过去打劫，你还在场？"

"不，只是等他们离开以后，我又马上回去修道院。就算是齐格菲①，也没办法把同一个地方烧掉两次。"

"真希望你的其他弟兄也有这种勇气。"

"但目前看来，若伯爵您的妹妹愿意承担贵族的责任，点头委身于蛮族，其实就谁也不需要勇气了吧。我自愿与她同行，传播上帝的恩典。"

伯爵没回话，街道上霎时也安静下来，仿佛不敢造次。厄德伯爵再度开口时，语调显然带着怒意。

"对方并没有说过要我妹妹是打算通婚。"

"精修圣人，我刚才还没机会向你说明清楚。"俄波卢插话道，"他们……"他好像有口难言。

"怎么了？"约翰问。

俄波卢回答："我们的间谍指出，或许对方这要求与他们的宗教有关。"他语气似是引以为耻。

约翰沉默了。远处传来孩子的哭声。好一会儿以后，他才讲得出话。"这——"约翰说，"状况就大大不同。血祭？我们不可能眼睁睁看着信奉天主教的女孩任人残杀，无论代价多大都一样。"

"根本没这么想过。"厄德接口道。

俄波卢却说："为什么？我们还有别的选择吗？假如人民发现对方开过这样的条件——这事情迟早会泄漏出去——同样会暴动起来，冲进

① 北欧神话中一位英勇角色的名字，但此处为北人的一位领袖。

教堂活捉她，交到蛮族的手里。老百姓才不管她会不会被当成祭品。圣人，你没有看见街上的景象，瘟疫已经夺走太多人命，目前连埋葬的坟地都不够。我们也没有钱可以收买敌人，何况这二十年下来，我国一直就是用钱交换北人不出兵，为的是换取时间，直到有实力与他们抗衡的一天。"

"我绝不会将我妹妹交给他们宰杀！"厄德说。

"可是我们已经让多少人送命了？我自己的兄弟都死了一个，再打下去伤亡只会更惨重。对小姐而言，也算是为民牺牲的高尚情操。"

"到时候人家要怎么说我厄德家？"伯爵质问，"说我软弱无能，连唯一的妹妹都交给敌人凌辱杀害吗？就算只剩我一个，也会死守着绝不让他们得逞！"

约翰越来越烦躁，觉得自己该起来踱个步、捶个墙，自然流露出上帝赐予的强烈情感。只可惜他的身体无法配合。

"帮我转过来。"他吩咐一旁服侍的修士。

"神父你说……"

"我臀部很痒，帮我转过来。"

修士照办了，替约翰翻了个身，调整软垫位置。

他踌躇一阵，以祷告平息翻滚的怒气后才开口："我认为不可以对他们妥协。通婚是一回事，其实嫁给不信上帝的蛮族王甚至可说是好事，示范虔敬、谦卑，透过祈祷，或许可以指引他们通往耶稣基督。然而沦为祭品会损及小姐原本不朽的灵魂，我们明知故犯、将小姐交给崇拜偶像的民族，也同样会灵性受损。Et tulisti filios tuos et filias tuas quas generasti mihi et immolasti eis ad devorandum numquid parva est fornicatio tua immolantis filios meos et dedisti illos consecrans eis."

他这段话说得太快，连精通拉丁文的俄波卢也一时间没听明白。

"什么？"

圣人仿佛深陷挫折之中，用力摇着头："并且你将给我所生的儿女焚献给他。你行淫乱岂是小事，竟将我的儿女杀了，使他们经火归与他吗？——"①

俄波卢打断："神父，我和你一样通拉丁文，刚才只是听不清楚而已。"

"那么，听我说。"约翰感觉脸颊又热了起来，"若将小姐交给北方民族，你不只害了她的灵魂，也害了自己的灵魂。成千上万的死，也比不过一桩被主厌恶的死。厄德伯爵，您保护令妹的决定没有错，对上帝坚定的君主都懂得保护人民。"

"精修圣人，你所追随的神非常严苛呢。"院长这么说。

"神就是神，没有那么复杂。"

"那么请你进教堂里与她谈谈，"厄德说，"我只希望她能出来给老百姓看一看。"

"其实并非没有大家都满意的做法。"俄波卢又开口。

"比方说，叫我们的胖皇帝查理挪一下屁股，多派些人过来这儿。"厄德骂道。

俄波卢缓缓吐了一口气："那真的要有神迹，上帝现在很少干预人间。听好，我们不能在违背小姐意愿的前提下逼她答应给北人带走。但这不代表小姐不能自愿前去，她自愿的话就成为殉道者。如此一来，厄德伯爵你也不用担心有损颜面，家族之中还多了一位殉道者。你每天在城墙上展现过人勇气，就不给你妹妹同样的机会吗？"

"她是我妹妹啊！"厄德说。

---

① 此为《圣经·以西结书》（16:20），此处采中文和合本翻译。

"这是你管辖的城市。若巴黎失守，你厄德家的名声就会好吗？尤其你要是想过当法兰克人的王，那种梦想会随着巴黎一起破灭。"俄波卢注意着伯爵的眼神，看看他对这番话有什么反应，结果伯爵意外地平静，院长认为这其实代表自己说中了，于是又继续下去："这有前例可循，像圣珀佩图就因为拒绝放弃上帝，于是被关进罗马的露天剧场，被凶猛野兽给咬死。我们可以说那也算是异教的仪式。"

　　约翰觉得身体不由自主抽搐起来。"这算诡辩吧，"他说，"我实在不乐见以这种哲学辩论方式逼死一个女孩。"

　　"圣人，若对方要的人换作是你，你会怎么做？"俄波卢问。

　　"我会任他们处置。"

　　"那就对了。你如何可以肯定，这位小姐没有以身殉道的高尚情操，然后隐瞒她可以获得永恒奖赏的途径呢？"

　　约翰思考半晌："的确不行。"

　　"意思就是你愿意和她说说吧？"院长问。

　　"叫她出来对大家微笑一下就好了，"厄德插嘴，"其他的不重要。"

　　"您应该不反对由圣人稍微提醒一下，小姐她对于这座城市也肩负着贵族的责任，还是您会放任自私和傲慢，从而蒙蔽了理智呢？"俄波卢说。

　　"我不会强迫她。"

　　"没有人提到强迫她。"俄波卢回答，"现在只是稍稍提醒小姐，身为一名天主教徒，应当将同胞置于个人之前。圣人，这没问题吧？"

　　约翰又沉默了一阵。片刻后他才开口："我会提起，但不会刻意引导。最后结论交给她自己。"

　　"那就不要再延宕了。"院长说。约翰马上感觉到一只有力手臂提起自己。

"你专注在叫她出来给百姓看看就好。假如给我知道你使了什么威胁利诱的花招，别以为有办法活着走出这座城！"

约翰微笑："伯爵阁下，我从未想过自己是否能够生离任何地方，因为那是臆测上帝的旨意。请放心，我自认算是正直，也不打算对小姐有任何欺瞒。"

"那快去吧。"

于是毛毡上的约翰又给人抱起来，穿越市区途中，听见了孩子们饿得大哭，瘟疫患者不停咳嗽，许多人哭泣，或者喝醉了胡唱一气。他不禁心想：这是绝望的乐章。尽管很想使一切归于宁静，但约翰知道自己的治愈力量相当有限，有时也怀疑或许他根本就没有什么能力。说穿了，他一直只是将手掌放在别人身上，结果有时对方的痛楚减轻消失，有些疯子恢复理智，还有比较极端的案例是约翰直接告诉对方大限已到，请人家直接上天国。相当多的人将约翰视为圣人，全身心相信，也因此才得以痊愈、清醒、或者离开人世。信仰越虔诚的人，获得的帮助就越大。那么，是不是上帝透过他来治疗这世界？当然，约翰这么告诉自己，还有别种可能吗？

他感觉得到自己被抬上山丘，修士踩着卵石上的稻草一路前进。地上有很多稻草，有的闻起来新鲜，有的已经飘出腐味，但两者都不是好的征兆——之所以会在地上铺稻草，是为了不打扰附近住户的安宁。稻草可以减低马蹄或车轮发出的噪音，然而会如此善待老百姓，只因为家家户户都有人离死不远。约翰为所有人祈祷，虽然希望人民都健康，但更重要的是认识上帝。正直的人不会受到死亡支配。

约翰知道自己在此将有许多工作，像是主持活动祭坛①、为死后的

———————

① 通常为临终者举办。

旅程做预备、赦免罪人并送他们上天国等等。厄德与院长说那女孩可以拯救这座城市，不过他却认为这儿的居民可以自救：只要大家跪拜上帝，祈求他的宽恕原谅，接纳神进入心中即可。肉体的死亡对于天国子民而言不足畏惧，像他就不会害怕。

为了静默而存在的稻草。他暗忖这也是一种象征，人对于俗世有过多依恋，但我们所处的世界仅是脆弱的表象。总有一天，基督再临，他将拯救、也将制裁，没有任何一桩罪可以逃过基督，我们必须赎罪。届时种种托辞借口、物质享乐何在？就像稻草一样，消散在风里。

但关键是厄德的妹妹可以结束这场厮杀。约翰也明白俄波卢的想法，一个女孩子的性命交换整座城的人命，若她能够答应，自然对所有人都好。不过身为精修圣人的理解却有所不同：是一个女孩的生命，对比绝无救赎机会永恒的死。在他眼中，这不叫作选择。

"神父，圣埃提恩修道院到了。"

这是巴黎最大的教堂，约翰也仿佛可以感受到那份庞大，就像空气起了扭曲，或者说黑暗的性质改变了——更浓烈、更深沉，像是混浊的水底，约翰透过肌肤就能察觉。眼盲以后，约翰就渐渐可以觉知建筑物，甚至人类搅动气流，几乎可谓多出一种感官，但他实事求是、不敢妄下定论，认为或许是身处黑暗之中太久，心智自然而然开始接收其他类型的外界刺激。而且约翰也记得自己瞎了之前曾经来过这教堂，他被莱茵大森林的修士们带到巴黎后，可以说第一眼就是这个地方。或许也因此他才感受到强烈共鸣吧。

关于童年，约翰能想起的少之又少。一开始就遭到遗弃，记忆几乎是从这里开始。他还记得多角形大教堂上有个很大很大的八边形圆顶，以前从来没看过这样的建筑。带约翰到这儿的修士进去商谈如何处置孩子，而他一个人站在熙来攘往的巴黎街道上，还记得自己怎样用手一面一面地计算，最后知道大教堂外墙是十二边形，代表了十二门徒。也记得深色大窗户、巨大的石材以及入内以后可以看见拱顶，大理石地板闪亮得他简直不敢踏上去，他以为是个水池呢！所以只好等到圣日耳曼的修士出来。等待时，夕阳余晖从窗户洒落，地上的阴影像是一个又一个无底洞。

"她一个人在这里吗？"

"是，而且时间很晚了。"

"带我过去，到她旁边。"

修士又将他抬起，带进教堂里面，穿过门廊时好像差点儿滑跤。

"小心呀……"约翰说。

"抱歉，神父，其实我在这儿也像盲人，一点儿光线也没有。"

圣人"嗯"了一声，暗忖进入围城战，教堂当然也不点蜡烛。更何况时间这么晚，本来也不用点蜡烛吧？

"看得见她吗？"

"看不到。"

"无论谁找我，我就在这儿。"声音清脆有力，带着淡淡不耐，贵族与地位较自己低的对象讲话时总有这种态度。修道院偶尔会有贵族拜访，因此约翰听得出这语气，不过他那儿男性去的比女性多一些，但另一方面由于女性贵族访客对于会见圣人比较有兴趣，因此这位小姐十二岁时，其实两人曾经见过一面。那时候约翰十八岁，如今艾莉丝也十八了，嗓音略有变化，比较厚实些，还是听得出来。当年小女孩问约翰为什么生得那样丑，他回答是上帝旨意，自己心存感激。

圣人吸进线香与蜂蜡气味，镇定心神、重整条理。该说什么好呢？他当下也不知所措，但可以肯定不会讲的是请她自愿献命，这是对人民的义务云云。约翰打定主意：将可能的选择告知艾莉丝，但最后决定权仍然交给她自己。

"小姐，我是精修圣人约翰。"

"居然派了一位圣人过来。"艾莉丝说话语气绝对不是听了太多妖魔鬼怪故事的村妇，而是受过良好教育的仕女。仕女们常常喜欢仗着自己也有研读《圣经》就与修士开玩笑，甚至严词争辩如何诠释《圣经》——但仍旧只是开玩笑。

"小姐，我还没死，也不敢妄加揣测造物主如何看待我。"

"圣人，你有治愈力量，难道是来治疗我的决心吗？"

约翰看不见，所以听觉更加敏锐。他在艾莉丝的声音之中捕捉到细微的恐惧，也难怪，他暗忖，毕竟对小姐而言，接下来的人生之路每一条看来都是苦。

"只是来与您谈一谈，别无他意。"

外头一阵骚乱，传来尖叫嘶吼，号角响起、钟声大作。约翰明白这是开战的信号。

"北人又进攻了？"他问。

"听起来应该是吧，神父。"带他过来的修士回应。

靠近教堂的地方也爆出巨响，吓得修士也惊呼。

约翰开口："弟兄，誓死捍卫上帝的名，即便死了也会得他恩典。我猜这次并不是认真的攻击行动，大概是不想给厄德伯爵修缮桥塔的机会而已。请带我进去。"

修士穿过空旷的教堂，约翰听见摩擦燧石的声音，接着嗅到火绒和焚烧蜂蜡的气味，随后小姐抽了一口气，大概是看见自己了。

"艾莉丝小姐，虽然过了好几年，但我的容貌没有什么进展。"

"希望我的礼仪能有进展一些。"她的语调听来是真的受了一点儿惊吓后努力保持镇静。

"能在这儿坐下与您聊一会儿吗？"

"可以。"

外头惨叫不断，圣人暗忖守军此刻遭到奇袭，挺身反击恐怕也来不及穿戴盔甲。倘若北人攻进城市，自己与艾莉丝的对话就毫无意义可言。究竟有多少敌人？好几千吧。巴黎的守军呢？大概两百五十人？躲在塔里还有办法一战，若桥塔被攻破，敌人将大举涌入城中。如今也别无他法，只能一如以往，相信上帝的安排。

"放我下来，"他对修士说，"然后带着武器，去碉堡那儿善尽你的职责吧。"

修士将约翰放下，踩着沉重脚步步出烛光外。

"你……"艾莉丝开口，但迟疑了。

"看来更糟糕了是吗？这是事实，不用刻意隐瞒呀，小姐。"

"抱歉。"

"别这么说，都是上帝的馈赠，我欣然接受。"

"我会为你祷告。"

"这倒不必。或者，要祷告就学我吧：感激上帝使我处于这种境地，有了证明信仰的好机会。"

艾莉丝听得出约翰这句话的弦外之音。若他的处境是种考验，自己的际遇也一样。不过，艾莉丝并不这样想。

她望向烛光下的修士。上回见面时，约翰眼睛瞎了，而且得一直坐着，当时艾莉丝就很讶异，因为精修圣人的眼珠子不断转动，仿佛追踪着惹人厌的苍蝇。他的面孔歪得古怪，不过艾莉丝在巴黎的市集上见过更惨更丑的残疾人士。然而过了这些年，艾莉丝觉得若是约翰有心，大概会成为乞丐之中的王者。他整个身子好像干了、皱了，手臂萎缩扭曲，脖子一直往后，就像永远抬头向上看。她听过的玩笑话是约翰永远望向天堂，但亲眼看见却一点儿也不觉得有趣。圣人讲话的时候身子前后摆动，像是不断沉思，她却因此心头很不安。

艾莉丝从小就有一种特殊能力，长大之后更加明显：她可以透过超越五官的方式去观察其他人，简直像是将别人的人格当作音乐那样去听、将他们的想法当作颜色或者符号一样去看。成长过程中，她身边都是一些武士，所以会看见许多疤痕，听到他们讲述与北地人如何艰苦作战。每次听武士们讲话，艾莉丝脑海里会浮现钢铁、刀剑、盔甲的颜色，还有战场上灰暗的天空，兄长如同包着铁板的拳头，非常坚硬，毫不退缩，然而即便是伯爵，若与圣人约翰相比，竟也显得微不足道。约翰的肉体残败，灵魂却如同黑暗之中一座矗立的大山那般无可动摇。

她拿着蜡烛走到祭坛前，金黄色的烛台与圣餐礼杯照耀得熠熠生辉。院长不肯将这些东西搬到别的地方，因为那么做就等于承认北人侵略者有可能攻进大教堂。原本还希望圣日耳曼可以将所属的圣物也送过来，或许不能期待镇堂之宝圣人遗骨，但有提及或许可以考虑圣文森特用过的圣带。不过圣日耳曼那儿的院长最后说了：他们的修道院已经遭到北人劫掠三次，那条圣带可是一丁点儿保护的作用也起不了。

艾莉丝在祭坛前面跪下："上帝给我的考验如此微薄，我是否该觉得感恩？"

约翰斟酌地说："任何来自上帝的事物，都值得我们感恩。"

对艾莉丝而言，约翰只是黑暗之中传来的声音。"我并不害怕北人。"她说。

"那你究竟害怕什么呢？"

艾莉丝画了一个十字。约翰听见她低语祷告，声音颤抖，但尽力维持镇定，不愿表现得像平民女子那样慌张失措。

"有东西正在找我。我知道假如答应与北人一起离开，甚至只要我踏出这座教堂，就会被它找到、掳走，然后整个世界都会陷入灾厄中。"

"你不可能一辈子待在教堂里面。"圣人问，"来找你的是什么？"

她沉默一阵："圣人，你目盲时，见过异象对吗？"

"是的。"

"看见圣母玛丽亚？"

"对。"

"她有讲话吗？"

"没有。"

"那你怎么知道是她呢？"

"因为她唤醒我内在的能力。"

"预言？"

"嗯。"

约翰永远记得人生的转折点。不过五六岁的时候，猎人在树林中找到他，将他安置在奥斯特拉西亚①的东法兰克区里。那时候约翰的精神很不稳定，旁人只能确定曾有人教导他罗马语，而小男孩一定受到很大刺激才会失去记忆。其后，旅行的修士带着他来到巴黎，圣日耳曼教会出于怜悯将他留下，约翰恢复得很快很好，九岁时就能当修士的助手，也可以念书、游戏，笑得开心。在很多方面，约翰比同侪出色许多，比方他的书写，其他孩子就算从小开始学也无法写得那样好，此外他语言天分极佳，除了通用的罗马语、宫廷的法兰克语、教会用的拉丁语以外，希腊语甚至北人语、撒克逊语都透过传教士熟习了。约翰还有一项长才是下棋，起初他看两名修士玩过，后来自己下场试试看，第一局竟然就胜过修道院里棋艺最高的人。许多人觉得这男孩一定得到上天赐福。

① 法兰克王国墨格温王朝时的东北领土，包括现代法国东部、德国西部、比利时，卢森堡和荷兰的一部分。

有一天，圣母玛丽亚却出现在他面前。时值仲夏，七月烈阳饥渴，他闲来无事在尚未熟成的田地散步，地上一片金黄，天空蓝得刺眼。以前修士们谈论所谓异象，约翰以为是指天使或圣母站在云端或带着雾气显现。然而他遭遇的异象里，圣母太过真实，仿佛一伸手就可以触摸到。圣母讲话了，又或者那是直接传入心中的声音，不过约翰不懂她想表达的意义，于是从未对人提起过。这么多年来他持续思索，却不得其解。

"不要找我。"

约翰怀疑这是个警告，要他别陷入傲慢中，别想着要与其他虔敬的信徒比较谁更圣洁。他明白越是寻求天国之门，就离得越远。

圣母转身走开，他追了上去，却忽然间失去视力。被人找到时，他在蜂窝边打转，很幸运地没有撞上去被蜇满身。

之后，他给予预言，全部正确。海岸遭到劫掠，鲁昂大火，巴约、拉昂、博韦三座城市毁了，神职人员被杀死。后来院长就封他为活圣人、精修圣人，之后上帝降下更多苦难，却也赐给他更多异象。

"因为你见到圣母，所以就封圣了？"

"对，当然也因为修道院很希望得到一位精修圣人，所以说公正也可以，说有背后考虑也可以。"

"但若你当初看见的异象是……"她句子断了。

约翰没催促，给她时间整顿思绪。"你需要告解吗？"

艾莉丝短短地笑了声："神父，我不需要告解，没什么罪孽想获得赦免。但若将我带到人前，宣称我所见是罪，还去要求修士宽恕，恐怕我走不出教堂就已经死了。可以私下说吗？请你发誓绝不对外透露？"

"告解与补赎都要公开进行。"

"我并没有要忏悔什么。这样你可以答应？"

"这条路长满荆棘……"圣人呼了口气。假使小姐说出自己通奸、甚至杀人，该如何是好？约翰的良心无法保守这种秘密。

打斗厮杀的声音越逼越近。北人已经拿下一座塔？不可能吧，除非挖地道，但对方也用过这伎俩，并没有得手。

嘶吼、咒骂声催促着他赶紧面对眼前的问题。

"我发誓会为你守密。"

"你看见圣母，于是受封圣人。"艾莉丝说，"要是你看见恶魔，会有什么下场？"

"一般人会认为是巫术，"圣人告诉她，"但其实相信巫术，本身就是一种邪说。若自称是巫师或女巫，就归类为异端，但异象不同，本身没有特殊意义。"

"那你会怎么称呼我？"

"你看见恶魔？"

"对。所以我自己都不知道，就变成了女巫吗？"

艾莉丝低着头。

约翰吞了一口口水，身体摇摆得更快了："这种现象有很多种解释，像是生病，或者发烧。常常都只是做梦而已，其实与正常生活没有太大关系的，小姐。"

"那大概我醒着也做梦。他一直都在。"

又有惨叫声传来。约翰听见有人以北人语大叫："死吧！"

他没因此愣住："你怎么知道对方是恶魔呢？"

"他是一匹狼。是人，同时却也是狼。从阴影出现，潜伏在我视野边缘。只要我入睡，他就会靠近，刚醒来的瞬间还可以看见。虽然是狼，但他却对我讲话。"

"说了什么？"

艾莉丝又画了十字："说他爱我。"

教堂大门外传来金铁交集，战场往这儿逼近。艾莉丝抬起头，烛光边的黑暗仿佛液体般流窜着。大门被敲响，声音猛烈，感觉门板或许就要破了。

"圣人，我们会死在这儿吗？"艾莉丝问。

"顺从上帝旨意。"

"那么为我们祷告吧。"

"不，"他这么回答，"为敌人祷告，愿他们有机会看见基督的光，被我军击败之前得到进入天国的机会。我们已经信主，比起他们幸运得多。"

她起身，约翰听见艾莉丝吸了一口气。在艾莉丝眼里，这片黑暗变得不同，似乎醒了、动了，好像还会反光，就像野猪竖起背上的鬃刺。烛光外一个影子忽然成形，骤然踏入光线里。

小姐惊呼，那浑身包覆阴影的生物、那个半狼半人就在眼前，他从黑暗中低头睥睨，一身纠结肌肉，白色皮肤上有斑斑血迹。

"他来了，"艾莉丝说，"他来了！"

"谁？"

"那匹狼，那匹狼来了！恶魔就在这里！"

约翰转了转头。的确左侧飘来夜行生物的气味，而且可以听见第三者的气息。同时，艾莉丝小姐惊恐地喘个不停。

"撒旦，我们以神为甲胄，你无法伤害！"他的声音平稳镇定，几乎可谓平白无趣，就像老师教训着调皮的孩子。

"Domina①。"半狼半人开口。他讲起话像是文字卡在咽喉，腔调

---

① 拉丁语里对女性的尊称。

粗野怪异。

"Domina……"艾莉丝试着镇定思考。她从小学习拉丁语，但此刻连这么简单一个词汇也无法转换过来。

一旁的修士并不畏惧："恶魔，别擅自呼唤那位小姐，你该面对的是我！"圣人也以拉丁语叫道。

可是半狼半人丝毫不予理会。

"Domina，我的名字是辛德烈，又叫米尔基鲁夫①。我来此保护你。"

艾莉丝终于回想起拉丁文："敌人在哪里？"

"就在这儿。"他回答之后，教堂大门被冲开。

---

① 北人与斯拉夫的命名传统较为不同，都有一人多名（用于不同场合）加上外号的状况。

3 死与鸦

事后艾莉丝只能回想起片段。光芒闪动，像是一道火弧，又像是染了血的弦月掠过黑暗。片刻之后，她才意识到那是一把刀，恶魔手上的刀。刀刃从眼前消失的前一秒钟染上了教堂后方起火的火光，而它从未自心头隐去。

艾莉丝没有见过曲刃兵器，觉得那弧度就是个符号，象征杀戮、散发出恶意，同时也是撕扯黑暗的钩爪。

"Hrafn[①]！"狼人大叫，她当下无法理解，却觉得心里被挑起了什么，好像涌出了影像、嗅觉、声音。艾莉丝看见宽广平原上满布死尸，残破的旗帜在风里晃荡。空气里弥漫着某种东西，起初她以为是烟，但听见声音之后才明白不是。无数苍蝇翅膀拍打，嗡嗡作响不绝于耳。平原上，狼也在那儿。她看不见，却可以感受到鼻子呼出的热气与喉咙低吼在身边，不过无论如何转头都看不见。

---

① 古北欧语"渡鸦"之意。

她站起来眨眨眼睛摇摇头，强迫意识回到现实，但扶着柱子才没跌倒。异象强烈又猛迅，艾莉丝不免担心自己快要发疯。

　　教堂顷刻变成战场，黑暗之中双方互砍、互踹、互殴以至于互咬。就着烛火，艾莉丝看见兄长厄德伯爵背着盾牌，一手长剑，一手短剑正与敌人捉对厮杀。显而易见，丹麦人攻进来了。

　　斧头挥过，面孔闪过，然后是矛尖刺过劈过。是敌是友实在很难分辨。

　　狼人拉起她手臂，将她往前一堆。"朝大门走。"他这么吩咐，"不用担心。"

　　"艾莉丝！艾莉丝！"哥哥大叫着，却没办法追过来，被两名敌人包夹抽不了身。外面火光涌入，逼退了教堂内的黑暗，阴影下许多物体闪着光：金属、木头，刀刃与矛尖，盾牌、面孔、还有手和脚。三度有人朝她冲去，却也三度被暗影逼退，他们触碰到艾莉丝之前，就先被影子发出的咆哮震慑得无法继续向前。艾莉丝朝着门口走，十根柱子的距离，八、五、二……她即将自由。此时弦月光弧往她落下，灯火照耀出的是刀刃寒光。

　　"艾莉丝！艾莉丝！"伯爵懊恼得脸都变了形，仿佛被火烧教堂的高温给融化。刀光灼伤艾莉丝的肌肤，她口中多了灰烬与血腥的味道。刀刃如闪电袭来，随着影子晃动，一阵巨响像是面粉袋从货车摔落，然后持刀者倒地。接着她忽然跑了起来，其实是被一条看不见的手臂给拉到外头街道上。艾莉丝转头张望，想知道是谁伸出援手，结果竟是那狼人。她拼了命地跑，陌生男子却大气不喘，将她推入旁边小巷，也回头探看追兵。

　　"Hrafn！"他又朝着教堂嚷嚷一串意义不明的字句。艾莉丝听得出这是北人语言，尽管不确定其详细意思，却能知道个大概：狼人警告追来的敌人，若不放弃，就是死路一条。

她滑了一跤，但被狼人拉起。究竟要带自己到哪儿去？月光明亮，街上空旷，不过房舍的影子也更显深邃。

被带进广场，艾莉丝明白狼人的目的地了。是朝圣门，不过门上了锁，还有卫兵，两人持着长矛上前。

"小姐，我们来救你。"

狼人拉住艾莉丝，也无视逼近的两个士兵，眼睛瞪着后方。

"先跑进屋子，"他开口，"然后跳进水里游泳，就追不到你了。给谁抓走都没关系，不可以是他，脸也别给他看见。记住脸别给他看见！"

"谁？"

两声闷响，接着是一阵叮叮咚咚像是无数钱币洒落的声音。两名持着长矛的卫兵已经倒地，身上锁链甲撞击着地上卵石，两人身上都插着黑羽箭矢，一人是眼睛，一人是颈部。

"快走！"狼人跳到她身前保护。又是一声闷响，伴随沉重吐气，狼人背上插了箭，但还有力气将她推向旁边一扇门。艾莉丝拼命又拉又推，好不容易打开了，闯进一间小屋。

屋内的黑暗被月光切割，她看见妇孺拥抱在一起，惊恐地望着自己，接着纷纷尖叫走避，想要逃出去，或者随便躲到哪儿都好，总之就是不想留在原地等死。艾莉丝上了阶梯，二楼散落几张床垫，三楼则没有光。她摸着墙壁，想找到窗户，却先撞到一个物体，是纺织机。所以底下的妇人是个织工，依此推论这儿一定有窗户，否则怎能做事。继续摸索，她又给绊倒，摔得不轻，但起身不愿放弃，双手急切拍着墙面。

好不容易，她终于找到了。窗口有一块布，很简略地钉着挡风。艾莉丝将它扯开，往外张望，这窗户面对的不是河流而是街道，底下有个形体在阴影里窜动。是那半狼半人吗？移动到一间屋子的拱门时，那形体静止下来。接着，又一个人影从大教堂方向往那儿走过去，在拱门那儿、阴影边缘跪下。艾莉丝看着这一幕，不由自主发起抖，那是个瘦削肤黑的男子，头发浓密且沾有焦油，所以一撮撮立起。除此之外，还有别的东西——羽毛，黑色羽毛围在他头上，形成一顶怵目惊心的王冠。这人全身赤裸，但抹着白色黏土与灰烬，在月光下闪闪发亮，颜色宛如死尸。男子手中有一把弓，背着空箭筒以及她在教堂中看见的那柄弯刀，不过已经塞进灰黑刀鞘内。艾莉丝注意到他皮肤很不寻常，似乎特别粗糙，于是探出身子眯起眼睛仔细观察，好像不是疹子之类，距离太远没办法肯定。

这屋子的一家老小已经跑到外头广场上，几个年长女性赶着几个年幼孩子，但有八个丹麦来的入侵者也踏进广场了，一个个高头大马、身躯布满刺青。带头者提着一面大盾牌，上头画着锤子图样，他拔出兵器，指着裸体男人，出言警告几句，语气带着恫吓。

裸体男人充耳不闻，一直拉扯阴影下某个物体，但始终拔不出来，结果竟将那半狼半人跟着拖到光线下。

"不！"艾莉丝低呼，却被裸男察觉，转头过来。她用手捂着脸，只敢从指缝间偷窥，像个吓坏了的孩子。男子一看见她就发出极其兴奋的高呼，并朝这房子冲来。持着大盾的男人叫骂，艾莉丝往房间角落钻过去，匆忙之中脚又踢到了纺织机，人往布卷里头摔。她朝对面爬，找到另一扇窗，扯下遮盖的皮纸，低头看见窗下就是河水，但水面与自己的距离是身高的三倍。

她没有勇气往下跳，但又听见那裸体男子已经跑进一楼，脚步又轻又快。艾莉丝将一条腿往外探，却又缩了回来。太高了，她退回房里，四下张望，注意到梯子是活动的，于是踹了踹，但梯子与梁柱绑在一块儿，没工具割开绳子的话不可能踢开。往下看的同时，她忽然想起狼人曾警告自己要遮住脸。梯子下面的微弱光线里，浮现一张人脸望过来，眼神锐利凶狠如猛禽，因此艾莉丝本来以为对方戴着面具，然而当他脚踩上梯子，就看得到面部有无数细疤，也蔓延到颈部与上半身。那疤痕与麻风病不一样，因为痕迹工整清楚，不是病患那种抓痕或溃烂，比较像是给人拿针扎出来的。

那人抬头之后，开口说了拉丁语："黑暗之物，死亡使者，你逃不了了。"

"你是谁？"

"我是好人。"语毕他便往上扑。

但艾莉丝却往下坠。她以为自己做不到，但终究做到了，往窗口冲刺后飞向外面，然后撞上水面，头巾往下压得睁不开眼。尽管裙子很沉还紧紧裹着腿，艾莉丝挣扎到水面，赶紧将头巾扯下丢了。山丘积雪融化，河水冰冷，她有点儿喘不过气，幸亏水流并不湍急。南面上游的桥垮了一小截，北人本想以瓦砾、尸体或其他杂物堆出一条进城的路，但尚未成功又被逼退，却也因此使水流减缓不少。当然河水变臭了，艾莉丝闭紧嘴巴深怕吞进肚子，赶紧往岸边爬过去。这时候在乡村长大的经验就派上了用场，她很习惯河流或湖泊，只不过裙子很妨碍行动，不时要掐起裙摆才能用双腿踢水前进。那些杂物沿水流朝艾莉丝流过去，一下子有桌脚从头顶漂过、一下子背后什么重物砸坏了。她咳了咳，甩甩头，转身竟看见一整条布划过夜空，原来那裸身男子因为没箭矢，在屋内随手拿了东西乱扔。惊慌之中艾莉丝赶紧躲到水面下，努力摆动双腿，却忽然撞上东西，脚一踩已经是泥巴，于是全力一拱上了岸。

她不敢回头，一直向上爬，身体冷得不断打颤。背后传来叫声。

"I dag deyr thú！"裸男先这么大叫，接着改以拉丁语说，"怪物，今天是你的死期！"

4 必要牺牲

爬上岸的艾莉丝人在南岸，但她无法判断地点，换言之，虽然掌握得到与城市的相对位置，却不确定北人的营地方位。这一段河岸的两边都会有敌军，可是艾莉丝不知道他们控制的面积有多广。

桥塔继续传出打斗，她仔细一听，察觉钟声信号表示敌人正在撤退，而且声响越来越少，塔上守军也朝着北人叫嚣辱骂，讥讽他们居然逃跑，弃所谓的维京威猛于不顾。

但这就代表敌人正在返回营地，艾莉丝意识到自己处境更加危险。果然有些人往围墙外的茅舍、小屋接近，她远远瞧见一个人肩上扛着斧头、另一人则提着长矛。有可能是丹麦人，也有可能是自己人，她无法肯定；既然北人大军后退，法兰克族这方也会从树林对营地进行骚扰。入侵者人数太多了，法兰克这方不会妄想奇袭得胜，然而对伤他们的哨兵、偷走猪，以及最重要的是削减敌方人数都有好处。

对艾莉丝而言，上前窥看的风险太大，如果是北人怎么办？

围墙外还有一些房舍有法兰克人居住。艾莉丝也不明白为何北人大军没有强占整片南岸，但听兄长提过：住在郊区的百姓很穷困，却因为长年在田地中干活而身强力壮，尽管北人大军雄壮，也没有本钱折损在穷农夫身上。

厄德伯爵还提过，北人仍有可能攻击这些农民，不过那代表他们要回自己家乡了。敌人有捉人为奴的习俗，但不可能带奴隶过桥进入巴黎，因为船只载重都要以掠夺的财物优先。因此，此刻先放任这些法兰克人自生自灭，回头再捉捕就好，对北人而言，法兰克人就像是饲养的家禽。她哥哥是这样子形容的。

艾莉丝又抬头望向那织工的家，身子还是冷得不断颤抖。头插着羽毛的人已经不见踪影，窗口却冒出另一人，是那盾牌画着锤子的战士。他居然将盾先丢进水中，然后自己也跳下来。接连着还有第二人跟着跳水，看样子是要追捕自己，为此出动一小队。

她无暇细想，往农舍阴影那儿全速跑过去，背后继续传出水波声，还有个同伴跳水后相撞的叫骂。艾莉丝心想一定得先找个地方避风头，了解围墙外的局势以后才能找到安全路径回到巴黎城内——再不然，就躲到邻近的村镇吧——但时间不多，而且难关重重，因为她跳河以后拔去头巾，现在找不到东西整理头发。法兰克人的风气虽然算是开放，女性没有人陪伴也可以在外旅行，但对于仪容却有所要求，以艾莉丝这身狼狈模样，运气不好会被不肖者误认为娼妇，可以任意欺侮。

深夜之中，她不敢随便接近男子，但若有幸找到法兰克族女性，解释自己衣衫不整的缘故，就能借用头饰，并安稳等到天亮。天亮之后，运气好一些，可以穿过尚未全垮的南桥回到城墙内侧，只要愿意稍微涉水，桥身还卡在水里，不算太难走，毕竟少数的补给也都从那里入城。

乌云蔽月，夜幕低垂，艾莉丝往左边靠过去，因为知道北人在最西端的桥边有扎营。她在阴影之间尽可能隐密地移动，暗忖遇上自己人同样可能遇害，但始终没看见房子里有谁，所以不敢冒进。

之后，云终于散开些，月光照亮大地，艾莉丝看见四个大男人拿着盾牌往自己的位置接近，还有两个正要爬上河岸。如果留在这里，迟早会被逮到，她拔腿飞奔，但后头传出高喊，一定被对方看见了。

艾莉丝发挥与方才泳渡时同样的力气，拼了命往前跑，跌倒了立刻起身继续。追兵散开，从农舍间的空隙包围过来，但她已经到了树林边缘，这儿一路上坡到山丘顶端。然而摸黑入林，艾莉丝不知道哪儿有路，或许云是她的朋友，选在此时再度遮住月光，于是周围陷入伸手不见五指的漆黑。她保持安静、稳着重心，试着找出林中小径并继续快步移动——不过，同时间想要完成这么多互相抵触的动作，下场就是全部做不好。艾莉丝跌倒几次以后索性不起来，爬过尖锐的断枝、螫人的荨麻、刮破膝盖的碎石。那群人还在周围游移想要捉住她，而且喊出一句她能听懂的话。

"Hundr！"

北人居然决定要找猎犬过来。她很疲惫，却不得不逃。月亮探出脸，照亮一条小径，地面长满压平的野草，看来算是光滑。艾莉丝爬起来，顺着小路到丘顶，在那儿她居然瞧见一处营火，惊喜地往那儿叫。

营火边一个男子站起来。他个头矮胖，肤色偏黑，手里有把宽刃短刀。

"Chakhlyk？Volkodlak．Lycos？Lupus？"

艾莉丝听得懂最后两个词，是狼的意思。对方高举着刀向她冲过去。

她想起自己的梦境，以及刚才那半狼半人竟试着保护自己一事，也联想到异象之中紧随自己的某人表达过爱意。其实并不容易拼凑起来，但或许因为艾莉丝有敏锐深刻的感受力，于是察觉了眼前这矮个子和那名高壮狼人有关。更何况，以现状而言，自己也只能冒险向他求助了。

于是她以拉丁文开口说："我是法兰克人艾莉丝，继承强者罗贝尔①血脉，也是厄德伯爵的妹妹。我受诺曼人追杀，若你能伸出援手，日后必有重赏。"

那人大大一笑，表情像是布面被撕裂。

"就是你啊？"他回答，"小姐，有人委托我过来找你。"

"谁？"艾莉丝伸手压着头发，不想被看见。

后面山丘吵杂起来，有人声，也有狗吠。

"罗斯大公赫尔吉。"

"那么为了对大公交代，你理当保护我才对？我跑不过那些人，有方法把我藏起来吗？"她问。

矮胖男子却将刀子架在她咽喉边。

"我并不怕死。"她说。

"唔，希望没有走上绝路的必要。"对方响应道，"小姐，请恕我失礼。"接着他斩下艾莉丝一大束头发。

---

① 原东法兰克荷斯巴耶伯爵，后投效西法兰克受封巴黎伯爵。

5　闭门对谈

　　教堂这端，打斗告一段落，维京人将法兰克人逼退到外头，紧紧关上大门，但如此一来，他们当然也受困其内。仍留在教堂内的精修圣人听得见法兰克官兵们集结在街上，情绪亢奋，不停吼叫。

　　"他们在里头！在这里头！跑不掉了。"

　　约翰心中不由自主地浮现出《圣经》诗篇的词句，但不敢大声朗诵。

　　"耶和华啊，求你起来！我的神啊，求你救我！因为你打了我一切仇敌的腮骨，敲碎了恶人的牙齿。"

　　有时他忍不住呼唤《圣经·旧约》的上帝，那位只保护自己子民、力量无穷又充满复仇心的神。但约翰感谢现在信仰的真主，在试炼之中他更加坚定，祈求着身边的蛮族可以在死前投入神的怀抱。他相信上帝的旨意贯彻于宇宙万物，若自己面对人生的困境有所埋怨或软弱，即是违逆了神意。境况如此，是因为上帝希望如此。

　　维京人聊起天。由于之前也被包围过，还有几次在比较平和的情况与北人接触，约翰懂得敌人的语言。他的语言天赋确实惊人，尽管是北方的语言，也可以讲得像母语一样流利。

"我们被关在这儿啦。"

他听见几个北人来回走动的脚步声。

"死了几个人？"

"我们这边一个也没死吧，至少死了现在也看不见。有人有蜡烛或者芦草之类吗？"

"齐格菲的人呢？不知道打得怎么样？"

"四个吧。我猜是四个，但关在这儿也很难判断。"

"怎么可能四个，才四个跟我们进城而已。"

"我知道。这代表那国王的部下不怎么厉害，是吧？"

"其中一个有把不错的刀。"

"奥菲提，可别打那玩意儿的主意，给他们的人瞧见会有麻烦。"

"说得好。他们会觉得很麻烦。"

奥菲提——约翰知道这不会是本名，翻译过来大概是"胖子"的意思。

"是你得还给人家。在这里头什么也看不见，你是不是没穿裤子跟鞋子啊？"

"没穿啊。"

"感谢索尔神没给我们光。干吗不穿？"

"我正要给营地里一个姑娘尝尝厉害，那只死乌鸦忽然就冲上城墙了。难道你要等我打理整齐才追过去？"

"你一转身，裤子就被偷走了吧。"

"这年头连妓女都不能相信。"奥菲提回答。

另一个声音冒出来："原来是看到那小不点晃来晃去，难怪法兰克人跑光了。"

几个人大笑起来。

"真不敢相信我们居然落得这步田地。"但说这话的人却带着笑意。

"跟在变形人后面本来就会倒霉。"

"假如我们抢不到人，就会被他给夺得先机。往好的方面想吧，被这么多人包围，就算是你出手也砍得到人哦，霍姆盖尔。"

"这都要怪你，奥菲提。没事信什么提尔①，给他一祝福，敌人源源不绝啊。"

内容如此，他们却说得轻松，还哈哈大笑。听在约翰耳里，完全明白这是怎么回事——北人文化尚武，男子都喜欢逞英雄。但若这几人只是假装，那他觉得演技都相当好。

"面对现实吧。"说话这人应当就是刚才提到的霍姆盖尔，"要怪就怪瞎眼奥丁派来的鸦人。他不知跑哪儿去了？"

"去追那狼人和女孩子了。"

"唉，这下可好，我们甭想领赏。赫尔吉不把我们阉了就算走运。"

"搞不好我们真的走运。费斯塔尔带着几个人追过去了。"

"就盼望他们能找到那畜生，把皮给剥下来。"

"我说他们别被人家剥了皮就好。"

接下来讲话的人，约翰是初次听见。相比起来沉稳许多，也小声得多。

"太迟了。女人会被乌鸦带走。他说过了。"

"别悲观，阿斯塔特。活捉那女人的话，我们可以赚到七十磅的白银呀。那乌鸦到底为什么也要捉她？当祭品吗？"

"没这么复杂，就只是要杀她。"

---

① 掌管律法与英勇义行的神祇。

"为什么？"

"你问为什么是什么意思？奥丁的仆人想杀人还需要原因呀？搞不好只是饿了而已。"

"噢，够了。够了。"

"我这么说应该没错吧？"

"可是不能要我拿一堆被啃过的骨头给齐格菲交差吧？"

"有何不可？"

"谁死了不都是一堆骨头吗？"

"听起来是个好计划。"奥菲提这么说。

他们好像觉得这十分幽默。

约翰听见教堂大门微微开启，但立刻关上。

"有胆子就进来啊，法兰克的杂种！试试看！"北人吼道，"尽管上！"

叫作霍姆盖尔那人说："欸，这里面跟葛尔姆①的屁股一样黑。谁点个灯吧？"

精修圣人依旧不停祷告，希望这些北人肉体死去、灵魂长存。

"暗就暗，重点是我们怎么应付外头那些家伙？再拖下去，搞不好就被他们活活烧死在这里头，到时候要多亮有多亮。"

"他们才不会把自己的圣地给烧掉，要烧一定是我们放火烧。而且别担心，这地方盖得像座山，就算他们想烧还不一定烧得起来。再怎么惨，也该是被他们砍死而已。"

"听起来可真是不必担心。"

"其实真正惨的是被他们活捉吧？"

---

① 北欧神话中的地狱守门犬。

“我可不打算被捉走。”出现第四个声音，很低沉沙哑。

接着约翰听到敲打燧石、吹气的声音，然后传来烟味。“等等，那是谁？”

有人拔剑。

“只是个乞丐。”

“才不是，看看他头发，是个修士。你们听好，这家伙可以带我们出去。他是法兰克人的跛子神，常常听他们提起呢，名字叫作约翰吧。”

“我，不是……神。”约翰故意将北人语说得结结巴巴，因为思考之后，认为别让他们发现自己能够听懂，才可以多得到些情报。只不过被他们冠上神这个字，他不得不开口。

“据说这人有魔力，可以疗伤治病。”

“可是没把自己给医好就是了？”

“喂，神人，治治我的胳膊吧。被你的同胞砍得乱七八糟。”

约翰猜想对方是断了手臂，而且这些蛮族为了装出英勇的模样，不喜欢说出自己受伤，可见得他一定是真的很痛才愿意开这种口。

“要接。”约翰回答。

“你行吗？知道怎样接？”

“我没力，可以说，”他告诉对方，“你得信基督。”

说完约翰心脏扑通一声，有些懊恼。这些蛮族人信伪神都不怕死，自己怎么反而懦弱了？

“能医好这条手臂，什么神我也信。”那丹麦人说，“所以我该怎么办？”

“受洗，要有水。”

“小心点儿，霍姆盖尔。”旁边另一人道，“大家都知道这些家伙会吃人哦。”

"那些鸦人信的是我们自己的神，还不是一样？"

"我可不把奥丁当自己的神。活人的神比死人的神要好多了。"

"我追随索尔，杀死那么多敌人，也没有吃过他们。他从没这样要求过。"

"奥丁也没要求呀，是鸦人他们拿人当祭品。"

约翰身侧被戳了一下。"喂，基督神，我宁愿断手一整年也不吃人哦。"

"你们都安静。"另一人说，"把门打开，告诉外面那些家伙说我们有话要讲，然后就说他们的神在我们手上，想要他活命，就乖乖让条路。"

"你自己去告诉他们。谁开门，就等着被箭射死。"

"我来吧。"是刚才叫作奥菲提的那位，"大家祈求提尔保佑，然后躲在我后面。"

"你这大胖子最不适合吧，要是对方真有弓箭手，你这大小还能射不中吗。"

"那你来？"

"仔细想想你最适合。盾牌拿稳哦，我们会跟上。"

一只粗壮臂膀揽着约翰，将他抬上半空。对方似乎觉得他轻如孩童，约翰察觉他拔出短刀，明白接下来会发生什么事。

教堂门一开，厄德大吼。

"住手！"北人扯开嗓门，声音宏亮得约翰忍不住皱眉头。"我们带着你们的神出来，想要他活命，通通给我住手。"接着北人朝约翰说，"你，叫他们让路给我们回营地，否则你就没命。"

圣人声音平静，并故意说起正统法兰克语，如此一来大家就会明白他这番话是讲给法兰克的领导人听。为敌人灵魂永生祈祷的时间到此为止，既然他们不愿改信基督，那就不能得到上帝宽恕。

"这些人与上帝为敌，而我能够进入天国。攻击吧，即使我死了，你们也会记住我仍呼唤上帝的名！"

约翰听见法兰克军队上前，然后刀子在颈上越压越重，可是厄德伯爵忽然高呼："住手，都住手。退后，放下武器。"

他耳边冒出北人的声音："哼，多谢你啊，基督神。我猜得到你刚才胡说八道什么，之后有你好受。"

"让他们过去。"厄德说，"北方人，开出条件吧，我们要他毫发无伤回来。你们让开，让他们过去！"

"快杀光他们啊！"约翰大叫。他想不通为什么厄德竟然放弃大好机会，碍事的修士不是顺便除掉也罢才对，尤其自己又是个不惧威胁利诱的人。

"我叫奥菲提，要谈判就来找我吧！"北人暴喝后带着他冲出去。

约翰被捧着过桥，这时他才意识到伯爵的政治手腕比外人理解得高出许多。加洛林王朝的王公贵族可以不理会巴黎这种偏远地方遭到劫掠，但圣人有难，难道也不出手援救吗？

6 俘虏

勒熙并不乐于割去那位小姐的头发。她容貌美丽，而且是几近于白色的金发。但切下她头发有两大好处：首先方便伪装瞒过丹麦人追兵，这样就可以向狼人——更精确地说是透过狼人向富裕的赫尔吉大公讨奖赏。再者，这些发丝可以卖给做假发的工匠，算是罕见的颜色，而且居然很干净。能卖多少？他盘算着，十第纳尔①？至少能换两把好剑才对。

艾莉丝明白他想做什么，但本能想要拒绝："在他们的信仰中，女子割发是种侮辱。"

"那给北人奸杀就不是？你的神应该懂得两害取其轻吧。"

无法反驳这道理，她只好乖乖让勒熙将头发切下来。切的手法当然是速度多过于技艺，反正也只给她留下薄薄一层而已。一晃眼，这行商已经将发丝、辫子都收进自己包袱，并同样迅速地取出了宽松的束膝裤和束腰长袍。

---

① 第纳尔（dinar）是当时阿拉伯世界使用的货币。

他们听见山坡上有猎犬吠叫，之后几个男人吆喝着。

艾莉丝将湿透的外衣先脱下，塞进一旁灌木丛中，身上剩下裤袜和内衣，正要穿上长袍时却给商人拦阻。勒熙递了一件粗布短衫过去，严格来说只是挖了洞的布筒。

"最好别把湿衣服留在身上，"他吩咐，"免得人家起疑心。"

艾莉丝实在不想在他面前更衣，就走进旁边林子里。褪下裤袜、上衣后，她换上粗布衣物，布料沾染了马匹的气味，还有更糟糕的是男人气味。

勒熙的手忽然搭上来。

"你想非礼我，我就立刻自尽。"

"你可真是大惊小怪。"商人回答，"记住，接下来你是个男孩子，所以得尽量掩饰女人的特征。"他张大眼睛，口吻像是自知冒失嘲弄着，"就说法兰克人、纽斯特里亚人①都不懂什么叫作扣子。"

勒熙帮她将十二个扣子一个一个扣上。扣完以后，艾莉丝心里感激，因为她可真不知道这种怪模怪样的衣服怎样穿才正确。接着，勒熙又在她头上摆了一顶粗布小帽，并拿泥巴给她抹脸。这下子艾莉丝乍看真的是个年轻男奴，这么短的头发象征受人宰制。

"你是哑巴，"他又说，"我是你的主人。现在看来你胸口是平的，但为了预防万一，碰上外人你还是尽量用手遮着好。幸亏你很瘦，要是奶子太大，这招就行不通了。"

艾莉丝可真不习惯给个贱民如此品头论足，要是在宫廷中一定把他押去教堂好好忏悔。但此时此地，她明白自己毫无立场。

"另外，你留在这儿就对了。假装已经睡着，都让我出面交涉。"

---

① 今日法国的北部与西部地区。

"有办法骗过他们吗？"

勒熙看着她，心想赫尔吉如此觊觎此女，起因是预言之中两人宿命相连。但赫尔吉统治的是个新国家，法兰克人根本看不上眼，所以不可能明媒正娶，只好暗中将人拐去。只要能将这女人交到大公手上，他下半辈子就不必劳苦了。

"我大半辈子靠的都是这张嘴，"勒熙回答，"你乖乖躺下就对了。"

艾莉丝只好照办。勒熙又走回篝火边。

他听见那群人朝山坡上走过来，除了彼此呼叫照应外，还大声讲话，想哄艾莉丝出面。

"乖女孩，快出来吧，给我们带走比给那些乌鸦抓去好多了哦！真的！"

"你很值钱，我们不会伤害你。出来吧，马上就可以烤火取暖了。"

狗儿也跟着叫个不停。他率先闯入勒熙的营地，四处嗅来嗅去。

勒熙见状抽一口气。他胆识过人游历四方，曾经穿越东方大平原，与沙漠中人购买刀剑丝绸回去转手得利，向西的足迹进入丹麦、瑞典，甚至曾抵达南方的城中之城拜占庭；但也因为如此，单单这样一眼，他就明白接下来是场硬仗。对方有六个人，刚与敌军厮杀过，然后追着小姐过来，情绪相当高亢，可是勒熙自己只有一把刀，要保护普通的货物都成问题，更遑论最珍贵的东西，也就是能使自己一夜致富的贵族千金。

他还是鼓起勇气，操起北人的语言开口对话。勒熙的声音清亮，而且故意加重腔调，听起来会更有异国风情。

"欢迎，欢迎！各位都是我好友昂根达斯的子民才对？也有人唤他作安根提尔。请问丹麦国王身体还安好吗？"

"外国佬，你的问候未免太迟，他都死了二十年。"六个大男人浑身湿透，在月亮下水光闪烁，长矛钢尖也不例外。猎犬体型很大，身上的毛很整齐，找到勒熙吃过的东西，咬着骨头玩耍起来。他看着狗儿，想起自己母亲；如果是勒熙的妈在场，一定会从狗儿口中将骨头抢回来，只为了拿去熬汤。他个人是不大计较这种小事，并非自己多富有，只因为他希望可以变得富有——曾经有人告诉他：想要有钱，得先表现出有钱的态度。听起来很有道理，但实践后实在没有多大进展。可能是句中听但不中用的建言吧。不可能是演得太差，勒熙什么都不行，就演戏最拿手。

"想必他那位高贵英挺的儿子齐格菲接掌了丹麦王国吧，兄弟中就属他最强壮、最尊贵。他还小的时候，我还陪他玩过呢，不知道他后来有没有提过我？希望他还记得呀。"

"我们的确效命于齐格菲。你是他朋友？"

"以前我像他干爹一样。我叫勒熙，是个商人，来自拉多加。你们好像叫那边是奥戴古勃格的样子。此外，我也是丹麦后裔赫尔吉大公的大使，他统治东方的罗斯人①，辖地包括东方大湖、诺夫哥罗德以及基辅。过来烤烤火吧，都是一家人。我这儿还有酒哦。"

"我叫费斯塔尔，贺灵格之子。兄弟，我们没时间喝酒，"其中一个人出面讲话，"正在追捕一个逃到这边河岸上的女孩子，你有看见吗？"

勒熙吞口口水，听见对方称兄道弟心里踏实不少。

"这儿只有我一个人呀。"他注意到站在前头的两人交头接耳，而且其一斜着眼睛偷瞥。

"老大，我们就在这儿休息喝点儿酒如何？"开口的是个身材矮

① 罗斯人源流在学界未有定论，主要两种论点为东南方的斯拉夫民族部落，或者瓦良格人迁徙后形成。

瘦，表情却冰冷无情、充满杀机的战士。

"耗下去我们可能一整晚都找不到人。带着狗多搜一阵子吧，假如连狗也闻不到，再回来跟这商人喝酒。"另一人道。

勒熙往自己带着的酒瞟一眼。都是不错的货，想拿去卖，不想喂给这些满身毛的家伙。

"明天还有很多时间，"勒熙改口，"另一个弟兄带了很多，够大家都喝到不省人事，保证让你们可以最先尝尝口味。齐格菲见到我们一定很高兴。"

"你没带护卫的样子。"费斯塔尔说。

"我和一位术士同行，他会变形，我碰上麻烦时就会出面。他可厉害了，谁对我动刀动剑，就会忽然间被个影子给撞上。哗啦……就死啦！"

那几个壮汉又窃窃私语。勒熙偷听到一个词，Hrafn，也就是渡鸦的意思。

"你今天来的？"

"是呀。"

"先前在营地，你那朋友得到接见。"

勒熙心想这下可糟糕，故事马上要穿帮。刚才自称认识齐格菲，结果却不知道人家已经当上王，现在面前这几人又理所当然认为他已经去过营地，那为什么会不知道国王是谁呢？幸好勒熙深晓一个道理：透过当下，可以改变过去，只要用酒灌饱他们就行得通。于是他采用了每次讨价还价的绝招，微笑耸肩、不言不语。

"那鸦人上哪儿去了？"叫作费斯塔尔的人又问。他拿着盾牌，上面画了大锤。

勒熙仍旧笑着耸肩。

"不可能这么快就救回去了吧？他不是还绕道过了那座桥吗？"看

来较年轻的一个说："奥丁的信徒都怪里怪气，尤其那个女的。她不会也在这里吧？"

"女巫才不理你这样的人，"费斯塔尔回答。他转头问勒熙，"我们在找一个法兰克女人，是个贵族，刚才看见她从城墙边一间屋子跳到河里。值很多钱。"

勒熙眼睛眨也不眨。

"我谁也没看见。"他说，"带鸦人过来以后，他挺感谢的，还说以后都会保护我，但我也不知道他到底来这儿干什么。"回答的同时勒熙暗忖不知这鸦人指的是谁，虽然旅伴真的是个变形人，但他是变成狼。无所谓，眼前几个瓦良格人似乎挺畏惧乌鸦，那就让查克利先当只大乌鸦也罢。

"为什么你不带鸦人去见我们的王？"这么说来，不只一个了。

"先看看受到的待遇如何再说。"他回答。

"聪明。换作我是齐格菲，就先杀了那女的，然后全部宰掉。"讲这话的人精瘦结实，左手指头断了大半。

猎犬啃完骨头，坐着低咳两下。

"弟兄，你们这狗多少钱？"勒熙跪在地上朝它招手，但狗儿看他一眼就跑开。商人暗自叹息，如果能把狗留在这儿会安全许多，免得他闯进树林找到那小姐。

"这么好的狗，值二十个法兰克银币吧。"丹麦人回答。

"带他过来给我看看如何。"勒熙说。

"萨乌尔，过来。"个头矮小、表情狰狞的那人叫唤，勒熙一听见狗的名字不禁蹙了下眉，那可是狗屎的意思啊。"萨乌尔，要我打你屁股吗？快滚过来！"没想到那条狗东闻西闻朝林子进去。勒熙保持镇定，开始罗织若是小姐真被猎犬找到时该怎样自圆其说。狗儿吠叫一声，接着一阵拉扯刮擦。他又叫了叫，反复几次，音调颇高。想必北人已经察觉了，猎犬找到不对劲儿的东西。

于是他们高举长矛，像是要刺杀猎物那样冲进树林中。

"丹麦弟兄们，"勒熙说，"那狗儿只是逮到我的仆人而已啊。"

他们从林子里拖出艾莉丝。微弱光线加上那头短发，看上去确实是个男童。

"你刚才不是说自己一个人吗？"

"这算人吗？他是奴隶。"

"你撒谎。"

"什么撒谎，在我们眼里奴隶比狗还不如。难不成你们把狗当人养？"

魁梧维京人闷哼一声，上下打量艾莉丝。"小鬼，你叫啥名字？"

"他是哑巴啦，而且老二都切了。"勒熙连忙插嘴："趁着先知赫尔吉攻打拜占庭那时候抢来的。你们管那地方叫作米可拉嘉德。"

"他干吗鬼鬼祟祟躲在树林里？"

"他臭得要命，"勒熙回答，"所以都得睡在我还有骡子闻不到味道的地方。"

费斯塔尔大笑："我闻起来还好。不过我已经打了六个月的围城战，就算一头熊睡在我旁边大概也没感觉吧。"

"熊才不肯跟你一起睡呢。"旁边一人讥讽。

"也是啦，你一定很清楚，不然怎么会跟头母熊结婚呢。"

几个人又大笑起来。费斯塔尔再开口时，先对勒熙说："你等等。"接着他掉头，"斯冯，你留在这儿看着他，没问题吧？"

斯冯身形状硕，前臂有勒熙的大腿粗，也比他高出两个头，双肩扛着巨斧。勒熙从旁观察，这人笑容很开心。

"留下来当然好，"斯冯回答，"可以烤烤火，听商人去东方的故事。"

"有斯冯保护你就不必担心了。"费斯塔尔说，"但可别惹他，这家伙翻脸很快。"

听了这番恫吓，勒熙浅浅一笑，明白自己已经遭到软禁。

其余人散开走进林中，继续对小姐喊话，或者叫狗儿出来。声音缓缓在山坡远方消失。

他坐着凝视火焰，也与旁边的莽夫聊聊天，脑袋转的是这晚如何能够脱身，而且要保全的除了自身以外，还有货品与那位小姐。第一步是取得这人的信任，然而斯冯不怎么介绍自己，他只好讲些东方的故事，或者描述拉多加以及诺夫哥罗德的风景。罗斯那片土地也受到北方民族统治，一半凭借武力，但另一半却出于人民自愿。当地有好几个部落，但他们无法决定如何自治，结果找了所谓瓦良格人过去代管。赫尔吉大公就是瓦良格人，而且据说承袭奥丁的血脉，能预测未来，还通晓其他法术。

"你怎么会找到鸦人当护卫？"斯冯问，"明明看起来挺人模人样，干吗和吃人的神经病往来呀？"

眼光锐利的勒熙从不错漏人性的弱点。他注意到斯冯讲话时动不动往后看，显见相当害怕口中那不知何方神圣的鸦人。

"有时没得选，只能接受。"勒熙回答。

"有道理，"斯冯说，"意思是他们硬要跟？"

"我可给他们吓得半死了。"既然斯冯都怕，自己也该怕。同病相怜最容易互生好感，也可能成为勒熙活下来的关键。

"那当然了。"斯冯继续说，"碰上胡甘这种家伙，你当然得客气些。加上他那个妹妹真是疯得彻底。叫什么名字来着……你该记得吧？"

勒熙暗忖这个斯冯恐怕大智若愚，竟察觉了勒熙谈起鸦人时透露些许忐忑，便拐弯抹角地刺探。所幸行商阅历丰富又爱听人家讲故事，侍奉奥丁的乌鸦他也听说过，既然一个叫作胡甘，另一个就是……

　　"穆宁。"勒熙回答。①

　　"对啦。不过他们也不多话吧。"

　　"搞不好比那哑巴小子还少。"他往小姐瞥了一眼。

　　"这小子坐着也总要用手抱住自己？"

　　"好像是他们当地的风俗。"

　　"手不用来拿武器，难怪会沦为奴隶。"斯冯说。

　　勒熙笑着伸手指过去，仿佛是说："你这话可有智慧了！"

　　斯冯见状也挺高兴。

　　树林中传出些声响，勒熙心想狼人回来了。但他到底是救星还是煞星呢？查克利是否有办法独自对抗这么多人？没想到窜出来的是猎犬，他不想追了，跑回最后吃东西的地方。

　　"你们是丹麦人吗？"他问。

　　"你们都是这么叫，但其实我们是霍达人，住在丹麦王国北边和西边。"斯冯解释，"像我们都是同一条长船上的伙伴，一共十二人。"

　　"十二不是狂战士的魔法数字吗？"

　　"好像是吧。"

　　"你们是狂战士？"每次狂战士到了拉多加，勒熙都会提高警觉。狂战士透过特殊的蘑菇与药草辅助，在战斗中完全感受不到痛楚，而且据说他们无法脱离战斗，因为在他们眼中此生即是战斗。就勒熙的想法，性格暴烈是一回事，故意培养那种性格又是另一码子事。

————————

① 胡甘与穆宁为神话中奥丁肩膀上两只乌鸦的名字。胡甘原意为"思想"，穆宁原意为"记忆"，他们会将所见所闻都报告给奥丁。

"我们叫作锤神狂战士，但这也就代表我们不是你说的那种狂战士。现在'狂战士'这三个字可以用来形容任何厉害的人，那我们当然也可以自称狂战士。不过在我祖父那年代，只有信奥丁的那些人会变成真正发疯的那种狂战士。我们可不一样，当然别人以为一样也好。"

"你们的主子是？"

"神还是王？"

"都说说看。"

"目前跟着齐格菲，他肯给钱——那小姑娘值不少。至于神，我们每个人信的不一样，像我比较喜欢雷神索尔。比起乌鸦神奥丁，索尔简单直接多了，不必要什么发疯或法术的花样，也不必拿活人献祭。就只是'听话，不然我一锤敲死你'。"

"你都这样想的吗？"

"不完全。我用斧头，不用锤子。嘿，费斯塔尔回来了。"

其他人返回营地，忙得汗流浃背。

"找到了吗？"勒熙问。

"不见了。"费斯塔尔说，"开酒来喝吧。叫你那仆人拿酒来。"

勒熙当然明白小姐根本不知道酒收在哪儿，于是主动起身："丹麦弟兄们，不可以让那小子知道酒藏在哪儿啊。可能你们的奴隶比较老实吧。我给你们拿来。"

费斯塔尔笑道："霍达兰那里只有两种奴隶，第一种是老实的奴隶，什么都告诉他们也没关系。"

"另一种是？"

"死掉的奴隶。"费斯塔尔说。

他们大笑起来，勒熙则只是翘着嘴角陪笑。在东方有种说法：笑就和房子一样，别人没邀请，别随便加入。他也认为自己笑得太激动，人家可能觉得是攀亲带故，所以表达善意就好，不要引起注意。

"在东方啊，要是把坏奴隶都杀光，那就一个也不剩啰。"他这么说完，故意要艾莉丝转过身，自己从行李中取出质地较差的两瓶酒回到营火边，坐下后拔掉瓶塞与固定用的油布垫。

"各位尽量喝吧。"勒熙说。

"两瓶哪够我们喝呀。"一个獐头鼠目的战士说完就抢了瓶过去。

"得留些东西给我呈给国王呀。"勒熙才说完，立刻察觉气氛变得沉重。

费斯塔尔望向他："你是国王的朋友？"

"以前像他干爹一样啊。"勒熙还是这样回答。

"很好，那我们也该送你过去才对。"

"我得等保镖回来。"勒熙说。

"鸦人很快就会过去营地吧，只要没给他找到尸体吃。"费斯塔尔说，"哈斯坦、斯冯、骡子和那些东西你们顾好，我们这就回营地去。我要亲自带国王的老朋友去晋见。"

"我得留在这儿等他。"勒熙连忙说。

但他也知道已经来不及，费斯塔尔拉着他手臂要他站起来，人和骡子都被战士们往下坡赶过去。勒熙暗忖不知道要多好的运气才有可能再见到自己的货。

"里头有给国王的礼物，所以别乱拆哦。"他还是吩咐道。

"不会的，"费斯塔尔说，"等你晋见过再说。"

勒熙回头望向艾莉丝。"别呆站着啊，傻小子！"他叫道，"快把地毯卷一卷，绑起来带走。要是沾到泥巴，我就要你也在地上打滚。"

可是艾莉丝愣愣望着他不知所措，勒熙一回神发现自己对她也讲起北人语。无所谓，对她坏一些才符合这出戏的戏路。

"叫你把毯子卷好呀!"勒熙一边骂一边自己抓着地毯卷起来指向骡子,然而艾莉丝却还是不懂他的意思。

"什么烂奴隶,居然让主子更忙!"那个獐头鼠目的战士嘲弄道。

"我说商人,确定你是主子他是奴隶吗?"斯冯也这么损他。

"把地毯拿到骡子身上放。"勒熙先低声吩咐艾莉丝,接着大声以北人语叫道,"该狠狠揍你一顿才对,不过把你打得一身伤就更没用了。快点儿去,把东西收好。"

艾莉丝捧着地毯过去,勒熙一直模仿她别扭的动作搭配鬼脸,几个北人乐不可支。勒熙心想目的达成,这下子战士们完完全全将小姐当成没用的男奴,只注意自己耍宝,不会察觉她的真实身份。他成功将傻奴隶的印象植入北人心中,于是北人也只看得见自己想看见的画面。这是日常生活随处可见的魔法,不过他以前多半是反过来用,叫客人在稀松平常的东西上头看到非凡的价值。

勒熙转头对费斯塔尔说:"那就多谢各位啦。"

对方也笑道:"也谢谢你。"费斯塔尔指着幽深山谷中点点营火,看来好像镜子反射出夜空繁星。

7　觉醒

艾莉丝觉得自己一定撑不到破晓。一切都与自己作对，再小的事情也能出差错。骡子不肯走，货物一直滑下来，前往营地的山坡路上她自己也时常滑跤，脚趾给寒风吹得麻了。当然，她更担心自己的身份随时会曝光。

不过大半可以忍受。艾莉丝小时候住在乡下，晚上常常在附近森林游荡，与朋友睡在星空下，喝溪水，与当地伯爵的几位女儿一起出去狩猎。姑姑教过她怎样用弓箭，那时说过艾莉丝技术不怎么好，运气却非常棒，明明拿弓姿势不对、架箭姿势不对、拉弓弦手法也别扭，放箭时身子晃动了，但说也奇怪，还是命中瞄准的那头鹿。总之，野外诸种不适她还吃得消，反而笑骂由人这种事情实在一肚子气。

因为满腹疑惧，所以动作更笨拙，然后一跌倒、或者骡子不肯听话，勒熙就带头耻笑她。北人之中有个长得特别刻薄，态度也非常不客气，走在她后面一直故意用长矛绊倒她还哈哈大笑。以前没人敢这样子对待艾莉丝，于是她怒火越来越旺，甚至忍不住落下两行清泪，但结果身旁这些男人奚落得更是嚣张。最后还是勒熙出面解围，对那可恶的小妖怪说假如奴隶真受伤了，那他可还得去求偿呢。

北人营地像是人间地狱，每张脸上都是疤痕与脏污，给火光照得相当可怖。男男女女竟当众交媾，且不出三步就有旁人拿着碗吃东西，或是正在磨斧头。这支军队经年打家劫舍，因此规模像是个移动城镇，一些面目可憎的孩童围过来拉扯骡背上的货品，指着她讲起刺耳北地语，甚至伸手乱戳乱摸。维京人已经占下郊区的一些农舍，但人数太多，不可能全部挤进去，所以还是用树枝树叶搭起帐棚，而且很多人裹着兽皮或毛毯在户外睡觉也一样香甜。下雨的话呢？艾莉丝好奇起来。实在太多人了，到处是插在泥土中的长矛，还有斧头与盾牌，这营地仿佛绵延不尽、与夜同长。

骡子慢慢往前走，战士挥手赶开孩童，往朋友吆喝着。到了河岸，费斯塔尔与岸边人讲话，对方朝着停泊的一条小船挥手。船停得斜，旁边摆上木板。

维京人聊完以后，对着艾莉丝讲了些什么，当然她完全听不懂。

"快，"勒熙告诉她，"把骡子赶上船。"

艾莉丝很想开口对勒熙说话：要她赶骡子上船根本不可能。她喜欢马，连带也跟骡子接触过，知道这种动物只接纳相信的人，而且比马聪明些，用逼得不行，必须慢慢哄。这意味着眼前的骡子不大可能让刚认识的艾莉丝带到看来很危险的船只上。

她内心有股羞愤不断累积，越来越深。腿好痛，背上给北人戳得应该瘀青了。此外，自孩提时代就衍生出的敏锐觉察又浮现，艾莉丝开始感受到旁人的情绪与性格，就好像判读音符或眼睛看得见颜色。小时候她对保姆说，人的心就像一架竖琴，而自己听得见琴弦拨动。这么天真烂漫的形容，长大之后想起来会脸红，但那就是她的感觉，此刻也变得强烈。

北人由许多不同元素交织而成：强韧、残酷、慷慨、勇敢、幽默等等。这些情感像是一束声音与鲜艳色彩涌入艾莉丝脑海，还带着又热又冷的触感。至于那个行商，居然更加复杂，艾莉丝将思绪集中在他，口里最先冒出蜜汁杏仁的香甜味道，底下却又苦又辛辣，如同丁香与烟草、油和醋这些东西全混在一块儿。

一个维京人对她大声吼了几句北人语，指着骡子和小船。又是那个讨人厌、小脸小身的小妖怪。艾莉丝听不懂他鬼叫什么，心里得到的印象是钝重、恶毒、狭隘。他居然出腿狠踹，艾莉丝腿一软重重摔在地上，胸里的空气全吐出来了，头撞得很疼。那小妖怪还不停叫骂，一手比来比去，另一手持着矛杆猛戳。他嗓音好尖锐，活像个小孩歇斯底里的哭叫。

费斯塔尔过去扣着他肩膀，转头对勒熙说："抱歉，商人，他这两年在战场上运势不大好的关系。"艾莉丝暗忖这人语调柔软得多，像是笛子。自己到底该怎么办呢？刚才那一摔，摔得她头晕脑胀，可是霎时间周遭世界变得截然不同。艾莉丝的感官都放大了，人，还有这些人的心思以崭新却又纷乱的方式进入自己脑袋里。仿佛因为受到的压力过分巨大，她心里锁起来的什么东西苏醒过来。

"受伤啦？"勒熙又说着北人的语言。艾莉丝听见后，觉得像是几下轰隆鼓声；尽管明确的意思还是不够清楚，但却明白了其中蕴含的意义。此时此刻，周围所有情绪感受对她而言就像摊开的书本，她懂得北人交谈什么，但并非能够逐字翻译的理解方式。

"别乱杀人，"费斯塔尔交代，"不是法兰克人说的懦夫不懦夫，而是运气会不好。"

"不做事的奴隶留着干吗啊？"又是那个尖锐的声音。

"杀不了人的战士不都留下来了。"费斯塔尔回答，"赛尔达，让那小子把骡赶上船。你要找人打架，就去找个法兰克的武士，别挑又哑又笨的对手。"

即使无法了解字词的明确意义，艾莉丝清楚感知到拿盾牌的维京人袒护自己、讥讽那小个子，而且他之所以将那小个子留在队伍中是出于某种人情债。接着，她听出了赛尔达这个名字，而且察觉到赛尔达处境并不比自己好多少，受到身边同伴鄙视厌弃，还有对此他心里也有数。

艾莉丝站起来后仿佛被夜晚包围笼罩，而人们的心思情绪就像找地上的蚊蚋嗡鸣不休。她脑海闪过一幅景象，看见自己站在山顶，瞭望开阔的山谷。自己心中似是住着另一个生命，带着光芒与脉动，如同骨髓中多了一个音符、一股共鸣。艾莉丝没办法赋予这感受一个称呼，却隐隐约约在黑暗中捕捉到一个符号，是罗马数字的M，也就是千。符号表面的光泽透露出活力，如赤褐色马背的起伏。她甚至还嗅到了马的气味，并看见那符号呼着气、留着汗向前奔驰。符号仿佛生物，透过艾莉丝而活，而艾莉丝也透过自己的生命去展现它。她想给予那形体一个名字，但唯一想得到的只有"马"。艾莉丝知道符号与马有关系。不只有关，而是从根本上相连结。

"把骡子带上船。"勒熙也开口。她看着身边的驮兽，接近时他别过头，但艾莉丝不放弃，伸手摸摸骡子，并在心中观想发亮、颤动的符号浮现于面前，气息透过自己的身体散发出来。骡子的恐惧和怀疑都传递到她心里了，然而那符号赐予自己一份冷静，并连带安抚了动物。骡子平静下来，接受她的抚触，任她牵上木板登船。

她终于将骡子带到船上，北人战士与勒熙也接连爬入船内，然后将船身推到河道中间。维京人都坐下来了，没留下空间给艾莉丝，她只好靠着船缘站立。这辈子还没有如此怪异的经验，就好像心灵不属于自己，不知什么慢慢在其中生存成长，如马匹的符号在视野边缘舞动旋转。艾莉丝意识到自己童年时染上猩红热也曾经有所感应。就此推敲，或许在极度恐惧犹豫时，这个符号就会自己浮上来。方才由于受到北人包围，过度恐慌导致她表面意识溶解，于是它又能显现。

艾莉丝微微颤抖。自己究竟怎么了？一直以来心中的异样感似乎取代了那个熟悉的自我，简直像是这么长的岁月中她根本没有了解过自己。艾莉丝是伯爵的女儿，以后要为了家族兴旺而出嫁，以前则悠游于草原和星空之下。但此刻身体里的音符，对周遭心灵与情绪的感知茁壮庞大，盖过了以往所知的一切。她控制了骡子吗？是不是巫术，她是女巫而不自知？

抬头望向桥梁，两端分别是城区与对岸。船刻意避开，免得进入弓箭手射程内。桥塔在这时候仍进行修整，所以有许多人在上头。艾莉丝好想大声呼救，跳进水中游过去，然而她相当清楚，自己真那么做的话，在拍十下水的时间内，就会被船上的维京人用长矛射杀。

巴黎还冒着烟，艾莉丝望着那烟柱，就像夜空开了一条大裂缝。从塔往桥坠下一个形体，是人。她看看船上，谁也没注意到，就连塔里的人好像也浑然不觉。仅只刹那，艾莉丝却知道那形体是什么，因为寒意沿着水面弥漫而来，那食腐的欲念包藏锐利好战的冲动，反应在闪着精光的小眼之中。她无法以言语形容，心头却已漫天黑影，满是鸦啼。

商人挪到她身边，悄悄用拉丁语说："抱歉对你粗暴了点，但这样才瞒得过去。"

艾莉丝觉得眼眶泛泪。

勒熙又说："别担心，没事了。"

她不解地看过去。

勒熙笑着撇了下头。想不到船启航以后，北人竟有几个就这么呼呼大睡起来。"总有一天这几个混蛋会丢了脑袋，被挂在你哥哥的城门上。等着瞧吧，"他拍拍艾莉丝的背，"放心，我会继续帮你，你的安危对我而言，可是第一优先。"

勒熙的真实情绪如同乐音、色彩进入艾莉丝心中。她看着商人，动了动嘴唇。

"骗子……"

8　会面

约翰不发一语，心里认定会被北人撞断肋骨。他被一个感觉上相当魁梧的男人扛在肩上，男人跑得很快，所以肩头也一直用力抵着他的身体，那力道使他喘不过气，但约翰不肯出言埋怨。出了城，他感觉得到气温显著下降，城内的火势被围墙隔绝了。

"让开，让开！"扛着他的男子大叫。

后面有脚步声，大概是本来围着教堂的武士都追过来。虽然扛着约翰的北人外号叫作胖子，动作与脚步可是一点儿也不慢，就算多了老神父的体重也没影响，只是途中边喘气边叫骂。

"要怎么带他穿过去？"

约翰知道桥梁两侧都有防御工事，不让敌人容易进出。法兰克人追赶叫嚣，但没有人举起武器，因为厄德伯爵已经下了命令。

"放上去用推的啦！"

法兰克人没资源筑碉堡，所以用损坏的货车加上各种杂物与瓦砾堆出矮墙阻挡。

老神父感觉自己被举到半空，然后摔在什么物体上面。很痛，而且等不到他回神，又有一双粗糙的手将他给拽过去，坠在一团乱石上头。约翰惨叫，扭了下身子，连没用的关节也受不了颤抖着。

"丢下来，我会接住。"

"别——"约翰才发出声音，就掉进不知谁的怀里，非常胆战心惊。他还以为自己会疼得昏过去，但结果还清醒。

"好了！"

"感谢索尔！"

神父接着被丢在地上。尽管不想哀号，但实在压抑不了。

"给我闭嘴，刚才不掐死你，你已经很走运了。"

"咱们上哪儿好？"

"把这神人什么的呈给齐格菲，说不定能换些赏金。齐格菲挺大方，应该不会叫我们失望。"

"等其他人吧，大家才能都分一杯羹。"

"先回营地去，我好渴啊。"

约翰痛得不断呻吟，心里咒骂着这身子真是太没用，即使精神上已经预备面对一切，肉体却像个孩子般颤抖。

他又被抬起来，这回是两个人各扛起一边手臂。过程中，约翰仿佛听见自己的关节在尖叫，不过他全力克制，以免自己露出糗态。之后，他大略知道上了山丘，渐渐听到嘈杂声，有谁胡乱哼唱歌谣，篝火烧得啪嚓响，动物们的啼吠，以及许多人在高声喧哗。

神父又被丢在地上，然后听到北人生火，拿锅子，去一边尿尿，连声大笑。一个战士说要找个"合适的"大夫给自己治手臂。约翰心中再度感恩上帝降下考验，健全的、能干的人时常误以为命运操之在己，而若他双腿有力，可以逃亡；若双手拿得了武器，便可以与敌人对抗。但事实上，结果只有一个，就是依上帝旨意而行。正因为身体残缺，约翰不会否认自己在茫茫天地间是何等渺小，他终究只是上帝心意掀起的波涛之中一片小之又小的浮木。每个人都仅只如此而已。差别在于，神赐予他残疾，使他看得更加透彻。

附近有人交谈。

"奥菲提，你为什么这么肥？"

"因为每次我操完你老婆，她都给我榛子吃。"

"通关密语正确！"

"真高兴你还活着呀，朋友！"

他们笑着拍拍彼此的背，问了每个人的近况，有些人活着，有些人死了。

"十二个进去，十二个出来。干脆叫其他人都回家好了，靠我们就打得下这座城。"

"有找到那个女人吗？"

"喔，当然，我没提而已。"

"你这么说就是没有的意思。"

"对啦，没有。"

"至少找到个商人和他的酒。你自我介绍一下吧。"

"你好，我是勒熙，侍奉先知赫尔吉，他与各位的君主齐格菲也是朋友。同样地，我与各位也是好朋友。"

"棒极了。酒呢？"

"小伙子，拿些酒招待客人。"勒熙语气带着装出来的笑意，"听清楚，是这些英勇战士说给你知道酒藏在哪儿无所谓，我才让你看见的。要是之后有少，你把皮绷紧吧——维京人的惩罚可不是开玩笑！"

"才两瓶？太少了吧，小伙子，多拿一点儿来。"是北人的声音。

"朋友，他听不懂你们的语言。"又是那外地腔调。约翰猜想是个东方来的商人。

"给我翻译啊。"

"小姐，最后面那头骡子身上有好酒，拿一些给他们。不要太多，懂吧？"

约翰讶异，怀疑自己是不是听错了。小姐？这商人刻意不用domina这词汇，因为太常见，不讲拉丁文的人也很可能听懂。他用了era这个单字，相对不够尊重，却极有可能瞒过蛮族。也就是说，有个女人在场，还易容了。

商人又改说北人语："小伙子，拿酒来啦，别呆站着看神父。没见过神是不是？手脚再不快点，我立刻送你上天去见神！"众人绝倒，而那东方腔调又改口操起拉丁文。"小姐，坚强点，欺负你才容易让他们一直受骗下去。"

"小鬼又哭啦！"

"小子，人家修士是跛子啊，路边多得是这种人。我拿索尔的大鸟蛋打赌，米可拉嘉德那鬼地方一定很少跛子是吧？这么说来，应该去那儿闯闯看，他们不喜欢残废的话，只要看见奥菲提下面就会开门迎接了。这才对呀，拿多点来，先好好喝饱了再去晋见，忙了大半天是不是该犒赏自己一下，嗯？"

难道真的是她？

"给我。"是个粗野的蛮族声音，就在旁边。

约翰微乎其微，以气息吐出一句话。

"Domina……"

神父感觉到手指擦过脸，动作相当温柔。这是相当奇怪的感受，心里觉得是那位小姐，但实际上他根本没与人家肢体接触过。应该说，约翰这辈子与任何女子都没有过肌肤之亲。妙的是刚才的抚触的的确确有艾莉丝小姐的气质，甚至可用音色或者香味比喻。痛苦、羞辱都不使他胆怯，反倒这状况比较可怕。从七岁以来，除非是要抬起他，或者帮忙他沐浴，没有人会触摸到他的皮肤。约翰的身体窜过一阵凉意，从额头到膝盖都清爽起来。可以说在教堂布道后，他常常提醒大家不要沉浸于皮囊的愉悦里，但对约翰自身来说那是个空泛虚幻的概念，完完全全只是别人读《圣经》时才会提起的文字。他鄙视，但他从未体会。不过刚才那似有若无的触碰间，约翰瞬间理解那种感受。是谁呢，她吗？这么多年下来，约翰第一次怨恨自己是盲人，他好想看见，好想确认。

北人战士们坐下喝酒。约翰感觉夜风更冷了。

他试着镇定情绪，思考在齐格菲面前自己该如何反应。当然，他绝对不会苟且偷生、摇尾乞怜，这一点无庸置疑。但约翰也明白，只要自己还在这营地内，皇帝查理陛下就极有可能出兵救援，不可能任一位精修圣人落入异教蛮族手中。他强迫自己忘记刚才那阵抚触带来的异样感受，定下心神仔细分析：假如自己是齐格菲，会有什么对策？维京人的领袖也绝不愚昧，能判断出精修圣人带来什么危险。会勒索巴黎人吗？约翰觉得不大可能，没这个必要，只要攻破围墙，之后城内财物任他们豪取强夺。然而只要他还活着，就有可能使天主教国度集结起来，对齐格菲构成莫大威胁。因此，约翰的判断是自己一定会死在这儿。

他专心祷告，但刚才那抚摸的感觉不断回到脑袋里，好像皮肤唱起歌来了。约翰算是有幽默感的人，意识到这真是个讽刺的局面：自己即将死去，死前却偏偏明了了肉欲这种罪孽。于是他默祷："耶稣基督，请以您曾受过苦难的圣心接纳我这罪人的灵魂。"他觉得自己到了早上就会见到耶稣面容，也期盼自己能归于主的宁静。同时，约翰觉得自己死于北人之首，是上帝对他内心傲慢施以惩戒。傲慢，路西法的罪行，也是约翰一直以来的错误：他竟让同胞称自己为圣，成为在世的圣人。真正的圣人们历经苦难后死去，于是上帝要他也有同样体验。在汉斯①那儿，北人确实拿石块打死了三位神职人员。他试着不去想象，告诉自己这是一段旅程，中间搭乘什么并非旅行的意义所在。

又有叫喊声，旁边的人都站了起来。

"你是谁呀？"

"国王的使者阿努尔弗。齐格菲要你们立刻过去，有他要的东西。"

"大概是说我吧。"那个东方腔调回应。

"是天主教、食人族的圣人。国王要见他。"

约翰暗忖自己与耶稣基督见面的时间点比预期得更早。

---

① 法国东北部城市。

9　孤独

圣人约翰被带走了。方才太过混乱，艾莉丝都忘记北人攻进教堂之前，其实约翰进去见过她。那么哥哥呢？厄德伯爵武艺精湛，以前授业的师父都夸他是奇才，所以艾莉丝也没有想过兄长可能受伤，甚至战死。问题是北人居然可以将圣人带来，她知道哥哥绝对不会容许这种事情发生……假如哥哥尚存一丝气息的话。想到这儿，她心都凉了，哥哥还活着吗？

刚才一时激动，她伸手碰了下老神父，不知算是安抚，还是想让对方知道自己不孤单。艾莉丝可以想象约翰会怎么说："我从不孤独，上帝与我同在。"但，她还是忍不住。

思绪比较清澈了些，艾莉丝却开始忧惧。在教堂时，她还没有机会告诉神父自己的梦境多么逼真，可是狼、或者说狼人却直接出现在现实中，还牺牲性命保护自己。接着，梦境中因狼而起的危机四伏感受，也弥漫至清醒的世界里，为什么自己可以与骡子沟通呢，那个符号是怎么回事？不过艾莉丝又觉得自己应该专注在眼前的北人，而不是虚无飘渺的恶魔。

北人大都喝得很醉，摸了半天才拿起武器。她听不懂这些人讲些什么，但看得出他们脸上写着担心。艾莉丝不愿意靠近那小妖怪，特别怕他。别人喝了酒以后都扯开嗓门开开心心聊天，只有他越来越消沉，篝火照耀出的笑容仿佛鄙视身边爽朗的伙伴。

一行人下了缓坡后到了附近可见最大的房子。其实城外所有房舍都不怎么体面，只是木头支架和没上漆的泥巴墙，加上一些简陋的想模仿罗马风格的装饰。屋顶也是木头，斜的，拿颜料涂得一格一格，伪装成瓦片，但实际上看起来却比朴素的农舍还不入流。窗户上挂着碎羊皮纸，艾莉丝猜想大概北人刚进来时不习惯有东西遮风，曾经撕掉过。虽然是微不足道的一件事情，她却又意识到这些北方人多么野蛮未开化，法兰克人究竟为什么输给蛮族？或许如她兄长所言，原因出在皇帝是个懒惰的胖子，宁愿拿民脂民膏去收买敌人，也不愿在战场上堂堂正正决一胜负。厄德已经证明了他们有办法击退北人，花费代价并不比较高，可是查理皇帝仍坚持要用岁币打发敌人。根据她哥哥的说法，用金子买和平，结果就是北人食髓知味、永无宁日，只有靠钢铁打出来的和平才能够维持下去。

到了那屋子前面，艾莉丝停下骡子，周围还有很多北人战士，一些全副武装站着、一些坐着玩骰子，也有人吃东西、睡觉。她忽然想起来商人把自己的头发也收在货物里头，要是给蛮族国王看见怎么办？费斯塔尔高举着手对伙伴讲话，她听不懂，勒熙察觉艾莉丝神色不对，悄悄帮忙翻译。

"大家听好，进去要见国王。你们记住，之前推举我出来当代表，所以给我一个人讲话就好，当初他也是和我敲定价码，所以现在同样由我跟他谈判。我不想听到你们任何一个人插嘴，懂吗？"

"假如他直接问我们话怎么办？"

"就说你们听我的。如果他追问，说不知道，我会比较清楚。"

"要是人家问我的鸟蛋多大又怎么办啊？"奥菲提在身上抓来抓去。

勒熙还是翻译了，他好像也觉得这类与性、性征有关的笑话很滑稽。

"还不是一样，我比你自己更清楚。你总不会看那儿看了十五年吧，白痴胖子。"

大家都笑了，费斯塔尔叫他们先安静。

"认真点儿，不开玩笑。除非他特地问话，不然你们别多嘴。我们快进快出吧。把约翰带过来。"

艾莉丝在旁边看着他们将约翰神父拉到里头。勒熙假装照顾骡子，既然北人的精神都放在应付国王，完全忘记自己存在，那他也乐得不去提醒。感受到夜风冷冽时，艾莉丝心里又出现那声音，是渡鸦的嘶哑叫声。

她望向通往河岸的山坡，更远处就是即便坚固却也已经毁坏的桥塔。艾莉丝知道就算自己想游泳回去，还来不及叫出声音很可能就被自己人给射杀。现在唯一的活路是北边的纽斯特里亚，但那里也大半落入诺曼人手中，想要逃走必须忍到时机成熟，而且身为天主教徒，她觉得自己有责任要尽可能保护圣人。

可是想想自己根本没这么大能耐。狼人、鸦人、丹麦人，怎么大家都要捉自己。暂时当个又哑又傻的男奴，似乎安全得多。

她摸了摸带头的骡子耳朵，骡子探头撒娇。艾莉丝心想，至少自己多了一个伙伴。

10　软硬兼施

约翰闻到烤肉香气，以及烧松针的味道，且地板上铺着还没干枯的芦苇。屋子里面原本有人低声交谈像是蜂鸣嗡嗡，不过他一被带进去就安静下来。

"齐格菲王，"费斯塔尔开口，"我们活捉此人，敌人的神，将他带到你面前，希望你会开心。"

"捉到那女孩没有？"

"没有，大人。"

"为什么？"

"她摸黑逃到了河的南岸。"

"那你们为什么没追过去？天很快就亮了。"

"大人，我们追丢了。但这个人太有价值，我们认为你会想要立刻见到。"

"我看是你们腻了，想回来喝酒玩女人，然后拿这家伙来敷衍了事？"

没人敢回话，约翰听见国王鼻子哼了哼，接着传来类似金属刮过木头的声响。是杯、碗刮擦桌面，还是刀剑？"

"鸦人有没有捉到她？"

"大人，据我所知没有。他的弓箭射中另一个变形人，但应该也没追到那女的。"

"不想弄湿羽毛吧，"奥菲提开口。

费斯塔尔嘘了一声。明明叫大家都别插嘴，却还是有人不听话，连约翰都感受到他有多不悦。

"还有别的变形人？"

"是，大人，是个狼人。"

"是哪儿来的？难道是预言之中的那头狼？"

"大人，这我不知道。反正他也已经死了。"

"死了的话大概就不是。后来还有人看见乌鸦吗？"

"我猜他应该和妹妹去了树林，如果他那妹妹还没死的话。"

"死的话大概会被他煮来吃。"奥菲提说。

"你闭嘴。"费斯塔尔忍不住了。

国王冷笑："费斯塔尔，你该不会打算杀了乌鸦吧？"

"大人，假如在城里，他跑得没那么快，或许我真的会出手。"

"是吗？其实我刚刚只是说笑。他对我和我一个盟友还有用，只不过就接下来如何行动才正确，我们有些歧见就是。"

"大人，你说的我可是半点儿都听不懂。"

"很好。"

约翰听见脚步声靠近。齐格菲的声音传来："这就是那个神人？"

"是的，大人。"

"跛了的'圣人'，哪里称得上是神呢？费斯塔尔，下次用词要精准一点。话说回来，约翰，你为你的神办事吧？"

约翰不讲话。

"其实你挺有名的，自己知不知道？法兰克的士兵往我的船上倒火油和石头，口里喊的可是你的名字。这家伙是哑巴吗，舌头和身体一样歪了，还是听不懂我们的语言？"

"我记得他讲过话，"是奥菲提回答，"在他们那个神殿里头开过口。"

"说了什么？"

"说他不是神。"

"哼，至少针对这一点有共识。费斯塔尔，你们怎么捉到他？"

"他和那女的在神殿里面。"

"你们逮到人，却给她跑了？"

"大人，是狼人救走了她。碰上术士，我们也无计可施。为了砍他，我还砍坏一把剑，伙伴们拿去戳他的矛，也被他的硬皮折断了。"

约翰听得不怎么相信。一路上可没听过他们讲这些，精彩的故事怎可能忍住不提呢？

"但他被鸦人给打败了。"

"大人，那箭上一定有法术。术士就得靠法术打败，大家也都知道鸦人是术士。"

"是吗？结果那女孩子呢？"

"她从窗户跳河，后来上了南岸，跑进树林。之后我们就一直没找到。"

约翰听见有人呼了口气，来回踱步。

"我找你们霍达人过来，因为听说你们都是大英雄，厉害得很。结果一个小姑娘居然就能趁夜逃走。"

更多轻微脚步声。

"约翰，那个女孩子可以去哪儿？南岸有她能躲的地方吗？"

神父不肯回应。

"先明白一件事情，想捉她的并不是只有我而已。落在我手中，那女孩可以保住性命，给其他人找到，就等着看你们的神要不要帮她了。"

约翰感觉到脸上有气息拂过。对方弯腰在自己面前讲话。

"我们的鸦人也在找她，鸦人下手可不温柔，会吃了那女孩儿，而且是活生生地啃她。要是你不希望女孩落得那下场，最好想办法帮我们。"

约翰终于发出声音："为什么要找她？"

"果然会讲话。回答我的问题：她在哪里？"

"我不知道她被带走，也对这乡间地形不熟悉，看我这模样应该就能明白，我不可能常常外出走动。"

声音靠到他耳朵边。

"约翰，你看起来一点儿也不怕。"

约翰仍旧不回应。

"你应该是个先知？"北人的王问他。

他沉默以对。

"别装了，我都知道。难道以为只有你们那个厄德会派奸细吗？我们并不像你们以为地那么落后。我听过传言，你是先知。"

约翰察觉燃烧的松针、烤熟的肉、地板的芦苇都掩盖了另一个气味。那味道是什么？好像在巴黎也出现过。死的肉、腐的肉。火化。

"不如简单些。我要你帮忙，你也告诉我你想要什么，我会帮你办到。这样如何？"

面对这问题，约翰只能有一个答案："那就将你的灵魂献给上帝。"

"不可能，我身为王，是奥丁的部下，这大家都知道。先让你过得舒服些如何？想不想喝酒，或者吃点儿什么？"

"想，但我无法独立进食。"

"唔，可惜我也不能喂你，随便碰瘸子不是好事。"

"叫那小伙子喂。"奥菲提说。

"胖子你闭嘴。"费斯塔尔低吼。

"什么小伙子？"

"外头行商有个男奴隶，是个傻里傻气的哑巴，从米可拉嘉德来的，而且看起来原先就迟钝，所以染上什么病大概也无所谓。"

"哑巴最好，"齐格菲说，"带他进来。狂战士，你们出去吧。其他人也一样，先退下，我自己和这位'圣人'谈谈。"

"出去！"是费斯塔尔的声音，接着约翰就听到脚步声往外移动。

安静了一会儿，神父只听见火焰啪嚓响、蛮族王踩着芦苇来回走动。那气味又窜进鼻里。死亡的味道。

然后，脚步声进来。

"喂约翰吃东西。给他肉和酒。"

一阵沉默。

"小子，你傻啦？快喂他啊！"

"他听不懂你们的语言。"

"那你有办法和他讲话吗？"

"可以。"

"自己和他说吧。"

"你去拿东西给我吃喝。假如我猜中了，是小姐你的话，请洒一点儿酒出来。"约翰故意说希腊语，比较有把握两人都懂，但齐格菲一定不懂。

接着他听见端盘子以及倒酒的声音。后来杯子挨在唇边，却太高了些，所以洒洒上前襟。

"小子，你注意点儿，很贵重的，不要浪费。"齐格菲在旁边道。

神父吃了不少面包与肉，也直至此时才意识到自己有多饿。

"小姐，保持信念。"约翰说，"我们一定撑得过去。"

一只手搭上他肩膀。又是那感觉，一股沁凉悸动透过身体。

"约翰，我先说说我遇上的麻烦好了，"齐格菲开口，"你的同胞守住城墙的时间比我预期得要久，拖下去军心会涣散，再不赶快有进展的话会有人嚷嚷要回家，甚至跑去和我作对的人那一边。这营地里大大小小将军多的是，要他们听话，就得不断有东西让底下的人抢。这么说，你应该明白意思吧？"

"嗯。"

"然后，我们这儿的人大半都迷信。问我个人，我倒很愿意明天一早就信你们的上帝，这样可以多出一堆盟军和联姻的机会呢。你们那个神嘴上说着要和平，打起仗可是一点儿也不含糊，我们祖先就见识过查理大帝的能耐。所以呢，我欣赏你们的神，他知道让子民的王有钱又威风。"

"基督并不需要凡人为这种理由而信他。"

"我有问他要什么吗？我说的是他可以得到什么。总而言之，我们那儿有个预言，占卜师看见了，追杀那个小姐的怪人看见了，北方一大半脑袋只有神的家伙都看见了。预言说我们那位奥丁大神会以人类的模样来到这个世界。"

"假的。"

"是真是假并没有那么重要。重点是我们北方人绝大多数会追随这位奥丁化身，如果正好是我，大家就会拥戴我。"

"那你何不自称是奥丁化身？既然你也不真心相信，利用人民的迷信不是很方便？"

"我是自称为奥丁化身，但可没说预言是假的。症结出在预言太多人听过，偏偏这预言设下了一些条件，就是'如何知其为奥丁'这类莫名其妙的句子，你懂的。预言说可以辨识出众神之王的，是我们一位叫作胡甘的朋友，他的外号是渡鸦（Hrafn），不到五个钟头之前单枪匹马冲进你们城内。后来一堆人跟着冲过去，其实是想阻止他恣意妄为。胡甘是奥丁的信徒，奥丁这个神掌管着吊死之人、疯子、智者、强大的法术和诗歌等等乱七八糟的东西。所以呢，传闻也说胡甘自己就是奥丁身旁一只乌鸦的化身，会为主子侦察敌情、观察世界的一切。听到这儿，你大概觉得荒谬无稽，但想想你自己也不会好到哪儿去，活生生的圣人若不带有一点点神性又怎能成立呢？反正结论就是想当奥丁化身得等他点头，由他开口承认才算数。"

"那你叫他帮忙就好了？"

"没法子逼他的。相信我。就算严刑拷打也没用，跟他自虐的方式相比都不算什么。我还是想，但不会有效果的。何况人民得知了也就没意义了。"

酒杯又到了约翰唇前。他知道端杯子的是艾莉丝，小姐正在发抖。

"因此我唯一的选择就是完成预言，事情也就从这儿变得有趣。北方人相信众神有一天会灭亡，在那个阶段，奥丁必须和一头叫作芬里尔的巨狼搏斗，然而却被巨狼杀死。换句话说，若那头狼出现在中土世界，也就是人间，代表奥丁也降临了，否则狼就无法杀死他。"

"那你为了证明自己是王中之王，必须死？"

"和你们的耶稣基督差不多？"

"你这话太过亵渎。"

"冷静点儿。我想到一个办法：既然要满足预言设下的条件，就先找到这头狼，然后改写命运。"

"如何改写？"

"把他杀了。我擅长杀东西，应该说是我唯一的专长。之后就可以书写自己的神话了，我活下来可以成为反败为胜的奥丁，我死了也是后代歌颂的英雄，所以怎样都不会输。"

"除非狼不出现。"

"他会出现的。这就是为什么要找到你们那位小姐。"

"那位小姐与这件事情有什么关连？"

"那个鸦人有一位妹妹，也是个先知。她说那位小姐是找到巨狼的关键。奥丁曾经降世，也曾经与巨狼搏斗，当时这女孩也存在，还不知为何卷进神与狼的斗争里。无论她在哪儿，狼就在哪儿，所以我们才要找到她。"

约翰吞了口口水，想起在教堂里艾莉丝讲过的话。他已经稍微想通了，艾莉丝恐怕是听到北人要捉自己的风声，才会开始做噩梦，一般人都会吧。

"那为什么你们的术士想要杀小姐呢？"

"他并不同意我就是奥丁，也认为巨狼尚未现世。他的打算是趁狼还没有找到女孩，就先将女孩杀死，这么一来狼可能会衰弱，甚至最后他信的神就免于一死。你们的占卜师不也会看着夜空星星预测未来吗，要是他们可以伸手到天上去把星星摘掉，就可以改变命运？鸦人相信这一套，而那位小姐就是他想摘下的星星。"

"你觉得不必这么做？"

"我相信的是神——也就是我自己——可以骗过命运，只要用另外一种方式处理就好了。我的办法是保住小姐的性命，设圈套捕狼，然后一对一决斗打败他，因为我从来没有输过。但是鸦人只想着要那小姐尽早死掉，这就是我和他对于神话的诠释不同。"

"都是戕害人心的异端邪说……"神父回答。

"或许是，或许不是。"齐格菲说，"我见识过不少预言成真，知道有这种可能，所以说真的有神也不奇怪吧？像我这一族就继承了奥丁的血脉，所以我可能是神，也可能不是，重点是只要我找得到那头狼并且杀死他，鸦人就不得不尊我为神。"

"唔，"齐格菲说，"为何不做个测试？你给个预言，说出小姐在哪里，假如是真的，我就信了耶稣基督。当然一开始得私下进行，等到所有士兵、头目都团结了效忠于我，我就会公开。"

"预言禀受自上帝，上帝不会在这种情况下赐给我。"

"你别无选择。"

"不可能。去找你说的异端鸦女吧，她不也可以预言吗？"

"只可惜现在她没这体力。她们得到预言的手段非常……"约翰听见蛮族王一边思索一边轻轻敲打某物，"姑且说非常折腾人吧。"

"无须奢求能从基督得到答案。像你们这样的人，他能给的只有一个，就是无尽的地狱。"

"你自身难保，还不肯答应。"

"我不怕死。"

"也好，因为你离死不远了。"

焚烧尸体的气味一下子猛烈起来。小姐倒抽一口气，然后传来芦苇上的脚步声。

"圣人，"齐格菲又开口，"这位就是鸦人胡甘。他为了得到预言，把自己妹妹弄得半死不活，在你身上应该也是轻松愉快吧。"

11　渡鸦

　　他的目光仿佛可以贯穿艾莉丝，与在平房阁楼时瞧见的相同，就像一对闪闪发亮的黑色宝石。艾莉丝一边颤抖，一边退到阴影里。被他认出来了吗？不过鸦人又低头看着约翰，所以或许还没有。

　　鸦人走进光线里，艾莉丝可以看得清楚了。他骨瘦如柴，披着缀满黑色羽毛的斗篷，黑头发沾了某种油乱成一团，插着羽毛排列如同奇形怪状的王冠。她还注意到鸦人脸上布满各种疤痕，细小但是很深的伤口，有一些红肿或者化脓，也有一些愈合了，但还有些继续渗血。他浑身上下都是尸臭味。

　　艾莉丝眼睁睁看他上前，弯下腰在神父耳边说了一句拉丁文。神父身子缩了一下。

　　"先知，"鸦人这么说，"你就是精修圣人约翰？"

　　"我不与魔鬼打交道。"

　　"我不是魔鬼。先知，你得协助我们。假如你真有那力量，我可以指引。"

"你这怪物为何会说我们的语言？"约翰知道自己正在发抖，但其实他是气得发抖，却只能骂自己太不像话，会被敌人误会成恐惧颤抖。

"以前我被修士养大。"

"然后背弃了耶稣基督。"

"他在圣莫里斯收我，却也在圣莫里斯抛弃我。"鸦人的手按着地板，"圣人，改宗这种事情也是双向。"

约翰猛吞一口口水。他听过圣莫里斯这个修道院，是东方瓦莱山中的奥古斯丁教派，地位十分崇高，收藏许多财宝、圣物、诗歌集，四百年前起那儿的修士们就轮班颂唱 *laus perennis*（恒久礼赞），至今仍未停歇，所以成为天主信仰的中枢地。然而面前的怪物居然出身于圣莫里斯修道院？

"你怎么会认识我？"

"听说过你的事迹，也有人说应该要畏惧你。"

"该畏惧上帝，"约翰说，"他为你这样的人做了特殊的安排。"

鸦人一笑："看来也对你有所安排。"

躲在旁边的艾莉丝总觉得鸦人的腔调听来有些熟悉。虽然带着北人的味道，但又与丹麦人不大相同，似乎与那个商人要类似一些。

"能不能叫这修士把女人找出来？"齐格菲开口。

虽然艾莉丝不懂他讲的话，但从那急切口吻与肢体动作也猜到梗概。

鸦人点点头，却以拉丁语回复："短时间的话，或许可以，或许不行。多给点儿时间就一定行。"

蛮族王貌似生气了，手往整个营地比了比。艾莉丝猜得到他正在催促鸦人动作快些。

"那就试试看吧，有快捷方式，会害死他，但可以得到想要的东西。"鸦人又说起拉丁语，艾莉丝这才明白他是故意的，使用蛮族王听得懂却程度不高的语言，变相营造自己地位更高、权力更大、凌驾于对方的态势。当然，顺便吓唬了神父。

蛮族王以北人语讲了几句话。

"圣人，他觉得你活着会造成威胁呢。看来他不明白，即使你死了，法兰克人也还是得将你的骨灰，以及用过的圣物给收回去。要不要我帮你磨成粉？"

"没有人会来找那种东西。"神父回答。

"你太低估自己了。就算成了尸体，你也可以提振军心。反正那并不重要。"

"要多久？"齐格菲问。

两人以北人语交谈一阵。艾莉丝察觉蛮族王并不信任鸦人，他不断地提高音量。

鸦人耸耸肩，又朝着坐在地上的神父弯腰过去。火光下约翰扭曲的肢体使她想象到融化的蜡烛，鸦人细长的身躯反而像是蜡烛的影子。

"圣人，愿意与我们合作吗？用你的力量帮个忙？对你而言，代价并不大。"他说的是拉丁文。

鸦人得到的答案只有沉默。

"你知道如何使用魔法吗？"他又问。

约翰不回答。艾莉丝感受到了，鸦人身上散发出一股冰冷，就像荒凉而高耸的地方，此外还有另一种气息，但她无法明确地掌握。尽管觉得可能是孤单，但艾莉丝又很难想象这种怪物有温柔的感情。

鸦人继续说："我懂。要透过极度的讶异。人的思绪纠缠不清，和纺车上的纱一样。如果你体内有魔力，会被日常生活的假象，也就是饥渴、欲求，还有你们修士那些胡言乱语，加上这世界的各种气味给掩盖，因此必须先除去假象，要除去假象就要经历痛苦、作呕，或者任何将思想打得散乱无形的办法。将那些粗糙的思考都剔除以后，剩下最精华、真实的自我，就是魔法闪耀的时刻。法兰克人也有隐士，他们独居冥思，为的就是体现那份魔力。耶稣基督被钉上十字架也符合这个仪式，因此召来闪电、复活死者，但周遭的人却只是血肉横飞惨死当场，因为不是谁都可以发动魔法，或者说每个有魔力的人施展法术后得到的结果也有所不同。有些人能够预言，有些人无法穿透时间却能看见远方的景象，也有人将心思塞进乌鸦身体中遨翔天际。某些人可以减缓时间流动，对他们而言，所有人慢了一半，所以战斗中无往不利。当然更多人除了哀号之外，什么效果也没有。"

他在神父周围走来走去，眼神如同在市场打量待宰的家畜。

"你尽管相信那些谎话吧。"将耶稣基督与术士相提并论，约翰忍不住恼火起来。

"圣人，告诉我，你第一次看见异象，是在身体变成这样子的之前，还是之后？"

"那一天上帝祝福了我两次。"

"是异象造成了病痛，还是病痛造成了异象？你看见异象，病痛是否会恶化？我说简单一点儿，是不是那份能力导致你身体变成这个样子？"

"都是上帝的旨意。"

"都是命运。"鸦人说，"即使是神，也只能遵循命运的纱线。"

"既然如此，你信奉的奥丁也必将死亡，由仁慈的神取代。你们的预言不就这么说了吗？"

"我们会推翻这个预言。只要我还在中土世界，死者之神就会统治一切。他必将逃过狼牙，掀起吞噬世界的大战，为英灵殿增添无数英雄。我会将奥丁拱上人世王者的宝座。至于永劫后的未来，我无力干预，或许巨狼终将啃咬奥丁，但届时我已在英灵殿内与豪杰们同饮。"

神父善于从人声之中判断情绪。他在鸦人话语下找到一丝隐藏的欺瞒，就像学徒说要进城找医生，其实是想见市集广场上某个女孩那样。基督真的放弃了这个人？约翰不相信，决定测试一下。

"崇拜偶像，就无力控制任何事物。"

"错了。"对方回答，"我现在就控制了你。你必须说出预言，带我们找到那女人。她就是猎狼钩，可以将巨狼引来。你认为巨狼想要面对诸神黄昏时自己也将死去的命运？不，都是那女人造成的。她只是命运的傀儡，无力反抗。"

"我绝对不会帮你们。"

"会的，只是自愿与否的问题。"

艾莉丝心一冷，鱼肚白照进屋内，驱退昏暗，再过不久鸦人就可以看清楚自己的长相。她悄悄退到屋子角落，确实看来像是怯懦的奴隶不想受人注意。

胡甘起身，转头望向齐格菲。两人以北人语言交谈一阵，然后他指向北方。

齐格菲脸色苍白了些。鸦人冷笑，又向约翰讲话。

"这个王居然是战士，性子怎么这么软。不过他也得明白，魔法就是这么残酷。"他指着自己脸上无数疤痕，"就像我已经明白这一点。圣人，我先走一步，外头有人找我，得去治好小孩子的病。"胡甘穿过约翰身旁，踏进外头渐亮的晨光中。

12　意志

艾莉丝出来以后，看见北人战士们拿勒熙那些包袱当枕头，睡在骡子脚边。

勒熙得花钱叫他们看守货物，但暗自发誓一定要在离开之前找到办法将这些花费捞回来，一大原因是后来发现根本没有这必要，原本还不少人打那些包袱的主意，但他们很快得知酒已经没了、里头也没吃的东西后，一下就没了兴趣。丝绸可不能拿来吃喝，营地里的人有兴趣的只有酒和食物，就算勒熙拿出一匹上好黄丝，大家看了也只是回头做自己的事情，不外乎是喊饿、抱怨和保养武器。

他也很累，但却睡不着，在晨雾中觉得好冷，还有自己真是老了。方才看见一个怪人从屋子出来，勒熙分辨得出那种模样是巫师、术士，这种身份多半也意味是狂人。他不禁颤抖起来，只好安慰自己说：以前见过更可怕的呀。然而仔细一回想，他完全想不起来何时何地。

接着，蛮族王也走出来。勒熙低着头，心想自己该如何解释一切，但结果人家根本没有注意他。勒熙观察以后，知道齐格菲也无法成眠。

"战士们，起来！"齐格菲忽然大叫。

北人们懒洋洋地起身，甩掉头发上的露水，然后宿醉头痛来袭，开始希望能继续躺着。

"把那修士带进树林，送到鸦人的营地。"

"大人，我实在不想去那种地方……"费斯塔尔说。

"我要你们去。"

艾莉丝走到商人身边。勒熙两眼有血丝，用力打了呵欠。"结果我整夜都没睡看着骡子，"他说，"这该是你的工作才对呀。"

她瞪了商人一眼，提醒对方别假戏真作。勒熙微笑以对，心里当然没真把她当成奴隶，这女人可宝贵得很。

奥菲提进了屋子将神父扛出来，勒熙看得出约翰觉得痛，但忍着不讲话。

"喂，商人，我不想一直扛着他呀。借我们一头骡子吧。"

"之前运酒的那一头，现在背上应该轻多了……"勒熙回答，"把他放上去吧，我再把骡子牵到树林里比较安全的地方。"

"不，"齐格菲开口，"商人，你也替我跑腿，和他们一起过去。"

勒熙挤出笑容："王的命令，我一向乐意达成。"

"跟那修士一起过去，陪他一天，一步也别离开，之后把他讲了些什么全部告诉我。"

"遵命，伟大的王。"

齐格菲看着勒熙，表情有点儿狐疑，似是觉得眼熟。但最后他只补上一句："用不到的东西和骡子留在这儿就好。"

"王，我想看着自己的东西。"

"我没请求你，是命令你。东西不会被偷，骡子不会被吃，我亲自担保。只要你的回报令我满意，一样也少不了你的。"

勒熙又笑了。本来以为自己走投无路了，先别说在营地里没生意可做，其实连食物也找不到；东西留在这儿，回来大概少了大半、或者根本全部不见。但他倒明白北人说话算话，有了国王的承诺，货物与骡子留在这儿确实比带走还安全。更幸运的是，目前为止，那几名北人都没机会提起勒熙自称与国王熟识。

　　一行人穿过营地内冒着黑烟的篝火，在雾气中爬了很长一段坡。勒熙回头张望，露雾在谷地里浓稠如一碗汤，汤里熬煮着混乱、瘟疫、猜忌和杀戮。到了森林边缘，已经有人出来砍柴，他们踏着林中小径，严格说来就是比较凹陷的草地而已。水气浓密的树林相当清幽，阳光照耀之下露珠晶莹，风信子在朦胧中宛如蓝紫色的宝石。可是勒熙无法享受这环境，他已沦为阶下囚。转头望向艾莉丝，不禁好奇她又算是什么？囚犯的囚犯？不过一夜，从贵族仕女沦落成这样，也真够可怜。

　　进入树林之后不到一个钟头时间，他们走到空地。周围树木矗立，巨橡枝叶茂密。

　　"就这儿。"费斯塔尔说。

　　勒熙看不出这儿怎么称之为营地，明明空空如也。

　　"Hrafn（渡鸦）！"费斯塔尔大叫，"Hrafn！"

　　树上一只大乌鸦在巢里跳动。

　　"不是你啦。"奥菲提嚷嚷。但没人笑得出来。

　　那只大鸟坐在高处树枝往下望着他们。

　　"这种鸟真是奇怪，"奥菲提又说，"明明鸟窝没有在一起，但只要其中一只嗅到吃的东西，就会大声鬼叫，同伴马上赶过来。"

　　"我们还是祈祷没有别的Hrafn在附近吧。"费斯塔尔说。

　　"该让我把那个吃尸体的家伙给收拾掉才对。"奥菲提回答。

　　费斯塔尔冷笑起来："下次不在齐格菲的地盘上，你就尽管上。"

"你们讲话别这么轻佻。"斯冯插嘴道,"他好歹是奥丁神的祭司,平常可以给人治病,上了战场一人抵十人,这些我都亲眼见证过。"

费斯塔尔喉咙咕噜一阵,显然并不想争辩此事。"Hrafn!"

树林里起了一阵骚动。

"噢,弗雷①的大老二保佑我们,是她……"奥菲提说。

"把犯人留在这儿就回去算了。"费斯塔尔,"我一点儿也不想看到接下来的场面。"

"你有这么胆小吗,费斯塔尔?"

勒熙转头一瞧,是个头矮小、特别喜欢欺负艾莉丝的赛尔达。

"我杀过很多人,"费斯塔尔回答,"但被我杀死,会死得光明正大,死在刀剑矛斧下。这种事情,我看了不高兴。"

"没办法眼睁睁看着敌人受苦?"赛尔达进逼。

"让他们死得利落才对。"费斯塔尔说,"不也好早一点儿回去喝酒玩女人吗?"

"口味不同吧。"赛尔达耸耸肩,"不然我留下来好了。"

"你想留就留吧,"费斯塔尔回答,"不过尽快——"

他说到一半收起声音,勒熙忍不住打开下巴,艾莉丝其实叫出了声音,但似乎没人察觉异样,因为大家顾着自己别吐。以前旅途中,勒熙遇见过麻风病患,当然那时他避之唯恐不及,只不过眼前所见是更不堪入目的容貌。

出现在空地边缘的女子有一头黑发,但纠结杂乱,身上的白衫给颈子上两个大洞滴出的血给染得脏了。她身子摇晃不已,似是羸弱得无力站稳。真正吸引勒熙目光的是那双眼睛,或者说空眼窝才对。女子与胡

---

① 北欧神话中司掌风饶与爱情的男神。

甘一样脸上满布疤痕，却更多、更凄惨。她的头浮肿着，看上去里头都是液体，形状如同树木遭虫害长出的大瘿。在这女人脸上找不到鼻子的形状，只有下面歪七扭八的一条缝能推敲出是嘴巴。眼窝除了没眼球，洞缘也浮肿得很难看清楚。

她到底碰上什么好事啊？勒熙不禁好奇，是怪病吗？但从没见过这种症状，脸颊像是因为感染而瘀血，又黑又红，可是一边鼓得奇大无比，另一侧又整个凹陷下去。但无论如何还是那对眼窝最恐怖。他想起小时候有一回帮母亲去奶奶那儿，拿了半条面包要回家，路上嘴馋忍不住挖中间一些来吃，可是味道真棒，他又挖、再挖……最后那半条面包中间空了，只剩下一层壳。面前这女子的眼睛和那空心面包的模样差不多，似是一丁点儿、一丁点儿被啄食殆尽。

那女人摇摇摆摆地进入空地，却忽然被绊倒，只好靠双掌与膝盖摸索地形，以触觉、嗅觉继续往他们靠近。

"这下子怎么办？"费斯塔尔问。

"别看我。"奥菲提说。

"是她们的营地。人家要修士，就给她修士。"赛尔达接着道。

"诺恩三女神的冰奶子保佑我们。我说你是怎么知道人家要什么呢？难不成你学会什么读心术了吗？"奥菲提骂道。

女人听见声音后仰起头。勒熙看着她慢慢爬起，面朝着一行人，双手垂在身旁，距离大概二十步。商人心想自己真的受够了，盘算着其实一早拼命走的话也就能离开北人控制的区域，或许该带那小姐直奔拉多加才对。丝绸与骡子干脆就留给这些北人，反正只要将小姐带回去，大公的赏赐也够自己吃穿。离开东方以来，勒熙第一次这么希望狼人陪在身旁，如果他在的话至少会有逃走的机会。

"本来也就是要我们带修士到这儿而已。把他丢下来，大伙儿回去吧。"另一个战士开口。

费斯塔尔摇摇头："我们也得知道那贵族姑娘去哪儿了。要是Hrafn（渡鸦）也在找她，我们必须设法抢先，那就得听到预言内容才有可能。"

"那，我到底该不该把修士放下来啊？"奥菲提问。

"放吧。"

勒熙四下张望，看见胡甘的细长身影从空地另一边走过来，手抓着肩上的三个小布囊，身上是破烂的裤子以及一团乱糟糟的灰色羊毛。羊毛还泛油光，似乎直接从绵羊身上剃下就披上身。正常情况下，羊毛必须泡进尿液里去除了油腻脏污后，再经过清洗才能当作衣物。胡甘腰上挂着一把看来相当锋利的弯刀，勒熙当然也听说过这形状的兵器——据传这是非洲土地上的某些族人所使用，但以他曾经到过瑟克兰的经历，却未曾亲眼见识过，也不知道哪儿的铁匠有这独门锻造技术。

"修士留下，"鸦人开口，"放在空地边缘，那棵橡树树枝底下。"

约翰被蛮族战士从骡子背上搬下来，勒熙看着他们粗手粗脚心上一痛：这可是圣人，很值钱的，就连骨头也一样，找到合适的修道院就能发财。他随即转念，或许自己还有机会可以将圣人的尸骸偷走——他认为圣人很快就会化为尸骨才对。就只差胡甘动手而已了。

被丢在地上的神父没吭声。鸦人跪在他旁边，一手按他额头，一手按他胸口。从勒熙的角度看过去，一不留神会以为鸦人正在照顾神父呢。但紧接着，商人看见绳子，以及狡猾又结实的绳结，明白刚才完完全全是错觉。

鸦人将绳子抛过树枝，绳圈挂上修士颈部，拉着末端将他吊成坐姿。勒熙看得出来绳圈目前还没有绞紧，但已经压迫到呼吸。齐格菲要勒熙留在这儿，听听神父究竟会说出什么预言，然而依照目前所见，神父喘不喘得过气都是问题，何况要他讲话呢？

"这样子可以知道那女人跑哪儿去了？"奥菲提问。

"也许。"胡甘回答。

神父稍稍呻吟，之后保持沉默。勒熙挺佩服他，暗忖此人耐得住痛苦，威胁利诱也无效，果然是强者风范，不过商人就是商人，脑子里盘算的是约翰的故事或许也能在很多修道院换到热腾腾的餐点吃。

胡甘打开自己的第一个布囊，里面有白色粉末。他取出一把，抹在神父的脸上与手掌，动作并不粗鲁，反倒很细心将白粉揉开，并以拇指拍平，好像母亲清理孩子脸颊好见客人一样。他打开第二个布囊，取出个奇形怪状的木雕，有点儿像双头的汤匙，并附有皮索。胡甘将这玩意儿拿到了修士眼睛前面，勒熙这才明白原来是眼罩，北人族有时给战士送葬时，也在死者头盔上装金属眼罩，不大实用、没有真正的防御效果，纯粹是好看。然而鸦人给修士戴上的又有些差异，首先并非装在头盔，再者没有挖洞，也就是说戴上这木头眼罩的人当然什么也看不见。胡甘最后并没有替约翰绑上眼罩，回心转意、将东西往旁边一丢，然后打开第三个布囊。里面有一只人类的手掌，一只手指绑上了绳索。巫师将这手掌系在修士脖子上。

勒熙偷看一下蛮族战士，他们窃窃私语，可见鸦人进行的仪式——看来应当是仪式——令他们也感到不安。

胡甘走到空地中间，自己妹妹身边，轻轻牵她到神父身旁坐下。她搂着神父，开始唱歌。

歌声很美，勒熙听不懂是什么语言，但音色清亮可比钟鸣。那旋律令人晕眩，商人发觉自己意识变得模糊，如同在大太阳下做着枯燥的工作。随着音符，他的心思飘远了，忘记自己身在何处，并发现周围越来越暗，光线逐渐褪去。起初勒熙还以为是阴天，接着才注意到竟是黄昏。底下山谷那边传来炊烟气味，枝叶间渗入的夕阳余晖很微弱，战士们倒在草地上安静不语，好像睡着了，没有脸的恐怖女子依旧搂着神父轻声吟唱，鸦人也还跪坐在一旁注视。还有一个勒熙无法分辨来源的声音，本来以为是林子里的风所以起起伏伏，但听来却又不大对劲儿，更像是许多人聚集时才发出的气息与嘈杂。

女人歌声绵延，勒熙凝视树林，周遭万物在黯淡的光线下化为仅有轮廓的黑影，乌鸦聚集，如黑点飘落枝头。树上就是乌鸦巢，他们每到晚上都会集中起来，彼此保护，直到黎明。

其中一只如落叶翩然降至女巫肩头，左右打量，似是十分好奇。勒熙看见女巫举起一根手指，鸦喙啄了过去，引出一滴血。女巫好像没察觉，指尖又往乌鸦爪下探去，被乌鸦抓住。她另一只手摸索着，搭上了神父的肩膀，接着朝乌鸦吹气，乌鸦就这么跳啊跳地走到了神父身上。勒熙看见神父有反应，想必也察觉了乌鸦站在身上。神父想要别过脸，但头颅被绳结牢牢固定。换作普通人，或许还可以用力扭摆来吓飞他，但偏偏是这神父，他最多就是勉强地晃一下头。

乌鸦又啄了，但却不是啄神父，而是啄向搭在他肩膀上的手。啄完以后，乌鸦张嘴叫得很大声。勒熙生出个念头：若夜晚也有嗓子，嗓音大概就是如此。群鸦欣喜飞降，商人看着他们扑向环着修士颈子的那手臂。

之后传出另一个声音，是深沉叹息，不像是出于痛苦，而是出于绝望。勒熙发现神父脸颊上滴着血，然后是额头、脖子、耳朵、嘴唇。

胡甘走到神父身边，蹲下来朝他耳朵讲话。

"吾主奥丁，以痛苦为贡品；吾主奥丁，奴仆求您降临；吾主奥丁，以苦楚换智识；吾主奥丁，指引敌人所在。"

鸦人低声反复念诵。

修士抽搐起来，一两只渡鸦飞离，还有四只留下啮咬，看来仿佛是一次悠闲的进食，缓缓地啄、缓缓地吞，转个身子嘎嘎叫了以后继续啄。

蛮族战士站起来了，几个人摇摇头，几个人转过身假装视而不见，只有一个人看得着迷，赛尔达似乎相当喜欢这种场面。接着商人注意到艾莉丝无法挪开视线，惊吓得不由自主喃喃低语。这可不妙，他惊觉到小姐会露出马脚，赶紧伸手搭着艾莉丝的肩膀，既是安慰，也是警告。勒熙明白若旁人看见自己这么做会觉得怪异，哪有主子对奴隶这样亲近，但幸好他们视线都锁在修士遭受的酷刑上。夕日红霞，树影恍如细长手臂迎接夜晚。他仔细一算，大伙儿在这儿已经好几个小时。

动弹不得的修士忽然发出有力甚至可说是激昂的声音。"我来找她了，她就在附近。"

商人拉着艾莉丝。"该走了，"他说，"准备……"

"她就在这里！"修士尖叫，"她在这里。"

"在哪里？到底在哪里？"鸦人挨着约翰的耳朵，像父母哄小孩似地讲话。

"这里，就在这里。"

"看得见吗？在哪个位置？"

"很靠近我，一直都很靠近我。耶稣基督，帮我抗拒，我不可以说出来……"

一只渡鸦跳到约翰脸上，鸟喙试探地朝眼珠点了点。胡甘抓起他的手，又念诵咒语。

"吾主奥丁，收受此苦：九日九夜、悬于树头、风吹雨打之苦。吾主奥丁，以一眼换智识，指引敌人所在。"

"艾莉丝！艾莉丝！"修士号叫，"快过来，快过来，我找了你好久。艾莉丝……艾迪丝拉，别离开——我会死！"

艾迪丝拉？是谁？艾莉丝不免怀疑起来，听上去是北方名字，却又异常熟悉。她有股冲动想要上前帮助神父，但身子一动就被勒熙拦阻。商人原本认为这种巫术不会有效，但此刻完全信了，担心用不了多久神父就要吐露真相。

鸦群如黑秋落叶覆盖了神父身体，不停啼叫。

勒熙打定主意：不管丝绸与骡子了，还是性命重要，靠这小姐捞到的奖赏也够自己用。

"快，"他说，"我们走。"

可是拉不动。艾莉丝像是生了根一样，颤抖地望着神父。

女巫又哼起歌，胡甘继续哄骗似地说话。

神父发出闻所未闻的哀号，凄厉、悲痛，像是地狱回荡而来的尖锐音符。这一声引发混乱喧闹，鸦人起身将鸟群赶开，动刀切断绳子，神父如装满泡水沙子的布袋瘫软在地上。艾莉丝情不自禁地跑向前，穿过北人战士与胡甘。胡甘放下神父以后就走到旁边，将脸埋进手掌。

勒熙追过去，弯腰提醒啜泣的小姐。"记住！"他悄悄警告，"你是哑巴，哑巴啊。千万别说话，否则下一个就轮到你！"

商人不想看见神父的惨状，但将艾莉丝拉开时还是瞥了一眼。神父的舌头被扯出嘴巴，形状有点儿像肝脏，上头湿润，血水反射出光芒，表面被咬烂了。他毛骨悚然，无法想象何等坚决的心志才能办到。约翰为了避免自己在法术和酷刑影响下说出预言，采取了唯一能够力挽狂澜的办法：他打开嘴巴，让乌鸦将自己的舌头给咬烂。

13 荣勋

鸦人将修士松绑，空地上众人沉默。

奥菲提走过去低头望向商人的奴隶，小伙子抱着神父。"跟你信同个神是吧，"他说，"看起来我们也可以收收东西回家了。这人有颗铁打的心，也算值得钦佩。是吧，鸦人？这回他胜啰？就算是个瘸子，也被你绑起来、下了咒，却在你的场子上赢过你了。"

艾莉丝听不懂他说的话，但感受得到里头的情绪。

她也低头看着神父。血液凝固后在月光下闪着黑光，一边眼睛肿得不像话，被乌鸦咬走了眼睑，幸好眼珠子似乎没事。约翰的脸、耳上很多伤口，颧骨有些露出，透过脸颊上的洞可以看见牙齿。艾莉丝解开他脖子上挂着的那只手掌，顺手丢掉，没有人特地阻止她。

"治不好了，"勒熙说，"虽然不会立刻死，但只会越来越糟。我以前也看过这种情况。"

"神的骨头秤重卖不知多少钱？"赛尔达冷冷一笑，出脚往修士腰上一顶。

艾莉丝忽然就站起来了，本能地伸手往赛尔达胸口一推。赛尔达毫无防备，于是脚后跟在树根上一绊倒了下去。当然，他很快就跳起来，而且摔跤时不忘拔出短刀，脚一踏稳就扑向艾莉丝。两人之间只有四步距离而已，可是没想到他才跨出第二步，奥菲提冷不防以出人意料的速度肩膀往前一拱，撞在小个儿的身侧，于是赛尔达又被弹到一棵树上。这一下撞得他喘不过气，软在地上张大了嘴巴。

奥菲提指着修士开口："他今天晚上这表现值得我敬重，有人照顾也是应该的。假如你想找人打架，赛尔达，别担心，我随时奉陪。"尽管艾莉丝依旧听不懂，但他那番话的意思任何人都感受得到。

赛尔达起身，拍拍身上尘土，呼吸还不顺畅。之后他朝艾莉丝露出的眼神不言可喻，脸上浮现冷笑，转身径自往营地走过去。

入夜月盈，空地上银光满溢，胡甘用北人语对行商讲了些话。

勒熙摇摇头："他应该不知道我们在这儿。"

鸦人的目光又射向艾莉丝："给他保暖和喝水，到明天还不会死。"他又看着勒熙，"你就把他讲的转告齐格菲吧。顺便告诉他，明天这个时间之前，无论用什么手段，我会让这修士全部招出来。现在，我要思考。"

他走向另一边，拉起妹妹的手臂，两人消失在树林里。

用不了太久，就可以看出约翰死期不远。他的身子十分冰冷，不断颤抖，无处不是伤口，分泌着体液。但仔细一看，不知为何乌鸦没有咬破神父身上的衣物，只挑皮肉暴露之处。

约翰精神恍惚，紧紧抓着艾莉丝的手，喉头咕噜咕噜地响。他的舌头肿得像是一条大血肠①，嘴根本合不上。艾莉丝用布吸水后轻轻拧

---

① 以动物的血液为内馅的香肠，通常是牛血。欧式料理中血肠多呈黑色。

出，帮神父口腔保持湿润。林子里，鸦人隐匿的那方向，传出低沉模糊的念诵声，仿佛咒语化为轻烟飘了过来。

勒熙坐在她旁边。虽然商人的心思多半计较利益亏损，但方才见了修士经历的苦难也不由得动容，这点艾莉丝看得出来。一个真正的小男孩跑进空地，对那些维京人讲了些话，她看见费斯塔尔点点头，伸手指自己，接着块头很大的那个胖子也站起来对商人讲讲话。勒熙回答以后，男孩跑掉了。

行商对艾莉丝说："我得回去向王报告，他派人来找。"

"报告什么？"艾莉丝压低声音，提防有人注意到。

"报告修士受刑以后讲出什么。"勒熙不愿将刚才所见以法术称之，神父去了大半条命，差点儿说出他猜测小姐就在旁边，但这根本谈不上是预言。"你跟我来，他们坚持的，所以可能还得继续当奴隶干活一阵子。"

她抓着勒熙的手臂："神父快死了。"

"嗯。"

"我得留在这儿陪他。让我留下来吧。"

勒熙耸耸肩，转身对北人叫了句话。胖子回答了，但也摇摇头。

"不行，你得一起去，"勒熙说。

"我不能把他留在这里！"艾莉丝别过脸。

商人又对蛮族战士讲话，然后裔镇讨论。胖子摇摇头，做出个怪异手势，艾莉丝听见对话之中出现蛮族王的名字。

勒熙对她解释："奥菲提说今天晚上让齐格菲自己干活好了。神父很勇敢，他们起了敬意，所以决定代替你，营地的工作由他们帮忙。你在这儿照顾他吧，要是方便挪动的话，穿过林子有个浅滩，带他去那儿。我会想办法与你们会合，然后看看能不能让你们回到同胞身边。"

他站起来，"看起来那个胖维京人还蛮关照你的。我得先走了。"

艾莉丝也起身，朝奥菲提点头示意。她很害怕，内心却又逐渐有股明确的预感：自己会与神父重逢必是上帝的安排，而上帝很明了敌我之分。真正该感到恐惧的，是那行巫术的人与他的爪牙。

14　发现

　　勒熙随着战士们回到营地，朝着齐格菲霸占后当成指挥部的房子走过去。当天进攻猛烈，但代价是蛮族这边的伤亡也不轻。到了晚上，篝火熊熊，笛声、鼓声交织的纯朴乐音中夹杂着呻吟和惨叫，一张张苍白消沉的面孔被夜色覆盖。勒熙暗忖：这就是死者国度的景况吧。

　　月光明亮，远远地就可以看见大屋格子屋顶反射银辉。勒熙好累，挺希望齐格菲会有所招待；与君主打交道好处不多，但其中之一是不管外头多惨，他们身边总还会有好酒好料。进去以后，蛮族王坐在中央一张椅子上，当然不是什么豪华宝座，只是以位置和放置方式看，但很明显是个替代品。看见这场面，勒熙怀疑是不是想要充作正式宫廷使用，否则一般而言北人没这么拘谨，何况还是战争时期。

　　蛮族王对勒熙露出浅笑，拿起杯子要人倒满。勒熙这才发现在齐格菲身旁服侍者换了个人，竟是小个头赛尔达。他离开林间空地后，大概直奔此处。

　　"商人，你没把仆人带来。"

"他正在照顾修士。那个法兰克人今天也受了很多罪。"奥菲提说。

"我不是说过把他带来吗？"齐格菲面色一白，咬紧牙关，仿佛怒火中烧。

"仆人谁来当都可以吧，"奥菲提回答，"真的要找人干活，我来就是了。"

"我的命令是把他带回来。胖子，快点儿去。"

"上山要一个钟头……"可是奥菲提察觉了齐格菲的愠怒，"好吧，我这就去。"

"很好，废话少说，把他带来。别惊动鸦人。"

"你说了算……"奥菲提转身跑出去，招手要费斯塔尔陪同。

蛮族王吞了酒，情绪稍稍平复。再开口时，语调正常得多："那个圣人讲了些什么？吐出了什么情报？"

勒熙左右张望，注意到屋内的战士们都很兴奋，所有眼睛盯着自己。以他做买卖这么多年经验，商场上被杀得节节败退时就该收手、溜之大吉，这道理自然是明白的，也看出眼下就是那条底线。只不过面对着齐格菲，当然没法转身就走。

"嗯？他说了什么？"

勒熙斟酌着要不要撒谎，最后还是放弃。懂得拉丁文的人够多，国王很可能会从其他人口中听到转述，所以必须老实回答才安全。

"他说小姐在这里。"

"是吗？"勒熙看得出来，齐格菲语气平淡，却压抑了很大一股震怒。"你觉得为何他会这么说？"

"大人，我不会法术。"

蛮族王站起来，动作猛烈，勒熙吓得退了几步。齐格菲恐怕不再想要压抑了。

"你怎么不会了呢？你的幻术把戏很不赖啊。我听部下说，你自称是我从小认识的朋友，奇怪的是我对你一点儿印象也没有。是不是记忆也给你换过了？"

勒熙一听稍微安心。假如只是这件事，他还有把握靠话术应付过去。

"大人，我告诉他们的是即使我住在东方大湖那么遥远的地方，却从小就听说过您与您父亲的威名，有人歌颂两位的英勇事迹。或许您的部下们误解了我的意思，毕竟我说起你们的语言并不算很流利。"

"却流利得满口谎话。"齐格菲道。

勒熙不敢回话。这种时候说什么都危险。

蛮族王手一拍。"赛尔达，"他说，"给我们这位贵客看看他自己带着些什么东西。"

"大人，您不是保证不会动我的货物吗？"

"我没动。赛尔达逮到一个小伙子想偷东西。"齐格菲说，"是贼去翻的，商人，跟我的战士们没关系。更何况，你这么不愿意让我们看见里面的东西，是怎么回事？做生意的，还不愿给人看看商品吗？"

"大人，我希望是自己在场的时候才展示出来，否则每次价钱都很低，会亏本的。"

"有时候赚不赚钱是小事。"齐格菲的手搭在剑柄上。

赛尔达朝着勒熙冷笑，拉了一个布包出来，已经打开了。勒熙心跳加速，接着蛮族人将东西拿出来，是在烛火下闪着白光的金发。艾莉丝的头发。

"这是什么？"齐格菲的声音充满怒意。

勒熙缓缓吐一口气、然后张开双臂。他必须冷静。"我到这儿的路上，向一个村姑买来的。可以做成相当漂亮的假发啊，这儿的战士们也可以拿去给太太当礼物。"

蛮族王下颚一紧，再从包包里掏了东西，小得可以握在拳头中。他手往前一伸。

"你觉得这又是什么呢？"

"我出身卑微，怎敢臆测大人的心思。"勒熙说。

"话讲得漂亮，但答案更漂亮。想知道吗？"

"看大人的意思。"

"这答案就是你的死期。"

勒熙吞一口口水，忽然想起方才在林间空地上与小姐作伴时，曾经闪过一个念头：他觉得自己活得太久，要是能赚大钱，赌命并不亏本。然而此时此刻，勒熙却又意识到自己的生命很短暂，接着许多奇异的思绪涌入。这辈子根本什么事情也没干，他这么想，可以说根本没真正活过。他曾经带着骆驼与丝绸远行，踏过北方冻结的海岸，也见识南方神圣罗马帝国的橄榄林。面对自己的死，勒熙顿悟了。这么长的旅途，他只拥有自己。母亲来到脑海，那是他最后一个真心爱过、愿意付出性命保护的人。他了解了为什么刚刚会告诉自己这辈子根本什么事情也没干，因为他没有找到下一份可以填补空洞的情感，或许是朋友、或许是配偶、或许是小孩，但他都没有。对后来的勒熙而言，做生意是人生的唯一，而他的经商之路到了最后，就是拿自己的生命来交易。

蛮族王走到勒熙面前，打开手掌。他握着的是两枚女性戒指，其中一枚有纽斯特里亚候国的徽记，由此观之可知道戒指主人必然是身份高贵的仕女，而且应当与强者罗贝特有血缘关系。维京人与他征战多年，挫折连连，好不容易才将他击杀，因此对那印记可是印象深刻。

"大人，这是卖丝绸换来的。是谁拿着头发和小玩意儿大做文章啊？"勒熙瞥向赛尔达。

齐格菲思索片刻。"你在哪儿换到？"

"大人，前两天晚上有个形迹怪异的人带着这些东西出现，他个头很高，披着狼皮。我不怎喜欢那人，可是他给的价钱还——"

蛮族王举起手打断。"等着瞧，"他说，"你那小奴隶一会儿就回来，听听他怎么说。"

"大人，他可不大能讲话。"

"无论如何他都会告诉我们答案。假如我料得没错，他根本就是我在找的那小姐所假扮，我就在这儿当场剖了你的肚子。"

外头一阵吵闹，有个男人闯入，不停喘息。勒熙一看，是前晚见过的战士之一，高挑结实，颊上有疤连到耳朵那儿。他手里有东西，是一叠吸了水的布料。

"带什么来了？"

战士将布料放下，在芦苇上轻轻发出砰的一声。虽然布面脏了，但任谁也看得出是一套缎子剪裁的华服。

"从那商人扎营的地方找到的。"战士报告道，"大人，这是法兰克人的衣物，而且样式没有错。"

"那位小姐逃跑的时候，穿的就是这一套。"赛尔达说。

齐格菲长剑出鞘，一跨便到了勒熙面前。商人下意识地高举手臂，希望挡得下来。

15　精修圣人约翰之苦

有人声，额头上有感觉。昏眩、混乱、痛苦。精修圣人约翰知道鸦人试图对自己施以邪术，所以拼命抵抗。

不知对方有心抑或巧合，竟针对他最大的弱点下手，也就是肢体接触。他感觉到那妖女的身子缠上来，发丝从自己脸上拂过。她的歌声确实很美，尽管约翰不想，却还是在那抚触之中得到舒适慰藉。

之所以知道是女人，因为可以感觉到对方的形体，还有那双纤细手臂的柔软，甚至从呼吸声也能分辨出来。约翰一开始想尽量闪避，但他就已经被牢牢绑着了，怎么样也躲不开。绳子压着喉咙，非常难受，鸦人吟诵咒语的嗓音使人心神涣散，思想被那女子的歌声给牵引着，如同香炉冒出的烟雾沿着阳光缭绕旋转。他本有机会抵御一切，将注意力全放在绳索造成的痛楚。但，那触感坏了事。

渐渐地，约翰失去时间感，心神飘荡后，痛觉也变得模糊。女巫的拥抱如迢迢千里风吹雨打后壁炉火焰的那份温暖，可是颈间的压迫一点一点侵蚀了意志，他感觉自己的心灵被凝聚在那绳索上。又过了一阵

104

子，他根本无法判断是谁问自己话，也不知道自己究竟有回答抑或没回答。约翰仿佛身处在另一处，从黄昏的林间空地到了更暗的地方。是地底吧，他感受到了，气流贴着皮肤，既湿且冷。这就是地狱？周围很多声音，虽然他察觉其中包含自己，却又捕捉不到哪一个是自己的声音。

"她在哪里？"

"谁？"

"和你在巴黎教堂里的那个女人。"

"她一直在我身边。"

"在哪里？"

"我知道。"

"在哪里？"

"她来到我身边。"

"在哪里？"

"我得更坚强才能往前进。"

他动了，却被绳子掐着喉咙，所以干咳起来。约翰感觉到有一双手调整自己的身体位置，压迫感稍微减轻一些，焚烧尸体的味道窜入鼻中，鸦人那令人闻之惊惧的声音跟着传来，还是亵渎上帝的咒语。

"吾主奥丁，以一眼换智识，指引敌人所在。吾主奥丁，九日九夜，悬于树头，风吹雨打。吾主奥丁，勇者奥丁、怒者奥丁、狂者奥丁，请收受此苦。"

约翰从勒紧的喉咙挤出声音："为世人罪孽死于十字架的耶稣基督，我们因你的苦难而得自由，请宽恕我的罪，引领我进入主的天国……"他相信自己将死在此时此地，最后的祷告是上主选择自己成为殉道者，但约翰希望自己不因此而傲慢。

他听见鸦人发出挫折的叫声，女人的声音也变了调，沙哑、焦急地催促。第一只鸟这时降下。

鸟停在胸前，其实只是不大舒服。而且约翰一开始并不知道那是什么，只觉得轻柔得像是蜘蛛，直到听见叫声。然而即使听见叫声，他起初仍只是想到了黄昏，恐惧随着第二只鸟才浮上心头。约翰听说过他们如何啄食，但当然没有以自己的皮肤体验过。最先乌鸦咬着脖子那儿的什么东西，接着终于轮到自己受伤。鸟喙轻轻啄他脸颊试探，约翰吐了口气，却立刻被乌鸦更用力啄了一下脸。然后四周充满了嘶哑却兴奋不已的鸦啼，鸟群包围，他扭动身子，但颈部的绳结实在太牢。乌鸦的攻击如同汹涌波涛、倾盆大雨，撕裂他皮肉同时也扯碎意志。约翰很勉强地转了脸，却被收紧的绳子掐哽了气，昏迷了片刻。

转醒时，他听见声音。

"艾迪丝拉，回来我身边！"

"不，瓦利，不行。你是众神斗争的棋子，我不想卷入。"

"我爱你。"

"我也爱你，但只是爱还不够。"

约翰不认识这些名字，但心头却起了涟漪，似乎是曾经熟悉却丢失的记忆，什么痕迹也没留下，却能感觉到意识疆界之外有什么捉摸不到的东西蠢蠢欲动。

随即意识一闪，记忆鲜明如同再度亲临。玛丽亚就站在面前，蓝天之下、阳光闪耀的田野上，美丽的她伸手轻点自己肩膀。

"别来找我，"她说，"让我走。"

他大叫、尖叫、号叫，同时鸦群在他身上留下无数丝带般的血痕。

"她在哪里？"

约翰被这声音唤醒，察觉刚才失去自我，意志沦陷。到底说出了什么呢，会不会被接下来的酷刑逼得全供出来？敌人要那位小姐，自己知道小姐在哪里，这无须超凡入圣的觉知，他很肯定小姐目前受到商人保护，也知道怎么做可以将乌鸦啄食自己身体的嗒嗒声、皮肤被刺穿拉扯的痛楚都给赶走。精修圣人明白自己不可能再支持多久。乌鸦扯下他嘴唇上的一片肉，他在心中默念着：我的信仰归于耶稣基督。

于是约翰张开嘴，承受凶恶的鸟喙。身体里涌出一股强烈的黑暗，他失去所有感官知觉。

16 逃亡

艾莉丝去牵了骡子到神父身边,骡子安安静静地配合。她不知道该怎样将神父固定在骡子背上,骡子平常只驮运货物,没有装鞍具。她在空地上张望,林子里头传出的念诵声继续嗡嗡响,那两个巫师还没出来。艾莉丝又看看维京人留下的篝火,还冒着烟,她心中有股冲动,想放把火趁他们还在行巫术时烧死两人。

不过艾莉丝知道这么做也不会成功,反倒会将他们逼出来。

神父眼神涣散,几乎没有意识。艾莉丝低声对骡子讲话,请他乖一点别叫别动,心里则试着召唤出那个象征马的符号。有了——她感觉到那形体在自己脑海中颤动奔驰。这股异样感觉一开始令艾莉丝相当讶异,但相比起来,她更害怕鸦人与女巫,不愿意再多待半刻,所以转身抱起了神父。神父重重呼出一口气,因为身体瘫痪不便,所以体重也不重,但艾莉丝还是费了一番工夫才能将他身躯扶起。接着女孩继续哄骡子,将神父推向他腰侧,等艾莉丝终于将约翰推上骡背,自己的袍子也染上很多血迹。约翰倒在上面时轻声惨叫,但听来更像是梦中惊呼而非出于痛苦。

巫师们藏匿之处传出的念诵声骤然静止，艾莉丝也吓呆了。不再听见咒语，什么声响也没有，只有另一边维京人营地的嘈杂顺着夜风飘来。她领骡子准备离开，但约翰却从骡背往外滑。艾莉丝过去抵着他腋窝，赶紧将他顶了回去。

既然神父没办法稳当地留在骡背上，艾莉丝就得一直跟在旁边，另一手拉着缚索，结果难以前进，甚至常常往后退。此外，她看不出哪条路可以快速穿越树林，比较清楚的小径是鸦人走向他们巢穴踏出的痕迹。

所以该往哪儿走才好？要不要按照那位行商的指示呢？艾莉丝并不觉得自己信任他，然而目前没有人可以保护自己，因此还是去浅滩好了。浅滩在哪儿？要翻过山丘。她意识到自己太慌张了，居然忘记只要到山丘顶端树木稀疏的地方，自然而然可以看见河道。告诉自己没关系以后，艾莉丝从蔓草荆棘之间挑了看起来好走的路线，拉着骡子向前。骡子很听话，乖乖走在黑暗的林子里。不过不出五步，神父又开始往下滑，这回还大叫。

她将神父推上去，继续走，树影浓密深暗，月光如丝如缕，蚊蝇飞舞其间。黑色的夜幕、月色如凝霜的橡干如背景烘托出萤火虫点点绿色光芒。这片树林仿佛巨大的陷阱，艾莉丝几乎每一步都快要跌倒，骡子口里乱叫，鼻子喷着气，随时会引来上千名维京人，而神父却无时无刻不往旁边倒。

从维京人营地那里，艾莉丝听见声音，有人往山坡这儿上来。她深呼吸，下意识明白用这种方式绝对逃不了，于是想也不想地忽然将神父往前推，接着自己跳上了骡背。骡子叫了一声，但并没有暴躁或闪躲，她轻轻踢了骡肚，希望骡子往前跑，但他没反应。艾莉丝这才想通：骡子没有受过骑乘训练，他只懂得驮东西跟着人家往前而已。

然而那个符号显现在脑海，仿佛呼着气还发出嘶叫声。艾莉丝集中精神，骡子动了起来，而且在这片黑暗里头还是相当灵活。

　　两人一骡慢慢穿越树林，骡子似乎比她要有信心。在艾莉丝看来，每道掠过的阴影都可能是鸦人，每棵树后面说不定都躲了一个丹麦人。她觉得自己听见声音，停下骡子。真的有什么跟在后面，发出细微的脚步声。对方移动又快又轻，艾莉丝判断若自己有动静，就会暴露所在位置，所以将骡子带到一棵大树影子底下。没办法叫他完全安静，她就将骡子系在树枝，然后自己扶着神父到了五十步外的小溪，匍匐在岸边。

　　艾莉丝躲了一会儿，除了林间风声什么都没听见。她悄悄回到骡子边，解开系绳，却冷不防被两个人扑上来压制在地。刀光一闪，对方开口了。

　　"他人呢？"结果竟然是艾莉丝听得懂的罗马语，"精修圣人在哪里？"

　　"我是继承强者罗贝特血脉的艾莉丝小姐，"她飞快回应。

　　"小姐？"男人眯起眼睛在夜色下仔细打量。他穿着硬皮上衣，容貌对艾莉丝而言很陌生，旁边另一人装扮比较轻便，可是腰上挂着两柄斧头。左边有些声响，她转头张望，树后还有其他人。片刻后她镇定下来，才明白自己碰上的是修士，所以每个人都是短发，而且头顶剃掉一个圆形。算了算，一共十人，面前两个一脸疑惑，艾莉丝赶紧解释自己的际遇。

　　"我们从圣日耳曼修道院赶过来，"刚才扑向艾莉丝的修士解释，"原本打算俘虏一个丹麦人，逼问出圣人的下落。"

　　艾莉丝低着头。"他就在这里，"说完以后就带着一行人以及骡子到了溪边。修士们看见圣人的模样，纷纷发出惊呼。

　　"他们到底对圣人做了什么……"

"歹毒的刑罚。"艾莉丝回答。

"小姐，我们必须将圣人带到山丘另一边，穿过浅滩回去修道院里。"

"将他捆在骡子上吧。"

修士们为了捆绑俘虏所以正好携带了绳索，不过却是用在圣人身上。约翰气色很差，皮肤冰冷，气息微弱得几乎快消失。艾莉丝不断为他祷告，修士准备牵着骡子出发。

"我们尽量躲在树林内，"修士说，"之后下坡到河边，往反方向走，那边比较安全，宁可多绕一段路也要安全回去。到处都可能有北人，所以我们一定要小心。"

林子里又传出动静。是马匹。一个修士蹲下观望，其余人则准备了武器。艾莉丝听见左边有什么物体窜过。那是？她一开始心想是修士发出来的吗？但忽然间那物体又到了右边。

紧接着，仿佛空气被撕裂。影子里传出尖啸，艾莉丝看见了，就在五十步外——女巫身上的白底衣服在月夜下好像发着光，但却又染了无数血迹。她上半身僵硬，手搁在旁边，那张遭到毁容的脸庞一点儿表情也没有。因此艾莉丝也才明白，刚才那声尖啸并非痛苦哀号，而是召唤。

树林深处马蹄嗒嗒，随后却是一片静默。无论是谁，方才听见了尖啸，正等着下一声。第二次尖啸响亮得刺痛耳朵，远方有人大喊响应，接着马蹄声朝着艾莉丝这儿过来。许多马匹缓缓地穿过这片树林靠近。

"得趁还没被看见之前快点离开，"艾莉丝说，"得杀掉她。"

"我不能攻击手无寸铁的女子。"修士说。

"这个给我。"艾莉丝从他腰带上拿了一把短刀，然后朝女巫跑过去。

但没想到对方竟像是影子一样从月光下消失无踪。艾莉丝心想果然是女巫，赶紧望向树后，却注意到有把剑反射出寒光。能持剑的法兰克人都忙着防守巴黎，眼前这个自然是北人。

　　她溜回修士身边："快走，不然就要被发现了。"

　　"不行。"修士摇摇头，悄悄解释，"要安静就快不了，要快就没办法安静，所以乱动的话一定会被发现。艾布朗、梅瑞勒斯，你们两个带小姐与圣人回修道院，其余人留下来准备出手，应该可以奇袭成功。弟兄们，我们上！"

　　他们点头以后潜入树林间，伏低身子不再讲话。然后有一个过来牵艾莉丝，另一个去牵骡子。

　　"小姐，我们得加快脚步。"

　　艾莉丝只能跟着他们穿过黑暗森林往上爬。

17　交易

勒熙从来没有讲话讲得这么快："我叫她带着修士逃走。要是你杀死我，就永远找不到她了！"

蛮族王虽然继续进逼，但最后并没有拔剑，只是一拳往商人鼻子打下去。

商人眼前一白，回神时意识到自己倒坐在芦苇上。

"你真以为你可以将神与神的命运分开？"齐格菲站在他面前，长剑指着勒熙的肚子。

"大人，我进退两难，好像怎么选都是死。若我要对自己的王尽忠，就必须将那女孩给藏好，而若我不想违逆您，就等于背弃了自己对赫尔吉大公的承诺。您说我该怎么办呢？"

齐格菲往他胸口踩了一脚，将勒熙身子压平在地上。

"她在哪里？"

"大人，我可以带您过去。"勒熙伸手按着鼻子，他知道鼻梁一定断了。

"直接说！"

"大人，我是做生意的，现在只有知识可以和您买卖。若我现在就说出来，岂不是自寻死路吗？"

"反正你无论如何都得死，早一天晚一天有何分别？"

"要我说出她下落，就得请您发誓会留我性命。"

蛮族王又踹了一次，更用力些。勒熙在地板上蜷曲成球。

"想得美。你当着我的面说谎，将我要找的人藏匿起来，这种屈辱拿一千个女人来换也不够。想要交易，我可以答应让你死得痛快些，不肯的话就等着去见鸦人。"齐格菲又举起脚。

"那就说定了，"勒熙痛得快要讲不出话，"与您做生意真是开心。"

"不要惹我，商人。"齐格菲骂道。

勒熙还躺着，暗忖自己确实死定了，既然如此，又何需愁眉苦脸呢？

"现在就去。"齐格菲说。

一个战士上前将勒熙拉起来。齐格菲张开双臂，另一人为他穿上锁甲、递上盾牌，盾面画了一头极其凶恶的狼。

"大人，我们也要穿铁衣吗？"一旁部下问，"只是去捉个女人。"

勒熙知道铁衣就是锁甲，拉多加那儿的瓦良格人也会用这个词。

"假如给鸦人先知道她在哪儿就用得到了。"蛮族王回答，"他非常厉害，虽然理当与我们同一阵线，但你们可以想想要是得和他为敌会多麻烦。"

战士们开始着装，接着出屋子上马。一共七人，都穿上铁衣、铁盔，背着盾牌持着长矛。逃跑吗？勒熙自问，毫无机会。他东张西望，没看到多的马。

蛮族王注意到他这反应。"你靠自己的腿。"

114

"这样不会拖慢速度吗？"勒熙问。

"不会。"

"怎么说……"

"因为，"齐格菲回答，"你会用跑的。赛尔达，上。"

"遵命。"那个矮子策马朝行商冲过去，勒熙想要闪开却闪避不及，被对方用剑背给打中耳朵。这一拍将勒熙拍出老远。

勒熙隐隐约约思考是不是该将这群人领进林子乱兜几圈，找到机会就开溜。但有赛尔达一直追打，他怀疑自己连树林都进不去。

一行人往营地外移动，路上勒熙除了要应付湿滑的泥巴，还有许多小孩嬉闹想要绊倒他，甚至拿起石块、粪便乱扔，最后是因为不小心砸到齐格菲，他们才像老鼠那样朝着河岸一哄而散。尽管勒熙多年经商旅行，牵着骡子或骆驼长途跋涉，体能不算太差，但现在这速度就算年纪减为一半都觉得吃不消。他不停喘气，却被蛮族王从旁边一撞又倒在地上。

"起来，商人。你就快要和死神碰面了，可不能迟到。"

勒熙没回话，觉得肺像是被堵住了，仿佛都是肥皂水。最后他跪在地上、面部朝下，等待自己的死期，或许是齐格菲的马蹄，又或者是长矛的矛尖。

"大人，这么虐下去，他根本没办法带我们到目的地。"齐格菲身边一个秃头、缺鼻尖、不过面容还是刚强的战士开口。

"把他拉起来，"齐格菲吩咐。那名战士下马照办。"假如他还不说出那女人下落，就砍断他的咽喉。"

勒熙弯着腰不断喘气，用力摇头。战士只好拔刀，他膝盖一软，抬头望着刀光。

"不，不，先等会儿。"齐格菲拿着长矛轻轻拍开刀子，"把他拉上你的马吧。就在前面是不是，商人？"

他点点头，勉强挤出一句："对。"

战士上马，然后将商人也拉上去，现在他们放慢速度，因为这匹马感觉多了一个人的重量，只肯走不肯跑。

月牙尖锐，但看来很小。他们进入黑暗森林之中，勒熙还没完全放弃希望：如果齐格菲这群人先遇上鸦人，就有可能自己制造出机会，总之，对蛮族王而言必定会造成麻烦。此外，勒熙已经考虑过了，就带他们过去与小姐约定的地点，因为小姐很可能远远地就会看见，然后逃走，齐格菲等人可能因此慌乱而有了破绽……他算了一下，一共三个"可能"，又想起母亲曾经说过："两个'可能'加在一起，就等于'别妄想'。"就算自己运气好，接下来怎么办？好像只能期待圣人请他的上帝帮忙了。

树影里头十分暗，一行人前进缓慢。猝不及防地，从右手边传出一声尖啸，而且极度不自然，音色如同钢铁与石头的摩擦。

"那是？"齐格菲转身问。

"大人，这很难判断。最有可能的是我们的人拉了不情愿的女子吧。"

"听起来怪怪的，"齐格菲又说，"过去看看。"他将马转往那方向。

这时又是同样的声音，听来依旧诡异，不过位置却在更深处。一下子在后面，一下子却又到了前面。

"那女人藏在这方向吗？"齐格菲指着前面。

"是，大人。"对勒熙而言，往哪儿走可以拖延时间，小姐就会藏在哪儿。

"快，那怪声听起来和鸦人可能有关系。不能让他抢先！"齐格菲说完策马往高草荆棘之间冲刺。

116

树盖下仿佛水底世界那般深邃幽暗，月光透过叶片后斑驳破碎，照得地面如海床闪闪发亮。一道闷响，飞斧击中勒熙右边那骑马战士的肩膀，弹起来打中面部、敲断了牙齿。又有五把飞斧袭来，一匹马被打中脖子，他乱吼乱跳往别的马撞过去。勒熙看见赛尔达摔落地面，他的马自己往林子深处跑。

"法兰克人！是法兰克人！"齐格菲高呼。

载着勒熙的战士策马急驰，同时两个手肘往后将他给顶下去。勒熙重重一坠，又看到齐格菲飞身下马，举起长剑边吆喝边进入矮树丛里，有三名战士也弃马跟随过去。另外一人遭夹攻，持着长矛苦战，不过根本不熟悉骑马作战的诀窍，一会儿以后就抛开长矛，拿斧头跳下来。

地上有什么东西被月光照得发亮。是一把斧头，而且是法兰克人设计的特殊掷斧①。勒熙拿起来以后拼命逃窜，根本无暇思考自己究竟是往什么方向前进。身体很疲累，但恐惧的动力更强大，于是他朝着巴黎的反方向跑，过了一条小溪后陷入黑暗里。勒熙勉强自己继续向前，因为他知道自己必须把握时间，方才匆匆一瞥，发现法兰克人人数不多，而且看得清楚的一个身上是轻装加上短刀而已，面对齐格菲那群战士没有多少胜算。虽说发动奇袭算是得手，但也就只有那么短暂的机会了，接下来就是蛮族屠杀他们。

接下来呢？一时间勒熙也想不出该怎么办，只好先照旧。假如能找到那位小姐，或许就能有其他打算。

在林内摸索前进，勒熙有种想笑的冲动。自己接受大公的委托，不是为了日后的安稳舒服吗？而直到目前为止，他也真的一而再、再

---

① 名为francisca，斧刃为铁制，斧柄以插入方式固定，与工具类的斧头不同。考虑投掷的准确性和平衡性，斧刃略微上弯，斧柄较粗长，十五公尺内可以有效命中。

而三地从千钧一发中逃过死劫了吧？勒熙不禁暗自对他们信奉的裴朗神致上感激。

背后不远的地方又传出那种怪叫。勒熙听仔细了，发现之前是女人的叫声，现在却换作男子。

到了山丘顶端、森林边缘，他往下瞭望塞纳－马恩省河，在月夜里好比一条银带。若从这儿直接下坡，不仅路途遥远，也非常容易被发现，但好处是撑得过几百步，其实也没人能分辨出究竟是商人还是喝醉的北人、游荡的法兰克人。那就怀抱希望迈步走，他看看月亮，活了这么久似乎是第一次希望它被云气遮蔽。

半晌后他看见了：下面有两个人拿着不知道长矛还是长棍，以及另一人个子矮小跟在后面，还有歪腿骡子驮着大包袱。从那畜生的步伐，他觉得很可能已经找到小姐了。

可是右边又有动静。齐格菲重新上马，从林子冲出来，马儿一直甩着身子，想把沾上的枝叶给甩开。勒熙赶紧伏低，蛮族王到了树林边缘后，有另一名骑马的人从后面出现，停了下来。齐格菲似乎完全没有发现，叱喝之后就朝下坡冲。勒熙起身窜到一截树干后面，偷偷看着另一个马上的人。是谁？勒熙又看见骡子旁边的人转身准备招架齐格菲，那两个较高的身影平举长矛，个头较矮的则带着骡子赶紧往下跑。

又听见怪叫，而且变得很近。

18　王者血脉

艾莉丝听见自己背后的战斗厮杀，但不敢回头。她知道这场打斗，修士下场不会太好，因为那个齐格菲与兄长厄德伯爵是同样的人，年纪很小就开始习武；相比之下，所谓的修士只是有武器的抄写人，舞文弄墨的时间绝对比起练习耍矛要多，怎么可能打得赢人家？

她往下坡狂奔，这儿是一大片草地，被绵羊给啃过所以草不高，换言之，没有什么遮蔽。艾莉丝将希望寄托在底下的农舍，即便后面已经安静下来，她还是牵着骡子继续走，心里不禁怀疑神父会不会已经死了，否则，为什么他被捆上骡子以后就没有动作或声音。之前她观察好几次，实在分辨不出约翰到底还有没有呼吸。

到了下面是几栋屋子与几片小田地，艾莉丝听到马蹄声追来，速度不是特别快。她暗忖齐格菲一定认为这种距离不需要穷追，反正自己的位置全天下都看见了。女孩握紧从修士那儿拿来的刀，下定决心要与齐格菲做困兽之斗，但手还是不禁颤抖起来。蛮族王才刚杀死两个年轻男子，而且人家还拿着长矛，自己有什么胜算呢？几乎为零。但，艾莉丝心想，那代表不是零。

马蹄声更加靠近，她还是不转身，拖着骡子在月光下前进。

齐格菲用北人语叫了一句话，语调很不客气。她猜想对方大概折损了部下，若换作是厄德伯爵也会因此气愤。

"站住！"齐格菲改以罗马语大叫，"否则就要你的命。"

艾莉丝没搭理，只是紧握短刀。马蹄追过来了，马上的人从侧面挨过去。

"圣人已经死了。"齐格菲说，"现在停下来，我可以考虑让部下放过几个修士。你考虑清楚。"

他更接近，用长剑剑背将艾莉丝的手指从牵骡绳拍下。

"我叫你站住。"

艾莉丝终于转身面对他。"我父亲是强者罗贝特，北人的克星、基督信仰的守护者，"她开口说，"对你们这些北人来说如同马加比①再世。想要我站住，就凭自己的本事。"

"看你要乖乖走过来，还是让我把你敲晕再和圣人一起放上驴背。自己选吧！"

听起来，齐格菲的灵魂似乎太大了，大得超过那副肉身所能承载。他散发出一股气势，要压制、贬损、羞辱身边的每个人。看在艾莉丝眼中，这就是个自始自终心里只有自己的需求、自己的荣耀，为了满足自我而滥用暴力的人，会为了使世人认同他自诩的形象而不惜付出任何代价。不过妄自尊大的人她见多了，并不因此受到恫吓。

于是艾莉丝举起刀："我选第二条路，不过想要制服我，你也别想全身而退。"

---

① 古以色列的英勇战士。

齐格菲嗤之以鼻，用剑背往艾莉丝持刀的手轻轻一挑，瞬间将短刀拍到地上。

　　"我今天死了太多部下，没心情和你扮家家酒。"他说，"给你的机会也够多了。我看小姐你是处女吧？"

　　艾莉丝呸了一口。

　　"哼，等你倒下来就知道自己错过什么了……你下巴被打歪的话可不关我的事，反正还会安静一点儿。"齐格菲翻身下马，艾莉丝心头震怒。她眼前浮现兄长治理的城市陷入火海，朋友家臣遭北人杀害，精修圣人被捆绑折磨，连父亲也是受到蛮族王哈斯汀的欺骗后才脱下盔甲，然后死得凄惨。因为自己是女人，所以没机会提起武器上战场，心里积郁的愤怒总无处发泄。此刻，终于找到出口了。

　　符号显现在艾莉丝心中，如马一般奔驰呼喘、汗水淋漓，并且闪闪发亮。她透过意识看见符号射向齐格菲的坐骑，蛮族王此时一只腿还在马镫上，正打算将脚甩出来，但艾莉丝想象着符号向前冲刺。她脑海中浮现一大片草原，情绪高亢、意志强大，全身上下鼓胀一股力量，然后介于文字和意念之间的讯息从艾莉丝传达至那匹马。

　　"跑！"

　　马儿像是碰上野狼一般迈步狂奔，齐格菲的腿还卡在上头，结果惊慌下手一扬，长剑掉在地上，身子也被卷得歪斜，然后头重重撞在泥土上。他没有失去意识，还挣扎着要将脚抽出来，可是那匹马没停下来，拖着蛮族王往下坡跑了十大步。齐格菲的脚终于拔出来了，大字形躺着，气喘吁吁。

　　艾莉丝并没有闲在一旁，她已跑向长剑，捡起后跑向齐格菲蠕动的身躯。齐格菲撑起上半身，手往腿一拍，但看来他料想错误。艾莉丝猜测他的腿已经折断，所以一碰就疼得快要倒下，而且握剑那只手掌指骨也裂开，被顶得戳向掌骨。

他察觉长剑到了自己面前，想要起身闪避，但当然办不到，一咬牙便说："死在战场上，也好。至少让我说几句话再给女武神带走？帮我告诉法兰克的诗人，如此一来，死了也不会被遗忘。"

艾莉丝低头看着眼前的男人，这是她所鄙视之物的总和化身。齐格菲率领蛮族烧毁沙特尔①，夺占本属于她父亲在纽斯特里亚的领土，也就是理当归于艾莉丝的属地。而且也因为齐格菲，法兰克民族失去了太多的神职人员，百姓也受到饥荒瘟疫所苦。

"想得美，你就从历史消失吧。"她两手握剑，用力一刺，但齐格菲用仅存的一手硬接。

他五指喷出鲜血，挣扎着不让剑刃逼近，脸上露出冷笑："这下子可真后悔把它磨得这么利……"血从颤抖的手指顺着前臂滚落，艾莉丝用了全力，也将自己体重压上柄头，然而齐格菲即便面对死期已至也依旧顽强，死撑不放。

"你知道预言、知道鸦女牺牲眼睛所看见的是什么吗，艾莉丝？嗯？有一头狼追着你，永生永世地追着你，他所到之处必将毁灭，一旦你被找到，心爱的一切都会遭他吞噬。艾莉丝，你被诅咒了，而且是永远无法解除的诅咒，必须与诸神命运相连。"

他再也支持不住，狂嗥之后，用力将剑刃往旁边一拨，却又被艾莉丝挥到面前刺过去。齐格菲想别过身子，但伤势太重动不了，长剑戳入他颈侧，开了鲜红的一道口子。他伸手按着，但根本止不住血，只能不断后缩，瞪着艾莉丝，使出最后一丝力气摇头笑道："女人啊，和狼也差不了多少。或许我真的就是奥丁。"吐出这句话以后，齐格菲终于倒

---

① 现代法国中北部都市。

地断气。

艾莉丝坐下来，不停发抖喘息，身上沾满了一名王者的热血。她看看四周，再望向山丘上面，暗忖没有时间休息耽搁，所以赶快跑到两名修士身边。梅瑞勒斯已经身亡，长袍在胸前被划开，伤口还冒着血。艾布朗没死，只是失去意识，除了下巴被打肿之外，看不出明显外伤，艾莉丝猜想是被蛮族王打昏而已。

她又回去查看蛮族王的遗体，飞快扒下他的外衣换到自己身上。但是无论衣服还是锁甲都太大了，像是要把艾莉丝给埋进去，但她还是先穿好。全副武装相当沉重，幸好她束紧腰带以后重量分配比较平均，勉强可以承受。那份沉重感倒也令人觉得受了保护，心情比较稳定些。艾莉丝将齐格菲的长剑与短刀都别在身上，套了他的防水斗篷，按照以前哥哥的模样背起盾牌。盾牌令她生厌，上面的狼首图案与维京人甚至相同。头盔大而无当，所以艾莉丝改取靴子，总算不必打赤脚了。齐格菲身上还有些钱，两枚第纳尔、三枚特米斯[①]，加上衔尾蛇造型银臂环。她将钱包塞在胸甲前侧、臂环塞在背后。

接着艾莉丝探看圣人的状况，发觉他有呼吸，只是十分微弱，换言之，要尽快将他送到安全地点休养。问题是，还有一个昏迷的修士，该怎么办呢？齐格菲的马太高了，她没办法将人给推上去，骡子也不可能承担两个男人的重量。艾莉丝望向河边，有几间农舍，不过这距离就看得出都烧毁了，但屋子后头就是浅滩，过去有另一片茂密树林，是很好的掩蔽。她衡量之后，认为唯今之计就是跑两趟，先将圣人送过去藏好，再回来把艾布朗也带走。

她再抬头往山丘上面望，有人影移动。得赶快动身了。她声音轻

---

① 哥德人的金币。

微得听不见，但却能叫来齐格菲的马，马儿像是给人骑着一样转身走过来。虽然是匹骏马，但却很有耐性，艾莉丝努力一阵后翻了上去。她看了马鞍后摇摇头觉得不舒服，维京人通常都拿泥炭做成鞍具，感觉配不上王者，也与艾莉丝这样的仕女很不搭调。但好歹是可以用的鞍具，她也只能将就。

艾莉丝骑着战马转身走过去，身子一探拉绳牵骡。她往后望去，山丘上的人影朝自己跑过来，还用力挥着手，从宽松袍子在膝盖处塞进长袜内的轮廓、头顶上的斜软帽以及下巴的尖胡须，艾莉丝看得出来一定是那位行商正呼着大气往这儿狂奔。商人猛挥手臂，却又不敢大叫，看上去就像是官廷小丑演哑剧。

她猜想行商大概受到追杀，或者说担心引来追兵，所以才不敢出声。盘算起来，商人也是想拿自己换钱，但在这种状况下，却与艾莉丝的利害一致了，因为她也不想给北人捉到，而行商或许有办法在河岸的蛮族营地间穿梭，并进而与伯爵取得联络出兵援救。加上有商人在旁边，就可以赶快将艾布朗弟兄给搬走。

于是艾莉丝又将马掉了头。勒熙跑近后蹲下来，手肘撑在膝盖上不停喘气，像是累坏了的猎犬。

"你做到了！"勒熙呼吸还不平顺，一个字一个字像是铁炉里刚打出来的。

"那你呢？"

"我先应付了那个蛮族王啊。看样子你也碰上他了，他是被修士杀死的吧？真不敢相信。"

"是被这把剑杀死，"艾莉丝说，"他自己的剑，但给一个女人拿来用了。"

"是你杀的？"勒熙说，"法兰西王国这么多战士都办不到，你是怎么办到的啊？"他喘得身子快要折成两半。

艾莉丝心想时间不多，就没回答："有个修士还没死，你帮忙扛他吧。"

"这样只会多具尸体而已，"勒熙说，"我来把他推到这马上吧。"

她点点头，想想这办法比较可行。"先过去对岸的树林里，然后走到南岸，可以往圣日耳曼，要是此路不通，就想办法传话到城里面。找对人、付够钱，有些管道可以进出，"她从铁衣里掏出臂环丢给勒熙，"告诉我哥哥的部下，说这是妹妹送去的，取自她亲手杀死的蛮族之王。"

勒熙看看臂环，相当欣赏其精美的工艺。

艾布朗弟兄比神父要重得多，所以又费了点儿工夫才将他拱到马背上。艾莉丝骑马走在前面，勒熙一手扶好艾布朗，另一手牵骡子。浮云掩起月光，他们穿过焦黑农舍废墟，背后的树林已经没入黑暗。

也因此两人都没注意到，一个骑着马的人从林子下了坡，还有披着羽毛斗篷的人走出阴影，牵着皮肤苍白的女子一起目送那人乘马下山。

19 赛尔达之战

勒熙除了饿还很冷。一日之中，日出之前最寒冷，或许也因为心里知道温暖的阳光就快到来。

小姐连一点儿斗篷都不肯分给他，宁可拿去盖在两个昏迷的修士身上。勒熙开口说过修士既然都没意识了怎么会知道冷不冷，东西还是给醒着的人比较有效率，但那位小姐回应的眼神却使他觉得更冷了。加上小姐自己也受冻，勒熙实在不好再多说。艾莉丝身上除了不肯脱下的锁甲以外，也只有齐格菲的轻薄上衣和长裤，在这样的夜里根本不够。

出身罗斯那样的地方，勒熙比较习惯天冷，但话说回来那也是衣物充足的前提下。这夜没起风时就冷，现在居然还从树林里吹出一阵阵轻风，于是河水的寒气都被带进他们的营地了——假如这可以称之为营地的话。自然不能生火，何况也没有铁器或燧石可用。既然起火会引来注意，无论如何都得避免。

小姐不顾他反对，放骡子与战马去林间吃草。勒熙本想杀了一头来

126

吃，否则很可能也是被敌人带走，怪的是结果它们真不跑，喝完水以后乖乖回来了。河水造成另一个困扰，才刚下过春雨，水流又深又急，想渡过浅滩需要熟练的骑术或者五六个男人手牵手来抵御湍流。一个老头子、一个大小姐再加上两个受伤的修士？门儿也没有。不过勒熙觉得若只有自己骑着骡子的话，就有一些希望。

小姐怎么办？他盘算要不要趁对方睡了，抢武器，然后将她绑起来。可是也不可能一路绑着她又塞住她嘴巴带回拉多加，明目张胆地掳人只会引来强盗，劫了人以后强盗自己能够勒索赎金。想要骗她配合，勒熙没有把握。

他躺着想睡一会儿，脑筋却在这些困境上头打转。勒熙知道马儿绕到自己背后，林子里传出呼气声，但他回神察觉不对劲儿，明明骡子和马都待在小姐身旁吧，没绑起来，但他们很乖呢。

是另一匹马。勒熙跳了起来。

"小姐！小姐！"

艾莉丝已经起来了，而且手持剑盾。

勒熙什么也看不见，却听到艾莉丝以罗马语说着话。虽然商人的罗马语程度不高，却也听出中间有"马"这个字。只见小姐凝望树林，又讲了一次，接着就有像是响应般的叫声。

"停，停……别动。啊！"

黑暗中有碰撞声，应当是人摔落地面。艾莉丝举起剑，勒熙看了并不很有信心，那模样真的就只是千金小姐假扮成武士。她将武器举得太高太直，握柄都到了耳朵边，好像被当成了扇子用，但同时盾牌却指着地，头与胸根本没受到保护。

树下有动静，不知何物急速冲来，快得绝对不可能是人类。结果是一匹无人战马，接近小姐以后放慢脚步，自己过去与另外两头牲畜会合。勒熙见状觉得不可思议，正常来说马不可能有这种行为，怎么会先发疯狂奔却又立刻安静下来，还和陌生的动物成为朋友呢？

无暇细想，林子那端白光闪过，有个移动缓慢许多的身影，忽左忽右，乍看像是螃蟹那样的移动方式。

"这是维京人的马。"艾莉丝开口。

"你怎么知道？"

"看马鞍，手工不精致，而且——"

勒熙没机会听见后半句话。他看见一张脸从树林窜过，以商人的好记性想起名字。

"赛尔达，朋友，你摔下马啦？"

对方走出来，低吼的模样像是骨头被抢的狗。

"你，小姐，欠了我一笔赎杀金①。"他说，"你杀了一个王，这代价是多少呢？我想整个巴黎的金币加起来都不够。"

"她根本听不懂你讲的语言。"勒熙开口，"但什么事情都是可以谈的，你帮忙把我们带进她的城市，当然也能得到奖赏。"他暗忖方才赛尔达一定躲在树林偷看，等到没有对手竞争，才想渔翁得利。

"我可很清楚法兰克人会给出什么样的奖赏。"赛尔达回道，"现在我奉罗洛为王，他不打算要被当成神来膜拜，只要大家朝他下跪就可以了。捉到这女孩，他会给的赏金一定丰厚，不知道会娶她还是拿去换赎金。总之，她得跟我走。"

"告诉他，再靠近半步，就会死在我剑下。"艾莉丝开口。

"小姐请你过来坐坐，和我们先聊个天。"勒熙说。

"是啊，看得出来。"赛尔达说，"可真是客气。是小姐想跟我打

---

① 中世纪欧洲通行的律法为萨利克法（Salic Code或Salic Law），其中有此种内容。

128

一场，还是你要跟我打一场？"

他穿过草地接近，艾莉丝持剑往前一刺，但她手臂僵直、全身肌肉紧绷，动作就像用竿子吊起衣服晾干。相较之下，赛尔达则是行云流水，剑一扬就朝着艾莉丝的武器拍了好几次，那条手臂像是鞭子一样又快又准。艾莉丝已经两度差点儿被他打落兵器。

赛尔达微微后退，艾莉丝下意识就追杀过去，当然这就是敌人的诡计，勒熙在一旁看得非常清楚。赛尔达抖着长剑缠上艾莉丝的武器，划了四个圆弧以后猝然一震，于是大小姐的剑随着铿锵声朝树林飞去。紧接着，他朝艾莉丝头部佯攻一剑，艾莉丝再度上当，高举盾牌想挡住脸。两次快速轻敲后，赛尔达的剑刃根本不在上头，而是对准大小姐的靴子。迟了一步的艾莉丝很笨拙地将盾牌往两人之间的草地一架，赛尔达的嘴巴像是檐沟的"石像鬼"那样张开，因为眼前那面盾牌上居然插着两根黑羽箭。他赶紧转身确认，就这么被艾莉丝用力撞得四脚朝天。勒熙看见了，不出二十步外有怪声，听来像是战嚎、又或者是勒紧脖子后的惨叫。

"不！"艾莉丝睁大眼睛神情惊恐，倒退了几步后丢下盾牌，转身遁入树林里。齐格菲的靴子都还给赛尔达的剑钉在地上。

赛尔达爬起来，拔出长剑，没有继续追。勒熙看继二十步外那儿枝叶底下晦暗中，精壮赤裸的人形拉开弓弦。是鸦人，但他为何能在黑暗中瞄准呢？商人想到盾牌上插了两枝箭，换言之，艾莉丝能抓对时机挡下攻击根本是运气好而已。勒熙拿起一根大树枝甩出去，还真的打中拿弓的人，对方松手，让一只箭矢掉下去。

"噢，天呐。"勒熙自言自语。胡甘放下弓箭，转过身来，他见状拔腿逃命，压根儿不知道自己朝什么地方跑。树盖遮蔽月光，地上什么也看不到，只要有阴影都可能有石头、树根绊倒他。勒熙摔了几回就爬起来几回，但最后还是精疲力尽跑不动。

　　坐下以后，可怕的形影却又穿过一条条月色银光走近。对方手上的弯刀阴森无比，惊恐之余，勒熙还是看清楚了，那精瘦肌肉纠结着骨骼，如同粗藤缠绕树干，脸上因为那外人无法理解的邪术被乌鸦啄出的疤痕难以计算。锋利刀刃勾起月光，散出寒气。

　　距离二十步，但勒熙吓得昏厥过去。

20 活捉

艾莉丝同样吓得惊慌失措，盲目跑进树林中。转眼后砰的一声，眼前一片白，她摔倒在地上。原来是恍惚中正面往树干撞过去。

她听见那怪人从后面靠近，脚步很轻快，自己若想靠躲藏来避过他，根本是自寻死路。隔着三十步这么远的距离，鸦人还是两箭神准落在盾牌上，而且还是从黑暗的森林中发射。艾莉丝认为他一定有办法锁定自己。那怪叫又传来，令人胆寒，像是嘲弄她的呼声。

艾莉丝觉得自己没时间谨慎小心，继续全速奔跑，所以给树根以及地形起伏又绊到不少次，后来整个人跌进一丛蕨里，看见水光之前已经先透过肌肤感受到沁凉，月光下，河流如同冰砌的路。可惜，并不是一条可以用脚踏上去的路。怪叫声非常靠近了，艾莉丝别无选择，纵身入水。

然而仓皇之中，她忘记了自己穿着锁甲。锁甲有重量，幸好并非重得连头都探不出水面。尚未陷入战火时，她哥哥与部下们也曾经全副武装跳进塞纳–马恩省河里，比赛谁先到对岸。艾莉丝在心中告诉自己一定办得到，但事实上没有游多远，她的手脚就都累得快要动不了。

出乎她预料的是水流如此湍急，不断将她往下游拍打过去，而且艾莉丝必须不断挥动手臂才能保持口部露出水面。那股寒冷如大蛇般咬走气息与力量，她用力踢水想要抵达对岸，却仍被冻得精疲力竭。面前出现一截倒下的大树，艾莉丝伸手想要抓住树枝，却又失了手，因为手指麻了弯不起来。随水流转片刻后，连最后一丝气力也没了，腿忽然被什么东西缠住。

艾莉丝吞下一口冰水，暗忖自己真的会被扯进水底。她失声低呼，打水挣扎。

腿被牢牢卡着，她勉强吸到一口气，然后手也摸到水面下有很粗糙坚硬的物体，原来是树干。艾莉丝索性转身抱住，这么一来，冷归冷，但换气就简单多了。

她东张西望，也注意到这截树干浮浮沉沉，不过是靠在岸边的，因此只要她将脚给抽出来，就可以爬上岸。艾莉丝伸手摸摸脚，知道是脚踝那儿被树枝树干给夹住，只是每回想要用力把脚给拔出来就好像会被急流冲走。无论如何她都得试试，所以便用左腿去勾右腿。脚踝终于滑出来了，而她也因此快要被水给冲走，但因为已有心理准备，便赶紧用力抱住树干，最后有惊无险慢慢爬上岸。

然而她立刻面对的便是巫师那张狰狞脸孔，而且已经拉弦瞄准了。艾莉丝看见对方，知道已经绝望，挨着树干不断颤抖。

"动手吧。"

鸦人却放下弓箭，蹲在河边，双眼空白。月色下，那张脸也变得像是月球表面，坑坑疤疤却读不出半分心思。

艾莉丝还是试着爬上岸，否则留在冰冷水中也不是办法。胡甘歪着头看看她，接着从腰带拔出短刀，结果还是没有饶命的意思。

她知道自己死定了。不知道会花多少时间？比想象中来得久吧，艾莉丝觉得身体越来越轻、越来越轻，但没有死，只是身体不断打哆嗦，手掌变成青蓝色。她知道自己不可能渡过这条河，却也不可能躲得过鸦人。究竟过了多少时间？春季的白昼很长，长得媲美盛夏。跳进水里以后又过了多久？一小时？两小时？鸦人还是坐在那儿，如巨大的食腐鸟看着将死的绵羊。鸭蛋蓝的天空挂着月牙弯，太阳从树后升起后空气蒸腾，清澈的像是水晶。她回神明白，天亮了。

眼前一阵蒙眬，月亮像是转圈跳舞那样逐渐走远，黯淡消失。一线光芒切开黑暗，艾莉丝本以为还是月光，但意识捕捉到的却并非如此。她发现自己站在山洞里面，那道光从入口射入。走到洞口，却看见外头是断崖绝壁，一往下瞭望就头昏目眩。风在脚下，丝丝云气也在脚下，飘动浮游像是精灵。艾莉丝察觉自己怀里有什么很重的物体，结果是个男人，已经死了，而且她知道这人为了自己而死。回头一看，洞穴内藏着什么。她感觉得到，那是自己爱过的另一个人。

一首诗歌带着强烈节奏送入脑海。

"奥丁须与巨狼对抗……"

尽管从未听过，艾莉丝却明白这诗歌内容与自己命运息息相关。冷风刺上肌肤，但寒意却不仅仅是肉体感受，更从心底涌出。

她看见得更多了——一头巨狼，脸上染了血，整张嘴都是红色，他站在开阔但荒凉的原野上，天空中群鸦密布。狼在啃噬一个倒地的战士，他的嘴往旁边一甩，撕开人肉，同时艾莉丝心中又起了征兆。她知道那是具有魔力的符号，宇宙根基的具体显现，能够从心灵深处的暗影之中发出力量。

她念诵出脑海中的句子：

维格利德荒原，巨狼啃啮人尸，

我自将逝神祇取来符文。

艾莉丝隐隐约约知道自己快要死了，但却又感觉到自己身体里有什么东西不愿意就此死去。在自己完成某个目的之前，那股力量都不愿意放弃她。

又一个符号浮现在心中，这次是蓝天上一道锯齿状的痕迹。如方才的诗歌所言，这就是魔法符文，但它很特殊。是什么意思？钩子、陷阱，捕捉巨狼。然而对于艾莉丝而言，这个符文的意义更甚于其余符文的总和，无论是枯萎后又盛开、象征重生的花朵，或者围绕于身周保护的盾，抑或是滔滔不绝谈笑风生的幸运符。

声音又传入她脑子里，艾莉丝仿佛认得说话的人。一个孩子，却被磨炼得世故了。

枷锁将裂，巨狼挣脱，
我所知甚多，所观更多。

艾莉丝经历了奇妙的顿悟：她不可以死，因为经由那些怪异符号，自己与更伟大的力量已经连结起来。符文在她的前生就已经深植于生命中，自己曾经目睹一位神明死于巨狼利齿下。意识中除了挥汗跺足、象征坐骑的符号以外，慢慢浮上了其他的符文，它们成长着、低语着，准备开花结果。

回神时，艾莉丝察觉自己还在河岸的树干上，鸦人也依旧蹲坐着，手里握着阴森的短刀。

但看见艾莉丝又动作起来，鸦人退后一步。艾莉丝还在范围内，他挥刀指着。女孩爬到岸上，蜷缩在地面干呕扭动。鸦人用脚探了探，仿佛想要知道自己当成敌人的这女子究竟是什么东西。艾莉丝意识中有血液奔腾的声音，如同风中战鼓不停敲响。

她不知道这段话从何而来，但自然地开了口："我的命运已定，如纺好的丝线，不会在今天结束。"

鸦人似乎没注意到艾莉丝居然操起了她不该理解的北人语，伸手扣住她的咽喉。

21　最后的仪式

"圣人，圣人，活的神——"

被那声音唤回意识，约翰仍觉得自己无法支持太久，好像倒卧在深渊边缘，一个不小心，所有思绪意念就会坠入虚无。

他在什么地方？黑暗深邃之处，岩石湿润如滴汗，敌人正在等待。

"不，瓦利，不行。你受到命运束缚，已经变得不同。你就是终结，是毁灭。"女人的声音说起北人语，听来就是艾莉丝，"瓦利……"

约翰认得这个名字。她先前的抚触渗透自己的心，经年累月依靠压抑否定与肉体苦难所建立的心灵堡垒开始摇晃了。他多么渴望，然而上帝却显现出那份爱——不，约翰，面对现实吧——那是肉欲，自己将因肉欲受到诅咒。艾莉丝小姐表明过，她害怕自己其实是个女巫。正因为她是女巫，才会透过碰触就将自己变成了不一样的东西。

"圣人，约翰。"那个声音又传进耳里。约翰浑身都痛，好像皮肤对肉身而言太小太紧，之前受到的伤一处一处肿胀得厉害。其中最惨的是眼睛，抽痛不停，使他无法专注，思考中容不下别的意念。约翰挣扎着想要开口，但下颚之前也被绳子勒得太紧导致瘀血肿起，而且连动嘴巴的力气好像也没有，加上舌头也鼓胀笨重。幸好身为精修圣人的他，确实有坚强的意志，还是挤出了声音。

"听你讲话，是北人吧。你信上帝吗？是修士吗？为我做弥撒，我就可以离开了。"

约翰忽然感觉到有什么物体擦过受伤的鼻子，轻轻地呻吟起来。

原来是北人听不清楚他讲话，将耳朵靠到他嘴边。"弥撒是什么？"

"是耶稣基督的体与血。为我抹上祝祷过的香油，就可以开始了。"

"你快死了。"

"嗯，给我油膏，我才能入天国。"

"油膏又是什么？"

"看来你并非上帝子民，我终究无法在死前获得赦免。上帝，请宽恕我的傲慢自大。北人，你叫什么名字？"

"赛尔达。你的朋友们把你丢在这儿了。"

"那么请你与我为友，容我指引你向耶稣基督，并为我祈祷。"即便走到人生尽头，约翰依旧希望能回归耶稣基督之中。

"我要怎样走向耶稣基督？"

"与我一起分享他的体、他的血，容我祝福你，如同祝福我自己。"

北人鼻子哼了哼："我帮你举行仪式。"

"有面包吗？"

"变成肉？你们真的喝血？"

"嗯，酒为血，面包为体。"

"哪有呀？"

约翰暗忖这儿大概没有油膏可以抹在手掌、脚掌、额头与鼠蹊来除秽，只能趁尚未断气之前尽力而为。

忏悔毕生罪过时，圣人全身颤动起来。他知道自己傲慢，自认为圣，自以为接受上帝降下的苦难就高人一等，甚至总认定自己必有进入天国的资格。约翰请上帝原谅自己，开始背诵《使徒信经》："Credo in Deum[①]……"

约翰太虚弱了，大半是在心里念着，不大能出声音。接着他又默念《主祷文》，准备好接受最后的弥撒。然后是《羔羊颂》，不过他稍微修改内容以符合当前这处境。当他开口说："请让我祝福圣餐吧。"

但他听见一声轻笑，带着水的挤压声，还有低微的呻吟，像是拍动嘴唇的声响。失去视力以后，约翰就依赖听力，所以辨认得出那是切肉的声音。北人走回来，将约翰搂在怀中。

"祷告吧。"

他开口："上帝的羔羊，除去世人罪的主，怜悯我们。首先是耶稣的体，给我面包，经过祷告后就可以吃下了。我的手动不了，请你帮忙放进我嘴里吧。"

随即有东西滑入约翰口中。但并不是面包，那物体带着血腥味，他干咳之后吐了出来。

"禽兽的肉不行啊！"

"这不是禽兽的肉。"赛尔达回答。

"不然？"

"是你一个修士弟兄的肉。"

约翰想吐口水，但没那力气，所以只能气得抽搐不停。虽然舌头给咬烂了，他还是努力想将方才进入口中的污秽和血臭呕干净，然而那气味却凝滞不散。他想大叫，但发出的声音却连耳语也称不上。

---

① 拉丁文，"我相信上帝。"

"你的朋友们都不在。那位小姐被我们的渡鸦（Hrafn）给找到，商人自己逃走，另一个修士给你自己吃下去。我会帮你完成你们这种肮脏仪式，想吃人肉就让你吃个够。你们这些懦夫，遇见敌人躲着不出来，还说这叫作美德呢！"

　　"在天我等父者——"约翰又诵念《主祷文》。

　　北人又将那些秽物塞入他口中，还用手指硬将舌根下压。约翰很想咬他，不过嘴巴闭不起来，猜想是因为先前给绳子碾碎了下颚骨。赛尔达强开他口腔，约翰疼得受不了，湿滑物体如带着血的生蚝滚落，接着北人又以手掌掩住约翰的口鼻，不让他吐出来。

　　他将约翰放回地上，约翰以为自己的苦难终于结束，但实际上只是开头而已。赛尔达继续将死者一块一块灌进他嘴里。他不停作呕，但那些生肉终究滑入肚内。

　　如此庞大的惊恐压力导致约翰的意识飘至远方，脑海浮现一片死气沉沉的原野。面前有一具尸体，甲胄毁坏、长矛折断。

　　赛尔达在约翰四周从容走动。

　　"住手！"

　　"想得美。一个晚上过去，我没了王、没了马，小姐给鸦人捉去了，这下子我怎么赚钱呢？现在还有什么，不就是你这把废物骨头吗？这叫我怎么不生气啊，在我气消之前你都得给我吃！"

　　赛尔达又塞东西进他口里，还把约翰的头往后扳。约翰身子抽搐、试着挣扎，只听见赛尔达开始咒骂，伸手揪着神父的袍子将他拉住。约翰的蠕动越来越剧烈，从北人的指缝间滑开，倒卧在地上扭来扭去。他看见一座洞穴，也看见自己躺下了动弹不得，原因并不是残疾，而是绳子。很细、却又坚韧无比的绳子缠绕自己，他被捆绑在一块大石上，圣母现身眼前，但却对着自己厉声尖叫，说他的宿命就是杀人，以及死亡。

"你居然咬断我指头！"赛尔达的辱骂传来，"这下子真的要你付出代价了！"

狂躁的北人战士跨坐在约翰胸口，拎起肉块一直往他嘴里塞。

"乖乖给我吃，吃到大爷我爽为止！"赛尔达叫道。

神父克制不住身体与四肢的颤扭，赛尔达也同样压不住他。约翰居然把北人给推开了，感觉仿佛自己的肌肉想要脱离骨骼。他不停摆动头颅，乱踢双腿，人在地上疯狂打滚，嘴角喷着血沫。血，约翰的意识里只剩下这念头；基督的血从天而降。血红的太阳、血红的月亮，空气化为血泊，河水与光线都弥漫血腥。圣经的内容回荡在耳边：

> 他引导我，使我行在黑暗中，不行在光明里。
> 他真是终日再三反手攻击我。

不对，上帝不会攻击他，上帝爱他，还将他标记得如此特殊。可是那些声音在脑海中停不下来，如阁楼上的老鼠。

> 他使我的皮肉枯干，折断我的骨头。
> 他使我住在幽暗之处，像死了许久的人。
> 他用篱笆围住我、使我不能出去。
> 他使我的铜链沉重。
> 我哀号求救，他却使我的祷告不得上达。

这声音似乎针对着他，告诉他还有比这诸种折磨更加痛苦之事。上帝遗弃了自己，约翰无法相信，认为必定是恶魔的诡计，地狱已在心中生根。

他用苦楚充满我，使我饱用茵蔯。

他又用沙石碜断我的牙，用灰尘将我蒙蔽。

你使我远离平安，忘记好处。

我说：我的力量衰败，在主那里毫无指望。①

约翰发出尖叫，与其说是从口中，更大一部分是心灵的呐喊：不！不！不！上帝是我的一部分，因此我要仰望他。凡等候他、寻求他，必得主施恩。

一段段话语听来高亢优美、带有旋律，但声音下确有黑暗的诗句如鼓声轰隆。

我千里跋涉，不断追寻，终了解诸神，

何者能覆灭奥丁，为诸神送葬？

未曾听过这段诗词的他，心里却知道答案，并且跃至唇边。

赛尔达拔出短刀，又扑向约翰胸口，将他压置在地上以后，以刀尖抵着他脸颊。

"给我闭嘴，给我继续吃，不然就吃你自己！看我把你大卸八块，一块一块塞进你自己嘴巴里！"

约翰看见自己被捆绑在石块上，手脚上了镣，嘴被利物狠狠勾开。他知道答案，知道何者将灭亡那人。

---

① 此处经文撷取自《圣经》的《杰里迈亚哀歌》。

巨狼将吞噬奥丁，为诸神送葬。

约翰双手猝然扣住赛尔达的头颅。他心中浮现的是那山洞，身体感受到镣铐刺穿皮肉肌肤，将自己牢牢钉在大石上不得脱身。狼，狼可以毁灭那个神。自己为此而生、为此而活。解脱、自由，他感受到了。他就是狼。

"枷锁裂了。"他说完以后将维京人的颈子扭断。

22　无助

　　勒熙冷静下来，发现只有自己一个人，猜想鸦人根本对自己没兴趣。

　　天亮了，他想起小姐。起初勒熙分不清楚东南西北，也无法判断艾莉丝往什么方向逃走，可是随即听见一声惊呼。他想往那方向过去看看，却远远瞧见白森森的刀光。是鸦人，从那赤裸身躯、如尸体的肤色不难判断。鱼肚白天光下，胡甘蹲坐在河畔。

　　他考虑着爬近观察，腿却不肯动。恐惧胜过意志力，身体怎么也不听话。勒熙太害怕那个可怕的巫师。

　　遇上北人战士以后，勒熙第一次真正想起查克利。不知那狼人在哪儿？大概死了吧，商人这么想。

　　接着商人想起那个个头特别矮小的北人战士，他也不知道去了哪里？然后勒熙恢复行商本性，盘算起资本：北人喝了他那么多酒，观察之后，可以肯定绝大多数对于那位北人王并非誓死效忠，此外北人不会拉丁语，所以无法与法兰克族的修士谈判。虽说与北人合伙，感觉并不妥当，在这当下似是唯一一条路。他掂掂银臂环，还好留着这玩意儿，有价值的东西在勒熙手上就和武器之于战士，只要有本钱就可以做买卖，买卖就是他的生存之道。

衡量一下自己的立场以后，勒熙察觉自己这次交易的对象其实是命运。最低限度，他得想办法平安回家。空手而回，运气不好的话还是会被赫尔吉降罪处死，但其实原本大公托付的只是将狼人送到巴黎而已。倘若可以带着小姐回去当然最好，一方面不知大公真心想法为何，另一方面当然有奖赏才稳当。更理想一些，他可以将圣人遗骨和小姐都换成钱。小姐看来死定了，而且他无力介入，这下子比较可行的做法还是找几个北人当保镖，并且把活的或死了的圣人弄到手，等从法兰克的修道院弄到钱再分给战士们。重点是如果没有保镖，只有圣人在手，也很难走到修道院门口。

但再仔细想想，他发现都是空谈。

重新整理一遍：自己被齐格菲当成犯人过，一旦有人找到齐格菲的尸骨，维京人会暴动，急于找出是谁杀了他们的王。届时，勒熙肯定会是嫌疑名单头几位之一。换言之，此刻回到维京人的营地，冒的风险实在太大。如果不能与维京人合伙，这就表示他得孤身返回拉多加，能依靠的就是这身衣物和头脑。

树林里有物体移动。是战马，小跑步靠近，情绪显得急躁。

他们怎么了呢？勒熙回想起先前那匹被飞斧砍中脖子的马儿，他的叫声相当骇人。

凝望树林下，那位置与鸦人蹲坐的河岸只有一小段距离。

又有什么东西移动。勒熙看见蛮族王那匹骏马，暗忖如果有坐骑，回程旅途就能加快许多。前提是他可以骑得上去，马儿看起来暴躁不安，不停踩地，满身大汗，嘴角挂着唾沫，眼睛直瞪着鸦人。是齐格菲的马没错，之前艾莉丝骑上去了。接着，林子里更深的地方传出嘶叫，是他的骡子呢！勒熙安心不少，骡子的脾气他总很熟，毕竟相处了三十年。他自认要取回骡子不难，接近到了二十步内，口里轻轻吹哨，同时察觉骡子也很惊恐，但至少不像马儿生气那般危险。"乖女孩，听话噢。"

骡子退开几步。

一个影子从树林冲出来，穿过勒熙的左侧，然后是刺耳的号叫，还有响应传来。商人不由自主地瞪大眼睛想看明白，结果是狼。

23　狼血

死神没有找上艾莉丝，但找上艾莉丝的与死神相差无几。阴影散去，扑向鸦人，他来不及反应就被压制在地。

胡甘快要挣扎起身时却又倒了回去，不过手上的短刀已经迅雷不及掩耳地劈出。两个身影在甫露出弧光的晨日下搏斗，艾莉丝本以为是一头狼。吼声如狼，动作也快似狼，然而一条手臂架住了刀势，艾莉丝这才看清楚那其实是个男人。就是前往教堂营救自己的男人。

"快跑！跑啊！"男人大叫，"他很快就会杀死我，然后继续追杀你。你快逃！"

艾莉丝想要站起来，但两条腿不听使唤，像是被冻僵了似的。勉强蹲起以后，她却又腿一软像个酒鬼那样摔下去，伸手抓住了树，但手指也冰冷麻木。艾莉丝往地上一倒，头撞了泥土，即使还想挣扎，四肢却完全失去知觉，完全使不出劲儿。

"快走！"

声音在脑海中回荡，像是一道大浪，又像是洞口的邋风，或者血液灌满耳朵。但，其实也都不是。

鸦人反过来压住了狼人，两手握紧短刀，已经快要戳进对手咽喉。狼人扣着刀，手指渗出的血在晨曦下闪耀。胡甘暴喝，用力将刀逼下去，没想到狼人却在这时脖子一撇闪开了，还利用鸦人下压的力道，铁头功迎面往他鼻梁撞去。再度上下换位，狼人叫着咬着、打着扯着，巫师想拔出弯刀，却给他按住手臂。两个人都起身，扭打成一团，撞上一棵又一棵树。倒地、爬起，狼人始终不给胡甘抽身拔刀的机会，不过鸦人尽管没有兵器，凭着蛮力与速度，一膝盖朝狼人的下腹顶过去，也将他给顶得飞上半空，摔在地上时全身都软了。

艾莉丝觉得自己这颗心仿佛就要裂开。内在的声音、外在的声音，来自符文的脉动与喘息。这到底是怎么回事？

鸦人又要抽刀，狼人扑上去阻止，一起站在河岸边脚步摇晃。下一瞬间，高大的战马将两人都撞入水中。艾莉丝这才明白自己一直听见的声音既不是水或血，也不是风或鼓。那是蹄声。

勒熙跑过来。鸦人不知去向，狼人一手贴着适才解救了艾莉丝的同截树干。行商看他给马儿那样用力撞飞，此刻正呻吟着，知道撑不了多久。先前可都没听查克利发出一丁点儿惨叫声。问题是他与自己相距还有二十步，以勒熙这把老骨头，想救他也来不及。无论如何，勒熙决定要拼了老命试试看；并不是想逞英雄，而是回归他最现实的考虑，现在正需要一个保镖来完成任务，查克利可说是唯一的希望。

"我来了，枯人①，我来啦！"

蛮族王的骏马在艾莉丝旁边低着头，身子轻轻挨着她，像是帮忙送暖的模样。赛尔达的马、勒熙的骡子也跟着出来。商人一看有了办法，

---

① 如故事开头所述，"查克利"意为"干枯"。

骡子是驮兽，没办法骑乘，不过牵着就会跟来，所以他抓住辔绳，领着骡子到水边，用自己的身体慢慢将他挤过去。勒熙明白骡子是脚步最稳的生物之一，而骡子也缓慢但平稳地踏进水中。

下水又走了十步，水流太湍急了，勒熙站不稳，就翻上骡子的背，拍拍他屁股。对骡子来说，直到狼人身旁水也只淹掉骡腿，不过勒熙看得出换成自己在水里可就站不稳，所以打算靠骡子辅助自己保持平衡。可惜一踏进河里，他发现自己想得太美，骡子没被牵着立刻朝岸上跑。商人脚一滑，下意识地抓紧狼人，反倒将对方给扯下树干。水流带着两人往下，这时勒熙脚往河床用力一踏，使尽吃奶力气将自己与狼人往河岸方向顶过去。

他们随水流转，好几秒钟时间不知自己是生是死，但最后勒熙觉得腰侧撞到了什么，脚底踏到了土，手还拔起一丛草。原来从那截大树干漂流出来，过了五十步左右距离后河道转弯收紧，于是他和狼人都被冲上岸，活得好好的。对面传来谁的喉咙发出咕噜声，还三不五时尖叫，商人往那儿瞧了瞧，是个赤身露体、背上系着东西的家伙正要爬上岸。

勒熙干咳两下，站起来以后挺想大笑。

"看样子他有好一段时间没法找我们麻烦。查克利，说你是枯人，这下子可湿润得了！"

狼人用还血流不止的双掌撑起身子，勒熙也看到他身上的惨况：腰际有伤、肋骨下方一个拇指宽度处还插着断箭。这模样谁见了不怕呢，他就这样子与鸦人打架呀。勒熙觉得这狼人应当也离死期不远。

"鸦人正在呼唤他的妹妹，"狼人说，"我们得尽快离开。那小姐的容貌已经被他看见，状况很危险。"

树林那头骚动起来，许多人大叫。

"没时间了，"狼人又说，"我们走。"

血液总算回到四肢，艾莉丝颤抖不停。

"神父和另一个修士怎么办？"

"凶手在这里！杀死王的人在这里！王的衣服都在他们那儿，就在这里！"

是个维京人男孩，站在五十步外树林与河流交界处鬼叫。

"快走，"狼人吩咐，"我会过去找你们。商人，骑马，带小姐回去找赫尔吉。"

"我得回去自己的家。"艾莉丝说。

"不行，时间不够，巨狼已经现形，预言就要成真。你得赶快去找赫尔吉，只有他能够救你免遭毒手。"

"谁的毒手？"

"死亡、毁灭，无尽的轮回。"

他把艾莉丝抬到马背上，勒熙爬到小姐背后。艾莉丝低头望着狼人，结结巴巴地问："为……你为什么这么做？"

"为了爱。"他这么回答，"我会找到你，艾莉丝……艾迪丝拉。我会找到你。快走吧！"

一道影子横空而来。狼人上前，扬手一接，竟是支长矛。

"快，他们来了。"

狼人拍拍马臀，马儿甩开大批北人，遁入树林。

24　拉多加

　　在巴黎城内还没遭大火肆虐时，齐格菲尚在人世，精修圣人约翰还是莱茵河畔森林中的孤儿。这一天，赫尔吉登上塔顶，瞭望自己在奥戴古勃格的新领土，但他打算要臣民们往后称呼此地为拉多加。除了拿下这城镇以外，还有另一件事情要庆祝——他有了女儿。

　　这位维京王者看着自己的城池，晴空下一条河流蜿蜒曲折地流入拉多加大湖的碧蓝涟漪，远方湖面上的几座青翠小岛将风景妆点得更加宜人。大湖周边还有小湖，如同月亮受到繁星簇拥，多不胜数，赫尔吉也就真的从未清点过。湖泊之间也有小河连接，有些细如丝线，有些则像是蓝色的树根，但都从中央的大湖发散开展，往东流入米可拉嘉德与干草原，往西连通东方大湖，往北则是他的故乡。

　　赫尔吉的子民是北方民族，水上与船只的王者，斯拉夫人与芬兰人主动想受到统治其实也并不奇怪。对方派遣使者，请求自己过去称王时，他还觉得十分讶异，此刻回想，却觉得只是合理的报酬。这世上谁比自己经历过更多征战？谁送去万物之父殿堂中的英灵比他更多？恐怕英灵殿内的战士都绵延到天边了吧。而且又有谁能在夏庆冬宴都送上奴隶与牲畜为祭品？就只有他，赫尔吉。而他信奉的神王奥丁也慷慨赏赐。

数年前，北方民族就曾经征服此地，但统治一段时间以后又遭到推翻。随后的混乱动荡却导致居民们怀念被统治时的平稳，经过二十年的部落内斗以后，他们连推派统治者的实力也没有，索性邀请赫尔吉再回来。

能成为这片沃土的khagan——也就是国王，感觉非常爽快。赫尔吉下塔，外头正举行庆典。斯拉夫人有些习俗颇可笑，但与北方民族的共通点是喜爱热闹与宴会。走在街道上，护卫紧随其后，他伫立片刻，一些奴隶已经成为祭品，赤裸的身体上画了图案，吊在绞架上的背景是宽阔蓝天。此情此景正是他权力和财富的象征。被吊死的人散出屎尿味，与神殿焚烧的线香、献祭的牲畜、年轻女孩身上的花圈，以及他所使用角杯内的蛇麻等各种气味混杂在一块儿。对赫尔吉来说，这味道是浓烈的迷醉。

罗斯的夏天相当美。虽然热气仿佛用鼻子就可以嗅到，但受惠于河水，凉意乘风而来，即便日正当中也还可以忍受。此处物产丰饶，田野种植小麦，湖面上渔夫们的网子里都是鱼，由于附近就是大片森林，兽皮与蜂蜜相当充裕，当然柴薪也从来不是问题。

九个死人悬挂的绞台位于斯伐罗格①的神殿前。他是狼神，就赫尔吉看来，它就是奥丁的另一个名字。为了治理的方便，尽管赫尔吉认为自己从主神获得许多好处，却也并不强迫斯拉夫人将神祇改名，只不过献上活祭时，他奉献的对象其实是司掌吊死者灵魂的奥丁。反正祭典到了这个阶段，民众都喝得醉醺醺的，以为君主献祭的神是斯伐罗格。赫

---

① 实际上是斯拉夫神话中掌管火焰与锻造的神。

尔吉相当小心，对于其他当地神明也同样敬重，例如裴朗的神殿立了新塑像，神像高举锤子，看似随时会以雷电劈开天空。

赫尔吉研究以后，认为本地人和北方民族就信仰上有诸多相似点，特别是双方都相信一棵世界树串连诸界。不过他认为斯拉夫人还是愚昧，竟以为世界树是橡木，但赫尔吉很肯定那是一棵名为尤克特拉希尔的白蜡树；无论如何，这种细节差距在身为君主的他眼里，只是一再印证了双方的文化互通、信仰实为一体两面，就像同样的庆典，当地人称作blöt，在他的家乡则叫作bratchina，但都是缔结情谊的意思，所以本质没有不同。酒食、女子、献祭，通常也会有人打起来，但打完感情却更好了。

这一天，拉多加热闹非凡。今年的收成看来会相当不错，身为khagan的他也捐出十头上等牛宰了给大家吃。赫尔吉从斯堪尼亚带来的军队接受了斯拉夫人授与君主护卫的敬称，成为所谓的禁卫军（druzhina）；河岸或者拉多加湖面上可以看见盛大的舰队；哈札尔人也加入联军，还有乡间的农夫渔民也都跃跃欲试，想一起前往南方或东方劫掠。所有人都来到城内，白天在河边洒花庆祝，晚上不停地吃、喝，还有嫖，一切都为祈求得到神明庇佑。

赫尔吉穿梭大街小巷，以钱币或面包当作礼物发送百姓，也故意将继承人英格瓦带在身边，让大家看见自己对那孩子厚爱有加，因为英格瓦并非赫尔吉的儿子，只是他的侄子。为了换取四百人的禁卫军效忠自己，代价就是他得牺牲亲生儿子们。

但这种交换并不奇怪。北人文化中并没有长子、或任何直系血统者继承的传统。然而反过来说，赫尔吉可不受习俗囿限，他知道选择继承人时最好表态明确没有争议，但同时又明白在这情况下，英格瓦可不担心篡位时需要杀害自己亲生父亲而受天谴。父子传承时，继承者顾及亲情会多些耐性，相较起来英格瓦现年六岁，再过个十年也就十六岁了，很可能便想要早一步登上王位。赫尔吉能在此地为王，仰仗的是斯拉夫人自己的决定，而斯拉夫人则是因为惦记他父亲卢里克的统治，所以推举赫尔吉。英格瓦的生父是赫尔吉的伯父，这孩子从斯堪尼亚带来的战士人数与赫尔吉的追随者一样多，而且他的几位叔伯曾逼迫赫尔吉发誓，一定会让英格瓦继承王位。

赫尔吉的手搭上剑柄，想起自己的骨肉出生时，曾经将剑放在他们小手上讲过什么："我不会给予你们任何财富，你们所拥有的一切都必须靠自己用剑挣来。"虽然只是场面话，风俗上父亲以此勉励新生儿要自立自强，但听在赫尔吉自己耳里却是另一番滋味。他也白手起家，知道那种辛苦，希望可以给亲生儿子留些什么。

所以他心里有另外一番打算。南方与东方分别有诺夫哥罗德和基辅两座城市，都是小城，但人民粗野凶暴。赫尔吉打算将这两城拿下，交给英格瓦治理。一开始先以诺夫哥罗德为首都，之后筹备完成再转往基辅，并继续进行迁都。于是英格瓦必须应付难缠的佩切涅格人，同时抵御来自米可拉嘉德的希腊人进攻，想必年纪轻轻的他无法负荷，一旦英格瓦失去声望，赫尔吉就介入其中，将那孩子的下属都拉拢过来。更简单点儿说，也许英格瓦会在与凶残的南方人作战时就遭杀害。

赫尔吉不会违背誓言，一定会好好保护照顾年幼的英格瓦。但同时他会更进一步，依照约定内容，在英格瓦八岁时就给予治理权。

"王（khagan）——"

说话的人是禁卫军之一，个头不高但肌肉结实，因为庆典所以全副武装，头上带着金边圆形盔，只露出眼睛，腰上挂着精致的长剑。

"朋友，请说。"斯拉夫人的王回应护卫时用语比较亲昵，北人很快就学起来了。

"女祭司请您过去。"

"什么事情？"

"她说您献祭丰盛，是狼群的好友，因此，作为斯伐罗格、天之蓝的代行者，她会有所回报。"

赫尔吉听了反而眉头一皱，他可没有与对方做爱的兴趣，只是若她开口的话恐怕也不能拒绝。斯拉夫传统里有许多王者必须进行的仪式，处女为自己献上贞操以祈求丰收，自然算是愉悦，但与年老色衰加上不爱洗澡、疯疯癫癫的老女人同床共枕，似乎是反面的极端。

"她说要给您一个预言。"

赫尔吉笑了起来："希望听预言的时候不用脱裤子。"

"大人，据我所知应当可以，您下去亲眼见证神谕就好。"

"那就好。这么多祭品，预言应该会是好话才对，那巫婆该心满意足了。"

他一辈子不会忘记那地方。黑暗的茅屋、火焰就在面前，女祭司丢了许多不同的药草进去，焚烧出的气味像是凝结在空气中，带有沥青的苦臭。赫尔吉始终不知道究竟是真是幻，只见竟有人搬进几具尸体，与自己一起坐在小房间内。

女祭司开口后，只说斯伐罗格是性格复杂的神明，掌管的不仅是苍天，还有入夜后沉入地底，也就是阴间的太阳。因此，他充分认识这世界的各个黑暗角落、或者幽冥的神祇们控制的另一边世界。预言的仪式就是请他以那一面显现在人类面前。

她又洒了药草入火里，喃喃念诵咒语。用来请示神谕的是一截刻过的树干，上头画了张脸，像是小朋友的恶作剧。

赫尔吉的意识逐渐涣散，晃荡到远方。回神时四肢僵硬，感觉热得难以忍受。周围都是死尸，面部在火光的照耀下像是熟到腐烂的莓果。

整间茅屋像是大烤炉，赫尔吉十分想要起身离去，然而为了巩固王者地位，他必须承受。

只可惜他一开始并不知道仪式如此冗长。本以为进来以后，只要听过女祭司几句客套话，就能够立刻出去。大错特错，赫尔吉必须自己成为预言者，也就是魔力的渠道。巫婆这么说，代表他必须受苦。

添了更多柴、更多药草。赫尔吉很想大叫，说他受够了，自己是王，王该发号施令，不是在这儿受人折腾。然而药草的气味似乎夺取了他的话语，还有那些尸体呢？本来在面前，一眨眼却又消失了。赫尔吉是个勇敢的战士，对生死有很明确的界线，看着死者仿佛并非真正死去，心头涌起极度不安的情绪。他们好像正在责怪自己，突出的眼珠子泛着血丝，很怪异的是赫尔吉觉得自己也真的在意，不由自主地生出了罪恶感，明明完全不知道对方想要说什么；他明明付了钱啊，这些战士将命卖给他，战死沙场怎能怪罪于王呢？

木头上雕刻的脸望着赫尔吉，神情仿佛知悉一切，正窃笑嘲弄。他可以肯定这尊神谕有话想说。它聪明绝顶、奸诈狡猾，掌握许多秘密，在无数王者背后耳语提点，绝不只是一尊单纯的木雕。自己的脑袋怎么了？赫尔吉这么问，接着又无法克制地咀嚼，嘴里什么也没有；他面部扭曲，吐出舌头，鼻涕从鼻孔流出来。好想喝水，但他完全动不了。

女祭司就在旁边。披着狼皮的女人，嗅着、搔着。不对，根本不是女人，只是一头狼。

"这是什么地方？"

"井。"

赫尔吉看看四周，发现自己已不在那茅草小屋里，也找不着那些死尸。他站在一片满布黑灰的荒野上，天空一片铁灰。这平原没有任何特征，只有前方突起的物体：看来与地面是同样的灰烬构成，形状像是断掉的树木，不过没有根部，外皮黑漆漆的，里头中空。

他左右张望，发现还有两个人影。其中之一是个容貌可怕的老人，那张脸就像是看赛狗或决斗时看呆了，嘴角还挂着唾液。老人脖子上挂着复杂怪异的绳结，站着一动不动，两手却张得很开，一边手掌上有东西，还不断往地面滴血。仔细一看，是老人自己的眼珠。赫尔吉意识到这人竟自己挖出眼睛，站在井边仿佛要献祭。

地上有另一个形体，不过缺了头颅。木雕的神谕头像就在一旁，从漆黑的地面望着赫尔吉。

"这是井。"

赫尔吉分不出究竟是谁在讲话："谁的井？"

"始祖密米尔。"

赫尔吉听过这个神话故事：密米尔守护智慧之泉，而奥丁以右眼交换了知识。于是他也捧起泉水，大大喝下一口。眼前不再是荒芜黑原，一棵巨木直冲云霄，黑色枝叶覆盖天空。树底、脚底、井边、那具尸体周围，以及自废一眼的怪异老者足下，无数毒蛇缠绕吐信。

接着他看见异象。八足马高举前腿向自己踏来，国土陷入大火。英格瓦领着该属于自己的军队，夺走自己的风采与战利品，同时赫尔吉竟被活埋，泥土填入口鼻，阻塞了呼吸。他被放进坑里，以基督徒的方式封入地底。

耳边传来声音："奥丁即将前去夺走王位，交给英格瓦。你会被有蹄与鬃的动物杀死，一切荣耀归于英格瓦。"

"那我就杀了他。"

"你无法杀他。神的化身到达时，就是你的死期。阻挡他吧。"

赫尔吉被泥土埂住喉咙后，眼前异象消失，但还是喘不过气。

蓦然间，他回到市集广场的光线与空气中，傍晚风凉，天上挂着炊烟，周围都是自己的子民，禁卫军递上食物饮料和湿布巾。

"王，看见预兆了吗？"

他吞了口口水，逼出声音回答。"好兆头，"赫尔吉告诉他们，"是好兆头。"

一个禁卫军对人群高呼："神明降下祝福，赐予预言祝贺王得女！"

25　身份的转换

　　约翰并非被风给打醒，也不是因为春天清晨蔚蓝下的冷冽而冻醒过来，而是因为听见了北人的声音。他们反复大叫同一句话："弑王凶手！弑王凶手！我们一定会抓到你！"

　　他双眼痛得厉害，好像烧起来一样，所以双手在脸上一抹以后，眨眨眼睛。先前眼睑被拔掉的那不适感竟消失了，现在这是另外一种感觉。他眨了好几下眼睛。

　　居然隐隐约约地看见褐色、绿色、金色的光芒流转，面前有很宽的一直条东西。是什么呢？树，大橡树。约翰咳了一下，嘴里涌现血味。他往左边望去，一片粼粼波光，是河水。

　　约翰呼出一口气，用手撑着自己身子。这不是梦，他看得见了。

　　起来以后，摇摇晃晃靠到树上，这么久没自己站起来，变得非常不习惯。他看见赛尔达倒在脚边，整张脸扭过去半圈。约翰还是跪下来念诵祷告词。

　　"全能上帝、永恒天父，依其圣能迎来一日之始，请眷顾我，使我心志循圣规圣意而行，不沾染一丝罪恶。"

活到现在，约翰没有哭过，但这时却忽然落泪了。上帝恩准他不再受肉体残缺所困，但他却立刻亲手杀了人。"十诫"清楚明白地告诉人类不可杀害同胞，然而这个维京人却又是恶魔、是基督的敌人。

约翰双手捧着脸，心里十分困惑，自己身上起了什么变化？

"法兰克人！"

三个身影往他冲过去，两人持着矛，一人提着斧头。约翰本想原地等待，认为这是上帝的责罚，但不知为何腿却动了起来。起初还踌躇着，但马上动作流畅，他开始奔跑。上一次拔腿狂奔已经是很小、很小的时候。

随之而来的肉体感受也猛烈得难以抵抗——他双脚没有长茧，皮肤细嫩，踩在森林土地上，穿透枝叶的光影在身边变换更迭，各种颜色在这段逃亡路途上飞窜流动——约翰觉得很不适应，摔倒了、爬起来，但又被绊倒。跑到后来，他再给一大截树根给勾着脚，终于被北人给追上。他放弃了，自认为没有苟延残喘的资格，毕竟吞下了不净的肉，是该面对死期，当然也会下地狱。然而人就是得依据上帝旨意而行。

围着他的人一个个胀红了脸十分生气的模样。约翰还不习惯视觉，很难聚焦，他们的面孔好像旋涡一样模模糊糊，只是环绕着自己一块又一块的肉。还是回到自己熟悉的环境吧，他决定闭上眼睛。

"这就是杀死王的凶手吗？"

"衣服破破烂烂的，看起来是修士。"

"不是吧，修士的头发都很好笑。"

"没差，管他是谁，反正是法兰克人，让我杀了吧？"

"好哇。"

"等等，小子。"

约翰睁开眼睛，看见一个蓄着金色大胡子的胖维京人推挤到面前。

"你们想杀人之前，不先问问别人用不用得到吗？"

听这声音，他想起来了，是外号奥菲提（胖子），之前将自己扛出教堂的战士。

"你会不会讲我们的话？"

约翰不想回应，却又不由自主地点点头。

"你怎么到这儿来的？昨天晚上是不是你偷袭我们的王啊？"

"就算要他撒泡尿偷袭一棵树也不成吧。你看他这德行，跟个老太婆一样瘦巴巴。"另一个声音说。

奥菲提在他旁边蹲下："你们那个圣人怎么了？他伤得很重，是不是被鸦人带走了？等等……那面盾牌不就是齐格菲的吗？上头插的箭也很眼熟。"

"王被人杀了以后东西都被抢走，可能是偷东西的人遭天谴了。"另一个人说。

"也可能是齐格菲被箭射死了，偷东西的人把盾牌丢在这儿。"又换了一个声音。

"这是鸦人的箭。"

"难道是他杀死齐格菲？"

"看起来，偷东西的人下手的可能性比较大。"

"说不定就是这家伙干的。"

"意思是说我们的王会被这样一个手无寸铁的奴隶给宰掉？"

"当然不。"

"讲不出个道理就闭嘴。"

"搞清楚你在和谁讲话！"

他们吵了起来。奥菲提没理会，继续对约翰说话。

"旁边有个脸被拗了半圈的死人。在你面前发生这种事情，你总该会发现吧？"

两名北人将约翰架起，抬到了艾布朗与赛尔达的尸体前面。

"这是那个活神的尸体吗？"一名战士用脚抵了抵血肉模糊的修士。

"上回我看见鸦人会在修士身上搞这些名堂，加上那面盾牌上也插着鸦人的箭。这么推敲起来，地上这尸体大概就是那圣人了吧。"奥菲提说。

"要拿去卖吗？"

"唉，两个晚上找那小姐，结果人家居然就在旁边给我们倒酒，现在说要付钱的人也自己先死了，我看我们真的别再管什么富家千金，找点别的活儿干吧，你们觉得呢？反正再差也就是现在这样。"

"真不敢相信，人在我们眼前，居然完全没发现。"

"我会假装没发生过这回事。当初是有觉得以奴隶而言，她也太清秀了些。"奥菲提摇摇头，又看向约翰，"喂，法兰克人，圣人的尸体我们带走了，想要的话就带赎金来。"

约翰想的完全不一样。该给艾布朗行个天主教的葬礼，不能任他给动物吃掉了。

"我们会付钱——"他说。

"嗯，讲起话倒是和海泽比的妓女一样，也够给我们捎信过去了。法兰克人，你就负责帮我们卖这玩意儿吧。"

"卖给圣日耳曼吗？"

"想得美。你当然想过去啦，可是我们要往东边走。"其余战士已经三三两两地往林子进去。

"你不认得我吗？"

"不认得。该认得吗？"

"我就是那个圣人啊，你把我从教堂扛出来。"

"是啊，是啊，你瞎了眼瘸了腿，还给乌鸦啄掉半张脸。而且昨天还有剃头，今天就生了丛稻草在那儿是吧？假如你这模样是才刚被人弄得半死，那你也太厉害了一点儿。快点把那团鬼东西塞进袋子，然后跟我们走。"

约翰摸摸自己的头顶，没想到剃掉的那块圆形居然都长出头发了。虽然相比之下还算小事，但他内心仍旧讶异。这下子，身份好像彻底换了一个。约翰看看自己的身体，还是很瘦弱，不过已经可以靠自己的力量动作和行走，这是上帝给他的解脱。一下子生命起了这么大的变化，他很难承受，也不得不去思考背后代表的意义。深呼吸一口气以后，约翰将注意力放在自己应该做什么，不再拘泥于个人。如果艾莉丝还与那位行商在一起，恐怕如今正在前往拉多加的路途上。这一点是因为商人提起赫尔吉大公，约翰便能推敲出来。

他知道自己没机会逃回城内或者前往圣日耳曼修道院。若是跟着往东方走，会不会有机会救回艾莉丝？直挺挺靠双腿站好，浸沐于洒落林间仿佛溪流的阳光里，约翰觉得什么事情似乎都有可能。这世界非常美丽。此外，他总感到自己与那位小姐之间有某种联系，心里有股找到她的冲动。约翰忽然体悟到，也许上帝是为了要他达成这项使命，才特别治愈了他的肉体。

东行还有另一项好处：航线受北人海盗把持，所以不可能搭船，若穿越大陆，约翰就可以知道通往罗斯途中这么广阔的土地上究竟有些什么。这是理解与上帝为敌者的机会，甚至可以找出邪恶的根源加以铲除。

他望向胖子，奥菲提好像是这帮维京人的领袖，至少看起来受到大家尊敬。

"我是修士，所以可以帮上你们的忙。我知道有一间修道院想要收集圣物，应该会开出不错的价钱。"

"在哪儿？"奥菲提问。

"在阿高涅，这儿的东南方，歌谷里面。"神父回答他，"有一间圣莫里斯修道院。"

"为什么要挑这么远的地方？"

"得先离开战场，人家才会相信遇见的是商人吧，不然一定把你们当作侵略者。找这附近的修道院，你们会被攻击呀。你不知道吗？其实不是所有修士都恪遵教义，有些人手里拿刀拿剑的时间，比起拿《圣经》要多呢。"

奥菲提打量了他一阵。"我服了，"他说，"到底是讲得有道理，还是对我施了法术呀？总而言之，也没办法回船上去。"说到这儿奥菲提鼻子喷了喷气，"费斯塔尔你怎么说？"

"可以。"

"那跟我来。"约翰说。

他还记得鸦人说过自己在圣莫里斯找到了神却又被神遗弃。根据齐格菲的说法，鸦人像是居中通风报信者，意思就是背后还有别人指使。约翰目前还摸不透事情的全貌，但他认为从圣莫里斯修道院着手调查应当不会有错。

26 栖身之处

"默伦。"马儿在林子里放慢脚步，艾莉丝开口说，"去默伦吧，那城镇还听命于我哥哥，北人这次也没进攻到那么远的地方。"

勒熙点点头，其实心里不大认同。假如到了默伦，小姐就可以与同胞团聚。当然，自己照顾过小姐，或许可以领赏，但这很难说，毕竟各帝君主都是同样的德行，脾气难以捉摸，难保厄德伯爵不会声称自己割下妹妹的头发是欺人太甚，又或者坚持认定孤男寡女相处这一大段时间必然有染；更何况，默伦的城主是谁，勒熙可完全不知道，如果是当地的贵族或主教一类，很可能想要独占找回小姐的功绩。对勒熙来说，听命于赫尔吉、从大公那儿领赏，依旧是最保险的一条路。

麻烦的是小姐知道路，而且也已经打定主意。勒熙本以为骗骗她就可以使她跟着自己走，但没想到艾莉丝却是这种性子。如今人家开口说要去默伦，勒熙实在不知道还能怎样拒绝。她骑着马穿过树林，直朝南边河岸前进，商人只能牵着骡子跟上。

"小姐，走在河岸边很容易被发现，敌人也会在河岸搜索。"

艾莉丝没讲话，继续往前骑。一整天的路程，经过三间修道院烧毁后的废墟。船还没有驶进内陆，维京人并不全力进攻，但会偶尔发动突袭抢些东西走。

后来树木比较稀疏，终于看见田园与农舍。天色已晚，背后是又大又红的夕阳。他们靠近村庄时，农民出来观望，一开始还大呼小叫取出棍棒备战。艾莉丝以罗马语开口讲话安抚，自称是强者罗贝特的远亲，代表厄德伯爵送口信到内陆的修道院，还说自己杀死了维京人的王，要大家振作士气，前去巴黎协防。她不表露自己身份，因为很清楚法兰克人的文化：自己穿着男生的服饰，没有成年女性陪伴，反倒与一个外地人同行，头发也全露出来了，实在不成体统。一旦说实话，下场是村民会将勒熙给杀死，认定她是娼妇。她盘算过后，还是不要冒险。

然而齐格菲已死的消息传开以后，村子很快挤得水泄不通。他们大声询问："他死得惨不惨？""头有没有挂上城墙？""北人撤退了没？"但也送上了酒与面包并不断美言表扬。"今天住在这儿吧，和我们讲讲你的英勇故事呀！"有人这么大叫："大人，多陪陪子民嘛！"

艾莉丝觉得好疲惫，在水里感觉过的那股冰冷又从体内渗出。若有同胞相伴，在舒适床铺上睡一觉，自然令人开心。她望向勒熙，勒熙笑了笑。对商人而言，越来越难将小姐带到东方，或许该觉得自己倒霉；但往好处想，他习惯了。要是个一直好运气的人，光这几天的波折大概就会崩溃。

勒熙和艾莉丝被村民带进最大的一间屋子。虽是最大，但屋顶很矮，墙壁是由木头混杂稻草、泥巴、兽粪搭建起来，并不怎么体面，幸好有火就温暖，也有椅子可坐、床铺可躺。她不敢脱下武具，怕暴露自己的女儿身，但实在太疲倦了，倒在地板的芦苇上一下子就睡着，屋主的太太见状拿了毯子帮她披上。勒熙的待遇可没这么好，毕竟是外国人，身边又不是都市居民。从这村子可以直接看见默伦那儿的围墙，但还有不少农民却没进去那儿过。在他们眼中，异族人绝对干不出什么好事，勒熙只能尽量躲在角落睡觉。

那一晚艾莉丝没做梦，睡得香甜。有些农民也睡地上，但大部分都回自己的床，还很庆幸床铺没被这位年轻贵族给征收过去。随着火越来越小，夜色逐渐浓稠，一只乌鸦降落在烟囱口，脚步轻得像是雨滴。然后来了第二只，第三只……

27　穆宁

　　从阴影出来的身影站在坐着的女子身旁，火光照耀着女子面容，那脸惨不忍睹。男人的脸也满布疤痕，手上则是一把锐利阴寒的弯刀。

　　"还没，"他说，"但我知道会死在水里。"

　　女子没有回头。入夜了，附近空旷，但她知道并非只有两人，树林里有人扎营，女子可以感应到他们的呼吸、坐骑的体热、皮肤散发出恐惧的酸臭味。这些人害怕后面埋伏的东西，也害怕面前的幽深阴暗。他们怕自己，穆宁很明白。可是这些人不会杀她。耳语和树叶的沙沙声交错。

　　"接下来？"

　　"她会知道……"

　　"她是诺恩①之一，我们的命运操在她手上。

　　"她要什么？"

　　"她们要的始终只有一样。"

---

① 命运三女神。

"是什么？"

"死亡。"

胡甘没理会背后这些窃窃私语，牵起妹妹的手。穆宁轻轻掐了他的手指，他只吐出一个字："行。"

尽管看不见，穆宁还是本能地转身面对他。见她挪动身子，那些低语戛然而止。

"我看见她的长相了，"胡甘说，"一定可以捉到那怪物，早晚的问题。别怕，妹妹，我们的苦难就快要开花结果。"

穆宁又掐掐他的手指。"你内心并不安稳。"她说。

"没事。"

"但就是不安稳啊。"

"又被那狼人找到了而已。"

"他带着那石头，我也无法感应到。但，这并不是你思绪紊乱的主因。"

"我以前好像也见过她。"胡甘回答。

穆宁另一只手也搭上去："是说在这片土地上？"

"不。以前就见过。"

"因为是过去的事情。她身上带有强大的魔法，你也感应到了，如此而已。"

"我感应到了什么？"

"她，还有你，在另一世。你已经知道了，她曾经弑神，若不阻止她，又会重演一遍。"

胡甘点点头："一定要阻止她。"

附近有匹马吼叫起来，战士上前安抚。

"他们是？"穆宁问。

168

"葛瑞提尔的军团，与罗洛为敌，船被抢了，于是将命托付给我。要是有需要，就可以使唤，一共两百五十人。你觉得呢？"

　　女巫低头沉思。篝火旁边有堆好的白蜡树干枝，胡甘取了丢进火中，又回到妹妹身边，牵着她的手听她吟诵咒语。

　　"以血引血，以火引火，以死引死……"

　　她不断吟诵同样的句子，最后声音模糊难辨如轻烟飘散。周围的战士们又不安起来，虽然他们决定追随两个巫师，却又对巫术感到不自在。有些人来回踱步，有些人跑进林子深处，少部分人留在原地看女巫施法。咒语如同蜘蛛网，逐渐铺满了整座森林。

　　胡甘感觉到自己脑海里有什么蠢蠢欲动，仿佛脑袋的重量不对称，往某个方向倾倒过去。

　　接着许多影像涌出。他知道这是穆宁取走自己的思绪用在法术上。胡甘自己也能施法，法力来自磨炼与煎熬，透过仪式与神明接触。不过因为身为男性，永远不可能达到穆宁那样的水平——女巫能得到符文，符文是展现与形塑宇宙万物的力量。这位妹妹的力量远远大过他。穆宁专注于体内的符文，她供养法术，法术喂养她，能量在彼此间流动。随着意识相连，胡甘感受到了名为Hagalaz的符文，代表引来毁灭与危机的冰雹，一股飓风刺痛了他的脸颊，冰针拍来模糊了视线。

　　寒意钻入身体，他知道自己与妹妹合而为一，肉体的分隔无法阻碍心灵的连结。胡甘看见一个男孩沉入水中，无法自救，嘴唇已经发青，皮肤又白又冰。不，其实并不是男孩，是个女人，也就是这一路追逐的目标。原本透过灵视，掌握了她在教堂，却一直受到妨碍，无法看清楚长相；每回想要刺探，都只浮现出猎狼钩符文。猎狼钩有三重意义，分别是风暴、捕狼的陷阱，以及狼人。但如今胡甘已经看见过那女子的面容，穆宁也因此得悉。在心灵的世界里，穆宁并非盲人，艾莉丝的模样清清楚楚，好比站在篝火旁边。女巫望进了她那双碧蓝眼珠，吸入了灰烬的气味。

灰烬之中矗立着世界树。树下大地环绕邪龙，他们啃噬树根。穆宁在心中念起邪龙之名：邪龙的首脑，象征恶意的尼德霍格，其余分别是耶梦加得、格因、摩因、格拉弗沃鲁德以及格拉巴克。少了一头，是穆宁正在寻找的那头。世界树高耸入云，她的意念如挂在树枝上的月亮，银光普照，搜寻着目标。她沉静下来，意识在叶片之间穿梭，又沿着树根深入地底，于是仿佛被什么蠕动缠曲的物体给卷了起来，皮肤上窜过滑爬的感觉。她找到了。

"斯瓦弗尼尔，"穆宁开口，"隐匿的邪龙。"

胡甘与穆宁同时感受到邪龙在两人共享的意识之穴里扭转翻腾，如蚯蚓钻土般进入他们的心灵。两个巫师的身体里涌出一股力量挣扎拍打，仇恨与死亡的意象不断喷发：丹麦人与法兰克人无论是谁都五官扭曲，死在胡甘的刀下，在清晨一具尸体已冷，女子痛哭失声，却只有乌鸦啼叫着回应。

渡鸦从树头落下。

以血引血。

胡甘没法肯定这句话究竟只存在心中，抑或是被大声地说了出来。

渡鸦又跳到穆宁肩膀上，啄咬她的耳朵，鲜血流出。

胡甘听见妹妹的声音在脑海响起，对那鸟儿说：去找她。

另一只渡鸦降在穆宁另一侧肩膀，鸟喙钻入颈子。

以火引火。

血洒落至胸部。

标出她。穆宁说。

第三只渡鸦如黑色叶片从枝头飘落，也啄了穆宁的脖子。

以死引死。

鸟儿只是望着女巫，似是等候差遣。

将邪龙的血带到她所在之处。

第一只渡鸦嘎嘎叫了起后遁入夜空。第二、第三只呼应着，也追了过去。

胡甘觉得脑袋的重心又转动起来，而且好冷、好累，十分虚弱。但他还是勉强站起来："乌鸦会处理好她？"

穆宁没讲话，他还是点点头。"预防万一，我会叫葛瑞提尔的人不惜代价继续搜索。"

"派四十人到南边的田地。假如在那里没有找到，你就不必再管她了，还有其他的任务。已经知道那女孩的模样，只要她能够被杀死，我就有办法杀死她。"

"但若无法杀死呢？"

"那我们就得踏上更艰难的道路。找到狼，困住他。"

"所以我该上哪儿去？"

"往东走，去已死之神的水井。狼会去那儿寻找神的足迹。至少得先看清他的模样，才能够决定下一步行动。"

"如何召唤他？我是个男人，法术并没有那么强。"

"嗯——"

"所以？"

穆宁低头片刻后回答："你知道阿高涅的山川之中是谁，你知道他想要什么。给他，直到他吐露出狼的行踪。神殿的水很饥渴，你可以喂饱它们。"

"多少？"

"什么多少？"

"要多少条命？"

"全部。"穆宁说。

胡甘吐了口气，朝树林里的战士群瞥了一眼。"你不跟我一起走？"

"我留在这里，试试看可不可以除掉那女孩。"

"其余的战士又如何？"

"与我同行，追踪那女孩。如果无法以魔法解决她，就得靠一般手段。"

鸦人弯腰，掐掐妹妹的手。"没事的，"他说，"我们一定能熬过去。"

"这无关紧要。"穆宁回答。

"对我很重要。"

"必须让神活下去。"

"也得让你活下去啊，妹妹。"

穆宁还是没回应这句话。但她从身旁摸出一捆黄布，交到鸦人手里。

胡甘接过，知道布幔包着坚硬的物体，摇了摇却听见液体流动。他伸出舌头，舔舔嘴唇。

"全部？"他问。

"全部。"

胡甘吻了妹妹的额头，走向森林里的战士们，告诉大家需要分头行动。留在穆宁身边的两百多人欢呼起来，最高头大马的葛瑞提尔甚至喊叫起来，表示有了强大的女巫以后，他们的命运安稳无虞。

"可以把船抢回来了！"他叫道。

胡甘点点头。"她会帮你们攻入营地，你带二十人就可以拿回船只，之后顺着塞纳－马恩省河下去，就可以与部队会合。"

"你们何时回来？"葛瑞提尔问，"我将部下借给你，并非就撒手

172

不管了。"

"今年结束之前。"胡甘回答，"这是我的承诺。我妹妹可以透过法术知道我在哪里。"

葛瑞提尔笑了笑，但胡甘看得出对方望向女巫的眼神带着顾忌。

"其实她内心善良。"胡甘又说，"守在她身边，你们必能有所收获。"

接着鸦人高举手臂，要他挑选出的人跟过去。四十人赶紧背好盾牌，远离篝火边面容丑恶、正与神明沟通的女巫，随胡甘没入漆黑的树林。

28　乌鸦

　　年轻人看见排烟口跳出一只鸟，本来想将它杀了。因为乌鸦肉虽然难吃，但这地方很少能吃到肉，所以他不挑嘴。但那鸟儿模样滑稽，居然飞到了睡着的年轻贵族肩膀上，然后又跳到人家头顶。年轻农夫有些期待，不知道鸟儿会不会拨乱贵族的头发。当然他与那位贵族无冤无仇，反倒还挺尊敬，但想到高高在上的贵族会被鸟儿捉弄，总是觉得很有趣。

　　一阵拍打翅膀的声音后，农夫脸上一疼，是第二只飞进来的乌鸦。他伸手一摸，指尖探向舌头，有血腥味呢。臭鸟儿居然攻击自己，不知是用喙还是用爪子。

　　他没发出声音，只是低头看着手指上的血。站在贵族肩膀上的乌鸦望了过来，眼睛就像两团烧亮的黑炭。农夫心里并不想动，却不知为何被那光辉给吸引。乌鸦一直盯着他，年轻人怀疑是否自己想象力太丰富，但他觉得鸟儿好像仰着头、露出疑惑神情，不断打量自己？

　　他又伸手摸了脸颊。伤口很痛，和平常的小伤不同，比较像是给蜜蜂螫了。然而年轻农夫渐渐觉得心跳加快，眼前的一切朦胧起来，仿佛什么东西在头颅内部蠕动，自己同时想站又想坐，想跑又想停。

贵族少爷的呼吸变得异常大声，也特别刺耳。就算他杀死了敌人的首领又如何，凭什么哼哼哈哈成这副德性？更何况，他真的杀了蛮族的王？贵族矫揉造作、喜欢吹嘘。身体好热，热得受不了，他脱下上衣打起赤膊，已经满身大汗了。脸颊上那股痛渐渐蔓延，整个右半身都变得麻木。

鸟儿的视线没有离开过他。

他伸展手臂。"你想要我说什么呢？"农夫意识到自己竟与乌鸦对话起来，真是太蠢了，于是又咯咯笑。鸟眼依旧锁着他，农夫从没觉得这么热，也从未觉得这世界如此荒唐滑稽。明明觉得热，为什么身子却颤抖呢？笑意缓缓褪去，另一股情绪涌出，是愤怒。他理所当然地明白贵族少爷有什么坏心眼——想要强暴小妹吧，想要夺走农作，还会将碍事的村民全部杀光。贵族专干这些坏事。大家都知道。

其实那个少爷根本没睡吧，像只狐狸一样埋伏着，等大家都放松戒心了才爬起来作恶。如果贵族想要强取豪夺，至少也该保护老百姓；但他们都干了些什么？怎让蛮族横行，纽斯特里亚和巴黎纷纷沦陷？要是贵族不负起责任，为什么庶民们还要服从？

连脑袋也烫得受不了。农夫身体里被啃咬以及异物缠卷的感觉越来越强烈，一点一点侵蚀了理智，思绪无法连贯。乌鸦还是瞪着他，那双眼珠像是闪着光芒的黑色宝石。年轻人站起来，从桌边长凳上摸到一把刀。为了招待那位少爷，他们特地切了肉。这把刀相当锐利，连骨头都劈得断。他先望向旁边服侍贵族少爷的矮胖外地人。先拿他开刀？

贵族少爷翻了下身。

不对，趁懂得剑术的还睡着先处理掉，仆人之后再说就好。

乌鸦发出嘎嘎声，年轻人上前，刀子朝艾莉丝的腹部刺下。

29　奇怪同伴

　　约翰觉得奇怪，为什么这群北人爽快地答应了自己的提议，跟着进入山区。他们没回营地，没向任何人告别，反倒显得急于离开。奥菲提带了四个人，他们快步北行，与另外六人会合。

　　合流地点正好是鸦人将约翰捆绑起来施行妖术的那片林子的外缘，往山下望去就可以瞧见维京人的军营。月光明亮，他注意到营地那方向颇为纷乱，像是小黑点的许多人影集结起来。后来出现的六人带着四头骡子，还有一人骑着马，除此之外物资不多。那些驮兽载运了锁甲、长矛、斧头以及几把弓箭、打地铺的被褥，仅此而已。更显出这群人行动非常匆忙。

　　恢复了视力，约翰就不由得想仔细观察各种细节。虽然有云，但银光从边缘渗出，多少都看得见。在他眼中，什么东西都染上了月色，整片大地都皎洁晶莹。伊甸园有这样漂亮的光线吗？他内心暗忖。

　　约翰注意到这些人与自己在树林中见过的其他维京人不大一样，相较更有金发碧眼的外貌，个头较高、体格更强壮。奥菲提虽然胖，但那身形真的令人印象深刻，拿着长矛就像手杖而已。斯冯也算个巨人，一把火红胡子好像阳光底下的赤铜，他使一柄很大的单刃斧。费斯塔尔的盾牌上画了锤子，精瘦结实、行动灵敏，腰上挂了剑，脸颊有一道很长也很丑的疤，应当是敌人的刀剑或矛尖留下。岁数最小的阿斯塔特胡子稀疏，声音沙哑低沉的伊吉尔讲话之粗鄙在这样一群人里都能脱颖而出。其他人还没说过名字，约翰也不打算主动问，但有察觉一个年纪特别大，胡子灰了、右手缺了两根指头。还有一个人身上大半装备很简陋，腰带却系着两把剑。

战士们七嘴八舌讨论到底要不要全副武装才动身，奥菲提下了结论："越快离开越好，别争论了。"

"你知道路？"费斯塔尔问约翰。

"大概知道，"他回答，"往东南方，朝伦巴第的商路。"

奥菲提点点头。"带我们到那儿去，然后帮我们换到金子，你这辈子就不用再看见我们了。以提尔的勇气为誓，我保证你安全无虞。但若你背叛我们，在我怒气未平的每一天，我都要杀一个修士。我的怒气可不是那么容易就平息的。"他又说，"你也对你的神发誓，只要我们公平对待你，你也会好好对待我们。意思就是我们不找你麻烦，你也别给我们添麻烦。可以吗？"

约翰瞥了一眼，给这么多人包围着，自己别无选择。他本来就想要去圣莫里斯修道院，这些人也是非常好的护卫。不过，他们可以从一个修士的尸骸拿到多少钱？一毛也没有。等他告诉这些蛮族人根本换不到钱，誓言也已经完成，而且修道院的修士们可以收拾掉他们。但这是最令人满意的结果吗？对部分教会人士而言，的确是。可是在约翰眼中，能将他们指引到耶稣基督身边会更完满。他在心中告诉自己，一定要努力试试看。

"我发誓，"约翰回答，"会协助你们完成这趟旅程。"

"很好。"奥菲提走到骡子那儿，取出一双草履："路途很远，你穿上吧。别以为这是对你好，只是不希望你长水泡得骑骡子拖慢我们速度。该往哪儿走？"

"先找一道浅滩，应该就在这片山坡下面。"

约翰绑起草履。很久没做这件事情，手指感觉很陌生。他已经很多年没有自己打理生活。

"快走吧，"费斯塔尔催促道，"罗洛可是迫不及待要感激奥菲提那样照顾他儿子呢。浅滩就在前面吗？"

约翰依据儿时记忆指点方向，这时战士们却又回头张望。他也跟着朝那方向一看，一群蛮族人集合起来。人数？有四十左右，而且营地那边涌出越来越多，还有人骑着马。

奥菲提耸耸肩："他长大了，要挑战别人，得自己负责吧。"

"还不是你先往人家脸上揍一拳，打得人家牙齿掉满地。"

"是他先骂我没有男子气概。法律规定得很清楚，其实当场我就可以宰了他。本来觉得打断他鼻子也够了，结果他自己要继续打。"

"人越来越多啰。"霍姆盖尔提醒。

"跟他们对打也没关系吧？"阿斯塔特说。

费斯塔尔摇摇头："以寡击众，胜利的前提是可以逼对方逃跑。他们是罗洛的部下，而且目的是寻仇，我们再怎么杀，也不至于吓得跑他们。"

"不如把你这混账胖子滚下山，就可以碾平他们了。"伊吉尔说。

"也可以啊，"奥菲提回答，"我再爬上来，活络活络筋骨。"

"带队的是威卡尔，罗洛旗下的队长。之前喝酒的时候，我听他自己说过，他根本听不懂诗人唱什么歌。没法子了解诗歌的人，大概也不是什么优秀战士。"阿斯塔特插嘴。

"对极了，"奥菲提接道，"我也听他说自己打胜仗的故事。说真的，狗吠还精彩一点儿。那人根本没有奥丁的灵魂，他的部下也好不到哪儿才对。"

"问题是人数。快走吧。"费斯塔尔又催赶，"只要进入南边的树林，我们就不必应付他们了，所以先找浅滩。"

"之后呢？偷条船吗？喂，修士，这条河通往那座修道院吗？"

"有支流。"约翰回答，"到了边境的地方，先走古罗马驿道，直到看见索恩河往南流，再沿着隆河就可以找到。"

其实这路线是他以前听朝圣者说的，自己当然没走过。前往圣莫里斯修道院，最快的路径是翻山越岭一路从隆巴第到杜林，再到罗马。

"还是走路吧。"奥菲提说，"在河上很容易被北人看见，被罗洛的人逮到的话不得了。加上这季节河水太急了，又有追兵在后，想渡过去不容易。"他牵起骡子，小跑步往下坡过去。

约翰回头一看，营地边缘除了步兵也集合好骑兵。在他的判断里，跟着这群蛮族战士迟早会被抓到，不过心里没什么恐惧，反倒出现另外一种焦躁感。人肉在口里的气味好像不肯散去，虽然恶心，却又有种怪异的亢奋，仿佛内心深处其实渴望再吃一点儿。约翰还惊喜又害怕地意识到自己希望卷入打斗里，一想到那种场景竟会冒出唾液、四肢发热。跟着战士穿过树林时，他不断祈祷：若自己开杀戒，也要依循正道，不可沉迷。教会对此规定很明确，禁止以杀戮取乐。

一下子经历太多变化，约翰还无法适应。他相信自己受到了上帝祝福，才得以从残疾之中获得解放。往后也得遵循神意，自己该做的就是静心祈祷，接受一切，按照自己所感受到的上帝旨意来行动。

此外约翰察觉自己的身体变得强壮。战士们小跑步，但他要跟上毫无困难。《尼西亚信经》中解释信仰耶稣本质的词句浮现在脑海：从神出来的神，从光出来的光，从真神出来的真神，是受生的，不是被造的，与父一体的；万物都是借着主受造的。

一行人走出树林，看见了山坡底下那片河岸。

由圣灵感孕童贞女玛利亚，取着肉身，并成为人……

维京人往下跑，约翰不时回头张望，什么也看不到。他心里欢喜、赞叹生命，但一想到自己曾经吞下什么又觉得羞愧。一只手搭了过来，是那胖子在旁边气喘吁吁。

"修士，别走这么快，"奥菲提说，"想把我们丢下来吗？"

约翰回过神，放慢脚步。身体并不想慢下来，太多精力无处发泄，足够他划破这片夜幕。

30　疑惧

　　艾莉丝肋骨剧痛，醒来竟看见一个裸着上半身的男子站在身边重重喘息，眼珠子转个不停。她猛然起身，却被对方踹了小腿腹，然后短刀又往她肩胛骨刺去。这回刀刃撞在斗篷下的锁甲，被硬生生折断。不过力道很重，至使艾莉丝整个人往地板上的芦苇趴去。

　　附近的农民也惊醒了，惊呼此起彼落。年轻人对自己失去武器毫不在乎，忽然一屁股坐在地板上。

　　艾莉丝站起来以后，觉得全身都痛，她猜想自己肋骨前面、后面都断了，多亏这身锁甲才勉强保住性命。

　　弯腰想要拿剑，却因为剧痛而动作迟滞，年轻人抬头时那表情好像第一次见到她。猝不及防，农夫又扑了过去，整个身躯往艾莉丝一撞，她摔飞以后四脚朝天，而且被对方掐住喉咙。所幸她也趁势抽出了齐格菲留下的长剑，尽管视野狭窄只剩下一线，头疼欲裂、断了的肋骨好像烈火焚身，但艾莉丝还是全力将剑刃往这男人肚子戳过去，一直不松手，最后长剑剑锷顶上男人的肚脐。

她眼前一花，周围声音忽近忽远，但掐着自己的那双手还没松开。俄然砰的一声，艾莉丝又可以呼吸了。商人站在年轻农夫身边，农夫想要站起来，但维京剑的剑柄插在土里。他惨叫着，用力拔出剑柄，摇摇晃晃如醉汉一样想撑起身体，不过一条腿踩稳了，另一条腿却抽搐着不听使唤。好不容易终于挺起身子，但才一秒钟就又往前瘫软，膝盖跪到地上，伸出颤抖的手想拉扯长剑却又拉不出来。

艾莉丝蜷缩着不停喘息、干咳。肋骨很痛，她到现在还不确定自己是不是中了刀。

"混蛋贵族，你得偿命！"

年轻人的父亲拿斧头朝她跳过去，但勒熙立刻挡在两人中间。老农夫想要挥斧，旁边也聚集了约莫二十名气愤未平的村民。农夫的太太，一位两颊皮肤绽裂、骨架颇大的村姑，急急忙忙跑向儿子。

"你们别冲动，先弄明白是怎么回事再说！"勒熙叫道，"而且打什么打，你能赢吗？连齐格菲也不是这位少爷的对手啊。你还是去照顾你儿子再说吧。"

老农夫瞪着艾莉丝，盘算了一阵，最后不敢贸然出手，就跑了回去。他老婆捧起儿子的头，年轻人还是坐着，双眼凝望着一片虚无。

"究竟怎么回事啊？"村姑轻声问。

年轻人张开嘴巴。"我脑袋好像钻进一条毒蛇……"他说，"一直逼我杀人。是乌鸦要我杀他……乌鸦咬了我，然后我就迷迷糊糊的……"

"是巫术！"勒熙说，"这位先生被下了咒！鸦人是一个相当厉害的术士，跟着侵略的维京人一起来到这儿。你们看，就是那只鸟，是术士的工具，是他唆使你们儿子伤害无辜！"

乌鸦本来站在空无一人的门口，此刻似乎也知道被发现了，翅膀一拍就飞上夜空。

"我睡着以后，他过来攻击我……"艾莉丝用剩余的气力挤出声音，"假如是我先动手，有那把剑，他怎还有机会还击？而且他用的刀……被我的锁甲弹断了。"

老农夫过去一看，果然有把只剩握柄的短刀。

"滚出去，"老农夫吼道，"滚出我们的村庄。你们居然将妖魔带来了，快滚！"

艾莉丝勉强起身，缓缓走向门口，大家目光都集中在她身上。勒熙却没跟过去。

"你这外地来的还磨蹭什么？出去啊！"老农夫叫道。

勒熙上前。"抱歉，"他说，"但我不能将主子的武器留在这儿，那是很宝贵的东西。一把剑可以买下你们三块田地呢。"

"小心我让你死在那把剑上！"

"爸，让他拔走吧……我也撑不下去了。"年轻人的声音很孱弱。

勒熙望向老农夫，对方别过脸，看看儿子，过去吻了下年轻人的额头。村姑紧紧握住儿子的手。

商人过去轻轻握好剑柄，然后用脚抵着年轻人胸口，一把将长剑给抽了出来。年轻人发出最后一声呻吟，然后沉默。

勒熙拿着剑，站在他们一家人面前。

"真的很遗憾，"他又开口，"你们可以去找伯爵要求补偿，告诉他是失踪的那一位所为，并报上艾莉丝小姐的名字。"

"快滚出去！"

他出去追上艾莉丝，艾莉丝倒在泥巴与兽粪上，旁边有一座破烂兽栏。

"小姐，"勒熙低声说，"我们现在只有身上的衣物，一些武器，两匹马，一头骡子。你被术士追杀，敌人已经露了一手。现在，你要不要相信我比较好？"

她没讲话。

"相信我吧？想杀你的人会用法术，只有到了拉多加，找到赫尔吉大公才安全。他也懂法术，可以祛退对方下的邪咒。"

勒熙伸手过去要将艾莉丝扶起，但同时察觉身边有另一人躲在暗处。

"查克利？"

"去拉多加，"辛德烈开口，"你一定要带她到拉多加去。被这箭夺走生命之前，我会尽量帮忙。"

商人点点头："那就先到马儿那边去。"

倒卧在泥巴上的艾莉丝抬起头。她觉得整个脑袋都乱了、歪了。不过回想起河边的马儿，自己杀死齐格菲的手法，女孩打了寒战。这一切到底怎样解释才对？显然有许多不可思议的力量出现在身边，甚至存在自己身上。她站起来以后知道自己没办法骑马，可是想起那年轻农夫的神情，更重要的是从他身上感应到的东西——一股酸臭味袭来，只要一回想就觉得有股酸液上涌。年轻农夫的身体里藏着相当恶毒的力量，那不是人类。艾莉丝知道勒熙说得没错，敌人施展巫术对付自己，而且恐怕不会只有这一次。

接着，她看看身边这两个男人。会不会到了晚上，他们也一样转着眼珠子、浑身发烫地跑来想要杀自己呢？不过艾莉丝意识到当下无暇顾虑太多，首要是避开巫师的追杀，并使自己恢复正常。

她感觉得到那狼人心里是善念，做的是善行，尽管很复杂又充满野性，却对自己毫无恶意。看着他，艾莉丝心中浮现了广大的原野、山谷、河流、森林等等景象，有股渴望和牢靠的感觉。她知道这人绝不会出卖自己。

"快走吧。"勒熙说，"至少先离开这村子，不然等会儿人家想要报仇就冲出来了。"

艾莉丝让勒熙扶自己上马，肋骨还是很痛。狼人登上另一匹，商人牵骡子出来，三人按照北极星指引先朝北方走。她还不知道自己该怎么办比较好，朝自己进逼过来的敌人的力量实在强大，虽然很想去默伦，但艾莉丝怀疑到了那儿会出更多状况——在城市里头，有太多人可能成为巫术的受害者。她们经过田地，到了外头的平原与树林，穿过一片草地时，艾莉丝听见远方传来惊恐痛苦的哭喊。在三人的后面，她们过来的方向，她忍不住回过头。

"别多想。"狼人提醒。他策马到了艾莉丝旁边，艾莉丝看得出他似乎不擅骑术，幸好那是一匹训练精良的阉马。看狼人在马背上弹上弹下，不像他骑马，比较像是他给人载着，但艾莉丝又暗忖不知这是因为他受了伤，又或者北地人本就大半没学过怎样好好骑马。

"我们得尽快离开。"他又开口。

"怎么了？"艾莉丝问。

"鸦人很难对付，"辛德烈告诉她，"不过目前他无法查探到我们的去向，村民也一样不知道。如果能赶到瓦兹河畔，就可以搭船。在此之前，我们都不能睡觉。"

"鸦人会杀死那些农民？"

"应当会留下一些来拷问，但最后还是会杀掉。他不可能冒险，村民可能会去报告贵族，城里的战士会出来搜索。"

"他的武艺看起来绝不输人。"

"或许如此，但如果你的同胞先找到我们呢？他的目标是将你杀掉，而且越快越好。如果你被同胞带回去，对他又是个大麻烦。"

"照你的说法，我该进城里比较好。"

"那是拖延，不是解决。他找到你的时候，你不也就躲在城里。这件事情只有赫尔吉可以帮你处理。"

"为什么那怪物非要杀了我不可？"

"快走吧，没有时间闲聊。"

"他为什么想杀我？我有知道的权力！"

狼人吞了口口水，还伸手摸了一下艾莉丝的头发，感觉似是想要亲近，不过最后又将手抽回去："他怕你。快点儿赶路。"

"如果你不讲清楚，我就哪儿也不去。为什么我会一直被追杀？为什么我得过着这种日子？那种东西……居然怕我？"

辛德烈望向艾莉丝，身子往鞍头重重一靠。"因为还有别的力量跟着你，而且永远不会离开。"

"是什么？"

"你有梦见过一头狼吧？"

艾莉丝点点头："你怎么知道？"

"我也梦到过。"

"他会说爱你吗？"

狼人沉默了。艾莉丝看得出他眼睛里有恐惧，而且一下子苍老了。并非真的衰老，只是散发出那种氛围。她明了这男人度过漫长的旅程后才找到自己，而且并非只是空间上的分隔而已。望着他，艾莉丝体验到季节如转轮更迭——下雨了、晴天了、又下雨了，还有别的。他的生命不断流逝。会杀死他的，并不是那支箭，也不是鸦人。他的死会来得意外而迅速。

小时候艾莉丝住在洛什镇附近，用餐时因为年纪不够，不能去宴厅的高桌。其实她也不想过去。在宴厅里有个与人同高的铁架支撑火盆，只要宴客就会点火。艾莉丝不知道自己为什么很讨厌那东西，总觉得从铁架那头散发出浓浓邪气覆盖大家。她侄子戈达勃塔斯才刚会走路，经过那里时竟由于另一名喝醉的贵族不小心绊倒铁架，于是砸死了那孩子。事后，奥勃塔斯伯爵差人将那铁架搬到外面，又有人在火盆里填满土种花。艾莉丝小时候进花园就看见铁架上长满了花，好像头戴胜利花冠的死神。

凝望着辛德烈，艾莉丝仿佛又看见那铁架——更精确地说，是那股可怕的气息凝聚在他的背后，好像随时会崩塌。

"我会怎么样？"她问。

"去找赫尔吉，就有办法救你。"

可是艾莉丝察觉他语气中有一丝犹豫。

"我会被鸦人杀死吗？"

"他当然有这意图。会有什么结局，我不知道，没有任何人知道。见到赫尔吉之前，知道更多对你也没有任何帮助。我向你保证，赫尔吉可以解释得比我清楚很多。"

"你这么做，是因为敬爱那个大公吗？"

"小姐的意思是？"

"你说过，你救我是因为爱。"

狼人望进她眼底。艾莉丝又感受到苍老，而且这回自己也陷入那漫长岁月中，意识回到童年，更进一步，感觉到手臂上的重量、身体坠落，背后有什么可怕的东西总摆脱不掉。

狼人微微蹙眉后面向前方："得加快脚步了。以我现在这状况，遇上鸦人也没办法抵挡。"

"既然他怕我，何不等他来？"

"鸦人面对恐惧，会以刀和苦刑来响应。"辛德烈告诉她，"对方不是会逃避梦魇的人。他会将所有的怪物都砍倒。"

"还不走吗？"勒熙说，"就算到了河边，现在水流太猛烈，未必可以坐船。但只要找到渡河的路，就能继续往北走，甩掉追杀的人。"

艾莉丝看着辛德烈，心中浮现一个场景是自己站在又高又冷的岩壁，手中抱着什么东西。是个男人，她看见那张脸了。是面前的狼人吗？长得非常像，但她无法肯定。艾莉丝不知道这影像的意义，也分不出那究竟是过去还是未来，甚至怀疑那是否未曾发生、也不会成真。唯一可以确定的，是自己与辛德烈有某种联系，远远超过此刻的对话与援救。她继续看着辛德烈，却感受不到爱，脑海中冒出另一个词汇：daudthi。艾莉丝理智上并不明白这字会代表什么，没办法翻译过来，可是伴随的画面感受很鲜明——一个战士的白发在黑暗中闪烁，却如池中的鱼忽然消失，接着是数次惨叫哀号。她全身好痛、好肿，从身旁某处冒出了野兽的气味。给那气味刺激得精神清楚了一些，同时她也把握到了那个字的意义。Daudthi，就是死亡。看着辛德烈，艾莉丝看见的是死亡，不是爱。

但就她的立场，死神站在自己身边总比追杀自己好。狼人会保护自己，她也本能地决定信任这男子。

艾莉丝抬头望向北极星，找到东边的仙后座，那个M形与出现在心里象征坐骑的符号神似。她想象着星星化为骏马指引去途，命运就在前方，在赫尔吉的法术与名为罗斯的土地上。

"带我去东方吧。"她说完，将腿夹紧，策马前行。

第二部

狼的年代

31　赫尔吉的牺牲

在艾莉丝决定前去寻求赫尔吉协助的数年之前，那孩子被带到河边高塔上。这是拉多加最高的建筑物，将近五个人叠起来的高度。他们将搭建为屋顶的圆木抽掉几根后，把女孩递上去。

女孩由父亲亲手放下。

"大公，请靠近最高点。"

医者说话时身上叮叮当当地响个不停，全身挂满了各式符咒。赫尔吉大公看了他一眼，将女孩又挪动到屋顶上最高处。

"越接近最高点越有效，"医者说，"那是天空凉风聚集之处。"

"假如她摔下去死了，什么办法也救不回来。"赫尔吉说。

"我会坐在她旁边好好看着。"医者又说。

"嗯，"赫尔吉，"你看好她。"

父亲轻轻触碰女儿的头，这孩子快被自己的汗水煮沸了。他咒骂自己，对孩子的爱不能过多，尤其是这个孩子。

赫尔吉平时有许多事情烦心操劳，这女儿一直是他内心的支柱。

她大方开朗，甚至敢取笑父亲那一本正经的态度。换作别人，早就被大公一剑劈过去，然而由女儿开口，他听了却哈哈大笑，忘记自己夜不成眠噩梦连连，总在最黑暗的时间惊醒过来。在梦境中，他总回到那口井边，看见自己的死期，然后马蹄仿佛从身上踏过，忍不住惊叫之后吓得醒过来。如果再躺下，梦境越来越恶劣。赫尔吉会看见骑着八足马的武士，那是奥丁降世，但他竟率领英格瓦的大军来袭。虽说大家都知道奥丁工于心计，赫尔吉仍不免觉得受骗，他奉献了那样多，无数的奴隶、牲畜还有黄金，换来了什么呢？自己竟还是受到他的威胁。

也因此赫尔吉遣人寻找蛮荒野地的各种妖女、圣人、祭司以及女巫等等，希望能够印证预言并不正确。那些通灵人涌入拉多加，就像开了市集，拿出骨头、符文施法，或者挥汗又禁食等待预言的降临。也正因为太多这样的人物亲近，赫尔吉才被外头视为法师或者先知。事实上，这些人根本没有给他答案，个个都说他会成为当今所知所有土地的统治者。赫尔吉当然不相信，一听就知道都是阿谀奉承。

只有一位山里来的女子，在门板上的灰尘画了一个图案。"这就是你的命运。"她说。那图案看起来像是一匹马。

"是被自己的马杀死吗？"他左右张望，厅内无人。禁卫军都被赶出去了，免得他们听见什么都要生气害怕，还会传到百姓那儿。"马，是个符号？有没有别的意义？会不会意思是与天神想要杀我有关，或者代表有很好的运气？"

"怎样解释都可以。"那野妇说完就伸手要钱。

厅侧长凳下一阵窸窣，他转头望去，结果是女儿斯薇法探头出来。赫尔吉一看见就笑了。

"你偷偷摸摸的，该被打屁股呀，坏丫头。"

女孩咯咯笑，走了过去。"有苹果吗？"

191

"她不是农人，是女巫，能和山怪讲话的。小心我叫她吃了你喔？"

"说不定是我吃掉她。"斯薇法回答。

"是我女儿，"大公对那野妇说，"和男孩子一样调皮，尤其爱回嘴。"

那女人拿了钱以后径自往门口走，赫尔吉望着她背影，继续思索奥丁将如何夺走自己的一切，交给英格瓦。

他尝试了不少办法想要瓦解英格瓦阵营，但对方除了势力强大，忠心程度也不下于赫尔吉自己的禁卫军。英格瓦的那些伯叔都狡猾难缠又多疑，赫尔吉知道不可能从他们那儿下手，所以仍旧回到原本的结论：征服南方，交给男孩治理，等英格瓦犯错以后势单力薄，神明也别想救他。

到了一月，风雪交加的酷寒中出现一位旅人。本来卫兵以为是个披着狼皮的乞丐，但又觉得任何能在这种天候来访的人绝对不简单，于是又怜悯又讶异地放他进城了。

旅人走到城门后面卫兵，用的火堆暖了暖身子，同时有人通报赫尔吉。这时节能徒步抵达此地，实在前所未闻，无法想象有人能够在暴风雪中存活。赫尔吉要禁卫军留在宴厅里，假如去见个快冻死的乞丐还需要动用军队，那他也别当什么大公了。事实上，赫尔吉那时正觉得无聊，底下的将士们玩着游戏，按照节奏鼓掌，犯错的人就得喝一杯。他玩过太多次，不想输的话根本不可能出错，反而是渴了才会故意乱击掌。

因此他就一个人出去，用斗篷遮起面孔后，几乎半盲地走进风雪之中。

那人站在篝火边，背部受雪覆盖后一片白，简直成了冰人，或者是有一头如针红发的冰雕。赫尔吉先对卫兵开口，说自己身为这儿的主人，待客之道真是差，要他们去拿点儿吃的过来。旅人听了露出笑容，而暴风雪随着他的笑意平息。

赫尔吉抬头仰望，刚入夜的天空是一片冷冽紫色，星芒如冰屑散开，月牙仿佛冰锥随时要坠落。呼啸的狂风停歇后，难以言喻的宁静覆盖整座城，似乎一切将就此凝滞。他有股异样感受："我认识你……"

"我也认识你，心中火焰熊熊的大公。你的渴求足以融化暴风雪。"

"对我的心思，你知道什么呢？"

"只知道最重要的一点。"

"那是？"

"它们无法实现。"

赫尔吉觉得血液逆流，但还是维持镇定。尽管想要将这无礼的陌生人击倒在地，但他却一反常态，觉得自己很脆弱。首先是天气转变得令人错愕，可是不仅如此。到底是什么呢？面前这男人的身躯爬满了火光打出的影子，如无数毒蛇缠绕，而且他裸着上半身，明明户外冷得能让马匹直接冻死在骑士跨下。

"听起来我应该追求更多些，"他回答，"这样子就算没完全达成，也还能够满足吧。"

旅人笑了笑。如狼一般，最原始的狞笑。赫尔吉是这样看待的。

"你知道自己会因何而死。"

"我的马。这是好事，代表只要我没有马的话，就永生不死了。想要骑马，从别人那儿借就是。"

"真是奇妙的命运！什么也无法拥有，只能不断地与人借马，领土终将被死者之神给夺走。你想不想找到他？"

"告诉我他在哪里。"

旅人扬起了手，城门广场上的积雪转动飞舞、集中起来，慢慢有了具体的形状。是故事里的场景，相貌威武令人战栗的独眼奥丁，他面容扭曲似是尖叫，跨下是八足神马斯雷普尼尔。奥丁手中神枪指向一头巨狼，狼牙扯碎了神盾。争斗中的铿锵吼叫如此刺耳，赫尔吉不明白为什么禁卫军竟然没来查探究竟。

神枪击中巨狼，刮下一块肉。狼发出号叫，但速度没有因此减缓。奥丁的盾牌已经裂开，巨狼前爪插在神马腹侧，血盆大口扑向主神颈部。斯雷普尼尔厉声嘶叫，身子疯狂旋转，被甩荡的巨狼却没有松口。

神奇的雪雕蓦然粉碎，回归尘土，夜空下仍是静谧。赫尔吉走至方才的战场，地面上只剩有一截歪曲绳索，他看见上面系了代表奥丁的三环结。

拾起绳结，他走回那位旅人身边。似乎也只有这个选择。

"他上一次死亡时，"旅人说，"就是这样子……"不知这男人从哪儿摸出了一把长刀，手法十分灵巧流利，将绳结分为三份。

"他被分割，困在这世界。"旅人将三等分的绳结还给赫尔吉，"如果他合而为一，你和你的子民将面对前所未有的浩劫。奥丁掀起的战火南自青人的海岸、北至图勒岛①，西达艾伯塔昂②、东及瑟克兰。"

"我不明白……"赫尔吉说。

"他还在这世界里，但分成三部分。如果他恢复原状，无论你、或者世界上其他的王，都只能像老鼠碰上火灾一样逃窜。能活下来的，只有受他宠爱的人。英格瓦会胜利，会统治世界。"

这番话像是烙铁印在牲畜身上，在赫尔吉心里烫得滋滋响。

"他要怎样才会合一？"

"与他所有的行事相同——透过死亡。有三条生命，各自带着符文，也就是神的碎片。三个符文结合时，你就必须面对宿命，从这片大地消亡。"

---

① 图勒岛是欧洲古地图上的北方岛屿，所指位置有许多考古诠释版本。
② 艾伯塔昂为大不列颠岛的旧称。

"是哪三个人？我该怎么做？"

"喝下密米尔的泉水必须付出代价。奥丁换取智识的代价是一眼，海姆达尔付出的代价则是耳朵。你愿意给什么？"

"和平。"

"不够，得给更多。"

"那该给什么？"

"小孩。"

"哪个小孩？"

"在宴厅里，坐在你身旁的小孩。"

"要拿他怎么样？"

"死。"

赫尔吉心花怒放，暗忖天神想索讨的，怎么竟是英格瓦？

"只要我照做，你刚才给我看见的景象就不会成真了吗？"

"只要你照做，你饮下泉水的代价就偿清了。你的名字将成为最伟大的王流传于世间。你会看见异象，了解未来的方向。"

赫尔吉笑了起来。"你，是个神吧。"他感觉得到。这旅人身边的空气有种隐隐约约的压力，他站在这儿感官变得迟钝，仿佛沉入水中，毫无防备。

"对。"

"你的名字是？"

"我有许多名字。在这片土地，我叫作斐雷斯。在罗马，我名为路西法。对你而言，我是洛奇。"

赫尔吉内心的恐惧堆积得梗塞了咽喉。他努力镇定，压抑情绪。自己已经引来众神关注，这地位也够高了。

"但你也是谎言之神。"赫尔吉回答。

对方冷笑。"听不进我的话，就将我斥为骗子，"他说，"人只听得进自己想听的话语。他们诅咒我，并非因为我说谎，反而因为我说了实话。多谢你的火，等我回来取走你答应的东西，会一并报答。"

旅人转身离去，消失在雪里。赫尔吉目送那身影，心想神也一样愚蠢，怎会要自己献上一个本就想除去的人。

当天晚上他做了梦，梦中有位住在法兰克领土上的女性，一头金发、容貌美丽。她走在河边的花园里。

"你是？"赫尔吉问。

"三者之一，透过这些符号，你可以认得我。"女子张开手心，有八块木片，上面刻着符文。

"你叫什么名字？"

"艾莉丝，承袭强者罗贝特的血脉。"

"只要你活着，我就能高枕无忧。"他这么说。

于是翌日赫尔吉派遣使者前往巴黎，表达联姻意图，但连回音也没得到。他考虑过是否干脆派出军队，不过与基辅的战况正胶着，必须全力应付佩切涅格人。于是赫尔吉才想出了掳人这一招。

屋顶上，赫尔吉低头望着女儿。他没想到神索讨的居然是斯薇法。当时那位神说的是"在宴厅里，坐在你身旁的小孩"，对赫尔吉来说，这应当是英格法，因为无论大小会议，那孩子都跟在身边，就连协助农民和战士裁判争端或者接待其他地方的领主时，英格法全部都在场。他发过誓要好好养育英格法，但若英格法死于自己的宿命，赫尔吉就会得到解脱，可以依自己喜好来任命继承人了。

不过大公有所疏忽。因为自己是个战士，就以为女孩子在天神眼中毫无价值。因为斯薇法不过六岁，英格法却已经十三岁，但在战场上表现英勇，所以他就认为神想要的一定是男孩。神掌握了他的弱点，赫尔吉也恍然大悟，与他们交易不可能全身而退，小聪明毫无意义。

　　赫尔吉朝塔下望去。城市位于沃尔霍夫大河河畔的陡弯，面向内陆则一片青葱，首先是坟场，过去一点儿是树海。此刻工人们也正在挖掘，随赫尔吉征讨四方，往南打到米可拉嘉德、往西去过海岛的弟兄基灵格死了要下葬。已经建好的墓冢后面，红土又被掀开，准备筑出新墓室。先前好像听人报告，工地那边出了一些状况，但赫尔吉心思都放在女儿的病上，没有分神理会。

　　他不打算给女儿做个墓。斯薇法好动活泼，身为父亲，他很难想象这孩子被困在地底，所以还是火葬吧，比较适合她的灵魂。赫尔吉望向河水，忽然觉得自己像是一只鸟儿飘在水面上，顺着水流可以飞到南边的米可拉嘉德，劫掠拜占庭皇帝的宝库，或到达别的地方，带着当地的珠宝回来。

　　女孩发烧恍惚之中呻吟着，他探视之后摇了摇头，暗忖自己对这孩子投入了太多的感情。男人，尤其是当王的人，实在不能过分喜欢女儿，因为女儿就是筹码而已，迟早得拿去与别的领主交换金钱、土地或和平。没想到自己会陷入亲情到这般地步，就只因为小丫头表现出的勇敢无畏。

　　斯薇法和其他姊妹一样，按惯例必须在母亲或其他成年女性监护下才可以晋见大公。可是斯薇法不一样，她不受世俗规则限制，偷溜也要进去，看看父亲怎样与富商、领主、将军等人打交道。起初，小女孩还以为父亲没看见她跟着小狗一起躲在凳子底下，赫尔吉当然注意到了，当时他在调解农民之间的土地纷争，本来差点儿要破口大骂叫人通通滚出去，但与女儿对到眼以后整颗心都软下来。一看见斯薇法，他就不由得有笑意，否则本该痛打一顿，打到她两腿发青。赫尔吉当然没那么做，后来对女儿眨眨眼，还拿原告农夫带来当礼物的苹果丢过去。

一直以来，赫尔吉都拗不过这小娃儿的各种要求，到最后她甚至与继承人英格瓦一样坐在旁边看大公处理正事。赫尔吉知道底下将士们见状会作何感想，因此三不五时借机与人打斗，让大家明白他宠爱女儿，可不代表追随他的战士能够松懈。

赫尔吉被自己的父亲从小灌输一个观念："死人最懂得尊敬。"然而他发现领土上许多酋长学着自己将女孩带在身边时，还是有种莫名的喜悦。

"艾琳甘妮……"，他坐在女儿身边、伸手轻抚，心里却认为天人永隔是必然的结局。在此之前，赫尔吉只用全名叫过女儿一次。在他心中，女儿还是会叫作斯薇法，或叫作小老鼠，因为这孩子就是爱躲在小角落。一直叫她小老鼠太不体面，所以赫尔吉才又给她取了斯薇法这个小名。那名字本来属于一位女武神，也就是奥丁的侍女。"艾琳甘妮……"上一次这样叫唤女儿，是女儿出生命名的日子。而这一次，则是父亲与她道别的时刻。

眼睛冒出泪水，赫尔吉别过脸，不想给那医者看见。他望向远方，却继续对女儿喃喃说："看看你又给我惹了什么麻烦啦，这样子我怎么下去见人呢？"战士们聚集在塔底下，平常宠溺孩子是一回事，但给部下看见自己居然像个仆人那样服侍女儿，可又是完全不同的意义。

医者要很专心才能听懂这种东方北人语，所以也没表示什么。

赫尔吉镇定下来以后，回头对医者开口。"假如她死了，"他说，"你也得死。我会把女儿放在船上，射箭烧掉，送她抵达彼岸。你也得上那条船。这是神圣的旅程，也是你的荣幸。"

"大公，她在高处，又被这么多符咒围绕，不会死的——"

"最好是不死。"赫尔吉说，"假如她能活下来，就赏你个不那么光彩的死法，让你去妓院逍遥到死，账记在我头上。"

"大公真是慷慨……"医者回答。

女孩微微转身，医者伸手扶着，怕她会滑下去。

"嘟……"

"她说什么？"

"我也听不出来呢，大公。"

赫尔吉将头靠到女孩耳边。她又呻吟一阵，发出同样的声音。

"应该没什么意义吧，大公。"医者说，"发烧的病人常常会讲些奇怪的——"

"嘟——"

赫尔吉瞪着医者："你瞎说什么？她讲话比你还清楚，是说'狼'。这是什么意思？"

"或许是外灵入侵，可能有狼灵到了她——"

医者看见赫尔吉愠怒起来、似乎想杀人的神情以后赶紧闭上嘴。大公目光精准，医者知道自己早已经被看透了。但他也明白，赫尔吉目前唯一的指望就在自己身上。

赫尔吉话讲得慢，医者猜想得到那是因为以脾气文明的大公正在努力压抑。"帮她退烧，要是下雨就带进去，还有别让她摔下去了。"

"是，大公。"

赫尔吉看了女儿最后一眼。斯薇法满身汗，脸上冒出许多红斑，头发像泡过水一样。

"记得向我们的神祈祷。"他又吩咐，"我觉得你明天可能就要护送公主去见他们了。"

32　留存

数日大雨，河面暴涨以后反射出月光，如铅版起了皱褶。空气变得潮湿，约翰知道今天晚上大抵要穿着湿衣服熬过一夜寒冻。前提是能生离此处。一行人跑下山坡，穿过几间毁弃的农舍，到了浅滩边看见河水实在太过湍急。今年春天雨水太多，雨季也莫名地长。他还是认为有机会过去，但话又说回来，这辈子并没有太多相关经验，大多数日子都关在圣日耳曼修道院里面度过，根本无法外出旅行。

维京人看了这条河似乎没什么信心。山坡上冒出许多人与马的身影，约翰算了算，至少有二十名骑兵与两倍以上的步兵。对方已经发现自己，为首的骑兵举起长矛直指他们，驱马冲锋而来。

"过不过得去？"阿斯塔特问。这年轻人似乎特别急躁，无法决定究竟要走还是要打，一下左一下右，反正就是不想冷静。

"非过不可。"奥菲提说，"来吧，骡子先下去，没牵牲畜的人要把手牵起来。看起来浅，但水打过来力道很大。只要抢先过去，逃进树林以后，他们也没辄，千万别在水里给逮着了！"

他们逃进河里，骡子被牵在后头。情况紧急，也顾不得队形，大伙儿同时跳下去，每个人挣扎着要爬上对岸——河道宽度大概是一百五十步。约翰别无选择，只能跟随。

河水深及大腿，来势汹汹，约翰一开始也踩不稳，但后来脚步就踏实很多。他觉得自己的肉体转变非常剧烈，力气可以抵抗急流，而且在这样的环境也能够维持平衡。反观几个维京战士都走得艰辛，身子扭来扭去，时停时行，一不小心就会被冲走。

追兵已经到了山脚下，但他们同样不机敏，因为北人并不风行骑术，所以想要马儿快却不得其法。但在他们眼里，根本不需要召集，虽说双方还相隔四百步，但都下了山，逃亡的那十多人其实只在河道上前进了十步左右，看对方在河水里紧紧抓着彼此的模样，就知道走不了多快。约翰回头，看见有些敌人背着弓箭。又开始下雨，假如乌云遮蔽月亮会安全很多，偏偏事与愿违。

敌方骑兵接近到三百五十步，但约翰等人却只多出五步。他暗忖这样下去就是一面倒的屠杀了，可是自己还得靠这些人保护才有可能到达圣莫里斯。阿斯塔特决定跳上骡子骑到对岸，另外三个人照做了，他们跨到行李上，要让驮兽连着自己一起载过去。

约翰大步前进，还有七个人继续苦撑。

"这样不行，"奥菲提大叫，"还是回头拼命吧！"

"别冲动！"约翰也叫了起来。

阿斯塔特上岸以后，又将骡子都牵到岸边，自己骑一头，拉着另外三头的绳子，想要带他们下水援救同伴。

约翰也转身，朝七人之中带头那位伸手。"抓好！"

伊吉尔一边骂一边抓牢，约翰用力将整队人往前拖。

敌方骑兵进入两百步内，约翰听见他们叫嚣："再跑啊！胆小鬼！"

"你自己下来试试看！"奥菲提吼了回去，不过他自己都站不稳了。

约翰大步向前，即便在湍流中他也觉得强健稳定。有他在前面引导，七个蛮族战士的速度快了一些。五十步、五十五步……

骑兵到了岸边。

六十步、七十步。有东西落入水中。是一支箭。

阿斯塔特将骡子牵过去了，其中三人赶紧翻身上骡背，另外三人伸手抓住包袱让骡子一起拉过去。只剩下奥菲提而已，他一下子喘不过气，站在水里像是酒醉的人想不起回家的路。

又有箭射过来。三匹马踏进河水里不断逼近。奥菲提步伐变慢，摆着双臂努力稳住重心，后来还是跌倒了，不过腰一扭手往河床抓过去，整个人伏倒后脸对着奔流而来的河水。更多箭矢飞过，但方向不同，这次是伙伴的支持。约翰跑上前，却发现骑兵很接近，拉着奥菲提的话不出十步就会被追上。他必须先解决这难题。

敌人有三个，坐骑抬高了腿，很小心地移动。已经上岸的伙伴又牵骡子想下水救人，但是骡子已经回去过一次，使起性子不肯再靠近河道。一个叫作凡尼的索性自己来，但他在河里的速度也很缓慢。

三个骑兵手上都有长矛，约翰一时间真不知道该怎么办。他先将奥菲提拉起来站好，奥菲提见状抽出了长剑。这胖子要站稳都成问题，压根儿没法子与人打斗。

于是约翰伸手想接过那把剑。奥菲提抓得很紧，不肯交出来。

"拜托，"约翰对他说，"你这双腿没办法在这儿和他们过招呀。"

维京人一听，点点头将剑递上。修士取了以后往骑兵跑过去。对方其实没有多少骑马作战的经验，但一下水就会落得跟奥菲提同样窘境，若让对岸的十人看见射箭掷矛的空档可就会没命。

他们别无选择，只能骑马上前，矛尖指向奥菲提与约翰。但神父调整了自己位置以挡住奥菲提，然后长剑顺势挥出。对方的长矛从他胸前掠过，但约翰已经灵巧转身，剑刃划过骑兵的腿。骑兵惨叫，马儿感受到主人的恐惧，竟用力挣扎，结果那人摔进水里一下子就消失。另一支矛刺向奥菲提，胖子手一扬接下来，并用力拉扯。敌人并不笨，干脆松开手，奥菲提重心往后倾，也倒进水中。约翰看见以后，长剑往对岸一抛，纵身入水救援。剩下两名骑兵，而且没有伙伴的阻隔，五支箭破空飞去。约翰在水底听见人与马的哀号，同时沉进较深的地方。

他才刚沉下来，就意识到很大的问题。首先自己为什么要救他们，他们还是自己同胞的敌人呢。再者，约翰完全是本能反应，根本不知道自己到底会不会游泳。所幸他在冰水里同样去自如，很快看清前方，胖维京人那颗生着金发的大头载浮载沉。

由约翰这样曾经满身残疾、行动不便、连生活也无法自理的人，跳进河水拯救一个连蛮族王齐格菲也得看重的威武战士，仔细想想实在荒唐。但他在那当下根本想不了这么多了。

奥菲提没东西可抓，如果继续往下游的话，就会回到巴黎或者维京人营地里。当然目的地也不是该顾虑的事情，到达之前说不定会先冻死或撞死。但约翰在水里却非常灵活，身子一扑快速靠近，他好像受到某种指引，可以清楚看见目标，尽管水下如此昏暗，水上下着雨，水流又快得吓人。

换了四次气，他伸出有力的臂膀抓住奥菲提。

"别管我！"奥菲提叫道，"免得被我给扯走啊。别管我了。"

约翰不讲话，用力踢水朝岸上游。水势汹汹，约翰却更厉害，迅速到了岸边，还有余力将人给拖上去。胖子即便上岸，也软在冰冷草地上。

朝上游望去，约翰看见罗洛的部下驻留对岸，非常犹豫。夜色太黑，而这一头，伙伴们已经逃了。

"你的朋友都进去林子里了，"约翰对奥菲提说，"我们快点儿跟上吧。没你们保护，我也到不了圣莫里斯修道院。"

奥菲提还是躺着，手按住头，努力喘气。"你怎么看得见？这种天色，连看见自己的脚都很困难。"

"是你落水以后受了惊吓。"约翰说，"待会儿视力就会恢复。"

奥菲提起身，约翰发现他凝视自己，神情中藏着些许恐惧。

"我眼睛没问题。"他开口，"趁罗洛的人还没胆子过河之前，快走吧。多谢你帮忙。"

"别谢我，谢上帝吧。任何人得救或不得救，都必须遵照他的旨意。"

奥菲提点点头。

"你愿意和我一起祷告吗？"约翰问。

胖子朗声一笑："等逃远一点儿，要是你想的话，我也无所谓啊。如果真的是你那位上帝救了我，对他表达谢意不至于惹恼提尔神。"

约翰也笑了。或许这就是上帝除去他残疾的意义——借此感化某些人？他认为一定是如此。先前认为抵达圣莫里斯以后，这些维京人一个也无法生还，但此刻，约翰觉得或许还有希望。若他们愿为上帝而战，也同样会是强悍的战士。只要他们敞开心胸，接纳了耶稣基督，一定会看穿别的宗教神话的谎言。

"走吧，"他说，"看不清楚的话，就跟紧我。"

两人朝着树林前进。

33 贪得无厌

几年前的拉多加，医者坐在塔顶上，看着人生最后一次黄昏。河面被夕阳照得像是起了火，成为通往地狱的快捷方式。他是保加尔人，生性乐观，个子矮小，一头黑发，喜欢穿鲜黄色衣服，与略白的肤色并不很搭配。赫尔吉下去了，他一个人在塔顶照顾女孩。

医者摇摇头，想起父亲曾经提点过自己："你有天分，但不要滥用。治好太多人，也会引来上天的妒忌。"

当然，他并没有听从父亲的忠告，这门生意做到比基辅还远的地方去。其实他只是兜售药水与护身符，从父亲那边学来的，所以也知道效果有限。能够这么出名，秘诀在于一开始都不收费，或者只收取一丁点儿，足够填饱肚子就好。取而代之，他要治好的病人帮忙宣传自己的医术多高明。

日渐累积后，他声名大噪，即便医死了人，对方也不敢多言。才第三年，东方到处都有人要找他求医。后来听说赫尔吉大公也要找医生，自己被选中时，他还傻傻地欢天喜地，却忘记了身为医者不能只仰赖运气和名声，也要有真本事。

低头看着女孩，她热得可以使屋顶起火。若治不好她，医者自己也得陪葬。他不免觉得跳塔了断，会比跟着女孩烈火焚身要轻松一点儿。已经没办法了，带她到塔顶，祈求永恒的天空之神腾格里帮忙，已经是医者的最后手段。但，仍旧是枉费心机。

他忽然想起自己曾在前往基辅的路上，遇见一位陌生男子，对方教导了奇怪的咒术。当时他与一队哈札尔人同行，往西边前进，那天晚上一直不熄火，因为听说附近有恶狼出没。他很担心，所以睡不着。在荒野上，当然常常听得见狼嗥，不过听见有那么一头就在附近而已，而且有小孩不吃，闯进别人营地只抢了羊肉，医者总觉得心里不安。

直到夜色最深、浮云蔽月，只剩下篝火光线时，他恍恍惚惚，本来坐着也快倒下去。可是低沉的吠叫传入耳里，医者吓得瞬间清醒，竟看见那头狼就坐在自己身边。他想尖叫，却被一只手按着嘴巴，不给发出声音。

人语传来："你想大叫狼来了，但这世上哪有野狼会先提醒你的？是坐在火边的狼，还是藏在这里的狼？"

医者胸口给什么戳了一下。

按着嘴巴的手离开了，他看清楚以后，才知道那是个很怪异的男人。很高、很白，没有胡须，一头红发从狼皮下窜出。对方披着狼皮，好像巫师才会这么做。狼的头就在那人面部之上，因此不仔细看，会以为他整个人被狼给吞进口中。此外，除了狼皮以外，男人就全裸了，火光与阴影像蛇一样在那身皮肤上游走。

医者看看四周。没有狼。

"刚才真的有一头……"

"就说了在这儿。"陌生男子又以指尖戳了下他的胸口。

"先生，我不懂你的意思。"

"贪念就是一头狼，逼着我们越爬越高，不是吗？所以我说，狼就藏在这里。"男人又戳戳他胸前。

"先生，别再戳我了。"医者回答，"我很容易瘀血。"

"你难道没药膏可以祛瘀吗？"

"没有。"

"那你到底能治什么病？我看你是个医生吧，带了瓶瓶罐罐和很多符咒。"

"我——"

"头痛？"

"可以。"

男人用力捶了他的头。

"噢！"

"呕吐？"

"可以，我——"

男人重击他腹部，力道很大，晚上吃的东西回流咽喉。医者倒在地上。

"断手断脚？"

"我会医术，"一看见男人又举起手他赶紧补充，"但不擅长接骨！"

"这年头懂医术的人很少了，要分辨到底货真价实，还是江湖郎中，可不容易。"

"我很诚实的。"

"最厉害的骗子就是诚实的人。你就是郎中里的佼佼者，因为你第一个先骗倒了自己。你诚恳地不诚恳，老实地说谎。骗子就是这样，比诚实的人更诚实，因为自己受骗了，于是说出来的每句话都是真话。你对人家说有本事治好他们，而且是发自内心这么说，因为对你而言，这就是真实，听你这么说的人也就只能相信。你吃进去的是谎话，吐出来的却是真话，正是所谓自欺欺人。越发自肺腑，就越能够骗人，我这话可不假。你用链子挂在脖子上的金戒指，我要用，拿过来。"

"要用来干吗？"

"可以治好不老实的嘴巴。"

医者当时不知为何听了觉得有道理，真的将链子取下交给对方。如果没记错，那男人将链子先放在舌头上，晃了晃以后就吞进肚子。

"那是我的戒指啊！"医者叫道。

男人上半身倾过去，乍看之下好像巨狼张嘴说："现在用来妆点我的肚子了，想要的话伸手进来拿啊！"他语气带着狰狞，医者连忙往旁边一缩。

"你会把我的手咬断吧。"那时的他觉得这男人若是半狼半人也不奇怪。

"看，"半狼半人说，"我这不就治好你了吗？会乖乖说实话了。"

"你拿什么换我的戒指啊？"

"忠告。"披着狼皮的男人伸出舌头舔嘴唇，仿佛品尝到很美味的金戒指。

"什么忠告？"

"去北方。"

"为什么？"

"等骗子中的王。拉多加的王，他信奉虚假、崇尚伪善、生性狡诈，没有半句实言，也绝不遵守诺言，是披着羊皮的狼，背弃神的人。比屎还不如的王。其实我算是他的奴仆才对，但你也懂，奴仆总是瞧不起主子。总有一天我会超越他，不过可能还要一两年时间吧。先给他他想要的，下一次，他未必有这么幸运。"男人说话时舌头不停往口鼻舔过去，医者看了，真怕他会忽然咬过来。

"你说的是先知赫尔吉吗？"

"赫尔吉？你不知道吗，他的医生已经找到治百病的万灵丹。你也该赶快过去才对。"

"我去了有什么用，赢不了这么厉害的人。"

"万灵丹就在这儿！"男人不知从什么地方掏出一截绞索，上头有复杂的三环结，"上吊这种事情你也能做得和他一样好，又不需要什么才华或练习，就算没见识的农家子弟要上吊，也和最英明神武的王者相差不到哪儿去。"

"可是我不想上吊啊。"医者说。

"也只有他喜欢上吊。就只有他。"

"谁？"

"三个。"

"三个什么？"

"人啊！"他往医者后脑勺一拍。

"像这样一个三环结等着被系好。没被系好的结又是什么结？就不能结了？不尽然。假如绳子不能看成结，那么不是结的东西都不能结，这样下去也就无法区分出来。而且曾经打过结但却又解了结的绳子，就更不会只是还没有打好的结，不过还没有打好的结终究没有结起来。所以说，就算不是结，也有程度上的差距，就像结也分成过去、现在、未来这样三种不同的结。一样东西曾经是另一样东西，现在又不是那样东西，到底可不可以再变回之前是的那种东西？这么问就打结了。但不打结的结算是什么呢？那就不是结。解开了再重新系起来？这就不是结，于是再度成为结。虽然问题都出在结，但也没这么容易打结，你了解吗？三个就对了。"这怪人似是说得越来越焦躁，好像很简单的事情，因为医者太笨才会听得脑袋打结。

"你信什么？耶稣基督，是不是？所以才有三个变成一个的故事，我也听过。但我还是比较信自己的神，会有好运。"医者回答。

"你的神是谁？"

"就是整片蓝天。"

"不可捉摸真是方便啊。"狼男说，"所以才总是神秘兮兮，不将话说清楚。要是有个神给你真正有用的东西，你会有什么反应？假如是个白皮肤、一头漂亮红发，有时候化身成狼的神？"

"会信他吧。"

"但假如他不想要你这种窝囊的信徒呢？"

"我就……就……"

男人一手手指放进医者口中，另一手连续拍他的背。医者不断吐气。

"我——会——说——谢——谢。"医者的嘴唇舌头被他控制着，吐出这句话。

"我给你个保命符吧。"

"要用什么换？"

"去找赫尔吉，收他的钱，给他那个性子很拗的小女儿喝下这个。"

"喝什么？"

狼男从医者的行李中取了一个瓶子出来，将里头倒空了，用力咬自己指头，将血灌进去。

"取悦了我才有这种好货。"

"那我就收下了。"

狼男将瓶子用布重新塞好。"然后是符咒，"他说，"恭喜！现在你成为毁灭的预兆。但不必担心，我们可是并肩对抗死神，他是我们的敌人啊。"

狼男拿了一片桦树皮，在上头刻了符号："治病助人的人一定要懂这个啊……需要的时候，刻这图案，热病马上就到。"

心思回到星空下的塔顶，医者讶异自己怎会忘记那天晚上的事情？也忘记了那个呼唤热病的符咒？当时与一个半狼半人的陌生男子坐在一起聊天，居然不觉得有哪儿奇怪？过来拉多加以后，看见赫尔吉大公的女儿昏迷一整天，医者便给她喝下那瓶血，这件事情他做起来也是毫无顾忌？后来虽然有些吃惊，但他还是真的不察觉异样，总之斯薇法很快就发起了高烧。

医者从塔顶木板撕下一小块木皮，取短刀刻上陌生男子传授的符号。刻好以后，他也不知道该如何使用，本能地将木皮放上女孩胸口。

女孩忽然说话了："骗子，你在哪儿啊？"她坐起身，抓住那块木皮，睁大眼睛望向底下的街景。

医者一眨眼发现多了个人。有着白皙皮肤与火红头发的男人出现在女孩身旁。

他朝医者笑了笑，口中吟诵的像是一条诗：

"抬头看树顶，

绳结挂尸体；

刻符文、上颜料，

他会走路也会聊……"

医者问："你是谁？"

"我就是热病，"那男人回答，"照亮你骨头的一把火。"

211

"可是我见过你。"

"山怪、女巫、小妖精，"男人对医者说，"速速上路现原形。"

女孩不懂这些字词的意义，却明白他是要那个医者变成以前的某种模样。

医者钻过塔顶的洞。男人坐着拉起女孩的手。她微微地吓了一跳，抬头望着对方。

"我梦见过你。"她说。

"我也梦见过你。我在你梦里说了什么？"

"你说我的故乡在黑暗里。"

"没错。"

"我自黑暗而生。"

"对。"

"这附近也有黑暗？"

"有人在基灵格的墓冢下面找到了。"白晰男子回答，"你想看吗？"

"想。"斯薇法回答，"我认得你。你是狼的父亲，会引来死亡。"

"是。"

"我很勇敢，大家都这么说。我不怕你。"

"嗯，不用怕。"

"我到底是什么？"

"不完整的东西，"他说完抱了抱女孩。

"可以变得完整吗？"

"需要一点点黑暗，这样你身体里的光才能亮起来。"男人回答，"怕黑吗？"

"不怕。"

"那就走啰。"

斯薇法下梯子，经过用来拉货物的绞盘时，看见医者吊死在绳子上，像是一个没人领走的麻布袋。他们手牵手，一起出了城。

到了坟场，地上有个大洞，如同朝着星空张开的嘴。里面大约两人身长后就是无尽的黑暗。

"以前罗马人就曾经挖掘过这里，"男人解释，"然后受到厄运纠缠，因为意外或者经过设计，牺牲了许多人。当时他们在这里祭拜墨丘利①，但他就在这里。对你们这一辈而言，就是奥丁那个老头。所以，就是这儿了。"

"这儿到底是什么？"

"一个特殊的地方。能够被人看见的事物，都可以在这儿找到。"

"地底下有一座城市，不过居民已经死光了。"斯薇法说。

"你已经看得见了呀？"男人问。

"嗯。"

他微微颤抖，松开了手。"你真的不怕黑吗？"

"不怕。"她回答，"我觉得是黑暗怕我。你看，它碰上我就一直畏缩，就算我走进去，它依旧不敢面对我。"

"黑暗就像一头狼，遇上火焰当然会想逃。"

"我就是火焰。"

"你是。"

"我进去与这些死者谈一谈。"她说，"鬼魂不必担心失去生命，应当很高兴吧。"

"去吧。"

---

① 罗马神话中，为众神传递信息的神，亦掌管商业、旅行、医疗等。

小女孩上前，在洞口弯腰、趴下，朝里面爬行。后面那位神祇露出狼一般的笑容，转身离去。

宫殿中，赫尔吉做了一个梦。他献上许多祭品给奥丁，有捉来的敌方战士与奴隶、大量牲畜和堆积如山的黄金。在梦中，他不断围着祭品，人与兽的尸体，各种金银财宝。然而，每次回头，他都觉得什么地方不对劲儿，缺了点儿什么，必须放上更多尸体、更多宝物才完整。即便是梦境，意识还是分辨得出好坏对错，赫尔吉心里一直有冲动要将祭品堆得如山一般高。

然后斯薇法出现在面前。她面色苍白，衣服沾满泥土。

女儿讲话了："给这么多，不如用心祈求。这次给一样，下次就得给两样。"

赫尔吉顿悟了。自己是不是太过投入战争杀伐，将过多的奴隶奉献给神明？于是神明越要越多？

"乖孩子，"大公回答，"我不知道他会要你啊。我不知道神居然会想带走你。"

女孩的右手本来靠在左大腿上。她反手轻轻扬起，态度看似轻蔑。

赫尔吉身边霎时浮现几个奇异符号，它们发出吟诵声，在空气中揉杂如蜂鸣。这就是符文，他算了之后发现共有八个。躺在床上的大公全身被汗水打湿，但却起不了身，仿佛遭到重物镇压，连胸都很难鼓起。

某种如蛇一般的触感沿着皮肤蠕动——是符文。它的形状像是一根笔直拐杖，上半部往侧面突出两截指向地面。符文如船上的索具、或是吊着死人的绳子吱吱嘎嘎发响。赫尔吉心中浮现它的名字：安苏兹（Ansuz）。符文爬行到脸上，他伸手触碰，恍惚中看见了绞台，以及黄昏时愤怒的火霞烘托出山丘上的黑色线条。诗句如掷矛射进他的脑海，接着，一个人骑着马冲过平原，还有在泛着金属光泽的月亮下，一

214

个女孩在花园里头，旁边有口水井，还有无头的尸体。那是密米尔的泉水，是给予预言的水井。赫尔吉明白这绝非普通的梦，而是自己与众神有所交流。

就像小石头从楼梯滚落，符文的歌声围绕四周，呼唤赫尔吉敞开胸怀拥抱它们。

学着切割它们，学着阅读它们；
学着玷污它们，学着印证它们；
学着呼唤它们，学着记录它们；
学会释放，要学会释放它们。

赫尔吉看着绞架形状的符文在自己的肌肤上、思绪中不断扭转、嘎嘎作响，包覆他，扭曲他，夺走他的气息。喉咙一紧，肉体、精神都被勒住了。于是大公明白这符文属于谁。是奥丁。奸诈的奥丁、带来毁灭的奥丁、使世界化为焦土的奥丁。

"这个字母蕴藏了意义，"斯薇法又开口，"不过并非表面所见。这是诈欺者的符文，你的符文。因为你欺骗了我。"

"斯薇法，那是我不知道——"

他伸手想触碰女儿，但却怎样也摸不到。赫尔吉无法抬起身子，怎么用力也动不了。

"父亲，如神所承诺，我将预言带来给你。"

"斯薇法、斯薇法——"

女孩低头看着他："若三者合而为一，渡鸦便会到来。找到她，以黑暗保护她。"

斯薇法转身没入黑暗，赫尔吉的意识也再度沉入昏睡。

34 狩猎

　　往东的路上阴雨连绵，田野与贸易道路都化为一片泥泞。塞纳-马恩省河河水暴涨，就算这群维京战士真能找到坚固的船只，还是无法航行太久。一入夜，星光被乌云遮蔽，碰上河道分歧，只能用猜的、或者索性扎营等天亮。约翰担心他们被当作强盗，所以要费斯塔尔将画着铁锤的漂亮盾牌收好，改拿朴实的木盾并画上十字架。改盾牌他们还没意见，但提到要将斗篷按照法兰克人的样式裁剪可就不愿意了。奥菲提说这是因为他宁可被人拿长矛戳死，也不想屁股着凉而冻死。

　　通往里昂的古罗马驿道虽然还完整，却也充满许多危险。遇上其他旅人时，他们会自称是改宗信基督的北人，保护约翰去罗马朝圣。十一名维京战士确实发挥了宝贵作用，例如接近欧塞尔这座城市时，他们在路上遇见盗匪，有四十人之多。见到北人战士，对方不敢躁进，一试之下更是被打得落花流水，奥菲提大叫伙伴发动总攻击，那群乌合之众一哄而散，毕竟外头有许多更容易下手的目标，他们当然不想与武艺精湛且装备完整的战士群拼命。然而后来还遇到百人多的商队，约翰使尽浑身解数才阻止对方向北人出手。终于找到索恩河，可以判断位置与方向，他们沿着大河往南继续旅行。

偷了条驳船——更精确地说，只是比较大的木筏——十二人裹着斗篷缩在上头，等到晚上若有月光就赶路。在船上，他们北人的样貌就不像之前那样容易引起注意了。途中经过些修道院，的确都不像是有多少财力，战士们也信了约翰的话，认为在这儿谈价钱是浪费时间，而且也不敢住进修道院给旅人准备的宿舍，担心一进去就会招致杀身之祸。他们以为的圣人尸骨被放进大布袋里头，做了条小筏绑在船后面拖行，因为已经发出腐臭味了。约翰很钦佩北人的木工技艺，他们造的那条木筏速度飞快，而且比起以前在修道院里所看过、或者路上在河边见到的都要牢固精细。

旅程中维京人没有拿东西给他吃，奇怪的是约翰也不觉得饿。他喝河水而已，却好像不需要进食也能维持体力，于是认为除了治愈肉体以外，上帝还有更多的赐福。约翰因此想起了《罗马书》的内容：因为神的国不在于吃喝，而在于圣灵里的公义、和睦、喜乐。他的确觉得圣灵充满。雨势大的时候水打在身上都该痛，但约翰不觉得冷，反倒仰头喝下雨水，味道甘美令人喜悦，肢体非常轻松又充满力量。

他深深相信自己得到上帝祝福，过去种种都是考验，鸦人与赛尔达施加的苦难则是上帝进入身体的通道。虽然吞下了不净的肉，回想起来也并不全是憎恶；约翰偶尔想起了鲜血的味道，却不觉得恶心。他认为这样的转变同样是上帝传达讯息，要他别自怨自艾，既然非他自由意志所选择，就不会怪罪于他。脱离残疾枷锁必定有其意义，约翰全心全灵祈祷，希望了解上帝的旨意。

他的祷告与巴黎的贩夫走卒们大大不同。一般人的祷告是求助、感激，就好比内心与神对话，但多年下来，约翰与神相依为命，上帝像是他所处黑暗囚禁之中的唯一伙伴，指引着他的每一条思绪。祈祷已与生命密不可分，约翰的一言一行都可称之为祷告，每口食物也都只是为了将更多的自己奉献给他。每晚维京人驾驶着船，他独自坐在黑暗与寒风中，沉淀心灵、摒除杂念，从自我中超脱，与神同在。

"主，请让我理解你。"

随船晃荡，心灵澄澈时，寒冷也消散了。约翰进入内心深处，却忽然惊醒，因为他重温了肢体获得力量与自由的那一刻。过去的日子里，孱弱和限制如影随形、太过熟悉，于是能随心所欲的活动，反倒令他不安。

继续祈祷，抓住赛尔达头颅时的感觉却又回来了。将脖子扭断的触感一遍又一遍在脑海重温，约翰从其中察觉一丝异样：那当下，有什么东西与自己同在。是以往没有过的感觉，太特别了，绝对不会错。他直觉认为是种邪恶力量，但细想后却又不这么想。那时候关注自己的力量，根本不存有世俗的道德观念。若试图描述，约翰只能用两个字形容，那就是"饥饿"。

渐渐地，小船的晃动与他追逐上帝的心绪似乎合而为一。《诗篇》的句子涌现在心中，约翰相当熟悉求主衿怜这条祈祷诗，仿佛耳边响起了过去弟兄们的吟唱，旋律和波浪若合符节，又轻又缓地推着他前行。沉溺于那优美的拉丁文之中，却有三句话像是变成罗马语那样特别突显出来。

求你使我仍得救恩之乐，赐我乐意的灵扶持我，

我就把你的道指教有过犯的人，罪人必归顺你。

你是拯救我的神；求你救我脱离流人血的罪！我的舌头就高声歌唱你的公义。

流人血是罪。流人血是罪。他口里又冒出那滋味，生肉硬生生被灌进肠胃里；血与腐败的气息从小船后面飘来，但又多了些什么。究竟是什么？约翰当然知道那是艾布朗弟兄的遗体，然而以前经过巴黎街道，许多病人、将死已死之人倒在路旁，他却未曾察觉这气味。令人不安，但是深沉浓郁，浓郁得像是甘美。约翰懂了，他很饿，非常饿，却无法接受普通的食物。只有腐肉才带有那微妙的香甜，所以他竟有股欲望，要将被拖在后面的尸体拿来吃光。

心念一转，承受那苦难时听见的诗歌又回到意识。

兄弟相残，互取性命，斧的年代、剑的年代，盾牌四散逆裂。
风的年代、狼的年代，世界直坠。人人互斗，无一幸免……

约翰逼着自己专心祷告。然而他陷入两难，若不排除杂念，无法让上帝进入，但当他放空心思，却又听见那诗词传来。上帝，为何选择我？究竟希望我怎么做？

河边树上的花朵含苞待放，枝叶直指天空，宛如恳求上苍施舍一个解答。

而河岸有了动静，灰白影子窜过。

约翰定睛一看，不知是谁竟注视着这条船，距离只有二十步。起初，他觉得像是个小孩，但小船慢慢朝那儿靠近，看见的是个相当怪异的身影。女孩、或者只能说是女性，衣衫褴褛，只有一条脏羊毛毯挂在身上充数。令他在意的是那张脸，绝对不是孩童，却也难说是成人，好像无关乎长幼，只是单纯的憔悴死白，一双眼睛充满怨恨之火。约翰怀疑她饿坏了，然而这么靠近河流，河里随手捕捞都有鱼，实在不大可能。

"你们有没有看见？"他伸手一指。

"什么？"费斯塔尔问。

"河岸边，有个小孩。"

"我看不见。"费斯塔尔回答，"别寻我们开心，换我们耍你，你就知道好受了。"

约翰觉得不可思议，怎么可能没看见呢？但他自己转头回去，那孩子真的不见踪影，于是只好继续祷告，不再多心。问题在于那张脸一而再、再而三地浮现于脑海中，而且那孩子仿佛小小年纪便数尽人世残酷沧桑，望着自己时更是带着坚定的仇恨。

船到了河弯，一片浅沙洲上有几栋茅屋，木头绑了一个大十字架，标示出道路起点。这里通往蒙特茹，也连接到意大利和罗马。

"喂，修士，就是这儿吗？"胖子奥菲提问。

"对，"约翰说，"你们等着，我先下去和当地人说说。"

"这奴隶真大胆，居然命令主子呢。"奥菲提又说。

神父注视着他。"你们所在之处，是我的国家，"约翰回答，"你们所梦想的、追求的，都得透过我来得到。想要活下去，还是听我的比较好。"

"你发过誓，会帮我们达成目的。"

"而我正在实现自己的诺言。"约翰说，"你们需要我，千万别被虚荣蒙蔽理智。要我帮助你们，就是由我来指引你们如何前进。首先各位应该买些毛毯，若有一两个帐棚会更好。这儿的村民应当有些物资，如果你们不做足准备，到了山区恐怕就要冻死。"

奥菲提打量神父一阵后点点头，转身望向费斯塔尔。"这些修士比老鼠还爱吱吱喳喳鬼叫，"他说，"不过脑袋还挺清楚的。就先让他帮我们出面处理杂事吧。"

果不其然，村人见到他们都瞪大眼睛。河岸边的渔夫大概担心一家老小安全，不敢过问北人打哪儿来。约翰依旧表示这些人要护送自己前往罗马朝圣，渔夫听完对他们点点头，表示感激上帝，否则真要担心这小村子被毁掉。他收下钱，叫儿子去张罗两条毯子与两个小帐棚出来。

　　之后一行人又上路，约翰带头走进了寒风刺骨的山区——黑圣人的谷地。

35　黑圣人之谷

　　上山路途艰辛，雨水渐渐夹带冰晶，更高处当然就下起了雪。比较低矮的山丘还看不见积雪，他们继续前进后，山头就被白色覆盖。

　　中间经过一个大湖，湖边有小聚落。一行人并未停留，约翰折断木头拐杖，做成十字架高高举起。这条路线有许多朝圣者行经，尽管在这季节很少见，居民见状以后态度和缓许多。维京战士们碰运气露脸，结果没遭受攻击，反而还买到一些面包。出面讲话的是约翰，他们不发一语地在旁边看着。也因为当地人忠告，他们带了很多干柴放在骡背上。据说这条路会越来越冷，必须要用尽各种手段保暖，否则扎营后很危险。

　　维京人做了简单的木橇拖行修士遗体。本来他们快要受不了尸臭味，但只有约翰不会觉得难闻。

　　"要不要煮了他。"伊吉尔问。

　　"哪来这么大的锅子？"奥菲提反问。

　　"那就烧了吧。"伊吉尔回答，"喂，修士，圣人烧了或煮了还能卖吗？"

222

约翰不回答。

往南以后，雪势明显一些，一直跟随的河道也结冻了。虽然北人本就习惯寒冷天候，衣物也够多，但仍需要保持移动才不至于寒气侵体。晚上生了火以后，不算太舒适，但还过得去，比较麻烦的是食物不多，只有河里捞来的鱼，还有先前买的面包。

幸好修士的尸体也因此很快结冰，臭气同样冰封起来。山脉高耸，直入灰蒙云雾，众人觉得仿佛受困在凝结的惊涛骇浪之间，不知何时，时间重新转动就会迎头打落。过了五天，高山也隐没在大雪里，山谷里头没有太多掩蔽，他们的柴火眼看也快要用尽。幸亏准备了帐棚，虽然许多人窝在一块儿很挤，但这样更能保暖。

队伍继续前进，大家都低着头，反正只能靠双脚找路，商人与朝圣者踏过的地方比较平缓。路上北人也常要摔跤，不过他们不埋怨。约翰看得出这些战士也觉得辛苦，而他则是一直惦记河岸边那张孩子的面孔，总觉得她应当还在自己看不见的角落偷窥，岩壁或冰锥从雾气中探出头时，约翰总会吓一跳，以为那孩子又出现了。

第六天，天气好了不少，天上依旧乌云密布，雪却小了许多，能够看清前方。约翰察觉奥菲提注视自己。

"修士，你真的非常强壮啊。"

约翰继续走。

"上回吃东西是什么时候？"

"记不得了。"

"至少已经两星期了。但你现在走路的速度，感觉像是早餐才刚吃饱，而且你还不需要找布把腿包起来。到底靠什么前进的？"

"上帝。"

奥菲提点点头："和我说说你这个上帝吧。"

于是约翰说了耶稣生于马槽、由木匠养大，最后被钉死于十字架，救赎了全人类的故事。

北人是个喜欢听故事的民族，所以兴致勃勃地听完了，奥菲提更是特别专心。"我来试试你这个上帝好了，让他跟提尔坐在一块儿，看看会给我带来怎样的好运气。"

"基督不与伪神同席，你必须拒斥偶像崇拜。"

"那我可就没办法了。你这个上帝怎么嫉妒心这么强，完全不肯和别的神一起呢？"

"正是如此，"约翰回答，"如果你们受洗了，却不排斥恶魔，上帝会降责你们子孙三代。"

"搞什么呀？"伊吉尔说，"我有了一个老婆，但是想要，就不能和别的女人躺在一块儿了，是吗？哪一家的女人对出海奋斗的老公这么刻薄？世界上有这种女巫？"

"上帝告诫世人不可奸淫。我再说一个故事，或许你们受异教误导的心灵会迷途知返。"约翰又说了摩西的故事，并提起他在西奈山上发现十诫。

奥菲提带头，一干战士哈哈大笑。

"所以法兰克人相信'不可杀人'这一套？要是你们别这么软弱的话，不知道有多少北方人就被你们给宰掉了。"

"杀死与上帝为敌的人没关系。杀人需要考虑正义与否，希伯来原文比较清楚，其实更精确地说应当是'不可谋杀他人'。"

"你们怎样判断谁与上帝为敌？"

"俗人不需要为这种问题忧心，交给神职人员判断就好。"约翰回答。

维京人又大笑。

"真是方便呢。不过我觉得这个上帝还可以，至少会分辨崇高的战斗与低级的谋财害命。"奥菲提说。

"他是我的力量、我的光。"

"看他让你这么强壮，应该是个好神。"

"他当然是。"约翰说，"不过即使上帝要我病弱，我也依旧感谢。"

"为什么？"

"上帝会考验他宠爱的人。即便是他的儿子，也必须奉献生命。"

"那算是什么大奉献？"奥菲提问，"在我们看来还好。死了以后也是去万物之父的厅堂里享受永恒的盛宴与战斗，死亡只是换个地方住，我们同胞也有很多人都跑去别的地方定居啦。"

"他们有被钉上十字架受苦难吗？"

"木匠的儿子这样子死掉还挺好玩的。"奥菲提回答。

"以前我们的纽斯毕亨王也把一个烂船匠给钉死了，说这样他才学得会怎样好好钉钉子。"伊吉尔插嘴，"我想可能是差不多的状况。"

约翰忍住怒气："耶稣知道自己的命运，却还是心甘情愿去洗涤我们的罪。"

"这也没什么。"奥菲提说，"我好几个叔叔伯伯都知道女武神在头顶等着。像赫格带着部下在西边被一群岛民们包围，他们当然也可以投降、等亲戚去赎，可是岛民里有个人居然骂他是胆小鬼——他们大概只学会这一句北地语吧。我赫格叔叔只好带人要他们看清楚谁才是懦夫了。后来十个人里只活下两个，不过就没有人敢再叫他们胆小鬼，也算划得来。你说的耶稣也很勇敢，但这世界上勇者并不少。或者说，死后的世界本来就满满的都是！"

"当碰上挫折打击，走进人生低谷，身边每个人都背弃自己的时候，上帝还是会与我为友、振奋我的精神。你们的神也会吗？"

225

"提尔喜欢勇武的战士，如果是懦夫，他才没兴趣管。"奥菲提回答。

约翰望向大个儿，搭上对方肩膀："那我是懦夫吗？"

奥菲提直视他眼睛："我认为你不是。"

"基督徒都不是懦夫。我说说这个地方的故事。你们听说过黑圣人吗？"

"没有。"

"所谓圣人，代表在圣洁方面完美无瑕，莫里斯就是如此。他被称为黑圣人，是因为肤色。"

"黑皮肤！"伊吉尔低呼，"是矮人①？"

"他出身于罗马帝国底比斯地区，是古代法老王的后裔。"

"那地方的人不是青色的吗？"奥菲提说，"所以才叫青人？"

"有些人看了觉得是青，有些人看了觉得是黑。"约翰回答，"底比斯那儿都是基督徒，驻扎有六千六百六十六人。"

"军容壮盛。"奥菲提附和着。

"也要看是不是真的能打。"伊吉尔说。

约翰继续下去："他们本来服侍异教的君主西泽大帝。西泽下令为了取悦他所信奉、名为墨丘里的伪神，就要杀死当地的基督徒家族。但那支军队拒绝了。"②

"假如已经发誓效忠君主，就不应该抗命。"奥菲提说。

"他们与上帝的连结更深厚。"约翰解释，"消息传回西泽那儿，西泽就下令要杀死那支军队一成的人。"

"一成？什么意思？"阿斯塔特问。

---

① 指北欧神话与民俗故事中居住于地底的矮人族。
② 该军团的指挥官即为（圣）莫里斯。

"就是很多。"

"比一打多吗？"奥菲提也问。

"多得多了。"约翰回答。

"那伙伴们眼睁睁看着他们死？"伊吉尔问。

"他们愿意殉道。"

"殉道又是什么意思？"伊吉尔问，"我听不懂拉丁文啦。"

"殉道就是为了上帝而死。"

"杀回去才对得起上帝吧。要想从罗洛那儿夺走这么多条命，可就不简单了。"伊吉尔说。

"死了一成的人以后，西泽再度下令要他们以基督徒献祭，他们还是拒绝。于是西泽再杀死一成，杀了又杀，最后终于只剩下六个人了。等这六个人也殉道以后，整支军团再也不复存在。"

"他们挺身而出，保护信奉同一个神的人，不是比较好一些吗？最后那个罗马皇帝还不是可以派人将百姓都杀死。"奥菲提说。

约翰没理会，直接说出他的重点："六千六百六十六个人在此殉道而死，他们的尸骨就在各位脚下。他们是懦夫吗？"

"我不知道他们算什么。"奥菲提回答，"敢打的人我懂，想逃的人我也懂，不打又不逃的人，我就不清楚该叫作什么了。"

"人家刚才说了啊，叫作圣莫里斯。"伊吉尔接话。

约翰低声回应："伊吉尔，虽然你只是说笑，但面对上帝你该戒慎恐惧。我不是战士，你们崇拜的偶像对我没有兴趣。我遭遇危难，被异族带走，同伴们身亡，前方所见也将是自己的死期。但我颤抖害怕吗？不，因为我的上帝是一个充满慈爱的神。"他抓起伊吉尔的矛尖，抵在自己胸口，瞪着维京人。"你们很勇敢，但若不愿明白自己面对的是什么，那只是匹夫之勇而已。假如你们了解上帝的愤怒，就会蜷缩着不出来了。可是上帝依然试着爱你们，给你们救赎，请你们进入他的永恒国度。拒绝上帝，就是选择了地狱，最终会受到捆绑，扔进永无止境的烈焰里。"

"慈爱的神却把人拿去永无止境地烧？"奥菲提表情很不解。

"他已经给过宽容，若还是拒绝，就是自己选择了天谴。"约翰回答。

"感觉放进火里会温暖一些，"伊吉尔又打趣道，"这儿和尼弗海姆差不多吧。"

"尼弗海姆是？"

"冰巨人居住的国度。"奥菲提解释，"本来该在地底啦，所以可以肯定不是这儿。""愚蠢的神话故事。"约翰说。

奥菲提耸耸肩。"但这儿真的很冷吧？搞不好会碰上白熊呢。相信我，那可不好玩。"他继续说，"假如你那个上帝能在今晚过去之前，把修道院、温暖的床和一碗热汤拿来给我，我就信他。"

"信仰上帝没有条件，不能与他利益交换。"

奥菲提看来不知所措："那要怎么办？"

"赞颂他就好了。"

"是拍他马屁的意思吧。换作提尔，就一锤把这种人敲死。该杀敌人，或者至少用金子和牲畜来讨取神的欢心，怎么会靠嘴巴呢？那是哄女人用的呀。而且不能和神交换东西，那这神根本没有用。"

谷地中雾气愈发稀薄，约翰的目光穿透那片灰色，看见一片大山坡旁的峭壁下有道长方形影子，那形状怎么想也不是天然产物。虽说目前所见只是深浅不一灰色之中的一个方块，但他很肯定没有别种可能，便猜想一定就是修道院了。山谷里风声呼啸，约翰联想到更靠近修道院时，自己必将听到圣诗吟唱。此地最负盛名就是acoemetae，意指不眠者，实际上是修士轮班唱诗，已经持续将近四百年。他望向天空，猜想应当已过午后一段时间，大约是第九时辰午祷的时刻①，应当会唱上行之诗②，所以约翰也在心里默念。

那带种流泪出去的，

必要欢欢乐乐地带禾捆回来。

圣诗的讯息净化了约翰的心，他感觉又有力气继续努力感化北人，并告诉自己首先就应该认清事实：对方是很单纯的一群人，而以前修道院长也教导过，人走向耶稣基督的途径有许多种。或许，他该做的事情是让北人战士找出自己的路。约翰仰望天空，峭壁沿着左边弯曲，修道院就靠在那儿。维京人都没有看见吗？

"假如上帝将修道院带到你面前，你就会摒弃偶像？"

"我想还得在修道院里面塞个妓女吧，"奥菲提回答，"既然这神有爱，应该找得到几个妓女才对。但好像听说你这上帝不喜欢妓女，话说回来他有喜欢的东西吗？"

约翰挥挥手："他喜欢正直的人。有些教会容许妓女，因为她们也算是保护了城镇里头的女性贞节不受侵犯。但我觉得这样不妥，不如诚心祷告，上帝自然会指引你们找到妻子。"

"反正妓女也和强盗没两样，"奥菲提说，"好处是早上起床就找不到人了。钱被抢走是一回事，邀请人家进来抢，而且放个屁都要被埋怨，那是另一回事呀。我才不要娶老婆。"

"你不想生孩子吗，奥菲提？"

---

① 天主教会的时辰礼仪（公众祈祷）一天有八次时间，此处指下午三点、每日的第六次。

② 原本为希伯来人前往耶路撒冷朝圣时吟唱的歌曲。

"你想不想啊，修士？"

约翰嗤之以鼻，望向群山，却只看得见重重云雾中偌大黑影。以前他时常劝谏信徒不要耽溺于肉体的享乐，也要厄德伯爵别纵情于声色，当时伯爵如何回答？"若上帝使一个人无法不贞节，自然就会觉得贞节很简单了。"约翰真的不懂肉欲吗？其实也懂，不过透过祈祷，大半都化散了，其实肉欲并不是最难压抑的欲望。上帝使他残废、目盲，约翰明白缘由。神要留他为自己所用，只有透过黑暗与局限，他才不会有别人相伴，所以他感受到神是唯一的、如此巨大的爱。只不过，在维京人的营地内，即便眼前仍是一片黑暗，那肢体碰触却拨动了约翰的心弦，撩起比肉欲还强烈的感受——他渴望真正的陪伴。过去也有人抬他、洗他、剪他的头发、剃他的胡子，之中同样会有肌肤接触，但从未有过那种感觉。约翰大半辈子一个人在黑暗中与上帝共处，因此不禁责备自己，怎会对一个人生出这种强烈渴求呢？

此外，他很惭愧地心想修道院里可能真有娼妓。近年修道院被迫将院长一职交到善战的贵族手中，虽然少部分修士为主、循上帝的道，却有越来越多进入修道院的人依旧追求吃喝享乐甚至必须发泄欲求。说穿了，他们并非真的修士，只是家里有不知该怎么处理的小孩。

修道院在前方，约翰看得越来越清楚，很讶异为何维京人竟没有半个出声。空气里有种气味，蛮香的。他起初以为是炊烟，但马上察觉不对，虽然类似烹调、但又不大一样，以前从来没注意过，仿佛熟奶酪的诱人气味，很浓烈甚至刺鼻，但又令人垂涎三尺。

"喂！你们看！"叫作凡恩的战士挥着手臂，"你们看见没？"

"看见啦，"奥菲提说，"不过那是什么？"

"是圣莫里斯修道院。"约翰告诉他们，"如果里面真有妓女，你的灵魂就得追随基督。"

奥菲提笑了起来："假如还是个美女的话有何不可？不管里头有什么等着，最好是你那位上帝的礼物，别是我给的才好。"

"此话怎讲？"

"因为那代表会有五十个生气的修士冲出来想砍死我们。"奥菲提回答。

约翰想起在巴黎教堂中，胖子确实讲过：提尔的祝福就是敌人变得很多。

他看看这群维京人，状况不大妙，又饿又冻，连胡须上都结了霜，一个个紧紧缩在斗篷与毯子里面。圣莫里斯那儿的修士若真想动武，这群战士可支撑不了太久。

还是谨慎些。

"你们留下来。"约翰说。

奥菲提却摇摇头："我们一起去。"

"你们一起过来，修道院里的人可能会以为是强盗，就想要动手。里面可是有五百人，他们保护很多教会宝藏。"

"保护什么？"奥菲提问。

约翰意识到自己说溜嘴，但来不及了，幸好他顺便将修道院的人数乘了五倍。

"这座修道院位于法兰西和罗马之间的主要干道上，你们该不会以为这儿盗匪还嫌少吧？一百个、一千个都不算离谱。你们就十一个人呀。由我出面，天黑之前大家都可以进去里头取暖休息。你们要强出头，那今天晚上就继续餐风宿露吧。"

他也在心中告诉自己：既然发了誓，还是得做到。因此约翰打算将维京人的要求告诉院长，然而他不可能撒谎，所以会如实说出带来的遗体只是个修士，并非所谓的圣人。至于维京人的身份他也将不加隐瞒。

约翰知道圣莫里斯修道院现任院长是勃艮第公国那儿某位贵族的次子，那家族权位大但也非常好战，想必不会吝惜武力，也就不难猜测北人会得到什么待遇。可是他并不希望害死这十一人，因此预备好要与院长争辩，主张由自己引导他们改信耶稣基督。但无论如何，一进修道院，北人的下场不会太好。

他们七嘴八舌讨论起来，但奥菲提很清楚，唯今之计只有接受约翰的提议了。不过修士动身前，胖子抓住他手臂。

"你很强壮，也很勇敢，"奥菲提说，"但我得提醒你，你是发过誓的人。我们不打算闹事，要是他们反过来想要索命，那就轮到基督徒是西泽、我们是底比斯的圣人了。"他用力戳了约翰的胸口，"你们不可以滥杀无辜，这可是你们上帝说的。"

约翰点点头。

"还有，我们可是不会坐以待毙。你那些弟兄们冲出来，就等着让我们祝福。"

"祝福？"

"想见上帝不是吗？我们送他们一程。"

约翰朝他露出微笑。"确实，我们一生都等待着死亡，"他说，"但只要你们信基督，我就能叫修道院保护你们。"

"有保护再看看吧。"

约翰没动，只是望进北人大个儿的眼睛里。

"你很不错。"奥菲提说。

"啊？"

"我讨价还价，但你一点儿反应也没有。所以照你先前讲的，我就试试看讲些好听话。你母亲养出了个勇士，这样应该算是赞颂吧？"

"就我所知，"修士回答，"我母亲恐怕谁也没有养育过。"

36　救援

　　沿河前进三天，被骑着马的人追上了。艾莉丝根本没意识到有人跟在后面，直到穿出树林后才听见后面有马蹄声追来。狼人的伤势恶化，速度不可能比对方快，河边也看不到船，因此已经没有脱身之路。

　　辛德烈骑马越来越困难，最后只好由艾莉丝去牵着那匹坐骑。伤口没有愈合，血染红了外衣，从他按住的手掌指缝间流出。每天晚上他会自己进林子，回来时带着一块树皮，上面刻着符号。之后他坐着就只盯着那符号看，直到昏睡，隔天也会一直握着，嘴里总是喃喃低语。

　　"已死之神玷污的印记，
　　诸神之王刻下的符文。
　　阿萨神族奥丁，
　　矮人族德瓦林，
　　巨人族与人类子孙埃斯维斯，
　　此处为我亲手所刻……"

潺潺河水已在面前，可是艾莉丝看见辛德烈的皮肤越来越苍白，明白这么下去他就要断气了。后面传来叫喊声，辛德烈连抬头都勉强，整个人颤抖着、牙齿咯咯作响，连要在马背上坐稳都难，怎么可能与人打斗。

骑马追来的约有二十人，其中两人平举长矛瞄准，但艾莉丝见状反而不怕了。从对方骑乘姿势透露出的自信、持长矛时的轻松模样，加上以细微动作就可以控制马匹，她已经猜出来者身份。

"北方来的畜生，受死！"

他们讲起罗马语，还带着巴黎腔调，鼻音重、音色较柔细，不像艾莉丝小时候常听到身边人讲话还带着喉音。

她立刻对来人大叫回去："我是艾莉丝小姐，厄德伯爵的手足，遭北人与怪物追赶才流落至此。你们几位应当下马，对我行礼！"

带头的骑士放下长矛，策马靠近，打量她一身战士装备。艾莉丝先前已将头盔摘下，挂在马鞍后弓，长剑则还在腰间。对方伸手朝她头顶一探。

"你的头发呢？"

"手拿开。要是我兄长在此，你这不敬之举恐将遭处鞭刑。我遭到北人追杀，不得已才如此乔装。"

"仕女怎会割下自己头发，"那名骑士仍不相信，"你该不会是女巫吧？"

能遇上法兰克骑士团，艾莉丝心里高兴，不想计较太多："我是宽宏大量的仕女，但若你这无礼言行不就此罢休，我就非得告诉兰弗朗克先生不可了。"

兰弗朗克是厄德伯爵的骑术教师。虽说面前这些骑士有贵族身份，并不需对兰弗朗克卑躬屈膝，但那位老骑士军官家世显赫，其祖父服侍查理曼大帝而赢得头衔，加上兰弗朗克先生个性强硬，遇事绝不善罢干休，又对艾莉丝非常宠爱，谁敢惹怒她，就可能收到决斗挑战书。论起剑术，也鲜少有人愿意跟他比试。

骑士回过头，另一名高个子上前。

"瑞尼尔，你别那么粗鲁，要是伯爵知道了一定不高兴。"艾莉丝听来这人腔调更重，还带着些东方口音。

"我不懂她为什么要剃头发，"叫作瑞尼尔的男子回答，"成何体统，很丢人吧。"

"比起被奸杀呢？"高个子说，"瑞尼尔，这是因为你一直窝在小巴黎吧。要是去大都市见识见识，应该就见怪不怪了，亚琛①应该挺适合。小姐，敌人摩塞尔，此处任务就是寻找你的下落。"

"巴黎不受包围了？"

"不，只是我们冲破封锁。当然这代表我们有办法再冲进去。北人不像之前那么团结，起了内讧。"

"各位应当不是只为了找我就离开吧？"如果这么多骑士为自己而抛下巴黎，艾莉丝会觉得十分内疚。

"不，我们已经先送信给皇帝陛下，相信他会伸出援手。如今找到了小姐，请等我们将这些绑架你的蛮族畜生收拾掉，接着就可以回去巴黎与您兄长团聚。"

"我们才不是蛮族畜生，"勒熙回答，"我们——"

"说得好，"摩塞尔打断，"你很快就会变成蛮族畜生的尸体！"

他拔出长剑，但艾莉丝立刻举起手制止："他们两个救了我。"

---

① 现代德国西部，靠近比利时与荷兰边境。

摩塞尔往勒熙和狼人身上打量一阵。"其中一个是北人。"他指着辛德烈。

"以前也有北人曾经服侍我们，目前依旧执行皇帝的指令。这个人并不与包围巴黎的丹麦人同伙。"

摩塞尔紧绷地点点头："那叫他们下马。他们没资格骑在这么好的动物背上。"

"这么好的动物？"勒熙问道，"我骑着的是普通骡子吧？"

"对你而言还是太好了！"摩塞尔说。

艾莉丝往辛德烈挥了挥手："是他杀死了维京人的领袖。"她知道法兰克人不会相信是一个弱女子除掉齐格菲，而且这些骑士听了一定会认为是种嘲弄，他们一大群男人办不到的事情，怎么会是个娇滴滴的千金能做到？

摩塞尔又点点头："看起来他也被齐格菲伤得很惨。"

"中了一支箭，还插在他身上。你有办法帮他拔出来吗？"

"费勃拉斯！"摩塞尔在马鞍上转身大叫。

"是医者？"勒熙问。

摩塞尔不屑地哼了声："也是骑士，不过比较擅长这种事情。"

勒熙下来以后帮忙抬下狼人，艾莉丝看得出遇见法兰克人以后他并不开心。

"商人，你是担心赎金飞了？"她以拉丁语问。

"你哥哥应该也得补偿我吧。"

"他的补偿说不定会让你更难受。"话虽如此，艾莉丝语气并不苛刻，心里也是希望至少哥哥能够弥补他损失的货物。她想拉起斗篷遮住没了头发的头颅，摩塞尔看见了立刻从颈上解下一条丝巾递过来。艾莉丝围上之后终于又显得端庄体面，她赶快进了矮树丛，脱下那身甲胄，回去以后将长剑交给摩塞尔。

"是那野人给我哥哥的礼物，"她说，"原本属于维京人的王。"

摩塞尔面露讶异。"非常厉害。"她说。

辛德烈躺在地上，几乎无法呼吸。费勃拉斯从布包取出一把又大又长的钳子，跪在狼人身边检查。

"小姐，他很难熬过去，"费勃拉斯说，"其实别拔箭，让他平静地走，会比较仁慈一些……"

"拔箭的话，他有没有机会活下来？"

"机会这种事情是赌博呀，"费勃拉斯回答，"不过确实有机会。"

"那还是拔吧。"

费勃拉斯要同伴生火，自己去了河边拔些芦苇后以短刀切碎，以软帽装起后拿到狼人身旁。已经有人用绳子将辛德烈手脚都捆紧，并派了两名高大的骑士一人压腿一人压胸。

"这是做什么？"艾莉丝看了问。

"我得把伤口翻开，才能折断箭镞将倒钩取出来。"费勃拉斯回答，"对他而言不好受，但时机算是刚好，伤口已经化脓了。"

"算是好事？"艾莉丝继续问。

"我们的医师会这么说，但有些人不这么想。"

"你怎么认为？"

"我只有尽力而为。"

费勃拉斯准备动手，艾莉丝看见辛德烈眼神呆滞，但是满身大汗。

"压好。"费勃拉斯吩咐。

他用芦苇覆盖住箭杆，狼人动了动，但被两个骑士压牢。

"你们干吗呀？"

费勃拉斯只显露出些微不耐，毕竟问话的人可是伯爵的妹妹，"如果可以翻开伤口，或许就能拔出箭，先将周围用芦苇盖住，到时候就避免了箭镞再度伤到他。"

"稳住，"他又交代，"否则会伤得更重。"

费勃拉斯又试着拔箭。艾莉丝觉得这次辛德烈好像要跳起来了，但有另外两个法兰克人过去帮忙压制。

"他力气好大。"坐在辛德烈腿上的胖子说。

"不给他些酒吗？"勒熙问，"在我们那儿，要处理伤口，都先给伤员喝些酒。"

"酒只给法兰克人喝，哪有外地人的份儿。"费勃拉斯说完，再动手一遍，辛德烈发出惨叫。

"看样子不行……"他说，"卡住了。"费勃拉斯将沾了血的芦苇拨到地上。"小姐，确定要他受这种苦吗？"

"只要有机会保住他性命，就试试看。"

费勃拉斯拿起钳子，这工具除了长以外，前端形状像是鸭子嘴巴。"二十年前，我父亲从一个阿拉伯人那儿买来，最适合干这活儿用。莫格，给我热点油来用。"

一个粗壮的法兰克人倒了瓶油在平底锅上，放在篝火上加热。

"好，"费勃拉斯继续指挥，"大家尽量压好喔！"

一群大男人伏上去，他用钳子将伤口扳开，结果辛德烈其实已经神智不清，只是嘴里大喊着北人语，口齿模糊得连勒熙也听不懂究竟讲些什么。

费勃拉斯以钳子夹住箭镞，辛德烈终于昏过去，大个儿从他腿边下来时直叫道："感谢上帝！"接着这队伍里面肌肉最发达的、穿着黄色衣裳的乡下地方骑士上前，用力扣住了钳柄。费勃拉斯叫人拿热油过去，再度接手，一边将箭镞抽出，一边淋上油。

艾莉丝实在不忍心看这场面，就别过脸静静祷告，心里也庆幸辛德烈昏迷了。好不容易处理完，骑士给他绑上绷带，之后就只能静养。她给辛德烈取水润湿嘴唇，法兰克同胞们投以异样眼光，但艾莉丝不在意，对她而言这是救命恩人。

然而与同胞重逢的喜悦逐渐褪去，她的思路又清晰起来，回想起农舍里年轻人瞪大眼睛哭诉被鸟儿下咒的惨况，不禁畏惧起来。勒熙察觉了，坐到她身旁。

"老头子，你别靠近小姐，听到没有！"摩塞尔大吼。

"让他过来吧。"艾莉丝说。

骑士只好摇摇头走开不管。艾莉丝拉紧头巾，强调自己身份，被剃了头发也只好用这种姿态来维持尊严。

"该跟他们提醒才对，"商人悄悄说，"乌鸦的事情啊。要是他们也被下咒，那可就不得了了。"

"我们法兰克人会责怪被巫术纠缠的人，"艾莉丝说，"所以会认为是我引来地狱恶魔的注意。"她又思考一下后，"提起巫术就会被当成异端邪说了。不过，或许还有个办法。"

她将摩塞尔带到一旁。"骑士，"艾莉丝开口，"我接下来要讲一个秘密，你听了或许会觉得不可思议，但我说的是实话。不知道你可不可以帮我保守秘密，找个大家能接受的说词，替我转达所有人？"

"小姐，我会努力。"

"你应该知道吧，敌人进攻教堂、我逃走之前，约翰神父曾经见过厄德伯爵。"

"我有耳闻。"

"圣人他说了一个见到的异象……"

"上帝赐予他许多恩典……"

239

"是啊。嗯，他告诉我们一件事，那就是我有生命危险，而且是非常离奇的状况。王国境内的鸟儿已经沾染上一种怪病，圣人说他看见我被鸟啄了的话，之后就会重病，很可能因此而死。"

"这样啊……"摩塞尔神情严肃起来。

"因此绝对不可以让鸟类靠近营地。"

"其实除非鸟儿想被烤来吃，否则正常都不会靠近。"

"没错，但圣人的预言已经应验多次。所以还是想请你安排部下驱赶鸟类，而且连夜里休息时也得有人站哨做这件事。"

"鸟儿不会在晚上靠近才对。我没听说过猫头鹰会袭击人。"

"嗯，但我还是得请你协助，或者算是以公爵的妹妹这个身份来下命令吧。"

摩塞尔耸耸肩："我明白了，小姐。这没问题，不让鸟儿靠近而已。"

"想必也不至于给你们增添太多困扰。"

摩塞尔下了命令，没给解释，只不过这支队伍并非传统古罗马的军事部队，其中有三四个艾莉丝也认得的人，他们是厄德伯爵身边的亲卫队（vassi dominici）——或者说等到厄德称王时，他们就会如此自称了。换言之，这几个人出身豪门，可不会糊里糊涂就任人使唤。所幸连年大战，这些贵族也明白至少在战场上就该听从指挥，因此只是客气地询问摩塞尔这些安排的用意，没有抗命的意思。但无论如何，心高气傲的贵族都不愿沦为赶鸟的奴仆，于是想叫勒熙负责。艾莉丝极力争取，表示只靠勒熙一个绝对看不牢，晚上必须有别人帮忙，最后敲定会派一个低阶的骑士轮值。

太阳下山了，艾莉丝随骑士队伍扎营，她很开心得知有帐棚，当然也就有自己专属的空间。虽然没带支架，但骑士们就可以树代用。艾莉

240

丝躲进大麻编织的厚布里，一股霉味飘来。她想起的是小时候在洛什那儿，与表姊妹一同躺着欣赏夏夜星空。此外，对她而言帐棚除了代表隐私，也代表骑士们应当不会受到乌鸦侵扰，反而站哨的人要小心些。

辛德烈是蛮族，所以就被放在外头。还好今晚没下雨，艾莉丝也找了一条给马匹保暖的毯子盖在他身上。勒熙同样不能睡帐棚，就在篝火边看着狼人。艾莉丝特别吩咐他别把毯子抢去盖。

她拿北人王的斗篷裹着身体，慢慢进入梦乡。梦里回到了洛什，身边许多女孩子们情绪亢奋，她们玩耍用的小帐棚里躲进了什么东西。艾莉丝走到帐棚旁边，仔细聆听，有些不规律的拍打，似乎是小动物困在里头。到底是什么呢？她忽然明白了！那是鸟儿惊恐时的振翅声。

37 圣莫里斯修道院内

约翰高举十字架，朝峭壁下的修道院走近。围墙与扶垛矗立面前，像是海岸的岬角。

没有人出来迎接。墙外有些小别墅，供给旅客借住，但此刻所见只有鸡群在那儿避风。以这季节而言并不算奇怪，一般要等到寒冬过去后才有人前来朝圣，只有极度虔敬、或者极度疯狂的人才会冒着大风雪到这儿来。加上这国家陷入战乱，蛮族盘据西方与北方，东边又有巴伐利亚人与斯拉夫人蠢蠢欲动，连皇帝都与自己的亲戚们内斗，会外出旅行的人比起往年自然更少。

他上前到了大门，门板厚重，也宽得足够货车进去。大门下方另外开出小门给行人出入，约翰敲了敲，却没人应答。他抓起门把一推，门居然开了，心头涌出不安，但想想这门本也不必上栓。修道院位置远离海岸，也位于相对平和的地区中间，前门仅须在发现威胁时堵住就好。

约翰回头一望，那群维京战士被雾气遮蔽后几乎不见踪影，但自己若拖延下去，以他们的性子自然宁愿惹恼人也不肯冻死，一定沉不住气

242

冲进客楼。进门以后，教堂就在眼前，左边有一条拱廊延伸，但那儿门口也没人守着。更奇怪的是，他站在这儿就该听得见永不停歇的诗歌自教堂传来，但约翰什么也没听到。

教堂以白色石材建造，两侧有高塔。约翰面前那面墙壁上有四扇拱形窗，窗框窗格上了亮漆、镶嵌华丽蓝玻璃。约翰想起以前听说过，圣莫里斯修道院相当富裕。他将身后的门给关起来，并上了栓。

靠近教堂，门也开着，他就进去了，先花了一两秒适应黑暗环境。那味道在室内更浓郁更甜美，可是约翰想不出到底是什么。究竟什么味道？某种糕点，还是线香？他又察觉更奇怪的气味，不知为何嗅到一匹马。

约翰穿过一条小廊，朴素没有装饰，看起来是内部使用，正门、给贵族走的大门应该在另一边。继续前进就是教堂大厅，透过窗子进来的光线很微弱，所以拱顶乍看起来像是漂浮在黑暗虚无之中的影子。左手过去有一条雕饰精美的拱廊，面前则是一排排走道，修士们就站在那边，看着以金银打造、顶端有耶稣和十字架的华贵祭坛。光影在金箔上跃动，如同喷泉底部堆满硬币闪烁不停。

为什么他会想到这种比喻？因为当初他所在的修道院里有个喷水池，无论怎么劝都还是有访客会扔钱币进去。其他修士不以为意，约翰却很不喜欢，他认为那是古罗马宗教的习俗，偶像崇拜的一部分。而这件事情是他童年最后的记忆，再大一些就见到圣母，然后失去视力。

约翰听见声音。不知是谁，或者说什么生物的气息。而且祭坛后方有物体晃动。他注视着那片黑暗，窗外透进的光线越来越少，玻璃也只是一片朦胧，所以内部实在不容易看清楚。

他找到一架分叉烛台，旁边还有燧石与火绒，很快就点燃了，四根蜡烛照亮大厅。约翰抓起烛台上前，到祭坛时高举烛火，忽然什么东西跳动，发出叫声，他看见与祭坛那片金辉相当不同的光泽，深栗色，还带着毛。定睛一看，真的就是匹马被捆在祭坛后面的圣水器上。他与一般马儿没两样，虽然不暴躁，还是会发出很多声音；因为马匹的呼气与跺步实在不该出现在教堂内部，约翰才好一会儿都没会意过来。他又看见地板上有马鞍，后弓很高，鞍头是法兰克样式。马鞍旁边堆着马粪，约翰有点儿生气，怎会有人将神的殿堂当作马厩？法兰克的骑士不会这样做吧。

约翰暗忖自己是否该将这匹马牵到外头，但他越想越觉得教堂内气氛诡异。是不是该叫维京人一起进来？看看金光闪闪的祭坛，他还是打消念头了。那群人一进来，大概会先忙着抢宝物，天亮时已经在回船的半路上吧。

他拿着烛台，绕到教堂后面，马儿又被捆在黑暗中。面前的室外阶梯应当是通往修士们的宿舍，门也开着，于是约翰又回到寒风里。宿舍是一幢两层楼高、面积颇大的楼房，但透过烛火能看见的范围并不大。屋内一点儿光也没有，这不怎么奇怪，要是自己吵醒了弟兄们才显得又蠢又烦人。约翰又心想：说不定将牲畜放在教堂内部是勃艮第的习俗。不过实在难相信。

下阶梯时烛火摇曳。约翰也觉得外头很冷，暗忖要找到人，最有可能的地方是暖房，因为在修道院里除了厨房以外，唯一可以生火的就是那儿。虽然修士理当刻苦，但这种天气，大家窝在有火的地方好好休息也不是太过份。他猜想暖房应该位于宿舍的一楼，这样子热空气才会上升进入大家的寝室。

右手边有一栋低矮建筑，门很小，约翰看一眼就知道这是圣器收藏所，顾名思义用于保存大型弥撒需要使用的神圣器物。门口积雪颜色不同，在黯淡烛火照耀下感觉几乎是黑的。有人从这儿拖出什么东西，在白雪上留下一道很长的深色痕迹。约翰闻了闻，这里有股刺鼻酸味，然而他却想也没想便弯腰伸手挖了挖。雪在他手指上融化后黏糊糊的，约翰一舔之后全身像是电流窜过。这雪居然如此美味，是有人洒了食物在这里吗？但就算是食物，也是约翰完全没尝过的滋味，仿佛带着霜雪的口感，一股酥麻从手臂蔓延到背脊。

他左右张望，深深吸进一口气。积雪的奇妙气味灌满他身体，颈背汗毛竖起。约翰吞下一口口水，觉得自己就好像在火边打了个盹儿又惊醒过来。

跟着那痕迹，约翰注意到尽管有雪覆盖上去，但味道还是一样明显。他又伸手，这次在一指节的深度下挖到同样黏稠的东西。约翰将烛台放在旁边，双手不停地扒，这才察觉似乎整个院子的地板都沾满了这种黑色黏液，因为下雪才被遮掩。

约翰忍不住将那东西抹在脸上，抓了好几把送入口中，最后趴在雪地里像狗儿那样舔。这么多天来，他一直不觉得饿，看维京人吃鱼或野味都不为所动，但此刻仿佛压抑的饥饿一瞬间爆发出来，积雪覆盖住的这东西实在太好吃了。

他不知道自己趴着多久，等听见声音才回神。是马的声音。约翰起身，浑身是汗，不停地颤抖，但却一点儿也不觉得冷。他感觉自己的意识分裂了，没办法集中，也回不到原本的思维，就像盲人拿到书那样不知所措。后来，约翰捡起烛台，只剩一根蜡烛还没熄，他赶快将另外三根重新点燃。接着他从敞开的门走进右手边的大屋，里头是食堂，板凳堆在墙边，长桌也翻倒了。约翰摇摇头想使脑袋清楚些，心中默念祷词，总算又能专注。他看见这儿也有六匹马，而且还注意到马儿本身是坐骑，食堂角落堆的马鞍却是驮兽用的；更精确一点儿说，有两副鞍是平常法兰克人给坐骑上的样式，却被改造成左右都装上了大篮子。约翰目盲之前总也见过马，看得出面前这几匹都是骏马，用来运货物太浪费了。一匹骑乘用马，价钱可以换到五匹拉货的驽马，不过如果是北人的话，除了不会骑术，当然也无法判断马的好坏。

走出食堂，他又回到宿舍那边。暖房设计得很好，采用罗马人发明的地底式空调管路，出风口就在脚边。但是约翰弯腰一看，出风口居然被人用泥巴封起来了。他打开门走进去。

才刚进去，约翰立刻退出来，不由自主低地呼一声。明明只是长宽都不到十步步幅的小房间，已经冷了的壁炉边却挤满四五十名北人。空气中弥漫着黑烟，不过透过自己带来的烛火，约翰看得还算清楚。这些北人一个个坐着，靠着彼此或墙壁，地上还散落着盘子与烛台。有一个壮汉是光头，头顶有三条疤痕，他坐在金箔与珐琅装饰的华丽椅子上——其实那是圣莫里斯的遗骨箱。所有人都没有动静，约翰看了看，暗忖应该都死了。

从场景判断，他认为北人在这里开酒宴，却不知道死神悄悄到了门前。同时，约翰自己心跳加快，明明很冷却不停冒汗，甚至口水垂到下巴。难道北人死前也有这些症状吗？他觉得自己好饿。北人也将厨房的东西都抢来了，所以手上还有吃一半的鸡、面包奶酪等等。更奇怪的是，约翰看见这些东西毫无胃口，他怀疑自己染了病，很饿却无法进食通常都是重病征兆。

举着烛台，约翰踏进房间里仔细检查一个战士的死状。是个才十五岁左右的年轻人，一头金发，没有胡子。从死者口中，约翰闻到了沥青的气味，也在唇边看到黑色液体已经凝结成霜。他在看看隔壁两人，都是类似模样。坐在宝座的光头，腿上搁着一个碗没有翻倒，里面盛了修道院酿造的啤酒，酒色颇混浊。酒桶就在他背后，一端开了孔。约翰上前嗅一下，察觉酒桶竟也冒出沥青味道。被下毒了。但这房间为什么会烟雾弥漫？约翰低头一看，原来地板被人钻了洞，地底烧火的黑烟直接往上窜。换言之，这是一场精心策划的谋杀。

他忽然觉得好冷，取下北人身上的一件斗篷，也顺便拿了宝座上那人的剑、鞘和腰带。居然是法兰克样式的剑。当然老百姓才不管贵族提出什么法则，还是愿意和入侵的敌军做交易。

离开之前，他伸手触碰了一下宝座上镶嵌的圣人遗骨箱。约翰的理智断断续续，抓住一瞬间意识清醒时赶紧与上帝对话。

"给我力量，"他祷告道，"让我明白您的旨意。请将我当作您的右手吧，上帝，使我更能够服侍您。"

可惜祈祷过后并没有什么改变，约翰依旧觉得脑袋模模糊糊，无法判断自己该怎样应对。理性越来越稀薄，取而代之的是饥饿。连这儿的修士是生是死他也不怎么在意了……但他不知道自己究竟渴望着什么呢？

约翰走出暖房，进入医务所，心想这儿说不定能找到药物一类帮自己提神醒脑。开了门朝里头望，竟也充满了生肉经切割后发出带着铁质的气味。看似有五个修士倒卧在床上，剃光的圆顶反射烛光，仿佛黑暗之中一丛丛形状古怪的粉红色花束。约翰松了口气，却又随即意识到还是不对劲儿：怎么仍旧没听见声音呢，打鼾声、呼吸声都好。耳里最清楚的居然是自己的心跳，直至此时他才看清楚，原来比较靠近的两名修士是普通睡姿，但其余人肢体扭折成奇怪角度，还悬在床铺外，根本已经遭受血腥屠杀。

尽管很想帮忙，但他也不知能去哪儿找人。或许该送讯息给最近的修道院，不过在哪里呢？

约翰走向医务所内，察看是否还有活人。结果他看见了一个，还给烛光下那人的身影大大吓了一跳。那个人站在最深处，不发一语地盯着约翰。

"弟兄，这儿出了什么事？"约翰开口问。

对方没讲话，他又上前一步。

"弟兄？"

靠近以后，约翰终于注意到这人哪儿不对劲。他站姿不合理，身躯像是要往前倾倒却靠在看不见的物体上。约翰穿过黑暗，将对方给照亮。是个修士没错，头也剃了，不过约翰的视线已经无法集中在那儿。

一条绳子从天花板垂下，绑住这人的颈部。约翰伸手摸了一下他脸颊，非常冰冷，像是刚上岸的鱼。现在为他割断绳索也回天乏术，约翰抬头看看那绳结，发现样式奇怪，像是三个结组合成一个、互相交错的三环。吞了口口水以后，约翰知道自己也在别的地方看过同样的东西，便下意识地拔剑，手擦过上衣时感觉湿了一大片，全部是他自己滴下来的口水。

圣莫里斯修道院里到底有多少修士？虽然这房间死了五个，但也至少还有五六十个吧。其余人的下场是？僮仆、学者与见习修士呢？约翰指盼望上帝慈悲，指引他们都躲进山谷，或者早早因为其他理由离开了。

不知为何，他一直受到尸体吸引，口中不断冒出唾液。约翰用力摇头、恐惧不已，他不愿意承认自己脑海里越来越强烈的欲望，想要赶紧逃出这里。冲出去的时候，烛台也被丢在地上了。

教堂里的那匹马嘶叫起来。约翰听见有人以北人语说了一个字，因为周围太安静了，所以变得很清楚，连内容也能分辨。

"乖……"不知道是谁正在安抚那匹马。

约翰不管蜡烛了，也懒得重新点火，持着剑跑过外头庭院。楼梯上门还是开着，与他离开时没两样，里头非常灰暗。约翰尽可能不发出声音，钻了进去，拉开室内的帘子。

教堂大厅虽然黑暗，却多了一根点燃的蜡烛。烛火没有照出人，只有祭坛仍是金光闪动。不过地面有什么东西也反射出光线，而且还是银色。一开始约翰无法判断那物体究竟是什么，只看见仿佛是新月，但又有黑色的东西沿着它上上下下。

"圣莫里斯的修士，我已经在清刀了，别逼我又弄脏。"

还是看不出谁在里面，但约翰声音平稳地响应："我并不是圣莫里斯的修士。"

一阵铿锵声，里面那人起身。马儿听见声响受了惊吓，在黑暗中又呼气嘶吼。

"那么，你是谁？"

约翰没回答，只觉得一股前所未有的愤怒和敌意从骨髓涌出。虽然看不到对方的脸，却永远认得那声音。胡甘、Hrafn、鸦人，对自己施以暴行的巫师。

"其他修士呢？"约翰质问。

鸦人歪着头若有所思："过来一起用餐吧。今天很辛苦，我也愿意和人聊聊天，暂时忘记那些事情。"

约翰踏进光线中。胡甘瞧见他手上的长剑，目光一闪："你手上提着那东西的话，我们就没办法好好讲话了。"

"是你杀了他们？"

鸦人噘了下嘴："还没全部杀光呢，但看起来说不定也非得继续不可。请坐，我其实并非外表看来那么恐怖的人。"

约翰将剑放在地板上后坐下来，并将维京斗篷裹紧一些。心里其实想出手攻击，但却也想要查清修道院内惨况的真相，并试图理解有什么神秘力量围绕在艾莉丝小姐身边。

巫师身上有种气味，好像掺有铁与盐，浓稠且诱人。

"修士们都在哪儿？"烛光下，约翰一开口就看见白烟呼出。

"下面。"

"是生是死？"

"都算。"

"下面哪儿？"

"待会儿就带你去。"约翰察觉对方声音变了，不像是在北人王面前、或者自己给乌鸦啄食时那种柔软呵护的语气，而是平板、冷淡，如同照本宣科读着书，而且音量小得有点儿难听清楚。

约翰思考又模糊起来，饥饿的感觉并未消失，他好想挖出积雪下那黏稠物放进嘴里。到底是什么东西？鸦人身上涂满同样的黏液，他嗅得出来。吞口口水后，约翰又默默祷告，希望上帝给予指引。

"你把维京人全杀死了。"

鸦人没回话，望着一片虚无。

"为什么杀他们，不是同胞吗？"

鸦人左右张望，眼神透露出一丝恐惧。"是神意。"

"你如何知道神意？神意只透过祈祷，或教宗的敕令来显现。"

"看起来他就是希望维京人死。否则在巴黎，俄波卢、裘瑟林这些你们的修士，为什么拼了命想要杀他们呢？"

"那是依据圣奥古斯都所言，以正义为出发点。这场战争追求的是至善，经过圣权允准，最后的目的是带来和平。"约翰努力保持语调平缓。

"看你的头发，感觉并不是修士，但说话内容却与修士没两样。"胡甘答道。

"我是修士，"约翰说，"只是旅行了很远。"

说完以后，他看看四周，觉得黑暗中有东西窜动，一下子出现，一下子消失。鸦人抓抓前额，望着地板，仿佛得挤出力气才有办法继续对话。

"所以说维京人死了，或者那些修士死了，都没有违法那位奥古斯都的指示。他们过去与未来的死，都是为了善，也都经过圣权同意，如你所言，可以换来和平。"

"你吃了他们？"

"什么？"

"听说你会吃尸体。"

"我不吃人，那是疯子做的事情。其实不过是凡夫俗子误解了一些仪式而已。"

"什么仪式？"

鸦人吞咽口水："无论你对我有何成见，事实上我也有怜悯心。你听到的，都出自与你一起旅行的狂战士之口吧？"

"你怎么知道我和谁一起旅行？"

"瞻前顾后。那胖子远远地就能够瞧见，他们本来就不擅长藏匿踪迹。是你在队伍前方高举十字架吧？"

"对。"

"之前，他们和我都在齐格菲的军营里。那地方本来住着几家人，信基督的，听说我可以治病疗伤，就请我帮忙。我想治好他们那女儿，可是无能为力。女孩被一匹马撞了，全身骨头都折断。你们的修士一个比一个胆小，听到瓦良格人接近就逃之夭夭，没有人留下来照顾。我答应他们尽力帮忙，但女孩离死不远。她是基督徒，家人很沮丧，所以我替他们做弥撒、行涂油礼。结果以奥菲提为首的那几个家伙竟然就认为我也吃人肉。他的宫殿满是死在战场的勇士，对小女孩的灵魂不会有兴趣，女孩死后要去哪儿他也不在意。有我在场代为施法，你的神应该要开心才对。"

鸦人将手拢在火边取暖，光线也被局限成一个球。重新开口时，他的声音厚实不少。

"我们双方的神并不真的差异如此巨大。我的神要血，你的神也一

251

样。有时候，比方说黑圣人带兵穿过这片山谷时，两位神明的想法几乎一样。奥丁也在这儿，在岩石中、在山中、在谷地中。他是死者之神，死亡使他愉悦。幸运的是，你的神也想看见底比斯军团的死。"

"我的神可不是你的神。"

"你对我的神了解多少？"

"只要知道它是伪神就够了。"

鸦人点点头。"没错，没错。"他沉思片刻，"但，似乎只是取决于你从什么角度观察吧？我信奉的神本来就诡计多端，这大家都知道，还会害死勇士，好将他们带到英灵殿里。而你信的神呢？则要人殉道，说是测试信念是否坚定，然后也将他们带进天国。"

约翰强迫自己转动脑袋，并回想自己按着圣人遗骨时对上帝发出的请求。他眼角的余光看见好像有什么东西掠过去。在齐格菲霸占的屋子里，鸦人曾经透露自己在此找到基督，却又在这儿放弃了信仰。了解他的心路历程，就会找到他的破绽。约翰在心中反复这句话好几遍。在他脑里，理性像是风中残烛，必须勤勉维护，否则即将熄灭。

"你不是修士，讲话却像个修士。"约翰故意这么说。

"我以前是修士。"胡甘回答。

"为什么背弃基督？"

"因为基督遗弃了我。"

"他永远守候着。"

"在我最需要他的时候，他不在。但，有替代了。"

鸦人缩回了手，光线一瞬间涌回，将祭坛的金色表面照得像是起了涟漪。

"替代？"

"另一条路。"

马儿不安分地晃动。烛火摇摇晃晃。鸦人将脸埋进双掌，看似非常哀戚。微弱光线下，那张憔悴面孔像是金色的髑髅。他声音变得很低沉："基督背弃我。我祷告了，他却丢下我。"

在阴影中有什么东西。如同隔着混浊的水，一个身影浮现出来。是约翰看见过，在河岸的那孩子，瘦削的面容似乎饿了好几天。鸦人好像没有看见，约翰也特别引他注意，免得这巫师会做出什么可怕的事情。胡甘继续凝视地面，约翰偷偷挥手，示意女孩离去。她动也不动，站在一旁瞪着，那张脸像是黑暗中的白色面具。

"我家就在这儿的村子，很穷，父母又生了好多小孩。我不是亲生的，有修士付钱给那个我称之为母亲的女人，请她喂奶养大我。等我五岁时，养父死了，修士又好心接我回去。我在这儿衣食无虞，也学会了读书识字，后来成为一个修士。"

"这是基督的指引。"约翰说。

"对。小孩在这儿长大不算差，而且我可以回去看看家人。有个妹妹与我相当要好。"

"对上帝的虔诚，比起世俗的牵绊更重要。"约翰这么回答。

其实他只是将自己一直以来被灌输的教条背诵出来而已，此时此刻约翰心里有股怒气不断膨胀，即将掩盖曾经最熟悉的那个人格。

"我不这么认为，"胡甘表示，"对我而言，她比上帝还要有意义。我养母光是喂饱牲畜与小孩就精疲力尽，养父早死，所以这个妹妹是我投入感情最多的对象。但进入修道院才五年，她就生了热病。"

"死了吗？"

"要不是我及时处理，她确实会死。"

"为她祷告？"

"对。而且也请院长为她找医者。但院长说这山谷里小女孩多得是，少了一个上帝并不会难过。假如是男孩子，可以养家、盖房子、甚至为上帝作战，那他会帮忙。但只会勾引男人的女孩子，院长不肯救。"

"他这么说错得离谱啊。"约翰叹道。

"他为此付出性命。"鸦人的声音一扫方才的衰弱，变得稳定坚强，还蕴藏了一股愤恨。

约翰无言以对，脑袋里嗡嗡作响，那味道又钻进鼻孔里，体内的怒火越来越旺盛。他努力抗拒，不断提醒自己这一切是为了艾莉丝小姐，必须了解敌人，才能够打败敌人。

"我赶回家里，看得出妹妹离死不远。养母从山上叫来另一个女人，她遵照古代的传统，将自己的脸给烧掉来施法。她告诉我：这座山谷是很特别的地点，教堂就盖在以前祭祀古神的泉水上。他是死者之神、吊死鬼之神、守护轰鸣符文之神。罗马人到了这儿，说这里祭拜的是他们的墨丘里。但我知道他有另一个名字，就是奥丁。也有人叫他沃坦、沃达纳兹、戈旦、或者基督。"

"基督只会将你说的那些偶像给击倒，除此之外他们毫无关连。"约翰将注意力集中在鸦人身上，以免自己分心到……到什么上面？

"你的神想要血，一如人类所膜拜过的每一个神。"胡甘回答，"不然，你说说看，当第一个殉道者第一次被石头砸中，斯德望①为基督流血的当下，你的神是否露出微笑呢？"

血……受赛尔达以酷刑对待时的记忆回来了——特别是人肉进入口中的感受。温热的血液沿着喉咙流下，力量从体内涌出。当时觉得惊惧不已，现在回想不但不觉得可怕，甚至还相当怀念。

"神需要的是死亡。这片山谷需要的是死亡。那女人给我看了一样

---

① 教会首位殉道者。

254

东西，叫作三环结。"鸦人双手在半空比画出一个图案："三者合一。这是死者之神赐予的项链，会不断滑动，直至尽头。我到院长房间，看见他喝了满肚子的酒不省人事，所以神的要求轻而易举达成了。"

约翰觉得喉咙好干，同时那女孩的视线好像贯穿了自己。好想要喝水，好想要进食。他舔舔嘴唇，唇上还有刚才雪下那黏液的味道，但这样一点儿也不满足，反倒点燃他更大的欲望。

"隔天早上，我妹妹好起来了。那个疯婆子说我妹妹必须为此付出代价，奉献自己给神。我也跟着一起上山去。"

约翰觉得整间教堂似乎晃动起来。"你刚才说，你想要取悦的偶像还在渴求死亡？"

"我已经给了他人命。现在不知道他到底还想要什么。"

约翰已经没法将鸦人的话听进去，血液在体内流动，血管与腔室像是海岸的峡道洞穴，巨浪拍打、惊心动魄。他整个意识只剩下一件事情。

"是什么……？"约翰将这句话挤出双唇。

"什么是什么？"

"你身上有东西，湿湿的……"约翰闻得到，也很想扑过去抓起鸦人的斗篷来吸，捧起他的头，掐住他肩膀，拎起他双手来舔那香味。

"和你一样啊，修士。我背负的任务可不轻松。"

"到底是什么？"

鸦人笑了笑，约翰看着他的脸，觉得十分熟悉。这是进入修道院以后自己染上怪病的症状之一吧，约翰坚定地这么想，但他就是觉得明明见过这面孔。尽管满是疤痕，又肿又多斑，扭曲得不像话，他还是感觉眼熟。

"是什么……"

"是血。"

女孩突然往后一倒，身子没入黑暗的泥沼中消失。

居然是血。约翰往前趴在石地板上，其实他一直明白那是血腥味，可是却将这念头挡在意识之外。他在森林空地上就尝到了血的滋味，接着挖开积雪又再吞了一次。教堂大厅仿佛天旋地转，约翰喉咙缩紧，全身冒汗，皮肤湿黏冰凉。好想做些什么。这样的感觉在心里如泡泡变得越来越大。

祷词、诗歌、教义仿佛在约翰心中炸成碎片，却不停流转，想要凝聚成足以将他意识恢复原样的力量。因腹中塞满食物而将圣饼呕吐出来，若将圣饼弃于火中，需行忏悔式二十日……自神之神、自光之光、自真神之真神，只可召唤无法造就……于面粉内找到此等小兽则必须将其与周围之物一起丢弃……期待死者复活与来世的生命……他不以王的膳、王的酒玷污自己……若狗食之，则百种……

怒气仿佛膨胀得足以挤破皮肤。约翰咽喉像是有把火，太渴了，必须立刻满足这欲望。

"旅人，你病了。"鸦人看看四周，"这里属于你信奉的神，但那位神却不看顾你。我的同胞啊，他总是在黑暗里头等待着。来，先润润喉。"

胡甘端了一个杯子给他。里头的水有种熟悉的气味，但约翰脑袋太模糊了，糊里糊涂地吞了下去。

没想到喝了也不觉得畅快。他只想要喝一样东西，那就是血。瞪向鸦人时，他很清楚知道自己必须怎么办。约翰站起来，握着剑，同时鸦人也起身。当他想要挥剑，却发现手举不起来，胳膊怎么也不肯听话。

"这地方需要一次死亡。"鸦人说，"看来，要的正是你这条命。"他往约翰胸口一戳，约翰往后倒下去，躺在地板上，脑海中只有血腥味，然后咳了起来。伸手往嘴一按，沾到了唇上的黑色液体。那杯子有毒。假如自己精神不恍惚，其实一定会注意到。但在喝下毒药很久之前，那阵朦胧就挥之不去。

"你杀死我了。"

"还没，"鸦人回答，"还不算。"

约翰仰望着巫师那张伤痕累累的脸，终于想起来了。七岁以后就没照过镜子，但眼前这面孔即便瘦削许多，因为各种苦行仪式而凹陷，再加上无数丑陋疮疤，却与自己一模一样。

他倒下以后，被鸦人拉着手臂，拖进墓穴里。

38 狼石

被誉为先知的赫尔吉大公躺在床上，满身大汗。身为王的他活在矛盾中：他理所当然应当成为子民的盾牌、一块可以倚靠的盘石，而白昼时赫尔吉确实表现得神采飞扬，豪迈地与人拼酒，比腕力或身手时默许部属放水给自己做面子。然而到了夜里，入睡以后，他无法继续把持，独自在黑暗中呻吟，那呻吟听来惊慌失措。北人这民族尚未发展出高度的隐私观念，普通都是大群人在长屋通铺内，不分男女老幼混着睡。他这种梦魇持续一段时间以后，街头巷尾议论纷纷，面对禁卫军时也越来越难保住威严，后来便听见耳语，英格瓦阵营似乎有人想借机斗垮自己。

如此观之，竟是因为他害怕英格瓦将统治天下的预言成真，而这份恐惧却间接地促成了预言的实现。

当初找来的占卜师、魔法师一类人大都继续当食客，可是赫尔吉不相信他们，还是前往祭祀斯伐罗格的黑暗小屋中，吸进焚烧药草的烟雾，并忍耐黑暗，耐心等待。不过，什么也没发生，仍旧只有斯薇法的

258

身影凝视着他。但他想知道更多。

回到宫殿，他意识到自己很容易烦躁，夜里的各种声音——小孩哭泣、母亲哄劝、情侣亲热、老人打鼾或放屁——再次令他不悦，于是赫尔吉到外头去仰望星空。他暗忖自己的梦想是征服星夜下的一切，却没想到那预言如架在脖子的斧头那般可怕可恶。

"你得从巴黎把那女孩带过来。"

虽然听见声音，但赫尔吉张望后却找不到人，宫殿屋顶下只有大片的阴影。

"谁？"

"朋友。"

仿佛阴影被掀开，一名狼人走了出来。他高大、黝黑，纵然双颊显瘦，四肢却很粗壮，身上披着狼皮，那张大口像是要吞掉人头。

"我可以说服她，带她过来。我的命运与她纠缠难解。我已经得到预言。"

"你是谁。"

"辛德烈，又名米尔基鲁夫。"

"你是巫师？"

"算是。"

"想要多少钱？"

"我不要钱，要的是你宝库里找不到的东西。"

"是什么呢？"

"你的承诺。独眼神想要降临人世，我们必须阻止他。"

赫尔吉咽下口水。眼前这男子似乎也知道洛奇的预言，但他应当没有告诉过其他凡人，至今所有法师的猜测连边都够不到。

"要我承诺什么？"

"你会保护她，为她找到安全的藏身之处。"

"我也希望如此，但我没办法找到她。"

"我可以。"

"既然如此，为何需要我介入？"

"因为我的宿命是死于兄弟之手。我可以将女孩带来，这点我有把握，但之后需要别人负责保护她。"

"你的兄弟是谁？"

"叫作鸦人的巫师。我已经得到预言。"

"谁的预言？"

"我母亲。"

"你母亲又是谁？"

"北方的一个奴隶，叫作赛塔妲。她能看见许多异象，而且与吊死鬼之神是敌对关系。"

"你对独眼神，对奥丁，知道多少？"

"我也是他的敌人。"

"他要进入这世界？"

"我们可以阻止他。"

"如何阻止？"

狼人指着自己脖子，他戴了项链，坠子是看来十分平凡的灰色石头，不过上面刻着狼首图案。

"这是与诸神为敌的洛奇馈赠的礼物，可以阻断魔法、镇制符文。前来这里的路途中，女孩需要利用魔法防身，但到了这儿，就要佩戴这块狼石。只要有这个，就不会被狼找到，你也就可以将她送往安全地点。"

"没有这个她就不愿意走？这么想死？"

"并非她想死，而是她身上的符文有这意志，加上有人追杀。还有一个女子也能使用符文力量，并且想要杀死那位小姐。这女巫的法力十分强大。女巫与她的哥哥，穆宁以及胡甘，两人都十分厉害，我可是付出惨痛代价才体会到这点。他们兄妹服侍奥丁。"

"我也听说过。"

"我亲手交战过，但不敢冒太大的险。杀我的人只能是我的兄弟，还好有这块石头保护。"

"石头你留着吧。要护符，我这儿可多了。"赫尔吉回答。

"我母亲极为擅长赛德式魔法[①]，也利用这块石头许多年来避开女巫的追踪。将这块石头交给她，她才不必担心遭到符文攻击。绝不能让奥丁重新在人间成形。你可以扪心自问，我在其他事情上是否都说了真话，所以为何独独这点需要撒谎。"

赫尔吉看着狼人，心里已经信了。他知道很多，而且并不要求任何交换，加上他完全没惊动守卫就到了自己面前。这种种理由都足以证明狼人所言不虚，但更重要的则是赫尔吉自己希望他这番话成真，所以决定与他合作。"未来可以改变？"赫尔吉又想起英格瓦率领大军来袭的光景。

"我希望如此。"

"你要怎么到巴黎？"

"找个向导给我。"狼人说。

"我可以派精锐部队随行。"

"保持隐密比较好。"狼人说，"假如想靠武力攻陷巴黎抢人，恐怕要一万人的大军。若不能超过这数字，就干脆不要派人，暗中带走女孩即可。我只需要一个向导，个子别太高大，那种能够在旅店村庄中买到粮食也不引人疑窦的最好。"

---

① Seid，或Seiðr，北欧古代的巫术。

赫尔吉想起有一位商人来请愿过，希望得到赞助，还表示能为亲王赚十倍回来。之前他将商人赶走了，毕竟就是倒霉人才会需要借钱，赫尔吉可不希望沾染厄运。然而现在看来，那位做丝绸生意的勒熙其实是最适合的人选，特别是论起矮小这点。

然而就算只是给他条狗，赫尔吉也还有件事情得问清楚："既然你说自己迟早要死，为什么还想救那女孩？你不可能陪在她身边。"

"因为我以前就为她死过。这是我的宿命，我与她的连结。倘若神没有降临，等诅咒解除了，我们重新回到人间……"他似乎不知如何描述："或许我们就能够享受平静无波的生命。"

"成为英雄应当是祝福。"赫尔吉说。

"目前我并没有这种想法。"狼人回应。

赫尔吉伸手："那把石头交给我吧。按照你说的，我会用得着，而且也能避免那女孩在旅途中无法发挥魔力。"

"还不行，"狼人却这么说，"我也得靠这石头来应付敌人。"

"那，要怎样将石头给我？"

"指引我们的洛奇是个强大的神。这块石头本来也就属于他。如果如我所想，他要将石头交给你，那么这块石头自然而然会到你的手上。"

赫尔吉不知道自己的信念是否这么坚定，但他看得出狼人很有把握能将那位小姐自巴黎带来，而且只需要给他一个不值钱的行商就能交换。

39 永恒之歌

水，黑暗。冷，声音。歌声。歌声？约翰什么也看不见，手被捆在背后，身体绑在某个物体上。冰水淹到胸口了。旁边有人在唱歌，或者更像是哼着曲子，因为歌词模糊不清。从回音听起来，这儿屋顶很低。

"你必不怕黑夜的惊骇，或白日飞的箭，也不怕黑夜行的瘟疫，或是午间灭人的毒病。"

歌声颤抖、音调参差，但约翰还是听得出这是修士会唱的诗篇内容。他的精神状态变得十分怪异，无法判断自己究竟在做梦，抑或是清醒。

"是谁在这儿？"他开口。

饥饿的感觉没有减少。约翰呸了一口，口中的气味很糟糕。他可以肯定自己被下了毒，也想起暖房内那群死去的维京人。并非死于毒药，而是因烟雾窒息。思绪如沙上的足迹，悄然浮现后又被巨大的饥饿给吹散。

歌声停下来，对方讲了话："保罗和赛蒙，我们都是修士。你是？"

"圣日耳曼的约翰。"他觉得自己像是对着狂风咆哮，思考又混沌起来。

"巴黎的圣人？"

"嗯。"

"来救我们的吗？"

"我没办法。"

右手边，歌声继续着："虽有千人扑倒在你旁边，万人扑倒在你右边，这灾却不得临近你。他的诚实是大小的盾牌……"

"那么，弟兄，你有力气唱歌吗？我们得继续吟唱圣歌，那怪物之所以可以击溃我们，一定是因为我们竟然中断了吟唱。"

约翰无法回话，他试着动动腿，似乎踢到了什么东西。

"我们会死在这儿吧。"那修士又说，"感谢上帝给我们殉道的机会。"

尽管说出这么勇敢的话，但他的声音却带着颤抖。约翰知道他们很冷，因为自己也觉得好冷，真的好冷。

"这是什么地方？"

"地下洞穴，靠近基督水井。"

歌声持续："你唯亲眼观看，见恶人遭报。耶和华是我的避难所，你已将至高者当你的居所……"

"我不知道这地方是什么？"

"地底墓穴延伸出的隧道，进来以后就会到这儿，是地底的圣泉。但经过北人的无情杀戮，水井已经被污染了。"

又有东西轻轻擦过约翰手臂，甚至还有不知什么像是往他手掌搔痒。水草？不对，感觉后面连接着什么更大的物体。他抓起来，以指头摸索，却摸到排成半圆形却坚硬光滑的颗粒。约翰赶紧松手，因为他明白了，方才以为是水草的，其实是头发，指尖接触到的，则是人的牙龈与牙齿。

"你们能动吗？"他问。

"不行。难道你没有被绑起来？"

"有啊。"

"那没救了。他正等着要看我们死在这儿。"

约翰吞咽口水，身子也打着哆嗦。连右手边那人的歌声也飘忽不定。

试着往前倾时，他被掐得咳嗽起来。脖子被箍着，感觉是绳结。约翰扭动颈部想要挣脱，结果却越来越不舒服。现在就算非常紧，但还没压迫气管，也没摩擦出血，可是继续挣扎的话，恐怕就会危及性命。

然后他看见了，有光朝自己接近。是蜡烛，想必还有修士活着，而且自己带来的维京战士等不及以后也会进来察看吧。就着光，约翰终于看清楚自己所处的环境，原来是天然洞穴内的水池，洞顶伸手可及，有三根石灰岩柱矗立，他们就被绑在柱上。右手边的修士还断断续续唱着圣歌，左手边的修士比较胖，两个人都被池水冻得牙齿身体不停打颤。

浮尸或飘或挂在周围，乍看像是巨大的死鱼，体液、血液和屎尿因为人已经断气就慢慢泄漏出来，所以池子混浊并飘着恶臭。他们看来都死于非命，有些被刀剑所伤，有些脖子上挂着三环结。

结果，还是鸦人带着蜡烛走到池边。

"抱歉，"他开口，"给你们添了恐慌，但这……是必要的。"

"不净之物，"约翰回答，"行巫术的可憎之人！"绳结扯紧，他快要发不出声音："我才不怕你……"

鸦人嘴角扬起，眼神却完全没有笑意。

"神要的恐惧不来自于你，是来自于我。这些……"他似乎斟酌着用词，却想不出适合的说法，于是学了约翰，"这些可憎的景象，并不是我造成的。你可别以为我像罗马人一样喜欢酷刑。"

约翰想讲话，但却咳个不停。

鸦人继续道："修士，我们都会得到满足。你想殉道，我想得到预言。将来有人发现你，一定会好好表扬，以后的朝圣者会带着有你肖像的徽章吧。"

"我——"约翰还是发不出声音。

鸦人坐在水边，身子前后摇摆，口中发出的旋律与右手边修士不成调的歌声听来几乎雷同。低沉、充满喉音、节奏忽行忽停，快速地念诵一串以后又缓缓喃喃自语。都是北人的字词。

> "巨狼芬里尔（Fenrisulfr），
> 身中剧毒，惨遭束缚，
> 贪婪又煎熬的狼，伟大的猎食者，
> 带来灾祸与神的灭亡，
> 我将与你一同受苦。
> 以我的苦换来智见，
> 以我的恐惧换来预言……"

咒语缭绕在空气里，与修士的歌声交缠。右手边那一人沉默了，换左手边的胖子继续。圣诗终日不断，持续数百年。为的是什么？约翰心里这么问，为了镇住这邪物。它蛰伏如此之久，是因为僧团努力不懈吗？

约翰冷得麻木了。嗡嗡声窜入脑袋，他觉得头颅像是成熟的无花果，外皮好像快要裂开。你知道他们对我做了什么吗？你知道吗？耳里出现的声音充满愤怒与仇恨，他惊觉自己到了另一个地方，又或者其实是同一个地点，但却又有所不同。水池消失了。

洞穴干了，甚至燥热起来。约翰的鼻子发疼，舌头也像裹上一层沙。右手边的岩柱上缠着一条大蛇，鳞片多彩，金色、红色、绿色，唇边滴着毒液。蛇身往上旋转绕行，延伸到他被捆住的石柱上，兜了一圈后再沿左边的柱子往下探。

那儿捆着另一个人，个儿高、皮肤白，红发一撮撮立着。蛇的毒液滴入那男子双眼，他发出哀号，身上皮肤接触到毒液后被烫红了，头发也因而烧光。之后，男子的眼珠像是肝脏那样黑，嘴唇如同焦炭，被毒液灼伤的部位散出带腐蚀性的蒸汽。

"孩子，你没办法给我松绑？"那声音像是叫、也像是哭，充满哀求的味道。

"我自己也被绑起来了。"约翰的脑袋忽然变得很清明。

"那些黑暗与杀戮的神把你也给困住了，就像困住我一样。"

"我们出得去吗？"

"一定可以，这是预言。"

"鸦人呢？那怪物在哪里？"约翰大声问。

"走了。"

"该杀死他才对。"

"他服侍死亡，服侍绳结里的神。"

约翰生平第一次有这么强烈的恐惧。面前这男子看似受到酷刑折磨，但那气势仿佛有真实的重量。他脑海闪过一个念头：这就是地狱。因为傲慢，自己终于被丢入无尽烈焰了。"你是恶魔……"约翰说，"这里是地狱。"

"地狱也怕你，巨狼芬里尔。听见你的声音，地狱都会颤抖。"

"为什么那样叫我？"可是那名字确实像是敲响钟楼般不断在意识

内回荡。

"那是你的名字。"

"恶魔，快将我送回去。"

"你想要自由？"

"我要自由。"

"那就尽情地跑吧。"

一转眼，约翰回到水池，不断咳嗽，感觉像是要溺死了。身边的黑暗之中多出了什么，一颗巨大头颅挨着自己，往皮肤呼出了热气，喉头冒出的怨怒与痛苦之声一直往约翰耳朵里钻。是那头狼，被那么细却又那么残酷的枷锁给困住。受苦痛侵蚀后，约翰失去自我，与狼合而为一。他想站起来，想换一口气，身上被那可恨的丝线给割得太凄惨了。双臂一挥，约翰将背后的绳索给绷断，扯开脖子上的绞索，纤维被爪子撕成粉末。

他感觉到身边有一条生命即将消逝，那是逐渐凋零的心脏发出诱人的鼓动，肌肉与血管一次又一次收缩，最后一口呼吸的浅薄冰冷气息。约翰心中只剩下这些，肢体理所当然地扑过去，切开池水、饮下一口又一口甘美的死亡。

凄厉的叫声。太靠近了，起初他以为是发自自己，但并非如此。声音的来源是被捆绑在岩柱上的修士，但他已经死在约翰的爪子与牙齿下。又一次尖叫，另一边的修士大吼着要他住手，约翰又扑过去，让他永远地沉默。

之后，约翰站在池水中好一会儿，如同尸体围绕的尸体。他脑海中一片空白，感官也归于虚无，没有任何疑问、思想，直到苍白的孩子出现，牵起他的手，将他带离池水。

40　生意的决定

勒熙累得半死。火很暖，所以更令人昏昏欲睡，他盯着火焰盘算自己还有什么选择。

现在唯一的指望似乎就是回到巴黎以后，艾莉丝小姐会帮自己讨些奖赏作为补偿，但有几成把握呢？首先，巴黎被丹麦大军包围，乍看就像是蚂蚁雄兵要分食一棵梨。光是要冲进巴黎，就得先好好打一场，勒熙可不确定自己这身骨头熬不熬得过去。

再者，即使真进去了，也就没有骑士想再冲出来。那他又要怎么出来？面对现实吧，笨蛋，你把所有家当都输光了，这趟旅程徒劳无功。内心说完这番话以后，他觉得好凄凉。

无论是法兰克人，还是丹麦人，只要是所谓的战士，大都觉得奋斗过后就算没有成功也已经是种荣耀。勒熙可没办法这么想，他原本打算找块好山好水每天晒太阳养老，还巴望可以盖座罗马风格的喷水池，并且找一个女人给自己做饭洗衣，要是还有多余的钱就养个床伴。现在梦想全成为泡影，徒留余恨。

在凄苦情绪中入睡后，他却又焦虑得惊醒过来。

这样靠买卖交易过下去，可以过多久？还可以勉强温饱几年没错，然而勒熙难以想象自己老花、驼背、风湿之后，该怎么办——他的膝盖已经常常疼——到时候养不活自己，得靠裴朗神殿的接济，可谓晚景凄凉。

在篝火的暖意引导下，他意识又逐渐涣散，打盹儿到一半却被奇怪的声音吵醒，是鸟叫声。他往四周看，两只乌鸦停在偷打瞌睡的法兰克人肩膀上。勒熙本来埋藏的情绪一下子冒了出来，愤怒、失望、恐惧——他拿起一根树枝要往鸟儿身上扔，但出手之前又停下来。那法兰克人叫作瑞尼尔，先前曾经讽刺剃了头的艾莉丝也许是娼妓。勒熙生出个念头。

商人放下木条，看看四周，没有乌鸦朝自己靠近。他悄悄走到马儿和骡子身边，骑士们将这些动物一只前腿和一只后腿绑住，所以他们无法跑远。勒熙解开绳子，轻轻绑在树上。本来想要给马儿上鞍，但又担心他会踏地或嘶叫吵醒法兰克人，所以他就直接拔出短刀，靠近艾莉丝的帐棚。经过骑士身旁，月光明亮，他看见那只乌鸦已经浅啄着瑞尼尔的脸颊。

骑士还没因此醒来，但已经说着梦话："她才不是自己人……之后她一定会告状，说我讲话难听。而且她结婚生小孩，也会妨碍到我们家族的地位。厄德有什么资格当法兰克民族的领袖啊……她不是自己人，一定会告状，小孩会妨碍我们家，厄德没资格当王……"同样几句话反反复复。

乌鸦从骑士肩头飞到树梢，遁入黑暗中消失。

勒熙跪在帐棚旁边。"小姐！小姐！"没反应。

"小姐，快点儿，不然就来不及了。那个法兰克人被下咒啦。"

"是谁？"

"嘘——别引起注意。你得赶快和我走。那个法兰克人已经中了法术，不知道还有多少人和他一样，你在他们身边一点儿也不安全呀。"

"勒熙，你又想干吗？"

"小姐你快点儿穿上靴子，很危险。快！"

艾莉丝清醒以后，如他吩咐着装，探头出来望向草地另一边。法兰克骑士坐在那儿，拔出长剑，看着剑刃不停咕哝着什么，神情好像不认得自己的武器。

她爬出帐棚："先警告其他人。"

"不行，每个人都有可能已经受到法术操纵，我们根本无法判断。"勒熙语气紧急但又很小声。

"那要怎么办？"

"趁早离开。只要乌鸦可以找到你，就没有安全的地方。还是只能去拉多加，只有赫尔吉能够除去法术。我有个办法可以逃走。"

她看着商人，透过将他人人格如音符或颜色一样感知的能力，察觉勒熙撒了谎，或者说动机着重于自己的利益，而非告知全部事实。从他身上散发出一股威胁，像是大太阳底下听见黄蜂振翅的嗡鸣。然而她望向那骑士，感应到的完全是不同等级：波涛汹涌，混沌如洪流涌过，水车被震得尖叫起来。

"非走不可。"勒熙说。

艾莉丝知道行商说的其实没错，于是两人到了营地边缘，但就在经过骑士附近时，瑞尼尔猝然起身："看你那头发！一定是个巫婆！才不是什么千金小姐，只是农家的荡妇！"

"先上马！回我们碰面的地方！"勒熙本希望不惊动其他人，但这指望落空了，索性用自己双手给艾莉丝当马镫，喝一声拱她跳上马背。艾莉丝觉得肋骨处好痛，强逼自己专注，伸手抽出插在泥巴上的一支长矛。

骑士朝她扑过去，但艾莉丝双腿用力一挤，马儿随着她重心甩开后腿。勒熙趁机往瑞尼尔的腿腹一踹，将他踹倒在地上。没想到骑士瞬间又爬起来了，同时其他骑士也爬出帐棚。

"他被下咒了，想杀了小姐啊！"勒熙赶紧大叫。

艾莉丝夹紧腿，马儿沿着一条小径冲入夜色。瑞尼尔歇斯底里大吼着想追过去。

"你们看看！"勒熙继续嚷嚷，"你们自己看！"

"到底怎么回事啊？说慢点儿！"摩塞尔才刚将剑扣好冲上前。

"小姐被会法术的人追杀，对方已经迷惑了你们那伙伴。他想杀死小姐！"

"该死，"摩塞尔回答，"谁帮我把马牵过来。别上鞍了，快点儿！"

一个年轻骑士牵了他的坐骑，其他人也纷纷准备上马，一行人冲入树林追过去。

勒熙左顾右盼，现在营地里一个骑士也没了。他本想翻翻找找，看看有没人掉了财物，但顾及艾莉丝也可能被带回来，到时候自己偷东西被发现可是百口莫辩。

而且他也不打算就这么放艾莉丝跑掉，所以赶紧拉来之前驮着辛德烈的马，七手八脚给他上了鞍，并将自己的骡也绑在一起。这马儿本来就算是他的，骑士团没理由责备，何况在勒熙的角度来说，这匹马、这头骡就是目前全副身家。

过程中他低头看了一下辛德烈。狼人还躺在地上不省人事。

"唉，查克利啊，"他叹道，"干吗陪你走这一趟呢？要赚钱，明明还多的是办法。"

他过去蹲在狼人身旁，用手触了一下额头，发现辛德烈体温很低，恐怕活不了多久。勒熙有些舍不得，想带个纪念品来悼念，下意识想拉掉他身上的狼皮，却又愣了半晌：辛德烈与这狼皮好像密不可分，抢走的话太没道义。商人对自己这种念头有些不解，人都要死了，还留着财物何用？可是他就是办不到。

"狼皮留着在死后的世界还可以施法……"他喃喃自语。这时勒熙看见他脖子上那块坠子，仔细端详后察觉上面粗糙地刻了狼头图案。与这人很相称吧，勒熙这么想，同时又注意到绑着小石头的皮绳系了复杂的绳结。说起价值，这坠子换不到钱，但拿来记住狼人倒是相当不错。勒熙用刀将石头取下，跳上马背，又低头望向辛德烈。

"祝你好运。"商人比出闪电的祈祷手势，然后策骤离去。

要找出法兰克骑士们的踪迹不难，一进入树林，就听得见他们大呼小叫。勒熙靠近以后，还听见他们起了内讧。

"不准你碰我哥！"

"你得把他压住。"

"瑞尼尔，把剑放下。你到底怎么了？"

接着一声尖叫，然后好几人吼了起来。可以清楚听见金铁交鸣。

"别伤他。那商人说得没错，他被下了咒！"

"他砍我手臂！基督在上，瑞尼尔，你得付初代价！"

"通通站住！"摩塞尔镇住众人，"都不准对他出手。谁绕到后面去，我们想办法把他捆起来。"

勒熙骑着马靠近，看见几名法兰克人包围瑞尼尔。瑞尼尔持着长剑比画，呼吸沉重，眼神狂躁。

"上！"

外围的骑士几乎同时飞身，不出几秒就将瑞尼尔给压倒在地，长剑脱手，但他还不停挣扎。

"商人，这到底是怎么回事？"摩塞尔起身走向勒熙问。

"我也不明白，应该是巫术吧。"

"没有巫术这回事，修士们很肯定。"

"那您觉得是？"

摩塞尔耸耸肩："我也不知道。现在重点是要怎样使他清醒？"

"上一回我见到同样状况，是靠一把剑戳进去才医好的。"

"那不如戳你吧。"摩塞尔骂道，"你觉得放着他不管，会不会自然好转？"

"上回看见的状况是会，但我刚刚也说了，那个人本来就快要断气。话说我要先去找伯爵的妹妹了。"

"把他绑起来吧，"摩塞尔吩咐其他法兰克人，"我先去接小姐。"

一名骑士拿着绳子回来，其余人继续压在瑞尼尔身上。摩塞尔跳到马背上，没对勒熙讲话，但勒熙就跟在后面。忽然又传来吼叫。

"抓住他！"

"在那里！"

瑞尼尔竟又挣脱了，骑士们追他追进树林深处。勒熙没回头，只是赶紧加速，想尽快远离中了法术的骑士。

摩塞尔的马术很高明，来自东方的勒熙跟得吃力，后来索性放弃，反正看起来这树林里只有一条可以走的路。快天亮的时候，勒熙才找到他们。艾莉丝站在摩塞尔前面，旁边有条小溪，她停下来是因为马儿需要休息吧，勒熙这么猜想，但结果就被追上了。摩塞尔想说服她回去。

"小姐，没事了。我们已经制伏瑞尼尔。他不知为何发了疯，但就算无法解释，我也有办法处理，只要一直绑好他，时时派人看着直到进城。路途大概一天多一点儿而已，还是请您与我们回去，好吗？"

"我心意已决，"艾莉丝回答，"不回巴黎了。随时都有同胞想杀我，实在太危险，我必须找出问题根源，斩草除根。"

"不可能呀，您毕竟是女儿身。"摩塞尔说，"让我去吧。我对敌经验够丰富，无论小姐受到什么东西纠缠，我和骑士团都可以解决。"

"你们不行的。"艾莉丝又回答，"我也很希望可以倚靠你们，但继续与你们在一起，迟早又有其他人会想杀我，一个接着一个。我不能随便靠近人，至少不该靠近武士。请把剑还给我。"

"小姐意思是？"

"我的剑。这是命令，请将我先前交给你的剑，也就是维京王的佩剑，交还给我。"

摩塞尔大概也发现齐格菲的兵器比自己的还要好，所以直接带在身上。

"用意是？我没有发疯，不会攻击您。"

艾莉丝摇摇头，上前到摩塞尔那匹马旁边。是匹灰色骏马，在破晓天光下那身毛皮好像会发亮。艾莉丝拍拍它鼻子，用额头蹭了蹭，然后又望向摩塞尔。

"请把剑给我。"

骑士耸耸肩，将剑解下来。艾莉丝接过后挂在自己身上。

"是想要伪装？"摩塞尔问。

"不，是要自卫。你身上有钱吗？"

"只有一些金币。"

"也请给我吧。"

骑士从上衣掏出钱包递过去，艾莉丝接下以后察觉还挺沉的，安心了些。

"小姐，您的计划是？"

"去东方，看是解决这状况，或者死在那儿。"

"这么做实在奇怪。该是男儿的事情，"摩塞尔说，"您是不是也着了魔？"

"北方人的传统里，女子也可以作战。"勒熙开口，"我在基辅看过，要说怪，确实是看得很不习惯。太高大了，一点儿女人味也没有，应该有人很想上去打她一顿要她安分一点儿，但是我猜没胆子吧。"

"你的刀和斧头也给我。"艾莉丝对勒熙说。

"您究竟需要多少武器？"

"身边的收过来就好。商人，你和我走，负责带路。"

勒熙很久没有露出微笑了："乐意之至。"

"您居然相信这外邦人？"摩塞尔问。

"一点儿也不。"艾莉丝回答，"但正因为如此，我们了解彼此立场。此外，要是他也中了法术，至少年纪大，加上没武器，我要杀死比较容易。"

"优势全在您那边了！"勒熙道。

"我不能容许这样的事情啊。"摩塞尔说，"您兄长也不可能准许的，看来我必须代替他出面了。艾莉丝小姐，无论您自愿与否，我都必须将您带回巴黎。"

艾莉丝摇摇头，吹了口哨。马儿乖乖过来，她踩着断掉的树干翻上马背。摩塞尔动作很快，也跳回自己的坐骑上。

"小姐，你骑马也不会比我快，再这样下去，我就得将你扛回巴黎。"

"我会比你快的。"艾莉丝回答以后，掉头顺着林中小径朝着日出方向前进，勒熙也骑马跟过去。

"太愚蠢了！"摩塞尔腿一夹要马儿前进，但那匹马居然动也不动。他踢了一下，马儿依旧没反应。骑士踢了又踢，那匹马说什么也不走。摩塞尔下马，伸手用牵的，暗忖坐骑以前从未反抗过，不然也不可能穿越丹麦人的阵地离开巴黎，此时此刻却完全不听话。就算他伸手拍拍马屁股，马儿也只是转个身而已，所以摩塞尔带着他兜圈子，察觉他只肯往营地方向过去，若是拉往东边马儿走两步，就会停下来。冷静思考，摩塞尔也意识到单枪匹马追过去实在太危险，路途中有许多盗匪、斯拉夫人、马札尔人、北人，说不定还有撒拉逊人呢。他不免觉得单独一个法兰克骑士，比起一个头加上一个女人而言，未必安全多少。

无可奈何之下，摩塞尔放弃了，反正想追也得换匹马。他重新登上马背再试试看，马儿依旧不肯走，不过掉头以后，轻轻一踢就朝营地回去了。辛德烈还躺在那儿，胸口站着一只乌鸦。

41　焕然一新

"修士？修士？"

白天了，晨光还朦胧，约翰在修道院的大广场上。虽然雪停了，天空仍是乌云密布，相当阴暗。他看见面前是奥菲提，胖子裹了三层斗篷、一双厚靴，旁边有个布袋叮叮咚咚装满圣物，嘴角有面包渣，口中还嚼着圣餐饼。

"鸦人呢？"不知为何，他现在说起北人语竟比拉丁文还顺口。

"跑了。"奥菲提说，"感激提尔。他像狼追着月亮那样从我们前面跑走，还好没把门给锁起来。你在这儿干吗？全身都湿了，快点儿换衣服，不然还没出去你就一命呜呼。"

但约翰并不觉得冷。那个表情带着恨的女孩就在身边。

奥菲提又开口："快呀，去找衣服穿，我可不想看你死在这儿。想喝酒的话记得先闻一闻，有些被掺了毒药，葛瑞提尔的部下大概都被毒死了吧。"

约翰看看四周，还是不明白这是怎么一回事。

奥菲提抓着他轻轻摇晃："喂，修士，清醒一点儿。我们现在可更需要你帮忙了，得假扮成运送这些东西，不给北人抢走的教会队伍啊。"

皮肤惨白的女孩将小手放在约翰掌中，触感十分柔弱细致。他看着自己的手，好像浮肿，甚至疼了起来。其实全身都有同样的感觉，仿佛衣服太小快要撑破。皮肤绷得好紧，活动筋骨肌肉时，忽然觉得肢体不受到自己控制，或者说意识飘到了远方——肉体只是傀儡，精神是个喝醉了恍恍惚惚的操偶师。

"你没看见她？"约翰问。

"你说讲好的妓女吗？"

"女孩。这儿，有个女孩啊。"

奥菲提朝约翰周围打量一番。"是想说故事吗？可以啊，但出去再说吧，这儿死了一堆人，我不想逗留。"

"有个女孩子——"

"等回去霍达兰，我可以给你买个女孩子，让你享受一下再把你给卖掉。快点儿！葛瑞提尔的部下身上有斗篷和靴子，不笨的话，就懂得顺便拿把长矛起来。走啦，修士，你可还不算是维京人的一分子。"

女孩面向约翰，他从那张脸上看见对自己的怨恨，心里却一点儿也不希望女孩离开。约翰回想起那水池，还有水中的尸体，最后是鸦人。虽然什么都无法理解，但思绪从意识边缘一点点渗回，像是山谷深处传进的声音。

奥菲提推着他过去暖房，门还开着，尸体从内散落到外，乍看像是一张黑色嘴巴吐出丑陋的舌头。有些被扒到裸体，有些衣衫不整，维京战士们还在翻找财物，而且每个人身边都装满一大袋的钱。嵌有圣人遗骨箱的宝座被敲得四分五裂，金箔、宝石都被拆了下来。阿斯塔特套上修士的高级丝袍，伊吉尔挂着弥撒时才使用的黄金牧羊杖。

约翰觉得自己身体里好像装了什么，一股熟悉的愤怒留下了冰冷阴影。他觉得自己又变得陌生，前来圣莫里斯修道院途中在体内流动的能量不见了，取而代之的是迟钝、混沌，仿佛不专心在眼前、在地面、在维京战士的声音上，这片现实就会被撕开，有另一个世界预备要钻进来。

"信基督的，连你也有得分了。"伊吉尔开口。

"嘿，我要信基督。"奥菲提说，"才拜他半天而已，就拿到这么多好东西。我说赶快对他祷告吧，一定不会失望。"

他取了一件有毛边的好斗篷丢给约翰。约翰闻了闻，是狐狸的味道，在他的嗅觉中，这斗篷好像从来没有洗干净过，甚至能察觉动物被捕捉与宰杀之前的压力、焦虑和恐惧，还可以进一步分辨出是公是母、是老是幼。他将皮草搁在一旁。

"你又怎么啦？"奥菲提问，"换上干衣服啊。"

"可能遇上鸦人了吧，"伊吉尔说，"你看他那口牙齿。"

奥菲提望进他口腔。"流血了。"

"一个人没有外伤，嘴里却可以流这么多血，未免也太奇怪的。那么，说到怪事，最拿手的是谁？当然是鸦人。"

"你还好吗？"奥菲提将手放在约翰肩膀上，注视他的瞳孔，一阵子以后摇摇头："伊吉尔你这次说得对呢，看样子是中了什么法术。不过当初给他救了命，我也该报答一下。过来帮我替他换上衣服吧。"

两个人一起扒下约翰的衣物，而他也特别抵抗。维京人取下葛瑞提尔那群部下的东西给他套上，包括两件上衣、一条长裤、一双高级靴，再包上几层斗篷。过程中约翰隐隐约约地感受到过去的自己，那个残障、孱弱、什么也无法自理的人。从前也是别的修士这样给自己更衣和沐浴，年纪轻轻就一直受到别人照顾。他从这处境中得到了慰藉，或许因为修道院是个熟悉的环境，而由人打理琐事更是熟悉的生活。

奥菲提给他绑上一顶水獭皮帽，又将拐杖绑出的大十字架放在他手里。约翰没握好，掉下去了，而且心里对此一点儿感觉也没有。

"看样子只好我先帮你拿了。回到家乡之前可都还用得着，"奥菲提对他说，"你想的这办法可真是聪明呢，修士。"胖子看着约翰，发现他一点儿反应也没有。"好吧，至少之前很聪明。会发抖，好现象，通常身体暖起来才知道要抖。"

马匹背上载满他们偷来的东西，好几人围了三四条斗篷在身上，加上毛帽，甚至皮草手套。

"葛瑞提尔身为王，对底下的人倒是挺慷慨。"阿斯塔特说，"看看这些人满手的戒指，身上也是好东西。"

"南下加入围城战之前，他们袭击了一支商队，"奥菲提解释，"然后好货就到了我们手上。感谢提尔，也感谢耶稣和基督。"

"耶稣就是基督。奥丁就是葛林尼尔。那只是不同化身而已。"费斯塔尔说。

"这些神怎么都爱搞分身呢？"奥菲提回答，"大概想要监视信徒吧。"

他们将厨房都淘空了，暖房里的东西则不敢拿。看见那儿的尸体嘴角流黑沫，不难猜想全部中了毒，因此面包、熏肉、干果被战士拿起来闻的时候，很可能就会沾到毒药。像伊吉尔一边将东西丢上马背，也一边拿起来嗅嗅味道。

"我想到了，"阿斯塔特说，"可以叫这修士先吃。"

"好主意。"凡恩接口，"现在就给他一点儿看看？"

"我的份可不分给他，"伊吉尔说。

"你是说你不想把毒肉分给他？"阿斯塔特问。

"就算有毒，也是我的啊。"

281

"说真的，看他那模样，搞不好已经吃过了。他状况很差。"

约翰看看周围，觉得光线变得很奇怪，好像更明亮，所有颜色更加鲜艳。雪地在他眼中不是整齐划一的白，泛着红、绿、褐等等各种微妙的光晕，仿佛是冰晶折射出的虹彩，修道院墙壁上那片湿滑也由许多色泽组成。绚烂的色彩刺激了他对气味的敏锐，此刻约翰可以从维京人的皮肤上捕捉到巴黎周边植物留下的痕迹，人与兽的屎尿，冻结的苔藓，石砖上系马铁环生的锈，还有旁边的水槽，以及人类的呼吸带着酸臭或酸甜；一切都记录在他们偷来的衣物上，并且与身体的汗水脏污混杂。如此缤纷变幻的感官世界令他目眩神迷，仿佛万物都沾染了一层光，唯一没有任何气味、连汗水也感应不到的，就是身旁的女孩。

"我说修士啊，你该给我们每个人都洒水行仪式，说不定之后每天都这样大丰收。"凡恩打趣道。

"这种天气谁都别想往我身上泼水！"伊吉尔连忙阻止。

"话说回来，天气冷的时候，你们怎么处理啊？"凡恩问，"基督徒一生下宝宝就会往他们身上洒水呢。可是冬天这么冷，就算教堂也差不多，真怀疑怎么不会害死小孩子。"

"可能借此淘汰吧。"阿斯塔特猜想，"会哭的小孩就丢到山上。我舅舅说的，一定没错。"

过了这么久，约翰才反应过来：他们讲的是上帝。上帝……《圣经》的话语好像进不去他的心。他努力试着把握一个句子、一首祷词或诗歌，希望能使像要烧开了的脑子冷静一些。

"父亲，为什么抛弃我？"

"啊？"奥菲提问。

"他胡言乱语了，"伊吉尔说，"别管他。"

奥菲提摇摇头："从这儿到北边海岸有二十多种敌人，但他可以帮我们应付其中一半。先把他绑在马上，多加件斗篷。得让他跳跳动动，才不会真冻死了。上路吧，先前我们找到山坡上有条往北流的河，如果可以买到或抢到一条船就能到对岸，这样，不出一个月就可以与其他霍达人一起开心喝酒了。"

约翰意识到自己被抬起来。以前也有很多次这种经验了。但这回是两个北方的狂战士将他丢到马鞍上。

"他吃了什么呀？"凡恩问。

"从这重量判断，应当吞了石头吧。"

"修士，真是看不出你这么壮啊。"奥菲提说，"就算你不小心中毒，我看几天后又会活蹦乱跳了吧。"

约翰双手被绑在鞍头，但绑得并不紧，脚掌也被系在马镫上。一行人又上路，约翰往左边一看，那面露愤恨的女孩跟在旁边，而且感觉上往这方向走使她很开心。

"你叫什么名字？"

女孩没回答，却不知为何有几个字浮现在他意识里，那名字背后好像还有上百个不同的面貌。斯薇法。但这三个字对约翰毫无意义，他对女孩一无所知，没有半分印象，唯一可以肯定的是女孩恨自己，但自己却又想要随她走，无论会走到什么地方。

42　荒芜之地

　　往北的路上，艾莉丝明白必须小心谨慎。一开始她要找条船顺流而下到海岸，再沿海岸线东行。她只能寄望狼人所言属实，也只能如此相信了，毕竟对方为自己不惜赌命达两次，而且又过了这段时间，说不定他真的赔上性命。此外，艾莉丝从他身上没有感受到半分虚假，和身边这矮小老头可是恰恰相反。

　　她丝毫不敢放松，入夜后不肯让勒熙睡在自己附近，所以要他看守马匹，自己找地方躲起来。假如勒熙找不到她，无论多少只乌鸦过来给他下咒都没办法杀人了。但若要找船，问题就大得多，按照目前情况，必须包下一条不与他人同行，否则难以解释自己的怪异行径，更何况也不敢与正常商人、朝圣者睡在同一个地方。

　　最后还是靠勒熙想到解决的办法。他和河边一户人家达成协议，可以借用船只航行到海岸，但船不够大，没办法让马儿上去，勒熙只好把马给卖掉。他一直嚷嚷自己开出的价码低得离谱，更糟糕的是，能找到的买家就一个而已，对方住在几天旅程外的地方，身上就只有一些金币。两人只能接受，不然就拉倒。买家对骡子没兴趣，勒熙也不愿意将他留下来给别人牵走，试着带上船以后，发现哄一哄骡子就安分了。有另外一条船跟着，一个男孩和他的两个叔叔在上头，等勒熙他们到海岸以后，就用绳子把空船给带回去。由于这户人都是渔夫，即便是春天也不用下田，有外快可赚反而高兴。

勒熙对外的解释是艾莉丝这个年轻修士决定去东方隐居，也因此，目前入夜后都得独处祷告。渔夫一家人没什么好奇心，过问不多，可是目光不时地飘向艾莉丝腰间挂的剑。

往北移动途中，天气渐渐转好。乌云边缘像是被阳光上了烫金，接着一起风就散，蔚蓝而澄冽的天空延展至视野尽头。融雪也少了，河水速度不再那么惊人，但足够稳健地送两人到达目的地。

艾莉丝用斗篷紧紧裹住自己，坐在船上思索。逃出巴黎以后，生命发生了巨大的变化，吹着冷风，回想这几日的种种，她不禁猛烈颤抖。

河道忽宽忽窄，时而曲折时而笔直，两岸偶有大小不一的聚落，也常有村民好奇出来观望，大半外表清贫、衣衫褴褛，还有不少断手断脚，或是虚弱得必须靠人搀扶。连他们居住的房子也简陋得像是会被吹垮，或者根本就是烧毁的废墟。北人侵略后，大地一片荒芜。为什么查理皇帝当初会想以金钱笼络北人呢？她不禁认为一开始就应将蛮族驱退才对。

勒熙也觉得奇怪："明明这河边很多地方有人能做生意，怎么一个一个都傻傻地看着我们，好像我们和特里格拉夫一样有很多头似的。"

"特里格拉夫是谁？"

"我那儿的马神，他有四个头。现在信他的人很少了。赫尔吉不看重马，喜欢靠自己双脚去和人家打斗，所以也不让统治的子民去祭拜马神。"

"你怎么认识赫尔吉的？"

"他是个维京人，但与包围你哥哥那座城的维京人来自不同的地方。"

"他杀了多少人才变成你们的王？"

"一个也没杀。他的祖先曾经征服拉多加，后来被我们推翻。我们立了自己的王，还好几个，但小姐得先知道，我们这族人脾气本来就硬，大家还是只肯效忠自己的部落与家族，完全无法达成共识。最后呢，索性叫北方人回来当王算了。"

"你们自愿当奴隶？"

"不是奴隶，是臣民。我们与北人一直没有多大恩怨。北人的王做决定，可以完全根据事实，不必担心卷入部落的新仇旧恨里头，所以对大家都好，我们在他治理之下也过着不错的日子。赫尔吉又往南方进军，建立了诺夫哥罗德这座新城，全部盖好以后会是首都。他准备打下基辅，基辅之前因为阿斯寇德和狄尔这两个瓦良格疯子被搞得乱七八糟。"

艾莉丝摇摇头："会请别的民族来统治自己，你们的尊严放哪儿去了？"

"错了，就是因为我们每一个自尊心都太高，才会老是出乱子。每个部落宁愿接见上千个外国人，都不愿意和邻居打交道。"

她望向远方，周围是阿鲁艾斯森林。大橡树上有花苞，河水也平缓舒服。

"你觉得他真的可以帮我？"

艾莉丝很清楚会得到什么答复。勒熙当然不会说"不"。她只是想让自己安心，尽管明知道这商人就是靠话术买低卖高。

"假如查克利这么想，那我也这么想。他都肯为你而死，你应该可以信任他。"

"他说那么做是为了爱。你懂这句话的意思吗？"

"大概是爱钱吧。"勒熙说完，看得出自己逗不了小姐笑，又改口，"小姐啊，这谁知道呢？那种男人太神秘了，他是个巫师，是个会变形的人，说出来的话可能有一千种意思，也可能什么意思也没有。换作是我，就不会费神多虑了。"

艾莉丝靠在船缘，骡子蹲着休息，勒熙负责驾船。水流不弱，所以并不常需要靠人力划行。她试着睡一会儿，天气冷，人也累了，船只晃动得更令人感到疲倦，好像快要沉入什么里头，无法判断自己究竟是梦是醒。

"你之前做到了，要再做一遍。"女子的声音传来。

她惊醒后坐直上半身，伸手探向长剑。人还在船上，夜幕低垂，月光明亮，河水如银索，树叶如白镴，天空像被熔炉熏黑的铁皮覆盖。以前艾莉丝也见过这样的夜晚，在洛什镇长大的那几年，在夜里也可以出去走走。

艾莉丝察觉身边有别人，但不知为何，无法转头观察。勒熙呢？不知去了哪里。骡子呢？也不在。

"你之前做到了，要再做一遍。"

"我做了什么？"

"必须做的事情。必须再做一遍的事情。一定要做到。"

她这才注意到所在的河流似乎经过了极其古怪的地点。船航行在地底，头顶上没有星星，只剩下岩石的反光，周围找不到树木，取而代之的是连接到洞顶的巨大岩柱。

蓦地船靠上岸，岸上是一片小小的黑色礁滩，面前有条隧道延伸出去。艾莉丝下船，沿着那条路往更深处走，隐隐约约地听见远处传来恐怖且前所未闻的轧轹声，似乎是巨石滚过岩石表面。以前在巴黎，她曾经看过有人捉了熊回去，熊在笼内发怒，附近拉车的两匹马受到惊吓，结果与别的车撞上了，轮子坏掉之外，其中一匹断了条腿。没受伤的那匹马惊魂未定想要继续冲刺时，车轮就在地上刮擦，加上受伤的马儿一边惨叫一边被拖行。现在听见这声音也同样扭曲又凄厉，并散发出浓浓的苦痛，不是自然界该有的东西。然而艾莉丝却觉得自己一定得找到声音的来源。

隧道里面很暗，但她却看得见，似乎有光从自己身体透出。艾莉丝凝神后发现是另一个奇妙的符号，与先前像马的那个不同，这个发光的印记没有气息或汗水，散发的光辉也与毛皮的光泽有所不同，比较像是一道烈焰。相比起象征马的符号，这带着火光的记号小了不少，它不往外扩散，明亮集中于一处。这光不仅照亮视觉，似乎也能指引心灵，于是艾莉丝感应得到光线接触的这片广大黑暗，察知了其中无数生物。她觉得自己像是辽阔天幕上一颗闪耀冷冽的星星。

"你之前做到了，要再做一遍。"

"究竟什么意思？"

"你的爱人已死，但他将重生。若你失去勇气，他必须离你而去。"

艾莉丝看看四周，只能看见岩壁，找不到说话的人在哪儿。隧道弯曲后变得狭窄，右边出现一条裂隙，孔边有什么东西闪闪发亮。她伸手碰触，沾了一点儿看看，有湿滑的反光。尽管在这洞里的东西都被染上铅灰，但艾莉丝的感官仍能察觉颜色，是血液的红。她侧身努力钻入那条裂隙，虽说艾莉丝不高大，还是在岩石中挤得相当吃力，不时需要蠕动才过得去。另一边是个小岩穴，高度刚好够她站直身子，但再多走个十步就什么也没了，只有顶端往下延伸出锐利石锥，乍看就是一张大嘴咬入地面。

洞穴内像是经过腥风血雨，地板上躺着一头巨狼，眼神空洞、舌头垂往一旁。他倒在血泊中奄奄一息，呼吸带着液体流动的声音。那声音审入艾莉丝耳朵，盘旋于脑海不肯散去，她心里只剩下这声音而已。巨狼看见她，喘息更加急促，还想要站起来，但实在伤得太重。艾莉丝没感觉到恐惧，自然地上前将手放在巨狼头顶，四目相交时她觉得那双眼睛充满渴望，与人类无异。

在巨狼身旁还有三具尸体，或者说是尸体残余的部分。其中一个人有银色头发，手还紧握着地上奇形怪状的弯刀。艾莉丝想起自己见过这武器，是鸦人的刀。第二个人几乎被啃光了，只剩下扭曲的脊柱连接在颅骨如同一条沾满血的辫子。艾莉丝看了，能判断的只有死者为女性而已。最后一个人太眼熟了，她一看就认得。

男人披着一条深色狼皮，肌肉强健纠结，但腰侧却少了一块。她想起面对着巫师那可怖面容仍奋力解救自己的辛德烈，却又知道面前这人并非自己救命恩人。眼前这张脸比记忆中来得强壮有活力得多，不再憔悴枯槁，可是艾莉丝很肯定这是圣人约翰。她喉咙一紧，泪水溃堤，听见自己张嘴说："我爱你，但众神不爱我们。"

有人注视着她，但她看不见对方。

艾莉丝跪在圣人身旁，掀开狼皮。约翰已经断气。她抱起遗体，竟然不觉得重，可以拖出岩石间的裂隙，回到大隧道里。

右手边吹来一阵风，转头望去有道光射来。她往光走过去。

"小姐！小姐！"又有人大叫着，是那个商人。

穿过白光以后，映入眼帘的是一望无际的原野和壮丽山川。右面是大海，左面是开阔又肥沃的谷地，艾莉丝站在极高处，往下可以看见朵朵白云和遥远的地面。晕眩袭来，她知道只要往前一步，就会坠崖而死。

"你之前做到了，要再做一遍。"

小姐，把剑放下，你会伤到自己！

"为了你的爱人，动手吧。"

她回头竟看见一张凄惨古怪的脸，那颗头颅根本不似人类，只是橡树上的一个大瘿瘤。

接着体内涌出强光，逐渐显露出形体——两条直线交汇，像是字母K去掉直线，又像是箭头的前端。这符号冒出熊熊火焰与刺眼光芒，那明亮并不被局限在视觉的领域。

怀中的男子虽然有圣人的面容，却根本不是同一人。

"他还没死。"艾莉丝惊觉。

"离死不远。假如你死了，他一定会知道，而且会随你一起死。"

"但他还没死。我知道他是谁了，你也知道。"

小姐、小姐……圣雷之神，求求你了……小姐你到底要做什么？你们的教义不是禁止这种行为吗？基督徒不可以自杀吧，你快住手呀！

勒熙高举双手比画出各种手势，好像哄骗着两岁小孩放下一个贵重花瓶。在艾莉丝的意识中，他微不足道，洞穴中的另一个现实更重要。

"看看我的爱人吧，你的虚言就此破除了。"艾莉丝说。

她转身将怀中男子的面孔露出给背后的女人看见，那女人畏缩着贴上洞壁，之后摔在地上尖叫，声音非常熟悉，仿佛洛什镇上困在补兽夹中的狐狸，又像是小偷被送上绞刑台时亲友们的痛哭，又或者是巴黎城内房舍起了大火里头孩童的哭喊。在那哀号之中，所有理性理智都崩溃了。

艾莉丝低头望着怀中的男人，自己也惊呼起来。是鸦人。

长剑从她手中滑落。勒熙立刻上前为艾莉丝抹去脖子上已经割出的血痕。

"是那女巫吧，你中了咒。"

"嗯。"

"该怎么办好？该怎么办好？"商人不知究竟是自言自语，还是与她对话。

艾莉丝靠着小船船头，冷得难以形容。

"给我生火好吗，勒熙？"

"小姐，要入夜了，不能冒险给乌鸦发现。"

"今天晚上不会有乌鸦过来。"

"你怎么肯定呢？"

"勒熙，她很害怕，我感觉得到。追杀我的那女人，她内心十分恐惧，所以才会做出这样的事情。"

鸦人的面孔又浮现在脑海。她觉得奇怪，自己为什么没有早点儿发现？虽然那张脸被鸟给啄得乱七八糟，吃得好，身体也强壮，与精修圣人相去甚远，但其实他们像是兄弟，或许可以说根本是同一个人的一体两面。

"还是继续前进比较保险喔。"

"勒熙，我得烤烤火。真的太冷了。"

他点点头，将船往岸边靠，骡子也发出开心的叫声跳上陆地，跟随的几个渔夫跟着停泊。

"有问题吗？"其中一个看见艾莉丝按着脖子的布上有血。这渔夫头发白了，脸上不少岁月痕迹。

"没事，"勒熙告诉他，"这小子要禁欲修行。"

"要什么？"

"那是种神秘仪式啦，必须受一点儿痛楚才觉得与上帝更接近。每个宗教都有这样的仪式啊，你们应该也一样——话说弟兄你们信什么？"

"我们是天主教会，信基督的。"渔夫回答。

"我也信。"勒熙说，"今天要生个火，那小伙子也会过来和大家一起取暖。"

"那可真是荣幸了。"旁边一名年轻人的讶异表情和他捕的鱼神似。

夜里大家坐在一起，烤了河鱼与海蓬子①吃，艾莉丝很饿，拿了不少。

年轻渔夫将一条海蓬子咬断后，拿在手里挥了挥："靠近海口了，所以才有圣彼得草。"

"兄弟，我们要往东边去，在海口可以找到船吗？"

"不知道呢？明天才看得到北人留些什么下来。不过靠近海岸本来就没多少东西，村人都搬去内陆了。去年夏天那些混蛋在这儿没打赢，但大家都知道他们一定会回来。两位要是不够小心，说不定就会被绑到他们船上，卖到西方或北方当奴隶。我也不知道还有没有往东边的船只。"

经到这番话，艾莉丝的一段记忆复苏过来。她感觉自己仿佛曾经沦为人犯，被一艘船载往北方。这段经历在心中非常鲜明，她还记得冰冷黑暗的海面彼端，阴森高耸的山脉一点一点膨胀，也记得朔风有多凛冽，好像还可以嗅得到当时那件防寒斗篷的羊膻味，船上索具的嘎嘎声在耳边回荡。

瑟缩在篝火边，艾莉丝摸了摸自己的脖子，被长剑划破的位置还有点儿酸疼。她就着火光，观察渔夫，却觉得一个个都像是幽冥之中的鬼魂。

洛什镇那里有一间小教堂，艾莉丝的叔父委托画师在里面墙壁加上《圣经》里的场景。她小时候坐在一旁，看着画家将颜料与蛋汁搅拌之后，在木板上创作出一张又一张的使徒面孔。她每天都去看，最后画师忍不住问她想不想当模特儿，因为正好也需要一幅罗马贞女艾妮丝的肖像。于是他们到了外面的晴空底下，画板上还有先前失败的凯瑟琳像。除了看见自己一点一点地在画板上浮现出来，艾莉丝也津津有味地听了

---

① 现在亦被称为海芦笋或西洋海笋，亦名圣彼得草。

画家说起圣艾妮丝的故事，原来她拒绝嫁给罗马总督的儿子，便遭到总督赐死，但罗马法律禁止随便杀害处女，所以总督的做法竟是派部下将她扒光以后丢到妓院给人强奸。艾妮丝不断祷告，神迹出现了，她的头发忽然长得将身子完全覆盖，不再赤裸，还想侵犯的男人也相继失明。总督甚至将她绑在木堆上，但木堆却怎样也点不燃，最终靠士兵直接在她咽喉开了洞才结束。

肖像画好以后，艾莉丝与画家一起去厨房吃东西并继续聊天，没想到回到户外才发现刚下过一场小雨，那幅画又被打坏，但是坏得巧妙：少女的脸，配上了底下凯瑟琳成熟的眼神。这件事情忽然浮现在脑海，是因为艾莉丝觉得自己就像那幅画。那段类似记忆的体验实在太强烈，她很难当作如水面的太阳、雾中的阴影那种幻觉看待。

加上那张脸。不是那女人的脸，是怀里男人的脸。艾莉丝低头之后认出是谁——鸦人，一直紧追不舍的杀手。原来自己曾经与他感觉那么亲近，是什么时候？狼人说过自己有前世，轮回思想被教会禁止，可是艾莉丝却明显认同了。

曾有一个人从东方到了洛什传道，最后却被处死，原因是他主张苏菲亚作为上帝的左手，与基督具备同等的神性。那人还没被逮捕时，艾莉丝听过他讲话，其中有一段始终留在心底。"门徒们又说：'请清楚地告诉我们，他们如何由无形、由永恒进入此——有死亡的世界。'①"

那位讲道者被判死刑，很多仆人为此不满。他们说得没错，有许多人在伯爵面前讲出更大逆不道的异端言语，为何却没事呢？执行绞刑，艾莉丝没过去看，只听说讲道者毫无畏惧，在现场表示这世界以及他的肉身就好比一幅画，并非实存，只是模拟而已。既是幻象，即便失去了

---

① 此为诺斯底、或称灵知派的经典内容。该派认为象征智慧或灵知的苏菲亚与基督成对。

也就像是小朋友掉了一个娃娃，不值得忧虑。

回想起这些，艾莉丝又觉得身子一凉。她的心灵好像被翻箱倒柜过后的屋子，很多东西砸碎了、散乱了，同时却又好像看清了什么。她开始察觉以往不知道的连结，得到的真相比起过去的认知要更深更多。讲道者说得没有错，艾莉丝打从心底感受到了：这世界就像一幅画，颜料逐渐被洗去。底下究竟有什么？难道就是那些洞穴，怀里的男人，在心中发光发响的符号，以及那披着狼头、在梦中看着自己、悄声诉说着爱的男人吗？

心跳得好快，明明天气冷，艾莉丝却还是流汗了。她很害怕，怕的不是追杀自己的巫术，也不是这空旷的夜和周围几个男人。那么到底怕什么呢？她试着给这份恐惧一个名字。宿命，命运，抑或只是光阴拉扯着自己的每一步？艾莉丝隐隐约约地感应到自己出生之前就存在的那片无尽黑暗，仿佛是一片虚幻，但里头却藏着好多张可怕的面孔。自己所知的一切似乎都不对，或至少比起以为的更加复杂或凶险。

那幻觉之中，自己怀中的男人又是怎么一回事？鸦人到底与自己有何关系？坐在河边的营火前面，春夜的凉意袭上后脑，臀腿被树枝与小石头给扎疼了，面前只有几个渔夫和不停看天空怕乌鸦飞来的行商，艾莉丝惧怕的却是他。然而那异象比起船、比起河，比起勒熙与骡子都来得更加真实。她感觉自己与抱在怀中的男人有种超越世俗关系的情感，就像历史上的朱迪思与铁臂①之所以私奔。面前包着头巾、穿着宽松长裤、留着尖细胡子的东方商人就着火舌变得像是个火焰精灵，但艾莉丝感觉得到：他一直追求那种情感，却始终得不到。同样地，身边这几个渔夫因为心力都用在捕鱼、修船以及养家活口等等琐事上，没有多于时

---

① 外号铁臂的鲍德温一世（Baldwin Ⅰ）带走加洛林国王的女儿并与其结婚。

间去思考这种问题。

可是艾莉丝却从小就感受得到。她知道自己不完整。此刻终于明白为什么小时候在洛什镇，会想要半夜出去外头，也了解为何梦境总是不停追寻却什么也找不着。因为，她在找的就是那个人。但到底为什么得找到他？自己又为什么非得死不可？艾莉丝还是不懂，也不知道下一步该怎么办，没有方向，或者说她还掌握不到关键。然而那思绪挥之不去，她知道自己会在半夜流连安德尔－卢瓦尔省河畔，是因为他；自己会在梦中穿过一个又一个洞穴，也是因为他。这感受比起任何事情都令艾莉丝恐惧，她凝视火焰，眼睛却冒出泪水。

山上传来狼嗥，艾莉丝仿佛听懂了叫声的意义。她看着火，说出一句话。

"我在这里。你呢？"

43　怪物的形象

鸦人架了箭，瞄准门口的修士。尽管双手颤抖，他还是放了箭，箭杆插在对方的锁骨上方。后来葛瑞提尔的部下进入修道院，将祭坛周围不停唱歌的其他修士砍倒、结束了几百年的永恒礼赞，鸦人的手仍抖动着，但挥舞弯刀仍是利落。将几个修士拖到水池那里，他还在打颤。必须在此献祭九人，象征奥丁在智慧之井旁边树上悬挂的每一天。鸦人对修士又打又踹，直到他们安分地被绑在岩柱上，脖子受到三环结箍制无法挣扎。死者之神赐予的项链，绳结只会越缩越紧，直到极限。

祭品只需要九人，其余的被砍死、打死、刺死、烧死都无所谓。他认得那老头子。他当然认得，还特地吩咐了维京人不要杀死年长者。战士们在小礼拜堂里找到他跪在那儿，胡甘本不想望进他眼里，但还是目光交会了。越不愿意越得面对，这是魔法的基本原理。

"麦可神父。"

"你这邪物，为何知道我的名字？"

"是我，刘易斯。"

"我不认识什么刘易斯。"

"你以前给我上过课。我杀死院长以后离开了。"

老人摇摇头："刘易斯，是你？孩子，你究竟怎么了？"

"我现在服侍古神。你的死期到了。"

老修士抬头看着他："我以前待你不薄，你也该心存善念吧。替我阻止他们，孩子。"

结果鸦人将他押到水池那里。老头子花了些时间才死透，但与胖厨子、书记长、年轻人以及约翰出现时还活着的两人相比，还是算快了。必须有九人死在这片幽深水潭内，傍晚时鸦人已经献上八条命。其余被葛瑞提尔的部下杀死，所以约翰刚好补上最后的空缺。在胡甘看来，圣人及时出现，一定是吊死鬼之神的巧妙安排。

杀死那位老神父，胡甘心里还是难受。小时候他受到麦可神父许多照顾，就算溜出去见养母一家，神父也睁只眼闭只眼不过问。难受，代表更必须要做。胡甘深深明白恐惧恐慌、羞辱耻辱都是通往魔法世界的门坎，所以他要亲手杀死这些挣扎着哀求着或者绝望地唱着诗歌的人，让他们的脖子都被绳结狠狠勒断。即便如此，古神却依旧没有赐予他预言异象。

他坐在教堂内那片黑暗濒临落泪边缘时，旅人出现，于是被鸦人拉进水中。

巫师默祷着：请让我看见敌人。绞死、溺死的一双双眼珠子瞪着胡甘，古神终于应允了。那旅人居然挣断了颈上的绳索，仿佛那是脆弱的蜘蛛丝。而且，他袭击的对象竟是旁边另一名基督徒。

胡甘听见他说出名字："巨狼芬里尔。"

鸦人恍然大悟，所谓的诸神黄昏原来已然展开、于现世重演。诸神的黄昏，自古以来世界不断经历的大灾难，神灵彼此的可怕冲突超过境界分隔，动荡了人世，化为真实不虚的一次次滔天大祸。

古神若得到实体就必须死，胡甘与妹妹也要一同陪葬。面前撕裂两名修士的恰是那担负弑神角色的怪物。他本以为巨狼来到人间，应当同样是一匹狼，直至此时才明白原来狼魂同样进入了人类的身体。自己请求奥丁告知敌人模样，为此献祭那么多修士加上整支战士队伍，甚至牺牲了作为人的情绪感受，本以为尽是枉然、徒劳无功，但看来绝非如此。透过神的安排，巨狼直接出现在这修道院，还任胡甘处置，然而他却因循苟且，没有解救自己信奉的神明，当然也因此赔上自己，更重要的是妹妹。鸦人知道自己杀不了他，他从预言中已经确认过这段命运——但既然有机会，胡甘可以囚禁巨狼，将他永远禁制在水池另一端洞穴深处内。

妹妹以双眼换来的预言非常明确。那个女孩会将巨狼带到神的面前，神因此死去。巨狼将两个修士撕裂，受害者的惨叫化作池水上的涟漪。这水池本是献给基督、献给奥丁，或者献给墨丘里、献给沃达纳兹。名字无所谓，那只是千百年来感受到他力量的人类所赋予的不同称呼。

穆宁也听见了惨叫。她远在巴黎城外树林中，面对着一团橡树树枝化为灰烬烧出的火焰。女巫令意识越过重重黑暗，进入兄长的心灵内。他们本就是一体。

"妹妹？"胡甘感应到她，起初是那张残破的面孔，但一闪即逝，真正强烈的印象来自于穆宁体内的符文。她的符文出现了。胡甘身上一阵麻痒，肢体一动作就觉得痛苦迟滞。尽管头痛，他却在脑海中看见钉在十字架上的耶稣基督，以及他头底的荆棘冠冕。

汹涌的挫折失落涌来，胡甘明白妹妹尚未成功杀死那女子。

"妹妹？"

是她。心里流入一团暖意。他在心中看见影像，货车上有明亮的星子。胡甘知道那是观星者口中的奥丁之车，北极星旁的星座，也意味着更北方。接着是艾莉丝的身影，还有位于岬角、两条河流汇聚的城市。鸦人觉得自己到过，竟至少曾经过那里才对，多想了两下发现当然认得出来，不就是格达里克①的东方大城奥戴古勃格吗？他曾受到赫尔吉所邀，前去为大公解梦。那一次妹妹不愿意一起去，胡甘当时没察觉异样。

与大公会面并没有特别的收获，但胡甘就此一直记着那地方，堡垒以泥土或木墙建造，但相当壮观，后面有许多墓冢既是王者死后所居，也是一种特殊形式的防御工事。当地人见着他，居然亲切当作朋友或一般访客，不会刻意闪避。那女孩子竟然想逃到东方？这么一来有机会下杀手了。既然赫尔吉以前曾求教于自己，也透过自己认识了妹妹的力量，说不定可以说服他将那巴黎女人交出来。

但仔细思考赫尔吉这人，他若也在找这女子、加上许多人尊大公为先知，难道他就是即将降临现世的神？胡甘第一反应是上回见面就应当判断得出来，但进一步思考又认为若神的化身尚未意识到自己身份的话就未必了。若奥丁将真实身份隐匿得如此之好，连自己也无法察觉，那么凡夫俗子怎可能找得到？说不定真的就是赫尔吉，否则他为什么派出使者去谒见厄德，目标一定是得到那女人吧？倘若让她到了拉多加，事情将一发不可收拾，而且巨狼尾随在后啊。胡甘暗忖自己一定要拦截到那小姐才成。

他注视水池。狼还在进食。脑海中忽然浮现了古代的预言诗。

见于黑水之中，

---

① 古北人语称呼基辅罗斯一带的用词。

破誓、残杀，恶的代行，血口吮干亡者，狼牙撕人。尚欲知其后？

看来一点一点正在实现。这预言是由带他与妹妹上山的巫婆所说，巫婆唤醒两人体内的力量，指引他们服侍死者之神。巨狼挣脱了桎梏，胡甘错过绝佳时机，追溯起来或许还漏认了奥丁化身。换言之，时间紧迫。鸦人思索着是不是该趁以前这怪物嗅着咬着已死的修士时赏他一支箭，但他知道弓箭对巨狼一点儿用处也没有。他连神也杀得死，乌鸦兄妹自然不可能是对手。箭矢无法伤他，想要保护妹妹不随神同逝，唯一的办法就是尽快消灭那女人。自己有马匹，也知道目标想去什么地方，没有理由再耽搁了。

他来到圣莫里斯本就为了掌握巨狼的样貌。尽管并非如自己预想的透过幻觉异象的途径，但了解敌人这目的已然达成。胡甘头也不回，飞奔出了墓穴。

44 防御行为

　　"应该去米可拉嘉德才对，在那边价钱比较好，可以赚得多很多。"

　　外头严寒，北风里还夹着冰晶，马儿跑了一天以后，他们终于在谷地弯曲处找到适合的位置，决定扎营休息。修道院的凳子被他们劈了以后变成干柴，偷来的布料堆一堆可以当软垫，坐下以后取出看来没被下毒的禽肉当餐点。

　　"那边的商人根本不懂得杀价，我们可以满载而归啊。"伊吉尔主张。

　　"不。"奥菲提反对，"那边也有教会，被他们知道有人偷这些东西过去卖，一定会冲出来要砍死我们。这些货可是很棘手啊，我觉得还是先回老家比较安心，之后去海泽比多带点儿人出来，管他强盗还是修士都不怕了。啊，糟糕！"

　　"糟糕什么？"

　　"是法兰克人！可能修道院有人逃出去通风报信了。"

　　两百步外，山势曲折后连接着主干道，那儿有七个人骑马奔驰。

"盾墙阵？"

"我们才十个人吧？一下就倒了，墙个屁啊。先上山坡吧，他们骑马没办法跟来。"

"可是东西怎么办？"

眼看骑士们快速逼近，他们也赶快做出决定。

在约翰眼里，一切仿佛是梦境。他眼睁睁看着北人挥着手叫骂，想将驮满宝物的马匹牵到隐密地点，又听见战马的马蹄声嗒嗒而来，骑士发出战吼，风声呼啸，接着马儿就到了面前，往他扑过去。

在场的人只有约翰一动不动，像是失了魂，心里窜过许多可笑愚蠢的念头。他们都是有钱人，锁子甲看起来很高级，盾牌上红白色的带荆棘十字架是执法者理查德公爵的家徽，所以他们不是法兰克人，而是勃艮第人。不知为何这些细节占据了脑海，明明重点是全副武装的骑士提着长矛瞄准他头颅冲锋过去。约翰腰带上挂着剑，但他没取出来用，幸好那骑士在最后一刻似乎认为敌人若手无寸铁，自己就不必冒着长矛折断的风险，于是将武器收了回去。砰的一声，约翰人被撞飞，肺部与肚子的气全喷了出来。他倒在地上以后，第一名骑士的马从上面跳过，第二匹马踩在他肋骨上，第三匹马踏上他的头。

那当下约翰认为自己应该已经死了。身体如此沉重缓慢，好像在修道院里吃到肚子撑了一样。他确实觉得满足，肚子仿佛装满了，但却又记不得自己吃过什么，只知道头很痛很晕，而且并不是因为被马儿撞倒践踏的缘故。连温度对他也失去意义，无论刺骨的冰雨或锥心的狂风都无法使约翰有反应。他好想睡觉，吃得太多了，真得休息一下。

但又有五个骑士自谷地高处冲来。他们说起话来有浓浓的勃艮第口音，朝着北人大叫道："放下武器！快放下武器投降！"

第一匹突袭的骑士已经想要策马上山坡，不过奥菲比他们先找到易于防御的地势，阿斯塔特取出弓开始射箭，骑士们只好高举盾牌抵挡。后面那群骑士来势汹汹，差点儿再将约翰给撞飞。局势一变，现在山谷两侧都遭到勃艮第骑士封锁。

维京人站在上坡防守，想要再爬高也没办法，山势太过陡峭，而且他们又很想留着偷来的东西。

约翰忽然察觉自己被人抬起。两个勃艮第人下马制伏他，其中一个拿刀架住他喉咙。

"我跟他们不是一伙的。"约翰开口。

他的勃艮第语并不好，可是生死瞬间、大难当头自然挤了出来。如果是在篝火边与行商聊天的话，约翰未必能说得出口。"我是效忠罗马皇帝的修士。"

勃艮第骑士开始对话。速度太快，约翰无法听得仔细，只知道大概是讨论要不要杀自己。其中一个人说约翰落单，看起来没要逃走，另一个人却说自己衣服上都是血，可见得一定与修道院内的惨剧有关连。

"皇帝叫什么名字？"

"查理，有些人骂他是胖皇帝，不过他和你们的理查德公爵关系很好。

两个骑士面面相觑。还在马上的人仍旧追杀北人，可是冲不上陡坡。

"我只是普通的朝圣者，所属的修道院也会愿意付钱赎我。"

换作以前，约翰不会苟且偷生，但那面容憔悴衣服破烂的小女孩仍在身边。她双眼望向北方，约翰明白她会带自己找到艾莉丝。不知为何，他丝毫不觉得这情境很诡异，还觉得女孩一定能懂得自己在想什么，会带他过去目的地。他想救艾莉丝，也为了救她才摆脱了过去的种种残疾不便。

"你看起来一点儿也不像修士。哪间修道院的？"

"巴黎圣日耳曼。我跋涉很久、渡过很多难关才到达这里。"

两个骑士又互望一阵。一块石头从约翰头顶掠过。奥菲提他们搬来一些小石头，拿起来拼命往勃艮第人猛掷。

"带他回去修道院吧，"高个子骑士说，"然后我们走上去，把那些家伙收拾掉。"

"不行。"约翰说。

"为什么不行？"

"他们在故乡也算是有钱人，一样可以取得赎金，我可以帮你们交涉。"

"那是杀害我们弟兄的凶手。"

"你们是修士？"

"可说不是，但也可说是。修道院由理查德接管，我们效忠他，你可以回去找他谈。"

执法者理查德居然在修道院。约翰心想这应当是近期的大事吧，又或者是那种昏沉蒙昧连记忆也侵蚀了？无论如何，那位公爵在此代表一件事：所有维京人都死了。理查德与自己的兄弟博索征战多年，一再证实自己的铁血手段实力多么坚强。他只是名义上的修士，想必很快会将猎鹰、猎犬以及军妓都带进修道院里。

"这些人并不是你们的敌人。"约翰说，"我们只是朝圣者，正巧碰上修道院里的屠杀事件，所以我就要他们将那些东西都带到圣日耳曼先行保管。当时不知道你们主公打算过来，才担心会有盗匪过去打劫。"

持刀押着他的人冷笑："你可真好心。到时候我们只要开个口，圣日耳曼就会乖乖把东西都吐出来，你说是不是？"

"我不是小偷啊。"约翰回答。更多石块飞落。

"叫他们放下武器，你们就可以面见执法大人。相信我，他看得出别人有没有说真话。"

约翰操起北人语往山坡上大叫。其实脑袋好像还泡在水里。"奥菲提，你们只有一次机会，别想留住财宝了，否则就得死在这儿。"

"死了也要干！"奥菲提吼了回来。

"投降吧，我带你们去找更多宝物，我发誓。我不都带你们过来了吗？让我和他们谈判，保住你们性命，然后去找十倍不止的宝藏吧。"

"基督徒，你了不了解都没关系，但我可是早想着要在满到膝盖的金子银子旁边光荣战死。叫那些法兰克懦夫滚上来，看我们怎样把尸体堆成山！"

那苍白的小女孩望着约翰，话语自己涌到嘴边："我可以带你们去找那女孩，就是伯爵的妹妹艾莉丝。我带你们去。"

"怎么找到她啊？"

"我知道她要去哪里。"约翰不明白为什么自己会说出这些话、甚至不懂话语究竟是什么意义，但听见嘴巴不停地动，"你们先——"

还没说完，维京人却利用勃艮第骑士分神的空当展开奇袭。奥菲提挥舞大剑冲下山，阿斯塔特与伊吉尔紧追在后。

约翰被身旁骑士捅了一刀。

脑袋凝滞的感觉像是丝绸着火后烧得一干二净。约翰的理智消失，潜藏体内那道怒火冲出，首先朝骑士一撞，撞掉了对方手中的刀，然后饿狼又冲出他心灵构筑的那片丛林。

结束以后，人与动物的尸块散在冻结大地上，积雪染满血红。雾气覆盖，仿佛这座山也不忍继续看见杀戮，约翰忽然感觉手掌冰冷，恢复神识。

面前跪着九个人，他们压低了头，将剑往前递，仿佛送上十字架。一匹马断气前的喉咙咕噜声传进约翰耳朵，思考完全被填满，再也塞不进其他。

"我们都是基督的人了。"

约翰左顾右盼，勃艮第来的骑士个个四分五裂，如同被天降巨拳给碾碎。有几个人受到刀剑伤，手指弹出去、或眼珠飞开时喷溅的一道血沫在地上。许多尸体的四肢被扭折至不可思议的角度，头颅转到相反位置，肋骨像碗那样凹下去。他留意到死者的装备被扒得差不多了，而维京战士们换上了高级的锁甲。几匹马在远处群集，互相取暖。

"我们决定追随基督。"胖子继续跪在地上道。

约翰口里有血腥味，咸而浓稠的口感。

"大人，我们得赶快前进，不然迟早会有其他追兵。"

大人？

约翰又觉得晕眩疲惫。小女孩牵着他的手，他勉强挤出一句："你们愿意受洗吗？"

费斯塔尔回答："为了您这样的战士，我们愿意接受考验。"

"不是考验，是要洗涤你们的罪。"

"我们愿意，但还是先上路吧。不能在此逗留了，大人。"

"为什么叫我大人？"

"因为您很伟大、很勇敢，就像我父亲描述的狂战士。"

"我不是。"

"假如你不是，这世界上也没别人配得上那称号了。"奥菲提说，"这些人全部都是你杀的。我才刚考虑要不要追随你的上帝，就立刻不费吹灰之力得到那么多财宝，紧接着所有敌人在我面前被你一个人给击败。提尔没给过我这么大的恩惠，所以如你说过的，基督已经逐退了他。我们决定从今以后都只信耶稣，他才是最强大的战神！"

约翰张望一阵，看见断裂的长枪，死人们个个瞪大眼睛。他慢慢想起自己是如何折断持刀者的手臂，掐断他咽喉，后来勃艮第武士们叫喊着持剑斧扑上，但反被自己重创，再也站不起来。

也因为如此，本来与奥菲提等人对峙的那群勃艮第人不由得分心了。维京人利用空当下山攻击，而约翰继续冲上前，躲开敌人手中的长矛，将他们的身体撕裂，疯狂地咬，疯狂地杀。

想到这儿，他颤抖起来。自己居然会残杀基督徒。灵魂竟堕落至此。

望向面前的维京战士们，他觉得这群人好孱弱，骨骼怎么这样纤细，每个动作都会嘎嘎响吧。脑中闪过一个画面：男人被捆在岩柱上，腿浸在水中，面孔因痛苦扭曲，还有什么伸出手指拨开他的皮与肉。

血。又是这味道。他喝下很多血。之前的自我，精修圣人约翰，对所作所为感到恶心厌恶。他虐杀基督徒，如同过去斗技场里狮子扑杀殉道者。然而还有一种异样感觉，好像潜意识中有什么东西苏醒了，逐渐逼退曾为圣日耳曼修士的那个人格，而这东西并不觉得血腥杀戮有什么错误可言。是什么感觉呢？舒畅愉悦。《圣经》经文浮现在心头，《利未记》里有这样一段：并且你们要吃儿子的肉，也要吃女儿的肉。然后是与他同名①的约翰福音——耶稣说：我实实在在地告诉你们，你们若不吃人子的肉，不喝人子的血，就没有生命在你们里面。他察觉自己心思偏差、扭曲经文内容，但好像一点儿也不在意了。当初撒玛利亚遭到包围，被逼到绝境时，也有人不得已吃下儿女，但上帝同样没有降罪。

"我没办法给你们受洗，给你们救赎。"

"那把你的信仰传授给我们。"

身旁女孩抬头望着，约翰摇摇头。"找别人吧。"

他朝马匹走过去，维京人跟着。只剩下九人了，两个死在雪地上，但又被搬上马背。北人的风俗是将战死的同胞带走，依据他们的仪式来

---

① 他的名字是Jehan，但与John只是不同地区与年代的拼写差异。

处理后事。约翰回想起先前那个修士的遗骸，如今被更有价值的财宝取代而流落荒野。他很想对这些事情多在乎些，但怎样也提不起劲儿，光是踏出一步又一步就耗费掉所有精力。

约翰跳上马，刚才的一番激斗，让他身上沾满了汗水，过了这段时间给风吹得冰冷起来。苍白的小女孩与他同鞍，坐在前面。

"别管他了吧，这些宝物够我们卖。不要管他……"伊吉尔眼神充满恐惧。

奥菲提摇摇头："他是伟大的战士，也给我们带来好运，还是跟着走吧。"

约翰摇摇头，骑着马继续穿越这座山谷。北人带着同伴遗体追上。

五天以后，他们停在一条溪流边给马儿喝水。

"修士，伟大的修士，你可以在这儿给我们洗礼。"奥菲提说。

"不行。"约翰又好几天没有进食。

"为什么呢？之前你还兴致冲冲。"

约翰明白自己没那资格了。路上他想甩开维京人，但他们一直跟过来。尽管那女孩一直指引方向，他却根本不知道目的地是哪里、要花多久的时间，只大概判断出北边是法兰西和法兰德斯这两个基督教王国。

距离在水池遇见那巫师，过了多久时间？将近一周，他却还不觉得饿。然而约翰知道自己总有一天会饿，而那饥饿是他无法抵抗的力量，再豪华的食物或料理都无法满足他，因为口里只有血的味道，他也感觉得出来自己还想啃食人肉。约翰考虑过自杀，祈祷后却没有得到神给予启示。

圣奥古斯都曾经说过："知自杀为不义者，若得上帝指示则仍可为之。"阿奎那则说自杀是最大的罪，"因为不再有悔改的机会"。教义说得很清楚，食人相较于自刎反而罪行轻一些。这么想合理吗？似乎合理，但他脑袋被新涌出的那股力量震得嗡嗡叫，于是睡不着但又不累，吃不下但又不饿。思绪依旧一团紊乱，可以确定的就只有他曾经陷于饥饿里，也绝对会有下一次。

他始终跟着小女孩。为什么？因为她知道要去哪儿好。约翰暗忖若自己按捺不住那股嗜血冲动，至少也要加以控制。北行的路上，他不可以再对基督徒动手了。这么思考以后，他忽然间明白自己为什么拒绝给维京战士们洗礼。

约翰看着篝火，体会着自己身上的那份饥饿，不禁颤抖起来。

45 沙上血

河口湾面积相当广大，平滑的泥沙展开好几里。晨曦将天空染成了珠母贝的亮丽色泽，水面是一片深邃的绿。渔夫将船带回家，他们告诉艾莉丝和勒熙：沿着河口走，就会找到圣瓦莱里修道院以及周边的村落。

两人在面对西边的岬角上找到教堂，几幢白色石材堆砌而成的华丽建筑面对着广阔的大海。

教堂站在制高点，可以清楚看见来自四面八方的威胁，但显然这种优势不如想象，岸边已经停泊了三条龙船①，船身细长，远望时真的像是龙趴在岸边休息。

"在这里找不到人做生意。"艾莉丝看了说。

两人躲在岸边的灌木林里。

"是啊，"勒熙回答，"但我们很幸运。来。"

"我有点儿怕。"

---

① 维京人长船的一种，因为船首形状似龙而得名。

勒熙耸耸肩："已经两星期没看见鸟了，不是吗？"

"但有三条装满丹麦人的长船，"艾莉丝说，"他们和法兰克人是世仇。即使你可以说动他们载我们过去，连着几周在海上，我没办法一直隐藏自己的性别，唯一一个不会站在船边撒尿的人太明显了。等他们意识到我是女人，该怎么办？"

"不是丹麦人啊，"勒熙说，"从船的样子就可以判断出来。"

"那是？"

"他们自称弗雷之子，因为信奉弗雷。以前叫作恩灵人，或者舒尔丰人，是从比尔卡①来的海盗和商人。"

"到这座修道院是为什么？"

"恐怕还是来杀人抢劫没错，但我觉得他们可能还没得手。"

"怎么说？"

"这里的修士很戒备，远远地看见他们开船接近就会将财物都收起来逃走，想要找到一头山羊杀来吃，我看都需要运气。"

"那他们现在心情一定很好。"

"等着瞧啰。你看看那几条船，不觉得奇怪吗？"

"我看不出哪儿奇怪。"

"算是细节吧，但靠近一点儿就会发现船头并不是龙形。远远看觉得差不多，其实那是蛇。"

艾莉丝摇摇头："我可不想靠过去。"

勒熙笑了起来。"我认得这些船，"他说，"也认识他们的国王。想去拉多加，这是最好的选择，我们算是运气非常好呢，相信我。他们原本就会在比尔卡和拉多加之间做生意，我遇见过，还卖过

---

① 位于现代斯德哥尔摩市以西三十公里的岛上，是维京时代的重要贸易中心。

丝绸给他们。"

"可是你要怎样和他们解释？"

"和事实差不多就好。"勒熙说完起身牵着骡子穿过泥泞朝长船走去。

艾莉丝望着他背影一会儿，心里祷告以后只能跟上。

走到一半，勒熙就大叫起来："伟大的舒尔丰人、四海的王者、华纳海姆①的子孙，真高兴见到你们。各位朋友，我给你们带来好运了。"

每条船上都站起了三个战士，一共九人，他们执长矛，拔刀剑，背上斧头待命着。

"朋友们，不用动武。我是奥戴古勃格的勒熙，后面是我的仆人。我们都没兵器呀。"

"你的仆人身上有把很不错的剑。"

"噢，那个呀，是我的东西。我是商人，可不是战士，但那些装备放在骡子背上可能会被法兰克人偷走。裘奇在吗？你们的王呢？在海滩遇上我，一定是他的祝福。"

"你怎么认识我们的王？"

"他是不是常穿一件红色丝衫？那是我卖给他的呀。"

"结果给个法兰克人一抓就破了。所以商人，你还欠他钱。"

"舒尔丰人总是爱说笑呢！"勒熙回答，"他在吗？我想见一见。"

"我要拿走那把剑。"讲这话的男子很高，长相粗鄙，褐色面孔上如蟾蜍背部，生着很多斑点。他扛着一把巨斧，声音又缓又低，听起来像是傻大个，伸手指着艾莉丝腰间。

"给他吧，我再和裘奇讲讲，可以拿回来。"

---

① 华纳海姆即华纳神族的居住地。弗雷为华纳神族，但被送给奥丁作为质子。

艾莉丝却抽出长剑。"东西就在我手上，"她说，"想要自己来拿。"

"商人，他说什么？"

"这把剑中看不中用，真的拿来对付敌人可没有好处啊。"

"他不是这么说的吧。"持斧男子回应。

"朋友，这小子年纪轻，一心只想着保护我。"

"他是法兰克人？"

"不、不，怎么会是呢，大人。他跟我同族。"

"我还是要那把剑。"

持斧男子跳下船，艾莉丝剑锋指了过去。

"小子，不会用的东西就别拿在手上。"男人说，"交给我，否则你就得死在这儿。"

艾莉丝根本听不懂他讲些什么，但可以强烈感受到杀意传来，比起北风还要冰冷刺痛。男人挥了挥斧头并逼近。

"布罗迪，别这样。"邻船上一人开口，"既然是裘奇的朋友，你乱杀人可就得赔钱。"

"算过了，"持斧者说，"一个奴隶值多少钱？七十？那把剑值一百五啊。"

"你这笨蛋，他怎么会让你留着剑。"

"为什么不能？我光明正大打赢才拿到的。"

另一人笑了起来："和脑袋好的人讲话比较轻松，你说是不是呀，商人？"

"带我去见你们的王，我自有酬谢。"勒熙连忙开口，可是布罗迪已经越过沙地走向艾莉丝。

"我也想啊，朋友，但他在上头修道院里面，看看除了老鼠肉以外还有留下什么东西。等我走上去，你那位小伙子也已经断气了啦。"

"最后一次机会，"布罗迪说，"把剑给我，不然就等死吧。"

艾莉丝了解北方民族的风尚，因此明白若自己在此时退缩，之后的处境将会有多么糟糕。上回假扮成勒熙的仆人，结果受到维京战士的嘲弄羞辱，还要忍受赛尔达动手动脚。她不想再过那种日子，比死还难受。

布罗迪暴喝之后高举斧头，艾莉丝往后一退，却摔倒了长剑离手。布罗迪见状大笑，上前拾起长剑。艾莉丝躺在沙地上，感觉到背后有个硬物，手一探抓住了法兰克飞斧，顺势就扔了过去。斧刃猝不及防由下而上旋飞过去，布罗迪察觉异样才转身时已经太迟，下颚被劈开，气管与血管爆出鲜血。他伸手抓着斧柄，气息已经接不上了，虽然还想拿自己的巨斧还击，一用力就往前趴在沙子上，底下漫成血泊。

艾莉丝耳里出现怪声，叮叮当当、咯咯嘎嘎……一个符号在心里渐渐成形。

"噢，利落的一斧！"一个维京人喝彩。

"弗雷保佑！"另一人也跟着叫道。

艾莉丝纵身抢回长剑，准备应付其他人，但大家都站在原地，瞪着她猛摇头。

"这下你可惹祸上身啰，商人。"一名黑发维京人叹道。

"怎么会呢，"勒熙回答，"他是正当防卫，不需要赔偿吧！"

"我也不喜欢布罗迪，可是修道院那儿都是他的弟兄。"另外一个人解释。

"是他先动手想砍人，小伙子自卫而已。"一开始那人说。

勒熙翻了个白眼，转头告诉艾莉丝："看样子你挑起他们的派系斗争了。"

"我是强者罗贝特的子孙，"艾莉丝开口，"绝不对这些人低头。"

"要是你肯低头就好办多了。"勒熙说，"日子会好过很多。我就不觉得很难啊，你看。"说完他就往维京人毕恭毕敬地鞠躬。

艾莉丝只是站着甩干净一身沙子："你想怎样是你的事，但这剑我不会拱手让人。就算被他们强暴、被他们杀害也一样，而且在他们得逞之前一定有人得陪葬。"

"小姐，"勒熙说，"等你成为赫尔吉的夫人，坐进拉多加的宫殿，自然有金银财宝、华服美馔，到时别忘记一路上我有多辛苦，花了这么多功夫救你照顾你。"

"所以你是打算把我卖给他当妻子？"

商人微笑："这是你的命运，也是唯一安全的归宿，狼人不是这么说的吗？"

艾莉丝将剑收回鞘内。"我会与你一起去见这些维京人的领袖，告诉他现在的状况。假如他有脑袋，会知道拿我可以换赎金，这样自然就会保护我。你替我翻译就好，我并不想要让你来照顾。"

"我可不觉得这是好主意。"勒熙说。

艾莉丝瞪着他："你是商人，负责买卖，是非好坏交给更清楚的人来判断。"

勒熙看得出来争辩无用，挥了挥手低声埋怨。他暗忖说不定带艾莉丝回到拉多加，结果是一毛钱也拿不到，但如今只能尽力而为，听天由命。

他转身对那黑发维京人说："你可以带我们去见裘奇吗？"

"是可以，反正待在这儿冷死了。"

三人从海岸踏入布满沙砾的道路准备上去修道院。炊煮食物的香气传来，艾莉丝忽然有种想哭的感觉。这气味勾起了童年时光的回忆，在河边或田园上玩耍整天后，走进城墙里就闻到各种香味。她发现自己越来越容易缅怀昔日，意识常常倒流，接着就会有种不可思议的感受。更多知识涌入，她不懂为什么自己忽然知道脚边的褐色海草汁液经过煮沸可以治疗关节僵硬？另外鸦人的面孔挥之不去，但为什么不再丑陋恐怖，反而恢复得完整，甚至可说是英俊了？艾莉丝的母亲还在世，但她却想起另外一个女性，脑海浮现自己站在以草泥为顶、奇形怪状且悬挂许多药草风干的低矮屋子外头，想要叫唤对方时脱口而出的竟是："妈妈。"

稍微高一些以后，地面是石头，然后到了教堂前面。入口旁边堆着很多书本，然而丹麦人——艾莉丝依旧认为他们与丹麦人无异——将皮革封面都拔了，只有纸张在外头任凭风吹雨打。

看不到打斗或杀戮的痕迹，也没有尸体，屋顶没烧过。天气很好。

"朋友，"勒熙又开口，"裘奇死了部下这件事，可以由我亲自告诉他吗？"

"这没办法。"维京人回答，"这么做的话，他的弟兄会以为我故意隐匿。"他又望向艾莉丝，"换作是我的话，现在一定逃得远远的。"

"他说我们应该逃走。"勒熙翻译过来。

"逃去哪儿呢？"艾莉丝说，"无论是好是坏，我宁愿在这儿面对。"

"你讲话越来越有瓦良格人的风范了。"勒熙说。

"要是听你的，我就真的会变成瓦良格人。"

"没错，不过那也是瓦良格的宫廷仕女，不会是个战士啊。你现在动起手，可不输给瓦良格人的战士，希望不会和他们一样长出胡子来。"

他们穿过敞开的大门，经过一条小走廊到了修道院内。几栋房舍围出中庭，周边走廊都有遮篷，厨房屋顶的排烟口朝着青天冒出细细一条烟。地上有四件锁甲、一些软垫甲和盾牌头盔等等，长矛与弓箭靠在墙壁上，几名维京人坐在阳光下磨斧头。中庭中央有十数名战士正在讲话，为首者身形瘦削，穿着金黄色战袍与蓝色丝绸上衣，由其他人的态度不难想见他就是裘奇。

艾莉丝与勒熙从阴影下走出去，磨斧头的战士纷纷放下砥石，蛮族王身边众人也噤口不语。

"你带奴隶来吗？"艾莉丝认为是裘奇的那人出声问。

"我不知道，大人，这人说他认识你。"

裘奇朝勒熙瞥了一眼。"我没印象，"他回答，"东方人，你怎么认识我？"

"大人，在奥戴古勃格呀。我是那儿的商人，叫作勒熙，服侍赫尔吉大公。感谢上天给我机会能够达成他的心愿。"

裘奇又望向艾莉丝："这又是谁？"

"大人，我也不知道，可是刚刚在沙滩上，他杀了布罗迪。"黑发维京人回应。

一阵骚动后，裘奇身边有个战士怒吼着拔出长刀扑上前，但艾莉丝也立刻长剑出鞘指过去。

"住手。"裘奇喝道，"柯尔法，若你自认与是我同族，是我的家臣，那就听我命令。"

持刀男子踟蹰着，仿佛被隐形的锁链给牵制住。

"我有权杀他。"男人说。

"不，只有在符合律法规定的情况下，你才可以报仇，否则只能要求赎杀金，否则血债会一直延续。商人，你说你是赫尔吉的部下？"

"是的，大人。我叫勒熙，做丝绸生意，也卖过衣服给您。"

裘奇点点头："你们斯拉夫人在我眼里长得都差不多。我付你多少钱？"

"三迪拉姆，是我给过最好的价格了。"

蛮族王大笑："你过来是要跟我讨更多，还是良心发现要还我钱？"

"都不是，大人。可以私下说吗？"

"不行。这些都是我的同胞，能对我说的，就可以对他们说。"

"遵命，大人。"

"那我可不可以收拾这杀人凶手了？"柯尔法问。

"正在谈，不是吗？"

"商人，告诉他，"艾莉丝开口，"我是强者罗贝特之女、巴黎厄德伯爵的妹妹，也是拉多加之主赫尔吉的新娘，名叫艾莉丝。"

"小姐，恕难从命。给这么多人听见的话，你真的会被当场强暴了。还是交给我吧。"

"商人，这是你的保镖？"裘奇问，"看起来才十岁左右，难怪血气方刚，大概没杀过人吧。"

"他杀死我弟弟，我要他偿命。"柯尔法又叫道。

"大人，我为赫尔吉大公出这次任务。这男孩是来自西方的阉人修士，对大公有特殊的意义，所以付钱要我带他过去。我前来见您，也是希望可以安全抵达奥戴古勒格。"

裘奇点点头："我很尊敬大公，而且他帮我们在东方有不少斩获，假如能帮上他的忙，也可以换到一些钱，我挺乐意。我们打算先回比尔卡，从那边转过去只要三星期，可以带你们一起走。"

勒熙五体投地："大人，真是太感激您了。"

"那我怎么报仇？"柯尔法吼道，"难道连这机会也不给我？大人，你这样做，使我颜面无光！"

"我不能准许你们对赫尔吉的人动武。"

"大人，方才是那位武士先往这位小弟攻击，想要抢他。"勒熙跪在地上说。

"我弟弟做事光明正大，"柯尔法说，"假如得割开你喉咙来证明的话，我可无所谓。"

"我想我还是得婉拒。"勒熙回答。

"就律法而言，这问题很容易解决，赫尔吉听了应当也会同意。柯尔法，照法律就是hölmgang，但时间是在明天出发前。现在还有可能受到敌人攻击，我不冒这种险。"

"那个词，hölmgang，是什么？"艾莉丝问。裘奇特别强调，她不禁注意起来。

勒熙握拳捶地板，然后高举双臂抗议："大人，若这小子死了，您要怎样向大公讨赏金？又怎样对他交代？"

"别担心。"裘奇说，"这边的修士一个才十块迪拉姆，他死了的话，回程再捉一个就是。可能要往内陆一点儿吧，反正也顺便抢抢别的东西。"

"大公要的是这个人，换别的修士不行啊。"

"他们看起来没两样，"裘奇回答，"我分辨不出差别。还是你的意思是，赫尔吉就比我聪明多了？修士就是修士，大公找过去也只是叫他帮忙写字吧，等觉得腻了一样是要宰掉。他才不在意什么修士，只是找个书记罢了，差异顶多是年纪。反正要修士我们就给他一个，你说是他要的人就好。我看你不笨，没问题才对。"

"hölmgang到底是什么意思？"艾莉丝问。

"裁决是非的决斗仪式。"勒熙告诉她，"小姐，你一直很幸运，但恐怕这次需要更多的运气了。"

"好了，"裘奇说，"我们就先去营火旁边吃些烤鸟烤鱼，商人也可以讲些东方的故事来听听。今天晚上一定很舒服。"他又转头看着艾莉丝，"小子能享受就尽量吧。柯尔法经过五次决斗都胜出，而且那五个人都不费吹灰之力就能杀死你了。"

柯尔法也指着艾莉丝："你今天晚上别想走，就坐在我旁边，睡着以后，我弟弟也会看着你。这修道院的修士都是胆小鬼，但你别想逃。"

"反正横竖要死，"艾莉丝对勒熙说，"死在这儿无妨。"

勒熙低头以对，起初还思考着是不是要把艾莉丝的遗体带去给赫尔吉。不过新娘子和圣人是两回事，死了就不值钱了。他望向天空，怀疑自己是惹恼了哪位神祇才受到惩罚，自己后半辈子的清福怎么都悬在这女孩子身上。看来他又得绞尽脑汁设法解救小姐了。

46　狼宴

有了马匹，渡河速度快了许多。维京人不知道往北的路线，就靠约翰带路，而他自己则只是跟随着身边的小女孩。有时他望向十字架，希望冥思可以使心灵沉静一些，但结果没用，反而在走动的节奏中可以稍微稳定下来。之后他们在山间找到一座碗状盆地，里面有个大城镇。

"既然有马，"阿斯塔特说，"可以卖给他们，换条船走水路。"

奥菲提摇摇头："这里可是敌人的领土。修——大人，你知道这儿的城主是谁吗？"

约翰不清楚这是哪儿，但大约知道所处地区还在胖皇帝查理管辖之下，所以这座城市应该与巴黎厄德伯爵算是盟友关系。而且他不大在意这些琐事，心思大半用于对抗脑袋里各种怪异念头，专注于祷告上。有那小女孩带路，事情简单了一些，找到艾莉丝是第一优先，他要保护小姐不受神秘力量侵害。

"另外，那条河到了这儿，看起来就和山羊尿一样浅。"奥菲提又说，"就算有船也没用，所以还是往下游多走几天，等水流够大再看看能不能做一条或偷一条船吧。"

奥菲提开始学了些基督教的皮毛过去，做了个大十字架提着走。从他们的打扮长相以及用斧头这点就看得出是丹麦人，然而也并非所有维京血统的人都会打家劫舍，法兰克族的一些领主同样会雇请北人佣兵，让他们自相残杀。因此看见带着十字架的丹麦人，虽然依旧会引来侧目，但至少不会直接遭受攻击。

河谷两侧岩山高耸入云，山坡上零星分布着一些村落。走到一座大瀑布时，他们遇见了几个强盗，对方从雾气中跳出来，但装备破烂，想下手却又忌惮着维京人身上的锁甲和武器。奥菲提索性下马，拔了剑作势冲上前，结果强盗一哄而散。途中也会经过一些碉堡关口，守军就不那么好应付，会出来想要认真打一场。幸好他们将财物都用勃艮第人的斗篷盖起来，约翰努力镇定后出面解释：瓦良格人是护卫，他们从圣莫里斯修道院打算前往东方国度传教。

这算是撒谎吗？可以肯定并非完整的实话，但约翰的自我意识飘到了很远的地方，为了与身体里另外一个存在对抗就竭尽全力。然而他仍隐隐约约地回想起《圣经》上的句子：耶和华所恨恶的有六样，连他心所憎恶的共有七样，就是高傲的眼、撒谎的舌、流无辜人血的手、图谋恶计的心、飞跑行恶的脚、吐谎言的假见证，并弟兄中布散纷争的人。

他知道自己是什么。他是罪人。虽然大家尊他为圣，那只是个误会。约翰相信自己会坠入地狱，就像当年他预言鲁昂大火时同样肯定。可是究竟为什么血液之中流动一股愤怒、一股亢奋？夜里特别难受，一直看见圣母在原野上，那不是他所见过的任何一片土地，自己站在一座山边望着辽阔水面，她就在一旁，头发上插着些花朵。圣母身上是黑袍，而非蓝色或白色。

以前厄德就说过，是因为人性欲望已经凋萎，才会觉得保持自身纯净是简单的事情。但他不纯净了，还回想起在维京人营地中与艾莉丝小姐的肌肤之亲，仿佛就是那感受转化为力量，使自己摆脱了残疾，可以靠双腿行走，走向地狱。想起她的声音，约翰察觉梦境中矢车菊似乎就是插在她的发梢，两人一起躺在河岸晒太阳。

他们继续北行，路上吓退不少山贼，遇上关卡就付通行费，顺着河流转弯后又进入另一片陡峭的山谷，走了好几个小时两侧都是种植葡萄的台地。到了小镇上，总算可以将马卖掉，买了一条船。虽然是平底河船，但维京人还是很兴奋。

"差不多四天之后，应该可以出海了。"奥菲提说。

"你又知道我们在哪儿了？"费斯塔尔说。

"应该离海岸不远，"奥菲提回答，"看看吧。"

原来头上有大海鸥飞翔。

"才刚过冬，说不定他们也才要回去海边。"

"不会太远啦，"奥菲提说，"相信我，我都闻到海水味了。"

约翰觉得胖子说得对。不远了，他跨过罪恶之门，更靠近这堕落世界，一切新鲜美妙。陆地上每样东西在他眼中都生机蓬勃，露水打湿的草地散发出的清新气味就可以使约翰沉醉好一阵子，衣服沾上马毛味道也像是第一次嗅到。自己身上除了汗水以外，还多了一种微妙的辛香，连浑身酸臭的维京人也带着类似的气味。每次闻到，约翰口中就满满都是唾液，多得必须特地吐掉。

深呼吸时，约翰可以闻到沁心的海水，海边堆积了油腻与腐败的海草，除此之外，像是还有百万种味道。他可以一个一个抽出来辨认，据此找出最靠近的铁炉、茅厕、羊群，或者市集等等。而且许多气味勾起了回忆。

他在一条船上，正往北方前进，船上坐满了人，都盯着自己看。

但，这些人有什么地方不对劲儿，他努力地想，然后察觉每个人都眼神冰冷、皮肤惨白，完全没有动静。都是死尸。约翰知道这并非预知未来，而是记忆涌现。他曾经历过这趟旅程，如同此时此刻，同样寻找着她。什么时候的事情？难道诺斯底派说得才对吗？灵魂攀爬着一条天梯，不断转生，追寻完美，缓缓向上，触及那至圣以后又得再轮回？而自己并没有往上，反而下坠了。约翰也听说过诺斯底的另一项邪说，那一派认为此生的罪孽会在来生受到惩罚。本来残障不能行动的自己，得到自由、变得强壮以后干了些什么？啃食人肉、色欲熏心，他离天国更远了。

要坚持信仰。上帝，请聆听我。我如此卑劣，配不上你赐予的自由。请处罚我，上帝，让我回到苦痛中，变回过去的模样，我才能击败愈发壮大的心魔。

"不搭这个出海？"阿斯塔特问。

"我看起来那么笨？"奥菲提反问。

"对啊。"他们笑成一团，约翰却一点儿也快乐不起来。他整颗心飘到北方，小女孩陪在身旁，任她冰冷的手牵着自己迈向未知的未来。

之后比较少引起注意。两年前，维京人在此落败，连当时的王都转信基督，有些人留下来定居。一些年轻人看见这队伍，会骂他们是吃冰块、爱鲸鱼的怪胎，但没有人真的想打架闹事，甚至在一个小村子还受到些许款待：有个大约八岁的小女孩拿雪花莲编成的花圈套在奥菲提手上。

"感谢乌鸦人，"她说，"是你们的巫师。"

"本来还以为你们都是坏蛋，但他治好了我儿子的高烧。"一旁妇女解释。

约翰不明白她们的意思，也吃不下她们给的食物，只能硬吞。对他而言，嚼面包与嚼绷带差不多，煮熟的鸡肉尝起来像湿调的皮革。他不饿，现在还不饿。为此必须感谢上帝。

继续前进，穿越平坦土地后河道宽阔起来，天空是一片无垠的蓝。薄暮时分天色昏暗，但河面反射着夕阳，战士们的手与脸好像散发着光辉。

"我们得找条大船。"费斯塔尔说。

"照计划进行。"奥菲提回答。

"我们有计划？"伊吉尔问。

"噢，当然。"奥菲提说。

"真不可思议，但千万别告诉我——我怕我会失望得想死。"

"少担心。"奥菲提搔着鼻子，"计划要保密，就算你都已经做了也不会知道。"

"一如往常。"伊吉尔叹道。

"对，一如往常。"奥菲提又问，"大人，你会不会划船？"

约翰没答腔。

"我想这是不会的意思。"奥菲提自问自答，"附近有没有修道院？东西多一点儿的？"

"我不会带你们去杀人。"约翰说。

"我可没这打算。你们闻闻，是不是温暖多了？大伙儿，这代表什么？"

"出海抢劫啦！"他们异口同声。

"对，冬天过去了。霍达人、洛嘉人、舒尔丰人，所有北方航海民族都会想到同一件事情。没蹲在巴黎或西方岛上的话，大概都会聚到这儿来，反正至少会有一部分。换句话说，只要找到修道院，大概就会找到长船。"

"我不会带你们去杀人！"

"别紧张。那些海盗也杀不到什么人，因为修士几年前就已经搬走了，这边沿海几里的范围都没东西，居民都聚在一起变成好防守的大村落。朋友，抢东西可不像以前一样简单啰。但是海盗还是会过来碰碰运气，偶尔会找到还没迁居的人。总之，我们可以向他们借船。"

"人家会答应吗？"阿斯塔特问。

"当然会啊，"奥菲提回答，"你有听过死人会拒绝？"

大伙儿又冷笑点头。约翰明白这是他们的幽默，但还是内心不安。

大河水流平缓，泄入一座大湖，然后又在低地沼地间绕行。附近少有人烟，仅一些渔民，见了他们也保持距离。最后他们看见地平线处海岬上，浅灰色天空背景下，有一群黑色的建筑物形影。

"大人，那是什么？"

"修道院。我不知道名字。"约翰照实告诉他们。他觉得头好重，思绪紊乱，仿佛无法真正控制自己的一言一行，而是站在旁边观看。

他们将船靠岸，穿越盐沼朝那些建筑物走过去。奥菲提说得没错，修道院里没人，看样子一两年前就起过火灾，屋顶不见了没人修补。墓园里到处给人挖开过，上头草都还没长回来。看样子冬季有人在此避寒，但已经离开了，大概怕碰上海盗。

"这下子怎么办？"阿斯塔特问。

"等。"奥菲提说，"我们的存粮可以撑几周，加上靠海要捕鱼不难，还可以采沿岸的菜跟贝类吃。只要等得到船，就能回家了。"

"奥菲提……"费斯塔尔提醒他，"我们自己出去打劫的时候也是五条船，意思是可能碰上三百人。"

"祈祷运气会好一点儿吧。"奥菲提说，"你想想，攻打巴黎的战况没什么进展，所以可能会有些人回家途中顺道经过看看，而且舒尔丰人最有可能了，因为这儿是他们回程必经路线，稍微逗留一下查看这教堂也没损失。我们在附近晃荡就打扮成修士，别带武器，如果发现有船靠近，就躲到后头沙丘，找机会抢一条船。"

"九个人对付……多少？一百，两百，还是三百人？"

"想办法分散他们注意力。"奥菲提解释，"几个人装成修士在附近出没的话，他们就像猎犬遇上兔子会忍不住。"

身旁那苍白的女孩抓着约翰的手。他开口了，却根本不知道这些话与从何而来，很自然脱口而出："你们得等待正确的那条船。"

"大人，假如船头是熊的话，或许可以放过啦。还是龙头的好些。"奥菲提回答。

"得等到对的船出现。"

"第一艘就可以了吧。"奥菲提说。

"你们还想要那小姐吗？"约翰问。

"什么小姐？"

"去巴黎捉的那位。"

"要是能找到当然好，赫尔吉可宝贝她了，不是吗？"

"那就要等。我没给你们带来好运？"

"有啊，大人。"

"你们愿意追随基督？"

"愿意。"

"照我的话做吧。等待那条船。"

维京战士们朝他露出不可思议的表情，但约翰不以为意，心里肯定两件事：首先，艾莉丝在附近；再者，他又饿了。

最先靠近修道院的是一条已经残破的丹麦船，是仅有十六支桨的小型长船。因为这对手太适合他们，奥菲提劝不动大家，结果约翰出面叫他们别碰，他们就真的不敢碰了。毕竟看过他怎样收拾那些勃艮第骑士，战士们不敢忤逆他心意。

一周以后，下一匹海盗靠岸，有七条大型船，其中两艘是航行特别快的龙船，这也代表船上都是厉害的战士，因此这回不用特别阻止，大家不愿意轻举妄动。对方前来搜索，他们就躲到暗处。然而这群海盗也是在海岸过一夜后就离开。

又过了两星期，看不到其他船只。约翰坐在毁坏的教堂内，望向空无一物的祭坛，暗忖自己好饿，只能依靠祷告压抑下去。他让祷词进入内心深处，探求上帝、寻找能够依循的真理，却只看见圣母而已——在海岸边，她的头发染上了阳光，又或者在壁炉边，那矮房子既陌生又熟悉。一转眼，她变了，竟支离破碎倒在一个狭窄洞穴内。约翰认为这是启示，象征自己的邪念玷污了她的纯净。然而他感觉得到，自己渴望着她，精神层次是高尚的，肉体层次却不然。他不断对抗这些妄念，不愿以自己的心思狎亵圣母。

小女孩紧靠在身边坐下，一刻也不愿离开他。约翰在祷告里期盼自己可以摆脱这女孩，因为她是个看来温和无害却引人堕落的魔鬼。魔鬼就是如此奸诈狡猾，难道会带着烈火与焦烟现身？不，它利用小孩的形象，看着他睡，看着他醒。

女孩招手要约翰跟着走出教堂，月亮像一枚挂在天上的钱币，银光洒满空旷的海面。她站在土丘上，约翰立刻明白底下藏着一头狼。就是这野兽在自己心中低吼咆哮，盖过了所有理智，吞噬着他的自我。

他听见声音，沙哑、粗糙，像是沙土在棺盖上刮擦。

"就算用指甲我也要挖。"

这是谁的声音？

约翰感觉自己改变了，四肢粗壮、动作灵活矫健，肌肉充满新的

328

力量，黑暗的世界如此可爱——饱满的月亮、晶莹的海洋，女孩显得白晰，夜色中充满春意。

"就在这儿？那头狼，在这里？"

女孩没讲话。

"没错，就在这里。被深埋了，但我会把他挖出来。"

他挖开泥沙，一块一块地抛开，双手、衣服都脏了。

"大人，有船，船来了！"是奥菲提嚷嚷，"红色旗子！是葛瑞提尔吧，他们之前在巴黎。只有三条船而已，对我们很有利！"

约翰听见地底传来的低噪，还另有一个沮丧不满的野兽吠叫。他继续挖，挖到双手皮开肉绽，但那尸体被埋得太深太深。狼嗥不断传进心中，饥饿在肚子、手臂、两腿之间旋转扩大，如同旋涡将他吸进去。心跳得越来越快，像是雨水狂打着帐篷。口水直流，感官变得敏锐，他知道自己必须进食。吃吧。

"大人，有船！是好机会……你在干吗？弗瑞保佑，这是干什么？你怎么吃那东西？到底……？伊吉尔，费斯塔尔，这修士疯了！他挖了一个尸体出来！"

教堂墓园内，在战场上经过大风大浪的奥菲提居然也干呕起来。他看着修士蹲在地上，留着唾沫往脚边那具腐肉发出嘶吼。

约翰想忍住那吼叫，却记着自己为什么不肯为维京人行洗礼。他不愿意杀死这个人。尽管风俗不同，但奥菲提一直对他颇好，约翰内心深处残存一丝对上帝的信仰压抑着嗜血冲动。还有其他人可以杀，那些与自己为敌的人。

他起身望向海湾，看得见三条船其中之一。月光下打着桨靠近的长船显得小而脆弱，约翰放下手里的腐肉，注意到有什么东西在船上非常闪亮，简直像是倒映的明月。有个符号发出冰雹般的声响与寒气，不怀好意地逼近过来。

　　约翰想起了那女孩，那平静的水面和阳光。阴影浮现，狼的影子覆灭一切，连自己也陷进去了。嗥叫褪去，只剩下自己的声音对着夜空呼喊，叫唤着艾莉丝，又或者是记忆里的女孩："我在这里，你呢？"

47　狼影

　　篝火旁，柯尔法瞪着艾莉丝。暖房内太拥挤，艾莉丝便在外面走廊找个角落过这一夜。

　　勒熙则在里面为维京人说故事。她听见几个字是拉丁文，例如骆驼、睾丸之类，猜想他又说起有个撒拉逊人想要阉骆驼，自己却被骆驼踢中睾丸的故事。维京人似乎察觉不到，但艾莉丝却听出他很紧张，忍耐到了极限，心境极为苍老。勒熙希望有自己的火、自己的杯子，身边能够是自己的朋友、自己的狗，而不是一大群陌生面孔。前些日子，每天早上她都注意到勒熙的行为模式：在余烬前面转醒，起来时全身嘎嘎响，他会蹲坐着休息一阵，伸伸腿以后勉强站立，但腿不直、背不挺。添柴之后，坐在晨光中，他气色才渐渐好转，做好继续旅行的心理准备。其实勒熙累了，不想继续流浪，艾莉丝看得出来。

　　自己呢？从小具备将他人心思如音乐色泽质地那般感应的天赋，却鲜少用于检视内心。她看着柯尔法在角落沉思，大斧头还搁在膝盖上，与已死的兄弟神似，壮硕却愚笨，手臂有她大腿的粗细。艾莉丝暗忖自己是否害怕死亡？当然，而且心里冒出一个声音：以前也有过。

那是谁在讲话？分辨不出是个小孩，还是个成年女子，而且沙哑痛苦。

艾莉丝也不想继续流浪，继续提心吊胆，好像阴暗处永远有什么恐怖埋伏。

明天就死了，她知道。小时候洛什镇上的女仆说过，人死之前一生会闪过眼前。她还没看见。自己到底是什么？一个联姻道具，和别国、别领交易的筹码，美貌使价值更高，足以左右其他公国或王国的军队。听起来很重要吧，但她毫无这种感受，反而觉得自己像是被风吹飞的一块破布。

回忆不以故事或图像呈现，而是靠颜色、声音、感官。洛什镇夏天的绿色与金色，月光下金属光泽的树叶，河水的冰冷、土壤的湿润，夜莺啼歌、夜鸮鸣叫。在窗边，她听得到山丘上狼群彼此叫唤，狼嗥使她全身发冷。一个身影躺到了身边，看来像是狼。艾莉丝察觉了，将死之际的盈月在石地板上照出他的形态。

以前也有过。那声音又传进脑袋。她站起来。

"喂，你别想逃，要拉屎拉尿也得在我看得见的地方！"柯尔法举起斧头喝道。暖房内传出笑声，勒熙不知说到哪儿。

狼影。艾莉丝怀疑是体内怪异力量的作用。那些符号好像依附自己的生命而活，如橡树上的槲寄生。

"这是幻觉吗？"

"是斧头，你明天就会亲身尝到它的厉害。"那影子溜到了柯尔法的背后。

她抬头，不加思索脱口而出："辛德烈！"

什么物体落入那影子里，柯尔法回过身。

狼人却将他推到一旁，直取艾莉丝咽喉。她本能地举起双手抵挡，想将敌人推开，但来不及了。狼人的手指重重掐住脖子，艾莉丝怎样扳也扳不开。心脏跳动了七次，然后她到了另一个地方。

又是那血迹斑斑的洞穴。巨狼、自己的爱人，以及无尽的死亡。她觉得头好紧，仿佛头骨想要钻过皮肤爆开。

"不行。"她说。如箭头的符文本来只有月牙的亮度，霎时放出火焰。

意识又回到修道院，艾莉丝倒在地上喘息，已经不再被狼人箍制。她睁开眼睛后，先看见的却是走廊屋檐上有只乌鸦，眼珠子冷冷地望着自己。附近传来叫喊，三个维京人与辛德烈扭打在一起，暖房里冲出更多人。高大的维京人躺在地上，巨斧斧柄断为两截，他不停呕血。

四个、五个，维京战士一拥而上，但却制伏不了辛德烈。一个人被他扭断脖子，其余人被撞到墙上。狼人趁势抓了一颗头颅砸烂，扫腿绊倒另一个。他拖着两个大男人，再度扑向艾莉丝。四面八方都是维京人，有的大笑，有的气愤，可以肯定都醉了。跑出一人往辛德烈举脚一踢，踢中的却是自己人。

箭头形状的符号持续在艾莉丝体内发光发热。象征什么？明亮，以及清澈。

他又要袭来，只差两步，还从维京人腰间抢了刀。一眨眼，又倒了个战士。艾莉丝望向屋顶上的渡鸦，觉得光芒强烈得令人晕眩。又来四个战士试图压制辛德烈，他抓起扒在身上的人丢了过去，五个人摔成一团。她与渡鸦对望，然后让体内的光芒往他涌过去。这感觉像是学骑马，新手会在某个时刻察觉自己该怎么做，放松了腿、背、手来配合坐骑的节奏，人马合一、纵横驰骋竟如此简单。

辛德烈压在身上。翅膀拍打，乌鸦离去。艾莉丝在下、狼人在上，

333

但那股无名怒火已从他眼神褪去。

"看清楚，"她说，"想起你是谁。"

光进入他体内，同时一群维京人过来围殴。若换作没那么厉害的战士，恐怕那当下就死了，但狼人不需思考，本能反应就判断出自己与敌人的相对位置，回神后躲过对手刺来一剑，反扣住他手腕扭断，剑也弹了出去。辛德烈起身后，一掌劈向旁边持斧者的下巴，将那人打昏在地上。他拉起艾莉丝往门口一推，周围一群战士拿起长剑长矛攻击，辛德烈巧妙闪避，翻滚抵挡。艾莉丝到了中庭的出入口。

"开门！"狼人咆哮，"我被下了咒，但还是要救你。快逃！我们宿命相连，我不会死在这里。"

艾莉丝推起门栓，开门走出去，却不知道该往哪儿好。海滩被月亮照出淡淡光晕，她看见守在船上的战士朝着修道院跑过来，面前这条路可以到海岸，也可以走进内陆的沼泽。地平线彼端，只能看见稀疏的树木，自己这么一跑，就得在夜色里穿越盐沼，受到维京人的追赶。

那符号的光芒仿佛渗入艾莉丝精神的每个环结，使她更清楚地了解一切。于是她知道自己不能走，转身又进入修道院。

辛德烈距离很近，但被一群战士包围，叫骂着边打边闪，扯下敌人手中的兵器，扬手将他们击倒。他望向艾莉丝，就在这当下，裘奇的剑贯穿他的身体。

他屈膝跪倒，想要讲话。艾莉丝看着狼人死前的双眼，明白他想说的是：自己绝不会死在这儿，两人命运纠缠，生命必须等宿命到来时才会结束。他咳了血，但仍旧出手逼退一干维京人。

"会再见的。"他告诉艾莉丝，然后往前仆倒。维京人如饿狼扑上，刀枪剑斧、拳打脚踢，辛德烈的皮肉骨骼无一幸免。

狼人趴在地上断气，全身无数伤痕喷出鲜血，面孔毁坏得认不出。

艾莉丝弯腰，拉起他的手盖上脸，自己也没意识到说了什么，脱口而出："不是你，辛德烈。不是你。你为我而死，我很感激，但你误会了，符文召唤的并不是你。"

符文？艾莉丝察觉原来这就是那些符号的名字，她没有听过这个词，却感到异常熟悉。

她伸出手抚了抚狼人的头，一个维京人又用力踹他。艾莉丝心里骤然升起怒火。"你们已经杀死这个人了，"她说，"要将他的尸体再杀死一遍吗？"

"可以的话，当然杀。"那维京人猛然踩了狼人的肚子。

艾莉丝看着那人："等到人死了才来一对一的挑战，他还有呼吸的时候却不敢上前。"

维京人拿起长矛想戳她，但裘奇挥剑一拍，在艾莉丝身旁弯腰："小子，你挺有趣的，怎么忽然会说我们的语言了？"

"我……"艾莉丝一下子哽着说不出话，等到再挤出声音居然又变回罗马语。"我……"她望向勒熙，"跟他说我必须与他单独谈谈。"

"Domina，这不是好主意呀。"勒熙回答。

"Domina？"裘奇听见了，"罗马语我只会两个词，一个是'操'，另外一个就是被操的人。"

勒熙无奈摊开双手。"瞒不了了，"他说，"你若忠于赫尔吉，就必须单独与我们谈谈。"

48　神语

在岬角的墓地上，约翰不断祈祷："引导我，引导我……"

黑暗之中传来声音："三条船呀，奥菲提。太多了！"

"那也死得痛快不是吗，费斯塔尔？会有人传颂我们的战绩吧？葛瑞提尔他们懂得尊敬勇敢的对手，我们可以永生于诗人的歌谣中。"

"你确定要这么做？"

"确定。"

"那上吧。我们将他们引进修道院。谁拿火来！"

约翰看不见，仿佛又失明了。质地柔软的黑暗占据视野，但随即海滩上的战士们散发出侵略气息，那股亢奋夹杂恐惧传来，他像是闻了嗅盐一样忽然清醒，什么都清楚了。月亮高挂，像是冷冽的太阳，光芒勾勒出广阔沙地上的每个身影。

听觉变得比以往更敏锐，几乎可将声音转换为视觉，能知道的绝不比眼睛要少。他听见周围几个维京人的呼吸与一举一动：最年幼的阿斯塔特吞了好几次口水，奥菲提则放慢呼吸强迫自己镇定。约翰还听得到海浪拍打长船、海盗的靴底陷入沙子的声音。侵略者的气息非常急促。不只听得细微，他能判断每个人的实力与弱点，决心与怀疑，全部都藏在胸口。

黑暗。约翰在寻找的是那片黑暗。狼嗥、船上的嘈杂，各种声音使他皮肤麻痒，肌肉蠕动着，仿佛依附于树枝的毛毛虫。他遁入阴影，将口中的腐肉吐掉，忽然觉得那种气味很恶心。还是饿，但胃口变了，他想要温热的肉，受到压力与刺激腌渍调味、面对死亡而鲜美起来的生肉。

许多影子，看来怪异，几乎不能说是影子。他在阴影底下也可以看得清楚，而且每道影子代表什么都了然于心。于是约翰沿着墙壁绕到庭院，钻过缮写房与悔过室中间的小巷。踏进月光下，他愣了一阵，举起手掌竟长而强壮，生出厚指甲，就像是圣但尼教堂外的石像鬼滴水嘴。约翰抓抓下巴，舌头往上牙龈一顶，用口水润润嘴唇，忽然觉得舌头好大，而且受了伤，还起了疱，之前吃东西时不小心咬破的。吸了一口气，双唇也干，皮肤将肌肉包得好紧。脉搏极快、全身喷出亢奋气息的北人正朝这里冲过来。约翰满口口水，吐了又吐。

他同样情绪高亢，还听见自己嘻嘻笑，完全想不通为什么，并震惊于那笑声多么空虚。

接着，嗅觉也带来百万种讯息，简直像是前半辈子都重感冒鼻塞，痊愈的一瞬间就身处于夏季的河畔草原上。腐败味来自于维京人，他们齿缝之间还塞着肉，身上的汗水虽然酸臭但却又有很多层次，身上穿戴的兽皮与兽毛染上动物死前的压力，羊毛斗篷渗着露水以及当出羊圈时的各种气味。自海上吹来的微风里，约翰捕捉到一丝异样，是个女人。原来并非全部都是男性。

"动作要快，"奥菲提说，"利落地绕回沙丘后面。去砍其中两条船的桨，然后立刻走。"

"船上会有人看守。"

"所以才说动作要快。"

"那个修士怎么办？"

"让他享受尸体大餐吧，"伊吉尔说，"他一定被下咒了。"

"但他带我们找到很多财宝。"奥菲提叹道。

"我的船上才不载食尸鬼。"费斯塔尔也这么说。

"又不是你的船。"

"动作再不快点儿，也不是你的了。"

"奥菲提，把他留在这儿吧。你明知道基督徒本来就会吃人，连祭神的仪式都这么做。"

"我……"奥菲提想辩驳，可是没时间了，加上他忽然发现修士已经不见踪影，"好，不管了，不成功便成仁，说不定成功了也成仁，怎样都不亏本。准备好了吗？"

"收拾他们。"费斯塔尔说。

一行人从修道院后方窜出，绕到两侧沙丘，躲在后头。

他们的行对全被约翰听在耳里，约翰自己则穿过小巷，里面充满霉菌与尿臊味。缮写房是修士著书或抄写卷轴的工作坊，门半掩着，羊皮纸气味吸引了他。约翰想起自己可以怎么做：阅读。经由文字坚定对上帝的信仰。失去视力的那些年，最痛苦不外乎无法读书，只能透过造诣不高的其他修士来聆听圣经章句。他背下很多大段落，独处时反复念诵，滤去了弗洛赖可斯弟兄的浓厚鼻音或是瑞吉纳德弟兄的死板之后，终于提炼出自己对上帝的认识。

屋顶上破了洞，有一条手臂那样宽。月光射下，看得出以前来到此地的盗匪们抗拒不了纸张易燃的诱惑，所以地板上散落着焦黑的羊皮纸，房间里有浓浓的焦皮和潮湿味道。维京人随手毁坏了这些书卷，因为他们看不出价值，只知道是敌人的宝贝。他们想要开疆辟土，把自己的价值观强加于他人。劫掠者的汗水都还停留在这里，约翰从里头察觉喜悦，他们从破坏、纵火中得到乐趣。

约翰坐在地上，捡起一张纸。

"天使不守岗位、不尽职责，弃下家园，于是被他以永恒枷锁囚禁于黑暗，直到审判日来临。"他大声念出句子，想逼意识回到当初的自我，也就是圣日耳曼的学者，肉体受上帝局限却换来灵魂与智识。"它们如无水的云气随风飘荡，如果实凋零又连根拔起的树木必须死亡两次，如带着泡沫的海浪不停呐喊出耻辱，如迷失的星子只存于黑暗也永存于黑暗。"

文字对他没有意义，但每次咬字、每个声韵传进耳里，都像轰然锣响震唤着过去的人生。

"我是个人，"他自言自语，"依上帝形体被造。"

不，不对。

"我是个人，依上帝形体被造。"约翰继续大声念诵，"给蒙拣选的夫人和她的儿女。你们是我在真理中所爱的；不单是我，凡认识真理的，也因为真理的缘故爱你们。这真理在你们里面，也必与我们同在，直到永远——"

庭院里有人声，约翰思绪又混乱了，将羊皮纸送入口中咬碎，尝着兽皮与灰烬的滋味。饥饿不会因此满足，他躺卧地板，想要压抑、忽视，抓起更多书页卷轴塞进嘴巴，嚼进了墨水、山羊，还有做成最高级皮纸的死胎①等种种味道。饥饿仍不断膨胀，约翰在地上蠕动，想要将

---

① 欧洲古代的皮纸中，高级者以年幼的牲畜皮革制作，最高级则取难产的动物胎儿为原料。

那些欲念逼出去。这时他看见旁边一张纸上书写的几个文字，联想起整段话。

约在申初，耶稣大声喊着说："以利！以利！拉马撒巴各大尼？"就是说，"我的神！我的神！为什么离弃我？"

约翰吞进更多皮纸，觉得自己本质就是饥饿，只是被囚禁在肉体中。

忽然，殿里的幔子从上到下裂为两半，地也震动，盘石也崩裂，坟墓也开了，已睡圣徒的身体多有起来的。

"我是个人。"约翰喃喃自语。

喊叫声传进来。"搜搜看！进屋子里！这里有我们要找的东西，女巫不会说谎。"

脚步声，然后门被砰的一声推开，耀眼月光涌入，与屋顶破洞流泄下来的瀑布汇聚。

"大伙儿，在这儿！"站在门口的维京人膝盖旁边闪了银光，原来是他提起斧头。

"依神的形象……"约翰说起北人语。

"你咕哝什么呢。胆小鬼，把黄金交出来吧？带我们过去。"

"依神的形象。"

"一什么二什么？喂，大家过来啊，我逮到一个了。你是修士吧？嗯？"

"我是狼。"约翰扑向他咽喉，手一扭对方已经断气。

然后他伏在阴影中，等待下一个敌人。尸体瞪大眼睛躺在月光下，宛如瀑布底下的溺死鬼。

"这儿有人。"

"刚才艾利克不是进去了吗？"

"没出来呀。"

"什么毛病。喂，艾利克，你没事吧？"

修道院里到处有人走动，似乎寻找着什么。约翰重心放在双掌，背部拱起，不停张望。这身体强而有力，能量源源不绝涌出。刚生病时，他还难以接受，时常一个人在床上痛哭，闻到夏天的原野气味总希望还有机会出去奔跑，却被那副身体拖累。想要动起来的情绪很类似，但此刻的心像是飞了起来。他能动，也一定会动，只是盘算时机罢了。

"艾利克！艾利克！"

又一人探头进来，左看右看，好像担心这黑暗会咬人。确实会。转瞬间他被拖入房内，没发出尖叫就死去。

于是几个人在外头嚷嚷："艾利克！噢，糟糕，谭基尔！谭基尔在这儿，他死了。"

另一名维京人过来，也蹲在月光下查探同伴伤势。"弗雷保佑，看他脖子！你们看看他脖子！"他伸手一探，同时另有两个人走过来，眼睛全都瞪着尸体，动作因为讶异而迟钝。

约翰的感官多出一项：他可以精准地把握每个人目光焦点在哪里，因而得知是否有人会发现自己的踪迹。三个战士不只是动作呆缓，精神也不够集中。其中一人持着萨克逊长匕，可以看作大刀或廉价的剑。对方凝视屋内黑暗，但视线移动慢到极点。

"你们有听见吗？"另外一人开口。

"什么？"

"呼吸声。"

"他死了，头都扭断了。"

"笨蛋，不是说他，是别的东西。"

约翰听得见。在黑暗中他的感官不只锐利，范围也更大，捕捉到了身边所有昆虫的位置，像是破败的屋顶上、墙顶、以及外面树林当然也有。微乎其微，两只飞蛾交缠，不知是交配还是厮杀，瘿蜂与蜘蛛对峙，刚出生的蚜虫掉在甲虫背上，蝙蝠飞过去两个一起带走。掠食与繁殖，约翰从其中感受到宇宙万物如何化生，自然的旋律绵延永恒，自上帝将生命气息吹入伊甸以后永不停歇。

外头的三人不再讲话，像是冻结了。约翰行动。

拿着萨克逊长匕的维京人飞往后面墙壁，头整个撞烂。最靠近约翰的那人蹲下背对着，还来不及行动已经被他揪着衣领和头发，脸往旁边的同伴敲了过去。两人同时昏倒，三个人在心脏跳动三下内就被收拾干净。

他听了听，没有人接近。维京人照惯例进入教堂搜刮财物，一些人点燃火炬走来走去拖曳出光痕。

约翰的理智再度消失。原本的人格被逼退到角落，如风中的模糊说话声，那些低语始终无法触及肉体。他趴在一个昏过去的战士旁边，抓起颈子咬了下去，人肉与胡须一起进入口中，也就混在一起吞下去。意识中那窃笑转变了，气喘吁吁，还流出唾液。他又杀了一个，人类的血肉似乎能为这具身体灌注力量。约翰坐在月光下，不在意是否会被发现。月光如银粉散落在身边，仿佛年幼时充满期待，从圣日耳曼其他修士口中听见的童话故事。

他站起来，动作如猛虎出山，自己也陶醉其间。吸一口气，里头有盐、有海藻，有春天的嫩草，还有许多人汗流浃背地正在搜刮。

出了缮写房，约翰觉得自己不是在地上爬，反倒像是液体在流动。附近的一条巷子里，维京人正在撒尿，然而裤头还在大腿上，脖子就被扭断而死。四下张望时，约翰原本的人格已经完全被敏锐的感官盖过，各种刺激都更加鲜明——劫掠者的动静，脚下的石头触感，稀薄云层渐层的黑，月亮的光芒。最重要的是那滋味，血在口中的滋味。他还是伏在地板，阴影如同丛林，而自己是游走狩猎的狼。尸体倒下，他折返教堂，成为杀戮者的化身。饥饿仍在，但还有更强烈的本能，也就是生存。

背后传来声音："这儿有人死了。我们自己人。还有守军！"

脚步声此起彼落。"房间里也有，好惨呀！"

影子如毡披挂于身，温暖舒适。几个人进入这巷内，殿后的人很年轻，应当不到十五岁。约翰强而有力的爪子扣住他咽喉，不等对方叫出声就死了，轻轻放下遗体后，他又逃回黑暗里，沿着墙壁窜飞，最后到了里面的广场。许多人拿着火把搜查，黑暗遭到火痕切割。约翰感觉到心跳，但并非恐惧，而是兴奋，就像黄鼠狼靠近鸡舍那样地兴奋。他继续贴着墙，清楚知道自己会不会被看见，也完全掌握了周围每个维京人的五官范围。钻到一根柱子后面，约翰几乎靠上一名维京人，对方却还低骂吼叫："你们这些懦夫，给我滚出来，躲起来是什么男子汉！"

抓住头发往后一扭，利爪掠过颈部。约翰将他往外一推，尸体摇摇晃晃踏出几步，手掌还按在脖子上。火炬朝他照过去，远远看着，仿佛那人要在广场跳舞，其余人听见音乐围观助兴。但他马上往前一趴。

"啊？怎么回事？"

"有怪物。一定是晚上出没的山怪或恶狼！"

"找穆宁来，她一定有办法。谁快去找穆宁来！"

约翰躲在暗处，看着他们枉费心机想要救活伙伴。

一个壮汉挺起胸膛敲击盾牌。"把那怪物揪出来！"他大吼。接下来场景更荒谬，他们成了老鼠，那具尸体就是猫，战士们一哄而散，提着武器四面八方散开，朝着空气与影子又劈又刺，似是以为黑暗也能被杀死。维京人想要驱退黑暗，不只靠兵器，也靠战吼。

"我们困住你了，恶狼，快滚出来！"

"山怪巫婆，你的末日到了，去见奥丁吧！"

"怪物，还不速速现形！"

斧头砍进影子里，约翰并不在那里。斧头才刚起来，他却又出现了。

窜向外面，约翰进入一条窄巷，一边是教堂，一边是围墙。他匍匐前进。

"没东西啊。"说话的人几乎就站在约翰面前。他接近四个一组的搜索队，持着火炬的人距离二十步，正好转身望过来。

"那边是什么？"

"是个修士。"

这是维京人的遗言。约翰的速度甚至超过自己所能控制，黑暗之中那张脸上眼珠在惊惧中喷出，手脚凑过来了又折断飞出，爪子勾了头发、咽喉、眼睛、手臂各处的肉。他蹲在死人胸膛上。是个人吧，他暗忖。那头上连头皮也没了，简直是太阳下融化的蜡像。

有物体缓缓逼近，在月光下闪闪发亮如同宝石。约翰举起手抓住，端详了好一阵。后面连接着长条的东西。他心想自己应该知道这是什么，努力大半天却没有找到那词汇。受伤，这会受伤。他还是说不出来。不知什么丢了会让他受伤的东西过来，丢东西的一定是个生物。约翰上前，解决了乱丢东西的生物。这东西到底是什么？

好不容易他终于说出口。"长矛。"对，这叫作长矛。约翰把长矛丢在地上，踩过朝自己掷矛的人。

他脑袋里又出现另一句话：天主，求你降福我们，和我们所享用的食物。[①]

口中满满的唾液。这祷词有其意义。火光刺破黑暗。那祷词做什么用的？约翰坐在地上吃了起来，以爪子、牙齿将肉撕起，味道非常

---

① 用膳前的祷告词。

丰富细腻：肌肉里的铁味、肝脏的甜、扯开肠子以后有类似农园的味道散开。

更多人声传来，有战吼声。

"葛瑞提尔！葛瑞提尔！他在这里，你可以完成预言了，狼就在这里。"

约翰狂吃着人肉，无法理解这话语之中的含意。吃得太多了，呕出来，再继续吃。

巷子两端被维京人堵住，但约翰不在意，心思迷失在暴食里。人数很多，超过三十。

"葛瑞提尔！"

一端的人群散开让出路，有一魁梧男子持着剑盾走入，身上披着锁甲，颈部以炼巾包覆，头戴锥形盔，而且每一步都很慎重，武器总是指着前方的黑暗。

"狼？"他开口问，"狼？"

巷子另一端也起了骚动。有个女人，她的血肉上挂着丝带，飘出铁味与咸味。

"狼？"魁梧男子出声想引起注意。

"沼居之物……没错，就是他。"女子说。

约翰终于抬起头，这女人有什么地方不大一样，她的精神很集中，像是一条狭窄溪流，却能如野兽般在自己身周嗅查刺探，完全不分心在其他事物上。但她很害怕，恐惧的苦辣满溢。

魁梧战士逼近约翰。"我就是奥丁！"他喝道。

乌云蔽月，巷内更加幽暗，火炬赢顿。

约翰起身。血肉的滋味、这么庞杂的感官讯息使他昏眩起来。此外，他察觉自己手臂上居然包裹着一层毛，还映着虹彩般的光辉。

"我就是奥丁！"维京战士再度暴喝以后朝约翰冲过去。他雄壮的身形挡住前方去路，手中兵刃反射出的月光却又隐没于夜色。约翰抬头，全身肌肉一绷，准备好扑向对手。

　　值此同时，一声尖啸划破黑暗。那女人的叫声对约翰而言并非单纯的音波，还像是夹带冰雹的狂风轰炸过来。那寒气夺走他的四肢知觉，不由得膝盖一软跪在地上。虽说还有力气闪开剑刃，却来不及躲避对手的冲撞。约翰摔得四脚朝天，本能地伸出爪子往那战士头上抠了下去。战士倒下，将他也压在地上。女人又叫了起来，这回他真的一点儿力气也没了，而且意识被送到相当奇妙的地方。

　　维京人、修道院全部消失。他站在悬崖上，望向一大片山脉与峡湾。自己面前还有一个女人，她的脸被伤得乱七八糟，而且没有眼珠，只剩凹凸不平的眼窝，好比坑坑疤疤的满月装在身体上面。约翰感觉得到这女人不单纯，眼前所见之下还有其他东西，是种古老且近似永恒的存在，世界一切变迁、混沌与美丽围绕着那股力量转动。

　　一转眼，维京战士前仆后继压上来。他又咬又踹，不断挣扎，可是力气被那尖啸给夺走了，于是遭到压制，双手绑在背后，两腿也被捆紧。还有人不停地踢并吐口水，一条又一条绳索箍上来，最后臂膀好像快挤碎胸腔，脖子也被勒得呼吸困难。见他无力反抗，维京人更是疯狂发泄，拳打脚踢之外，还有人拿矛柄猛捅。

　　"住手。"苦难告一段落，出声的是那女人。

　　约翰抬头，面前却是那皮肤惨白的小孩。她转身离去，原来这就是小女孩的用意。已经带他来到指定地点了。

　　他忽然哭了起来，嘴里还有人肉的味道，嘴唇与下颚都染红了。"天父，宽恕我。天父，请宽恕我……"约翰倒在冰冷石地上剧烈颤抖，"我犯罪作孽，行恶叛逆，偏离你的诫命典章……"经文从唇间溢出，他鬶地想起皮纸在口中是什么味道。连经典都遭到了自己以这可憎躯体的亵渎。

女人摸索向前，跪在旁边。

"巨狼芬里尔，你还没找到真正的牙齿。等你找到，我们还会在见面。"

约翰认得这声音。是鸦人折磨自己时，抱着他的那女子。

"把他关进忏悔室里面。"

"不杀他吗？"

约翰感觉得到那女人有些犹豫，思绪像是有只苍蝇一直冲撞大教堂窗户。

"不，"她回答，"诸神将在人间看见他们自身的毁灭。按照命运，此人不死于你们的长矛下。"

"那他会怎么死？"

"他先杀死我哥哥，"穆宁说，"之后……"女巫好像找不到可以描述的词语，"死者之神会出现在他的命运前方。这是永恒不变的道理，也是我们致力前往的终点。"

49　分别

　　裘奇拿着三根蜡烛进入小教堂，里面很朴素，墙壁上画了耶稣基督在十字架上受难，前面是一个简单祭坛。因为没有什么好偷，所以也没遭到什么破坏。

　　维京人的头目注视着艾莉丝，上前一步伸手探向她胸前，确认衣服底下有乳房。艾莉丝本能地后退，他并没追过去，站在原地摇头。

　　"Domina，"他开口，"居然是位小姐。我在船上过了好一段日子呢，小丫头，我的弟兄们也一样。你今天晚上一定会受到热情款待。"

　　艾莉丝瞪了回去，用罗马语说："我是强者罗贝特的后代，也与赫尔吉大公有婚约，只是遭到敌人追赶，被这名仆人解救才流落至此。恭喜你，裘奇，这是大功一件，只要我毫发无伤、保有处子之身到赫尔吉面前，自然会有重赏。勒熙，跟他说吧。"

　　"大人，您刚才听错了，这女孩是我的仆人，没什么的。"勒熙道。

　　艾莉丝一听又开口，以生硬的北人语说："商人，你翻译错了。"

　　勒熙睁大眼睛。"还以为刚才在中庭听错了，"他说，"你真的会讲北方人的语言。"

"对。"

"你一直瞒着我。"

艾莉丝转头对着裘奇说起北人语："我是法兰克人的贵族，与先知赫尔吉有婚约。带我过去，会有赏金。"

裘奇先是沉默不言，就着烛光打量她。一阵以后他开口："Domina，请回答我，为什么你的头发剃短像个乡下人，穿了男子衣裳，又在腰上佩剑？为什么从屋顶跳下来的巫师会想救你？你应该是基督徒，他信我们的神，怎么会想帮你？"

"他是赫尔吉的部下。"艾莉丝回答，"负责将我带去。但有人想劫走我，我的护卫都因此送命，因此我才这样打扮。一个女人在外很危险，战士比较安全。"

"你真的是战士吗？"裘奇又问，"我听说过女战士，但还没亲眼见过。"

"我杀了这把剑的主人，一个王。"她说，"丹麦人齐格菲死在我手上。"

"他很厉害，"裘奇露出困惑的神情，"正常状况下，我会认为你说谎。一个女人哪有可能杀死那样一位战士。但偏偏你在沙滩上也杀了布罗迪，这实在太奇怪了。"

他又安静了一会儿。

之后他伸手按着画有基督像的那面墙，好像自言自语着。"奥丁，"他说，"吊死鬼的神、王者的神、疯狂与魔法的神，请赐给我智识，指引我如何行事。吊于树头九日九夜，受月冻星扎，遭矛尖刺穿、绳结绞颈的神，请给我启示，我将于第一时间出战，并为您杀死九人。"

裘奇按着墙壁半晌，再转身时蜡烛烧掉大半。

"问我的话，还是现在就操你一顿，然后把你丢进水里淹死就好。小姐你运气可真差，闯进狼群里头了。女人怎么可能杀得死齐格菲呢……但我又不觉得你撒谎。你和这只老猴从哪儿走到这儿，居然还没被抢、被奸、被杀？"

"从巴黎。"

"你之前的护卫应当也挺强悍。刚才那名巫师杀了我五个人。"

"他已经受伤了，不然会杀更多。"

"要是你们碰上鸦人，会死得更惨。"勒熙补充。

"谁？"

"鸦人。他是你们族里的巫师。齐格菲死前还和他联手。"

"我听说过，"裘奇回答，"有个妹妹，对吗？"

"对。恐怕她现在也正监视你们。"

"怎么说？"

勒熙吞咽口水。"派狼人过来的一定是她。他们兄妹也想带小姐找赫尔吉领赏，所以小姐跟谁在一起，他们就杀谁。"

"听起来很麻烦，丢进海里比较简单。"裘奇说。

"他们兄妹服侍奥丁神，"勒熙指着基督像，"您倒是说说，奥丁是位宽宏大量的神吗？与他作对会有什么下场？"

裘奇嘴巴发出咂咂声。

"无论您怎么决定，"勒熙说，"他们都会追过来。要自保，只有一个办法。"

"是？"

"请您先发誓绝不危害这位小姐。"

"我倒觉得应该立刻拔你舌头钉在桅杆上，给风吹吹可能才会老实？"

350

"您知道我没说假话，也知道他们正在靠近。刚才在中庭，您都看见了，要几个人才杀得死那种东西？而您希望是鸦人兄妹带着这位小姐去见赫尔吉领赏吗？那种巫师领赏能干吗，最后还不是要回树林里头的鸟窝。就算您把我的舌头给割下来，也只是让我的鬼魂看着鸦人杀光你们。"

"我可不怕死。"裘奇说。

"但您应该也想带着黄金和威望回去同胞身边吧？宁愿空手而回，也不面对敌人？"

裘奇挺起胸膛。"好像也有道理，"他说，"先告诉我怎样对付鸦人。"

"那您愿意保证不伤害我们两个吗？"

"我承诺就是了。"他按着画像，"我对悬于世界树换取知识的奥丁起誓。"

"那么……鸦人若非不得已，不会经过水。"勒熙说，"所以待在船上不会有事。就这么简单。"

"很好。"裘奇回答，"快日出了，我们赶紧出发。"

有人敲了小教堂的门。是柯尔法，拿着蜡烛，影子很长。"我又死了一个兄弟，"他开口说，"赫洛丁格被狼人重伤，刚刚不治。我要知道这小子到底讲了些什么，绝不让他逃过hölmgang。"

裘奇那表情像是冷笑又像是鬼脸。"柯尔法，让你兄弟们安息吧。"

"根据法律，我可以要求来一场男子汉的决斗！"

"对，"裘奇回答，"不过，杀死你兄弟的人，谈不上是男子汉。"

"这小子好歹也十五岁了吧。"

"重点是，"裘奇说，"她是女的。"

柯尔法瞠目结舌。

351

"所以，"裘奇说了下去，"你要决斗，请便。等她死了，大家一定会发现你兄弟居然死在女人的手上。人家的身份跟公主差不多，要去奥戴古勃格嫁给赫尔吉。权衡之下，还是帮她完成亲事，可以拿到奖赏，也免得你们家族蒙羞。"

柯尔法震怒颤抖："女人怎么可能杀得死我弟弟。他不可能是女人。"

"柯尔法，我刚刚才亲手摸过，她衣服底下有证据的。"裘奇说，"而且她受到很多力量保护。换句话说，真正杀死你弟弟的不是女人，而是透过她显现的天意。不然一个法兰克女子怎么杀死布罗迪？"

"那奸了她，再杀了她！"

"结果还不是一样让大家知道布罗迪死在女人手上？我说过了，只有换到赎金，才是名利双收。"

柯尔法点点头："要够多才行。"

"这不必担心。"裘奇吩咐，"记住别和别人提起有女人上船，免得出乱子。"

柯尔法闷哼一声以后走出去。

裘奇回头对艾莉丝说："好，小姐，你有船位了。"

"事后必有重赏。"她回答。

日出了天气仍然冷，沿岸风势不小。

长船上堆满抢来的财物，包括几匹马、一些质料尚可的椅子和织品以及大捆羊毛。勒熙坐在船尾的羊毛堆上，得意地笑了起来，艾莉丝坐在他旁边。长船空间不大，光是这些货物就占满了。骡子在海滩上灌木丛找东西吃，虽然勒熙不想将他留下来，但也无可奈何，何况他不是对骡子有感情，而是因为扣除难控制的艾莉丝以外，这下子真的一无所有了。他本想将狼人身上那张狼皮给带走，不过维京人却说出nithing——

352

他们语言之中对受诅咒之物的指称。幸好途中会经过比尔卡补给，勒熙认识那里的其他同行，认为有把握神不知鬼不觉地将小姐换到别条船上溜走。有些船家愿意半夜出航前往罗斯，只要月光够亮就好。拿赫尔吉的奖励当诱因，绝对可以说得动。

维京人已经就位待命，开始将长船推向海面。艾莉丝跟他们买了一份熟兔肉进了勒熙的肚子，还有条斗篷也围在他身上。终于要回家了。左右还各有一条船，这种阵仗就算给其他海盗遇见了，对方也会三思而后行。勒熙将斗篷拉紧，白日梦是拉多加的太阳底下，神殿的女孩子过来陪伴，以及市集上的肉摊飘香。

随着叫嚣和碰撞，北人将船推得够远以后也跳了上来。这时勒熙察觉不对劲儿，有两个大块头朝自己围过来。

"下去。"柯尔法开口。

"啊？"勒熙不解。

"下去，现在。"

裘奇站在后头，对商人露出冷笑。

"你答应过不会伤害我，"勒熙说，"还发了誓。"

"我又没违背誓言。这儿水没深得能淹死人，而且你应该会游泳吧？"

"会是会，但是——"

"那就好啦！"裘奇说，"把这东方人丢下去！"

勒熙拼命挣扎却是徒劳无功，两个壮汉将他揪起来，从最后一根桨后头丢出去。幸好他没撞上船桨。

水确实很浅，所以也提供不了什么缓冲。勒熙一屁股摔在沙上换不过气。

"商人，接好！"艾莉丝朝沙滩上抛出个东西，是切割丝绸用的

353

刀。"给你防身！"她叫道。

他拿起刀，起身时已经全身湿透。

"没有我，你们到不了赫尔吉那儿的！"他冲着裴奇的背影大叫。

维京头目笑了笑："我和赫尔吉一起攻打过米可拉嘉德，两个人就像兄弟一样，就算自己去他也会接见的！"

勒熙往前一跪，气得握拳打水。"不公平，"他吼道，"我吃苦耐劳逆来顺受，到底还要我怎样啊，裴朗神？"

没人回应。快速的龙船已经离开海岸二十个船身远。

勒熙瘫在海边大哭，心想干脆溺死也罢，又或者任海浪把自己冲到能过好日子的地方，最好生了几棵摇钱树。他在沙子上翻滚："什么都没了，没了。家里没钱，我也没子女，连个朋友、伙伴或老家也没有。那我是什么呢？什么也不是啊！"如同离岸的鱼甩了半晌，他忽然想起一件事。骡子。"唉，别自怨自艾了。"勒熙勉励自己以后，赶紧跑向修道院。

艾莉丝望着商人身影，暗忖这傻呼呼的矮子依旧要在异国土地上追逐金钱吧。虽然稍微为他难过，但却也松了一口气，至今一直倚靠别人的帮助，现在她可以自立自强。转过身，阳光洒落，海天是一色的灰，乍看仿佛龙船穿过云海。奇异的感觉回来了，艾莉丝觉得自己经历过这样的航程，在另一个时间、另一艘船上，却是同样一片灰。

记忆流入心中：她知道自己曾经从类似的船上跳出去求死。海水太冰冷了，尽管那时意志坚决，四肢却不由自主地挣扎打水。艾莉丝觉得此刻的自己好像在市集上看过的哑剧演员，演出别人的故事、重现过去的情节。这一路上太多危难——鸦人、狼人、维京人，甚至各地村民——她一直无暇细细思考自己身上到底出了什么事。学会北人语了，以前的艾莉丝只知道几个词而已。用力回想，却只能将零星片段拼凑起来：我会再次活下去，瓦利。那位神祇死去时，强烈的魔法进入我体内，我相信那代表着重生。

接着她想起圣人，不知道他后来如何？恐怕已经死了吧，而且是自己间接害死的。如上次一样。这不是她的声音，听来像是个小女孩。

几天后船进入海上大雾中，雾气散去后晴朗天空挂着几条云，和碧蓝海面上的长船十分神似。黄昏时海上金光闪闪，夜里则是明月清风，波光粼粼如同巨龙的背鳍。船队不停歇，仿佛乘着月光横越虚空。

邻船有人小声叫唤。

"怎么了？"裘奇问。

"岬角那儿有长船，是另一间修道院。"

裘奇摇摇头："好几年前就去过，别浪费时间。"

"可以抢他们的船。"

"不小心搁浅在那儿，划得来吗？我们已经抢到东西，船上还有客人，没多少空间了，赶紧回去比尔卡别拖延。"

"是葛瑞提尔的船。我不会看错的。"

"唔，这下子我有兴趣了，那家伙很烦。"裘奇回答。

从海岸传来刺耳的噪叫，还有人应和，从位于高处的修道院里。

艾莉丝视线漂过海面，沙滩边的船上好像冒出一道光。她觉得寒冷，皮肤像被什么给刺伤。这感觉很熟悉，如同冰雹，自己体内报上过名字的几个符号——马、火炬、驯鹿——躁动着、嘶叫着。她以北人语发出一个声音。

"Kin。"

体内又有什么苏醒过来。它认得彼岸有个与自己相对的存在。

艾莉丝望向身边的维京人，他们都看着海岸，但没有人提到在靠岸的长船上有个发光的东西正在移动，看似一团银色云气、又如同月亮上掉下来的花瓣。难道只有自己看见？她又吐出一句："Hagaz。"艾莉丝意识到这也是符文，就在海滩上。世界上并不只有自己支配这力量。

嗥叫又一次划破夜空。艾莉丝看看周围，没别人有反应，大概都听不见。

裘奇算计着。"要是可以靠近，"他说，"趁他们来不及反应前把船抢走，把他们都丢进海里喂鱼。就算除不掉他们，抢到龙船和单桅船也不错。大伙儿准备！"

他又转身对艾莉丝说："看来你给我们带来好运呢，希望能一路保持到拉多加。大家把兵器带好！"

50 死神

　　看见骡子还在原来的地方，勒熙松了口气，赶快上前牵了往修道院走去。他觉得孤独、凄凉，而且很冷。毕竟全身都湿了，海风还不停地吹，但今天的云层很厚很黑，看来不会出太阳。

　　他还是要往东方走。骑骡子吧，他会习惯的。但就算骑骡子，这旅途依旧艰险，中间那么大片的森林，里头有很多盗贼，自己没有食物，身上只有小刀而已。回家以后也很难有谁迎接款待，甚至反而遭到鞭打或被放着饿死。

　　但别无选择，总不能一直待在这修道院里，还是得上路。一开始还想将维京人留下的干柴带走，但勒熙随即想到自己根本没有点火的工具，燧石也跟着小姐往东方去了。他看过有人自制类似弓弦的东西方便钻木取火，但一直没学起来，在拉多加钻木取火这种事情很像原始人，有点儿地位的、就算只是商人，也知道用燧石。

　　勒熙认为修道院里应当会有些可用的东西，结果只找到狼皮，依旧落在查克利遗体旁地面上。维京人没将他埋葬，任其腐烂。

商人看看遗体，死状真是凄惨，脸被踹得又黑又肿。但查克利的双手完好无恙，勒熙上前捧起来看，发现狼人的指甲特别厚，也特别锐利，还沾染了某种墨汁样的物质。他好奇是不是这液体使爪子发光，然后将狼人的手掌转过来，看看手纸上的疤痕、指节的皱褶以及掌纹。勒熙听过一些人用手相算命，不知狼人死在异乡能否从中找出蛛丝马迹？在他眼中，这爪子看不见未来了，只有指甲下的血迹、黑色液体写下的过去，而黑紫色皮肤是生死的门坎。

　　勒熙再看看自己的手掌，暗忖掌纹应该要显示出自己的富贵、寿命以及感情，但这么说起来，他还有掌纹真是不可思议。

　　他拉起狼人的指尖，端详起指纹来，有些因为长茧或摩擦都看不清楚了。勒熙想起自己很多年没有与人肢体接触，也忆起死去很久的母亲。其实印象只剩下肉色的脸和黑色头发了。有些跟妓女上床，那是年轻的时候，但岁数一大就少了。

　　重点是他可没像这样子坐下来研究人家的皮肤、疤痕、皱纹、筋络等等。在此之前，他的家庭、挚爱都是生意与商队，为了前往南方的米可拉嘉德以及更东边的瑟克兰，没有心力与人建立亲密关系，而且勒熙也没真正感受到那种需求。他只是好奇，因为经商而忽视这一块，从未踏进去过，要是能够重来，不知道会有什么变化。

　　还会沦落到坐在修道院里抓着死人，而且还是个男人的手来看吗？

　　还是回去找赫尔吉吧。当然别妄想可以领赏，那些当王的人都一个德行，别给士兵捉去毒打就算走运了，他也不相信赫尔吉会给他好脸色看。但没有别条路好走，自己仍需要安身立命的场所，就算地位卑微，也比流落荒野的畜生要好。

　　勒熙将狼人的手放下，想起自己拿了对方的护身符不禁稍稍有罪恶感。他从腰间卷起的布包中将那坠子取出来看，其实这东西外观也古怪，大致呈三角形，尖端却是钝圆，顺着三个边在中间刻有瓦良格人品味的狼首形象。

"想不想拿回去呢，查克利？"他问。

不会吧。商人这么想，还是自己帮他戴着实际些，于是解开脖子上的丝巾，将坠子连着皮绳绑上去，再重新用丝巾盖住。尽管想留着这纪念品，却还是迷信，担心若被北人的神祇看见了，会让他遭遇与狼人同样的命运。勒熙觉得这块石头与查克利之间仿佛存在某种连结，也因此戴着它好像不那么孤单了，虽说他与查克利也不算熟识。接着，勒熙拾起狼皮，抖抖干净。

"再会了，查克利，"他说，"很遗憾你碰上这种事情。我会说说你的故事，或许还能换到杯酒呢，到时也不会忘记感激你。"

勒熙上了骡背出发，东方树海彼端是自己的家。骡子没怎么反抗，勒熙也不停哄他，当然很多话是讲给自己听了安心。他知道大森林里有野人，不是商队、带了很多护卫的话就容易遭到攻击。"乖骡子，不会有强盗啦，季节还不对。这儿草太高啦？待会儿让你吃喔。"即使进入林子里，温度比起海边要高一些，但还是颇冷，他打了哆嗦，捞起狼皮盖在身上，同样将狼头当帽子戴着保暖。

往东的路途很平顺，也因此更容易有盗匪。勒熙还是勇往直前，年纪大了也没办法穿越密林。这条路看来常有人经过，虽然有些路段泥泞很深，靠两条腿会很难过去，但对骡子就不是大问题。以这速度计算，他认为一两天以后就会离海岸很远。

当初他与狼人可以跨越这么大一片土地，也像是奇迹。起初两人搭船从拉多加出发，后来还是得走陆路，靠着狼人优异的听力和追迹技巧避开了许多麻烦。他们两度遭到攻击，森林里头闯出衣衫破烂的暴民挡住去路，对方连偷袭都懒，毕竟表面看来只是落单的行商。通常这些抢匪会直接上前要拿货物走，但查克利会趁隙出手。头一回，三个敌人还来不及换气就已经全部倒在地上，另外两人一眨眼后断了手臂哭喊逃走，前后不到十秒钟。这些住在树林的人疯疯癫癫、与社会脱节，会将查克利看作神话生物；不过基督徒也会以为他们是恶魔，同样落荒而逃。

当然，现在没有查克利帮他了，所以这森林变得恐怖，斑驳光影的变换中好像暗藏杀机，有比起夜行动物更未知的恐惧与恐怖。明明是春暖花开时分，勒熙却毫无兴致。

好处大概是绝不会害骡子饿着。

勒熙有从修道院翻到的皮革水袋，找到小溪就会装满。下雨时周围更是晶莹青葱，但他只觉得真的老了、累了。因为不懂生火，所以到晚上就只能尽量找隐蔽的地点，还真的不是很多。很冷，他本以为无论如何长途跋涉后会睡着的，但结果常常冷得无法安稳入眠，又饿又疲劳之下慢慢生出幻觉，反倒成了骡子上的货物，任骡子自己顺着路往前走。他似乎很清楚目标，即使有岔路也能笔直向前，步伐还相当轻盈。或许因为鸟语花香，又只背了一个老人吧，骡子似乎心情很不错。

约莫一周以后，勒熙对自己的生死已经豁达了，假如遇上死神就开心迎接吧。远远地，他看见黑袍死神骑着灰马从树林中穿出来，也已经累得不想跑。

死神对他大叫："还以为是他呢。"是不地道的罗马语，咬字像匕首那样。

勒熙说不出话，呆呆地看着那身影挡在路上，然后点点头。他也不明白自己为什么要点头。

那袭斗篷很怪，好像有东西从上头往外戳出。是什么？他看了半晌，发现是羽毛。原来是Hrafn（渡鸦）。假如以礼相待，不知是否能正常与他互动。

商人吸了口气："弟兄，我这头骡子不错，法兰克的高级品种。本来就想卖了，但我朋友怎么也不肯用低于一百迪拉姆的价格卖出去。我觉得人家会好好照顾的话，八十也就够了才对。快决定喔，不然他们也要过来了。买卖完成的话，就算是武士也不好再多说。"

死神又开口："我在梦里嗅到狼人的气味才追过来，只要找到他，应该就可以找到那女人了。你披在背上的皮，是从他那里拿来的吧。狼人还活着吗？那女人是不是与他在一起？"

"他死了，不是我杀的。"

鸦人点点头。

"狼人过去保护？"

"他怎么死的，很重要吗？"

"他怎么死的？"虽然语气平淡，勒熙却感受得到对方非常想知道答案。

"被下了咒，过去要杀那小姐，后来法术解开了，他就想把小姐从瓦良格人那儿救出去。结果害死了自己，但也杀了不少人。"

这消息似乎在死神心里引起不小波澜。"法术是我妹妹体内的符文，男性不可能破解得了，一定是女性才有办法。而且，必须是具备符文力量的女性。"

"他是保护那小姐才死的。"

"他不是他自己以为的那个人。虽然我们所见不多，但还是看见了。"

"他以为自己是？"

"狼牙下的牺牲者。"

勒熙耸耸肩："反正现在还是死了。你本来想杀他？你是死神的使者吧，我知道你有个外号叫作Hrafn。"

"那女人呢？"

"被带走了，会到东方的拉多加。"

"在这条路上？"

"在海上。你们所谓的鲸路。"

"那么时间不多了。我妹妹已经设下陷阱等她，要是引诱不成，只好去拉多加拦截。快到终点了。"

"什么的终点？"

"若巨狼到来，开始杀戮，那位小姐、你们的赫尔吉大公，还有我们兄妹大概都活不成，碍事的也一定会被除掉。拉多加将毁于一旦，不知道还有多少地方要受害。那女人非死不可，因为她会将狼带到神的面前。"

"我完全听不懂。"勒熙说。

"奥丁即将降世，死者之神来到人间，为的是死亡。不能让他如愿，必须保住神。"

"我还以为你们是奥丁的仆人。"

"有时为了效忠他，就得反抗他。神的意志极为复杂，目前看来赫尔吉有可能就是神的化身，但他自己还没意识到。我妹妹得到的预兆并不清晰。若他真是奥丁，那尽管是他自己想得到那女人，也不能让那女人接近，否则会引来巨狼。尤其就因为他居然想得到那女人，更指向他就是万物之父的转生这件事。神会来到人世，而若我们不阻止，他就会死在这里。"

勒熙还是没有完全理解。"我就很希望神能下凡，"他说，"最好是带钱发给我们。"

鸦人看看周围。商人觉得他好像很紧张。

"假如她抵达拉多加，我或许需要你的帮忙。"胡甘说。

362

"你可以带我回去？路很远。"

"护送你回去不是问题，但我需要你帮我接近大公。你是替他跑腿的吧，狼人也是？"

"我是替他办事，但其实很多人去那儿做生意，你自己走进去也不难。何况，你想进去的地方，有人拦得住你吗？"

"大公想保护她，就会注意可能的威胁。我妹妹也看见那种景象了，换作你的话，无论大公或那女人都不会起疑。你应该可以找到她，告诉我她在哪里。"

"你的法术似乎不是很有效，预兆有没有出错过啊？"

"预兆要进入神的世界才能取得，换取知识的代价很大。"他指了指自己的脸。

"我为什么要冒生命危险帮你呢？"

"我也可以在这儿杀了你。"

"我死了又怎么能够帮你呢？鸦人，你总得给我点甜头。"勒熙很讶异自己居然这么大胆，不过商人的直觉告诉他现在处于上风。

"这个，"鸦人从自己的包包中掏出一串金丝项链，上头还串着几颗红宝石，"这给你。而且我行李还有一百多迪拉姆。"

勒熙看着那项链，非常华贵美丽，前所未见，这么精致细腻的东西少说也值两千迪拉姆。

"收下吧。"鸦人说。

"你就不担心我会带着东西逃走？"

"你不会。"鸦人回答。

勒熙暗忖还想要命的话，的确别那么做比较好。

而且他算了算，这笔钱足够自己过十年好日子，要是别挥霍在舞女和酒食上甚至能过二十年，只是他办不到。除此之外，好运气还没结束，这怪人显然不像信奉密特拉①的罗马人一样了解金钱的价值，有机会可以榨出更多。事成之后就得避开赫尔吉了，可以逃到拜占庭去吧，反正在世界上最富裕的都市里享受余生不是坏事。

于是他默默感激裴朗，却嘟着嘴巴一副需要考虑的模样。

"唔，"勒熙回答，"我试试看啰。"

---

① 原为印度和伊朗发源的神祇，传至罗马后一度成为基督教的主要对手。

51　敌友

艾莉丝避到船尾。维京人个个不发一语全副武装，只有木桶取出刀剑匕斧以及锁甲时的叮咚声。他们解下系好的长矛、绑好头盔，架起盾牌之后站在船两侧。

这群战士展现出的决心令艾莉丝相当讶异，她感觉得到没有人动摇，每个人都习惯了残酷的战场，也准备好了面对各种敌人，空气中飘着他们的兴奋，掺杂些许紧绷以及淡淡喜悦。这气氛简直像是洛什镇上有人办婚礼时，贵族小姐们会有的反应，但不同之处是潜藏了一股暗流，仿佛这些男人集体召唤出什么可怕的东西，从那儿飘出铁与血的味道。压抑在他们眼神底下的，是即将出栅的猛兽。

"最好能杀得他们措手不及。"裘奇低声说。

"对方还没听见声音，今天也够暗，应该在交锋之前都不会被发现。他们大半在上头修道院，先把海岸这些的守卫杀光，船推出海，等上面的人反应过来，也来不及了。"他身旁另一人说。

"我们有几把弓箭可用。尽量把人引出来，修道院到海岸有段距离，让他们每一步都不好过。瑞金，准备好了没？"

四十尺外另一条船上有人低声响应："大人，都就绪了。"

"打信号给另一条船，叫他们悄悄跟我过去。这一带我们不算熟，可别伤到船壳。上吧，记得保持安静，出手利落一点儿。"

他们的船朝海岸接近。艾莉丝的长剑虽没出鞘，但她握得很紧。局面至此，伪装成战士比起女装还要危险了。

裴奇走过去。"你留在船尾别动，对方守船的人不会太多，很快就解决。"

艾莉丝点点头。长船继续往前，她很讶异敌人怎么还没听到船桨拍打水面的声音。

后来，他们当然也听见了。"敌军来袭！"她勉强听得懂这句北人话。偷袭作战至此确定行不通了。

原本她认为龙船设计不良，狭窄拥挤，速度虽快却不大稳定。但随船身冲向海岸，艾莉丝终于明白这种外型的意义——单论航行，龙船就像拿刀剑劈奶酪，也有同样作用，但终究不是最方便的工具；然而攻击敌人时，龙船却能像是箭矢一样迅雷不及掩耳地逼至敌阵。而且战士们架起盾牌也有背后的道理：船速越高，激起的波浪越大，太快甚至可能被海水淹没而翻覆，但在两侧架了盾牌，等于提高了干舷，就能承受进攻所需的速度。她觉得自己像是乘风破浪，陆地一下子涌到面前，月亮被甩到后面，修道院好像蹲伏着看来低矮，沙滩被照得一片净白。

身边战士们发出战吼，以前在巴黎围墙内，她就听见过类似的叫喊。

"提尔眷顾！索尔指引！今晚狼群鸦群可以饱餐一顿了！死亡之神奥丁是我们的王，更陪我们一起作战！丹麦人，马上就送你们去见祖宗！"

靠岸长船上，有个人跳上沙滩往修道院那方向狂奔过去。其余人似乎惊慌失措，留守在此是要避免有人从陆地上抢船，没想到居然会是海上来了敌军。这种距离，就算想出海也来不及了，何况他们知道敌方的船只速度也很快。虽然可以呼叫支持，等援军赶到，船也已经被抢走，最后守船士兵纷纷跳下来，准备迎战进逼的龙船。反正横竖是一死，他们也豁出去了。

"今夜，我父亲将在万物之父的殿堂中迎接我！你们这些异族过来给我斟酒吧，别以为你们逃得掉！"

艾莉丝搭乘的那条船重重撞上沙岸，她被震得往前摔出，虽然赶紧起身，但两侧已经咆哮着厮杀起来。对方有十人左右，镇定后也骁勇善战，集结成盾墙，伸出长矛，意图在敌人下船瞬间取其性命。

有些人跳上空船，另外十个人左右则从底下要将船推入海。登陆过程非常混乱，月光时有时无，加上敌人的船只彼此间有段距离，尽管裘奇下过命令，但完全无法展开封锁，弓箭也无用武之地。他们很快逼退了守卫，想将一条轻船推到海里，但还没推动，就已经听见修道院那儿有一大群人冲了下来。艾莉丝匆匆瞥过，只见少说也有百来人，都带着武器，不过慌忙中有些人没盾牌、甲胄或者靴子，赤脚踏在沙滩上。

裘奇这方，本来推船的战士们不得不转头面对逼近的敌人，连已经跳上船的也得下来助阵。

这时候已经不需要指挥官发号施令，双方战士自动打成一片。月光皎洁，沙滩化为一座白色桥梁，若无法留在这端，彼端就是来世了。

艾莉丝非常惊恐，缩在长船上。

忽然一张脸从旁边窜出来。她认得这个人。是那个个头特别大的维京人，曾经在勒熙的营地见过，他将自己与圣人带去给鸦人。对方也一脸讶异，但艾莉丝不敢迟疑，立刻从另一侧跳船逃跑，海水淹到她的腰部。

就在她逃跑时，那群在巴黎见过的狂战士都来了。他们将这条龙船推向海浪。艾莉丝暗忖自己一定要警告裘奇，否则船被偷了要怎么带自己到赫尔吉那里呢，于是伸手抓住最靠近的一名己方战士："你们的船被——"

话还没说完，对方居然回头一拳往她脸上打。艾莉丝眼前一片白，翻了两圈倒在沙地上。原来是被自己杀死弟弟的柯尔法。

"贱人，你该偿命了！"

柯尔法拔刀朝她扑过去，艾莉丝虽然眼睛看得见了，但还是有些模糊。背上沙子很冰凉，月亮在他肩头晃动，只见柯尔法刀子戳了下去，接下来艾莉丝无法理解。他的手臂骤然消失，然后一片红霞，之后是尖叫。柯尔法往旁边一躺。

粗壮的手臂环着艾莉丝，将她推到龙船边。

"小姐，下次要慎选朋友啊。"说话的是奥菲提。艾莉丝转头一看，柯尔法的手臂掉在五步外，他的脑袋被斧头敲凹了。

"有人偷船！有人偷船啊！"艾莉丝被推着前进时嚷嚷。

有几个裘奇的部下听见了，转身飞奔而来。奥菲提将艾莉丝推到长船另一边，由费斯塔尔扣住，自己转头应付那两个敌人。前面一个撞上他的盾牌，整个人弹向后面的伙伴，奥菲提的斧头往他头上一劈，接着斧柄脱手，拔出短刀，刺进另一人腹部。

艾莉丝站稳了，但思绪混乱。她抬头望向修道院，那儿有道前所未见的光，仿佛月亮坠在那儿似的。而且她又听见奇怪的噪叫，究竟从何而来？甚至下意识地响应了。

"我在这里，"她说，"来找你了。"

奥菲提拔出自己的斧头，趁长船离开沙滩后跳上去，不过有四个裘奇的部下追过来。一人高举斧头奔向艾莉丝，她本能一缩，却没料到那人根本不管她，用斧刃往船尾舵上的绳子砍过去。砍两下以后，这船等

368

于半残了，在水上只能缓缓飘移。裘奇的部下这才准备和狂战士对决。

艾莉丝缩在船底不敢看。有吼叫声、惨叫声，而且身旁不断传出打斗厮杀声，胖维京人摔在旁边，其余人奋勇作战，但寡不敌众。她瞥见凡恩斧头脱手后四指被一把撒克逊刀给削断，但他还是压着对方的脸跳进海里，活生生将对方给溺毙。

海滩上展开拉锯战，裘奇这方人数劣势，不断后退。地上的伤者或跪或坐，一些人捧着肚子或胸口的伤口，还有一些虽看不出受伤，却一动也不动。还能动的人继续打，撒克逊刀、长矛、刀剑、斧头在半空飞舞，战士们吼叫对峙，盾牌一面一面破了、武器也扭曲断裂，弹出去的头盔在沙上滚动。远远看去，他们好像一群酒鬼。越来越多的人喘不过气停下来休息，这时双方都体力不支，战况陷入胶着状态，就等重整旗鼓，或者被人由背后收拾。

裘奇打斗时持双剑，一手抵挡，一手攻击，很像法兰克剑术。他脚边已经死了三个人，目前与一个矛兵难分难解，因为武器差异很难进入攻击范围，不得不专心防御。至此，大战的节奏截然不同，方才的狂躁褪去，化为零星冲突，每个人都将自保看得比杀敌更重要。

但长船上还打得火热。两个人在艾莉丝身边游走，来回整条船，因为他们的武器都飞出去了，只好扭成一团，又踹又咬。一根长矛立在她大腿边，有个狂战士朝她前面冲过去，对手惨叫一声倒在艾莉丝身旁，狂战士边骂边拔出自己的剑。

船身左右晃荡，艾莉丝知道这代表船快要离开海岸。她赶快起身，不回去找裘奇不行。正要跳船，手却被一名狂战士给抓住。那狂战士猛呼大气，好像刚狩猎过的猎犬。他们将裘奇的部下都杀光了，只是代价很惨痛，只剩下四个人。胖战士爬起来了，他还没死，但弯着腰一直喘，艾莉丝以为他受了重伤，仔细一看却发现奥菲提只是一口气接不上。

三方人打了多久？对她而言好像永恒。伤亡满地，两军各退了几步，互瞪，似是累得连口出恶言都没力气。还有个战士索性坐下来，视线紧盯敌人，但宁愿把握这一丁点儿的休息机会。才过不久，战火重燃，好像才刚开始那样激烈。艾莉丝看见不少血腥画面：有个人被矛给贯穿，两腿像被钉住的小虫那样不停挣扎，还有一个人明明手掌被砍断，却仍死命爬向自己的武器。

　　蓦地一声喝命："都住手！我们讲和吧！"是裘奇。

　　双方都需要喘息，所以乐意暂时退下。裘奇走向中央，他的盾牌也破得差不多了，一把剑掉出去，剩下一把几乎弯成L形。场上大半人都是这副凄惨模样，有些人想靠手脚将武器折回原貌，偏偏这儿是沙地，完全无法使力。

　　"弟兄，我们打得很精彩，但看样子继续打下去，对彼此都没有好处。打到天亮，恐怕就是同归于尽。显然该停手了，我们可以和平共处，以各位这么坚强的实力，相信双方可以成为好友，弗雷神一定也很乐意有你们这样的战士。"

　　敌方一人举起手，边喘气边摇头说："都杀了我们的人，怎么可能说忘就忘。"

　　"我们也死伤惨重，所以立场对等。"

　　奥菲提碰了碰艾莉丝手臂："我们人不够，没办法开船出去。过来，我保证你的安全，也绝对不会有人侵犯。"他压低声音，但仍强硬。

　　艾莉丝挥开他。"我可不想被海盗卖掉，"她回答，"宁可留在这船上。"

　　"小姐，你迟早要被卖掉，只是由谁来卖的问题。女人就是会被卖掉，这和出身贵贱无关。当然你的情况特殊，可以选择由谁来卖。"

　　裘奇继续对沙滩上的敌军喊话："一开始我们双方那么多人，现在却剩下大概百来个，而且只有六十人可以继续打。虽说结了仇，但此时此刻还是合作对彼此最有利。"

艾莉丝对奥菲提说："你们讨不到便宜。他们两边还不知道你们身份，一旦曝光，你们必死无疑。"

奥菲提笑了起来："小姐，可惜了，你没去给法兰克的国王出主意。"

"我还是有那打算。"艾莉丝说。

"之前你在我手上也没事，应该可以相信我吧。"

"我要去找赫尔吉。"

奥菲提笑了起来："我们也是，所以不如就由我们护卫吧。我保证，你想被卖给谁，就由你自己决定，就算你想被卖回自己哥哥手上，我们也答应。重点是得快点走，等到天亮，他们两边还是会把彼此杀光，我们必须找到空当偷偷溜走。"

艾莉丝听了觉得奥菲提这番话有道理。看看现在裘奇与敌人谈判都有困难，有可能控制得了人家吗？而先前奥菲提确实对待自己还不算太过分，当时甚至不牵扯到利益；如果误以为自己真是奴隶都还客气，知道了真相，应当会妥善保护才对？

她让奥菲提牵着自己，从船后端下去，尽量保持隐密。费斯塔尔、伊吉尔与阿斯塔特跟在后面，不停地回头望着死在船上的几个伙伴。

海滩上两军仍在僵局中。"我们得想想看，"一名高大维京人出面，"是你们先动手，该给我们赔偿。如果没赔偿，坏了我们名声，我们当然不干。"

裘奇点点头："我们带着一个女孩，是法兰克人的公主，可以换到好几磅重的白银。"

"人在哪儿？"

裘奇转头："艾莉丝小姐，请出来。"

"艾莉丝?"

"对,她是强者罗贝特的后代。"

"我们来这海岸就是为了要找她。将她交出来,我们就结盟,女预言者也会给予祝福。我们与穆宁同行,她无所不知。"

"我听说过此人。要将那女孩子交出来其实很舍不得,罗斯的赫尔吉大公对她有兴趣,但作为补偿,就将人给你们吧。"

艾莉丝在旁边听了吓一跳,没料到双方很快达成协议,不过彼此之间还是保持三十步以上距离。

奥菲提等人带着她还想悄悄溜走,但在五十步外被裘奇叫住:"那边几位弟兄,我们认识吗?你们不是丹麦人,也不是我这儿的人吧。想带那位小姐去哪里?"

一瞬间,所有目光朝奥菲提射过去。他拔了剑。

"我是托瑞克,外号奥菲提,泰特玛之子,霍达人的酋长,身经百战,完好无恙。不过看样子好日子结束了。你们一起上吧,看看有多少人要随我一起去万物之父的殿堂!"

"托瑞克?你在这儿做什么?"

艾莉丝听得出裘奇的口吻中带着一丝懊恼,看样子这胖子声名远播呢。

"和你们一样,来偷船的。"奥菲提回答。

"还想偷走我们的人犯!"有人叫道。

"那女孩已经有人要了,"裘奇说,"你们不能带走。"

"我还是得带走她。"奥菲提说,"假如你急着陪倒在沙滩上的朋友一起去英灵殿的话就上吧,万物之父已经准备好酒宴等你了。"

奥菲提身边只有三个伙伴,敌人还有战力的约有六十个,尽管对方经过厮杀,精疲力竭且装备损坏严重,这数量差距仍然太过悬殊。

"准备接招吧。"裘奇说，"丹麦弟兄们，刚才我不就说了吗？合作吧。才刚说完，天神们就安排我们有共同的敌人。"

他们并没有一拥而上。方才的大战导致两军战士散落在沙滩各个角落，也有一些人看领袖们谈判就坐下休息，不过这时至少知道要先站起来，无论武器多残缺，也小心翼翼朝奥菲提和艾莉丝接近。

"女孩，你是女预言者的人，不可能逃走的。"有人这么叫道。

艾莉丝生出逃走的念头，但她知道不可能成功，因为这海岸太长，就算那两群维京人体力不支，但捉到自己只是时间问题。较近的掩蔽是修道院，但也有五百步远，岬角上的树林更是四倍距离远。往修道院那条路有人挡着，至于树林，则不知道是否有路绕得出去。裘奇背后两百步外有几片大沙丘，不过得穿过敌阵。

远处传来很细微的声音，好像搭着海风，但其实并没有起风，听起来有点儿像是坏掉的船帆飘荡，或者是远处的雷鸣。所有北人似乎都没留意到，可是艾莉丝立刻辨认出这声音了。是马，而且并不是一般的马。她认得这声音，再远也可以。

"把这些小偷杀光！"丹麦人吼了起来。

"就是他们躲在修道院附近暗算我们的人吧！"另一人也嚷嚷。

"那可跟我没关系，"奥菲提回答，"但是你们尽管上。大爷就在这儿，不闪不躲。不过你还是换把剑比较好，那玩意儿还能打吗？"他们四人高举武器，"来呀！混账东西！过来准备给我斟酒吧，今天晚上大家都要过去啦！"

艾莉丝视线凝望两百步外几座沙丘，一开始还以为是月光变换的缘故。沙子好像起了涟漪，随后又是马儿叫，接着雷越来越近，变得像是击鼓。她低声说出三个字："摩塞尔……"

法兰克的骑士们从沙上冲锋过来。

52 冲锋

　　恐慌的人无法清楚思考。正常反应是跳入水中或者上船,只有这两种做法可以避开骑兵冲杀。但这么多人分散在广阔海滩上,大部分都精疲力尽,很难面对竟又陷入一场激斗里。

　　有少部分人往船跑,有少部分人往沙丘,还有一些想躲进修道院,也有人决定跟骑士们决一死战。

　　"集合排成盾墙!大家要撑住!"尽管裴奇声嘶力竭,却白费心机,骑士团速度太快,瞬间穿越平坦沙地,长枪直挺指着前方,如巨浪拍打过去。想要抵抗的战士被长枪刺穿,转身逃命的仍要命丧马蹄下。

　　许多人就在艾莉丝眼前四分五裂,甚至化作肉末。

　　双方第一波交锋听起来非常凄厉,如同厨师敲打生肉使其嫩软的声响,但放大了不知多少倍。这无法称之为战争,只是单纯地歼灭。骑士团合作无间,在第一波攻击以后,还以二人或三人分组,换句话说,每个维京人至少受到两把长枪的威胁,就算避得过武器也未必能闪过四对马蹄。还愿意顽抗的人很少,大半赶紧找了掩护,于是像田鼠碰上镰刀那样逃窜。

恍惚之间，马儿竟朝着艾莉丝冲过去。她吓得不知所措，只感觉到马蹄透过沙子传到身上，光是这震动就仿佛可以将自己轰倒。战马疯狂的面孔逼至眼前，它龇牙咧嘴，背上的骑士也叫嚣着，最后她就这么滚进水里。

"上船！快走！"奥菲提大叫。

原来千钧一发之际，胖子拉开她，推到旁边一池水中。艾莉丝赶紧起身。

法兰克骑士回身再度冲刺，奥菲提从后面揪起艾莉丝的衣服，拖着她跑向长船想找掩护，手一松将她面朝前扔进海里。她撑起身子一看，摩塞尔的长枪插在一名维京人胸口，护拳部位裂开，所以整支枪都卡在里面。摩塞尔只好将枪丢掉，拔剑上前将一个想逃的人斩首。马儿一转，还发出兴奋的嘶吼，骑士继续进攻。

十步以外，有一个骑士被三名维京人拦截，其一在他左手边，从攻击距离外持刀飞扑。一眨眼，维京人不见了，原来被另一名骑士以长枪击碎头颅，好像在练习场上打坏靶子那样简单。再一转眼，另两个维京人也都被骑士群用类似的手法解决。

只有少数维京人幸存下来。有十人登上长船并已经出海，还有五人上了沙丘，想进入修道院。

"这是你的族人吧？"奥菲提带着艾莉丝蹲在岸边一条长船后面。

"对。"

看着胖子，艾莉丝读得出他心思。奥菲提想要威胁自己：若不设法保住四人性命，他就先动手杀人。但多想几次以后，奥菲提放弃了，有没有用都成问题。"你有办法救我们吗？"

"没有。"

"是我救了你一命，否则你刚才已经死在他们的长枪底下。"

"我没办法救你们。"

奥菲提点点头。"大伙儿，还是上吧，"他说，"要死也是死在战场上。"

艾莉丝望向修道院，之前那寒冷锐利如冰雹的力量又席卷而来。她说出一个名字："穆宁。"看来什么都没有改变，自己仍然受到不可思议的力量追杀，无形而凶残的敌人穷追不舍，换句话说，她必须找到赫尔吉。狼人为了带她过去，愿意牺牲自己的性命。

艾莉丝抬头看着奥菲提："你可以带我去赫尔吉那里吗？"

"他愿意付钱的话有何不可，反正哪个王对我们都一样。"

"这算是答应？"

"对，假如你救得了我们，我发誓会带你过去。"

她点点头。沙滩上的战斗已经告一段落，还传出笑声。两个法兰克骑士追着一个维京人跑，对方手无寸铁，却一直被追击。骑士用剑柄拍打他，他只能一直挨打一直跑。

一个骑士从船边靠近，探头察看。

"摩塞尔，是我，艾莉丝小姐！把剑放下！"

"小姐！你可真难找，沿着索姆河到一半忽然就打听不到你下落，会来到这儿完全是上帝指引。我们听说下游这儿有诺曼人占据修道院，想说过来帮忙也好，已经躲起来观察了好几天以等待机会，原来都是上帝的安排，实在太好了！"

骑士脸上有沙子、有血迹，马儿也累得嘴角挂口水，但他那笑脸活像是以前在修道院阶梯上看见过的傻子。

"嗯，你追上了。"

"相信小姐应该也明白你的举动多危险了吧。那还是让我帮忙吧。

诺曼人，你要死得干脆还是痛苦，自己选吧。敢碰这位小姐一根汗毛，我保证接下来这个月都让你生不如死！"

"摩塞尔，他们听不懂的。"艾莉丝说，"但这个人不会伤我，是我花钱请他们当保镖。"

"小姐，看起来你真的比较相信外人而不相信自己的同胞，是吗？换作法兰克人，才不会收受贿赂杀害自己人。"

"可见在敌人那儿看到这么多我们法兰克样式的刀剑，一定是鬼怪作祟，或者我们遭到诺曼人的奸细渗透了吧。有丹麦人愿意帮我，其实也该感激上帝。你瞧瞧，他这盾牌上还画了十字架，心已经向着耶稣基督。"

"既然他已经悔过，我就更该送他早点儿去天国。"

"你不能杀他，因为这是我的命令。你们有食物？"

摩塞尔点点头，回头望向部下。贵族出身，他对于艾莉丝在自己面前高高在上的态度毫无质疑，因为换作他面对地位卑下的人，也一样认定对方就该毫无保留地听命。

"可以在修道院里过夜。唉，上帝慈悲，一想到这些蛮族如何破坏我们国土，就想把他们都钉上十字架——可以让这儿变成新的墓地。怎么会与他们一起烤火呢……"摩塞尔的心思已经飘到食物与休息上头。

"我再问一遍，"艾莉丝说，"你们有食物吗？"

"有很多。先上去修道院那儿，应该有暖房，坐在火边比较好聊。我们这儿可是一个人也没死。"他笑着举剑指向奥菲提，"我这辈子就希望能给他们迎头痛击，今天总算出了那股怨气。要是每一次都能在这种地形作战，诺曼人根本不足为惧吧。终于可以好好喝一杯。"

"好，"艾莉丝说，"带路吧。记得吩咐你的部下，别对我的保镖乱来。"

摩塞尔点点头："我会交代下去，但他们还是不可以一起吃、一起烤火，叫他们去别的地方，别臭死我们。"

"这无妨。"艾莉丝说。

"别玩了！"摩塞尔往海滩上吼道，于是一个骑士挥剑想将维京人的脑袋砍下来。维京人本能举起手臂抵挡，却付出惨痛代价，右手从手腕被削断，跪坐在地上时，另外一个骑士从旁掠过，身子往外一斜，长剑贯穿过去。这名骑士过来下马对艾莉丝行鞠躬礼，然后转身与同伴去搜刮敌人的财物。

奥菲提张大眼睛。艾莉丝感觉得到，这胖子也想一起加入抢死人的行列，但心知会触怒法兰克骑士，所以作罢。

"你们要随时待命，"她用北人语告诉胖子，"我们今晚就会上路。"

奥菲提点点头。"出发前可以取暖也好。"说完他望向修道院。艾莉丝又察觉到奥菲提心中的渴望：他需要的不只是烤火的温暖，还有对故乡的思念。这维京人在外头流浪久了，想要回到自己同胞身边，所以才宁愿带艾莉丝去罗斯，毕竟东方的诺曼人对他而言也熟悉得多。

艾莉丝同样望向修道院，发现类似冰雹或银雨的异样感已经消失，连狼嗥也听不见了。然而她明白敌人会回来，怪物们仍会虎视眈眈。此外，自己体内已经生出一股奇妙的力量，它们依附着艾莉丝，也保护着艾莉丝。那些符号像是在身体里面发光发热，发出各种声音，但她还无法理解，只觉得惶恐。为什么可以控制摩塞尔的马？为什么附近死伤这样惨重，自己居然没事？为什么摩塞尔会找到自己？难道是她召唤了摩塞尔，但却毫无所觉？那么，她是不是早就恶魔附体，成为女巫，只是还没自觉？越想下去，艾莉丝越觉得恶心。

她跟着奥菲提走过沙滩，上去修道院。必须有人在身边保护，尽管这种处境令她相当不自在。

378

53　说故事

　　与鸦人同行，好处很多。首先，他身上有打火棒与燧石，可以生火取暖，烤东西吃。再者，他很会设捕兽夹和捕鱼，所以总能有肉吃。最后，当然是他可以对付强盗。

　　以前狼人好像能知道几里内哪儿有人埋伏，鸦人也有这种能力。但两人，处理手段可不一样。查克利通常会举起手，示意勒熙别出声，然后带路往旁边走，避开正面冲突。胡甘的方式直接多了。两人进入森林三天，他也举起手，示意勒熙留在原地，自己下马，还把缰绳给勒熙牵。

　　他中午离开，日落前一小时回来，上马继续往前，沿着小路前进。后来路边的灌木丛那儿倒了六个人，有一个还维持坐姿，拿面包要放进嘴里吃，但眼睛上插了一根黑羽箭。另有两人倒在旁边一截断木上，其中之一只看得见腿，另一个脖子上有很大的伤口。最后几个人才有时间拿武器，两根长棍、一支长矛。反抗也没用，都死在路边。

　　"还有别人吗？"勒熙问。

　　"没有。"

"你怎么知道？"

胡甘指着其中一具尸体，就是只有腿挂在断木上的那个。勒熙骑骡子过去低头一看，那人面目全非，脸上被砍了很多道，两个眼窝还一片腥红。

勒熙回头望向胡甘："所以是他担保的啊。"

鸦人没讲话，自顾自地往前。

当然勒熙要求过亲眼看看鸦人身上的银币。一天傍晚扎营时，胡甘取出给他看了。对勒熙而言，白银有种特殊的美感，连黄金也比不上。他让钱币从指缝间掉落，聆听那滋润干涸心灵的叮咚声，享受幸福触感，看着它们如鱼回水重新进入包包里。

商人不免起了歹念：鸦人有办法阻止自己趁他睡觉时一刀剖开喉咙吗？但勒熙看着鸦人那张布满伤痕的恐怖脸孔，细长弯刀就在手边、背上还有一把弓，然后想起即便身受重伤、被压在地上，狼人都还能带五条命一起下地狱。但狼人当初可和鸦人对打过。

"商人，你笑了，为什么？"

"有时候，"勒熙回答，"会想取笑自己有多愚笨。"

两人静静地坐着，勒熙嚼着鸭肉，是胡甘用压力陷阱捉来的。生火虽然可能引来不必要的注意，但勒熙认为可以烤干身子，又能睡得温暖，还是值得冒险。

"你都没叫我讲故事。"勒熙这么说。行商游走各地，通常很会说故事，大部分人遇上他们都会逼着问，想听些远方国度的样貌。

鸦人没回话。

"不如你给我说说才对。"勒熙又开口，"我自己的故事都说到腻啦。"

鸦人抓着鸭翅："我没天分。"

"这种事情不需要天分，就说说你自己是怎样的人，怎样变得这么厉害也罢。"

鸦人将啃光的鸭翅往火里面丢。仿佛被商人读了心似的，胡甘想起那片山，想起自己为什么离开修道院，与妹妹随着那面带烧伤的怪异女子爬上从未有人想去的角落。

山路陡峭崎岖，非常累人。他们还得攀上小悬崖，渡过近乎沼泽的地形，好几次若没踏稳，就会坠入万丈深渊。穿越雪原以及浓雾后，在鱼肚白的天色下绕过瀑布旁危险的小径才进入一座洞窟。那女人给他们食物，有面包、盐巴、牛肉，还有白得近乎半透明的奇怪蘑菇。他想起倒在床上，颈上挂了三环结的修道院院长的肤色。

往外瞭望可以看见底下的大地。没有人爬到这么高的地方过，大家都怕坠崖，也怕山里的精怪，所以尽管上头牧草茂密也不愿意来。他感受到天地浩瀚、自身渺小，原来以往所知局限于那小村落，此刻才看见北方大湖绵延至天边，还有壮阔山势朝西边伸展，也注意到还有其他山谷，以及仿佛无边无尽的森林。

"在这里，"女子说，"众神会与你们讲话。"

"什么意思，你讲的话好难懂。"

那女子还是缓缓道："神就在这里。"

"我好怕。"身旁的妹妹开口道。她有喊出自己的名字。名字？刘易斯。村子里家家户户都有个男孩子叫作刘易斯。妹妹有时唤他做狼，因为他很会打猎，加上一头黑发。

"可以抓着哥哥，"女人说，"进去洞里吧。不会有人伤害你们，只不过是服侍的第一步。"

"服侍什么？"他问。以前他胆子不小。

"马上就知道了，"女人回答，"他会和你们讲话。黑暗是沃土，你们是种子。"

年幼的两人轻易信了她，走进山洞内，但那女子竟堆石块将入口封死，还吩咐他们就抓着彼此。兄妹俩不肯松手，被黑暗与寒冷吓破了胆，而且身边有好多怪声，好像谁在呻吟、号哭，或者轰隆作响如木屋遇上风暴。两人眼角余光出现奇异的光芒闪窜，但他们还是什么都看不见，于是不停啜泣，挨饿挨渴，最后只能舔石头吸收一点儿水分，最后连眼泪也干了。

安静很久以后，妹妹打破沉默。

"狼。"

"嗯？"他声音沙哑。

"是谁和我们在一起？"

"只有我们而已。"

"不对，还有别人。你感觉看看。"

妹妹抓着他的手摸索，他只摸到光滑冰凉的岩石。

"什么也没有啊。"

"是尸体。你没有摸到脖子上的绳索？还有那双冰冷的眼睛？……摸摸看，没有吗？有个死掉的东西在这儿呀。"

"只是石头而已，这么黑什么也看不见呀，依莎贝拉。"

他听见妹妹吞咽口水，感觉到她小手颤抖。

"来了。"

"谁来了？"

"死者之神，吊死鬼的神。"

"什么也没有啊。"

"他在唱歌。你听。"

妹妹哼出不成调的曲子：

"三次受骗、三环绳结，

一中有一，深困其中。

不可见、不可闻，死者之神之颈环，

束紧之时，开启魔法之门。"

　　他又听见妹妹的手抠抓着什么，但等到妹妹发出哽咽时他才意识过来。是绳子。慌忙之中，他赶紧伸手想要帮妹妹将绳子扯开，但待在这片冰冷中太久，手指不灵活也没力气，无论怎样扯、怎样扳、怎样大叫，都帮不上妹妹的忙。他赶快摸着四周，摸到一块比较锐利的石头，拿起来想要将绳子切断，同样徒劳无功，不管怎样努力都救不了妹妹。

　　疲惫、饥饿与绝望彻底毁了他的意志，最后渴得干咳干呕起来，却看见妹妹站在面前，带着发光发声的符号。他听得见那些声音，如风掠过水面，如雷如雨，如冰雹轰打着屋顶——他还听见植物生长，然后在秋天枯萎，感受到夏日的烈阳与冬天的凛冽。

　　依莎贝拉朝那些符号伸出手，像摘水果一样取了过去。符号在她手中消失，但光却没有熄灭。其他的符文——他看过。那女人雕画符文来治疗妹妹的高烧，是自己提供了最后一项施法材料，也就是院长的死亡——符文发着光缠绕在妹妹的皮肤上。她的面孔变换不定，时而浸沐于金光中，神情非常喜悦，却又一眨眼变得青紫浮肿，脖子上的绳结箍紧了，逼得她吐出舌头，眼珠子好像快要爆出，仿佛隔着一层雾气外有个石像鬼朝自己发出邪笑。

　　依莎贝拉朝他伸手，他赶紧握住。妹妹指引着他抓住绳结，接触的瞬间，他看见真理：对自己而言，这世上只有妹妹，两人曾经是一体，也将再度合而为一，如永恒缠绕的两条丝线，在过去、当下和未来都密不可分。洞窟里响起音乐，兄妹闻声起舞，以自己的骨、自己的肉来应和那永恒的旋律。

"我在这儿，"他对妹妹说，"永远都在。"

"有谁想要拆散我们。"

"你脖子上的绳子箍太紧了，我帮你取下来吧。"

"那是我力量的来源，我必须保持下去。敌人十分强大。"

依莎贝拉松开手掌，有另一个奇妙的符号，但与别的符文看来不同，是条锯齿状的线，却又被划过一笔，好像谁刻下以后又想要删去。他觉得这或许尚未完成，并不是真正的符文，这异样念头涌现以后，竟挥之不去。符号的声音传来，好像带着痛苦无奈。

他听见自己开口："这个符文会将杀手带来。"

符号从妹妹的掌心跃向他的脸。他眼前一白，身子摔进黑暗。只见亮光在身边流转，还有声音叫唤自己。他到了另一个地方，是夏夜的河畔，月色皎洁，树叶都仿佛裹上白镴。

有谁在朝自己靠近。是个女人，还是个女孩呢？总之很年轻，一头金发，但却看不清容貌。他感觉得到，对方正在找自己？是狩猎？不对，她也被东西跟着。是杀手。脑袋有种快要爆炸的感觉，思考被绞成碎片，唯一可以肯定的是这女人十分重要，可能会毁掉他。若女人被背后那东西给逮到……会如何？会很惨烈。这感觉如肉体的饥饿、干渴、寒冷一样清楚明白。

头顶上，月亮越来越大，银光覆盖一切。他倒在地上，不停喘气，眼睛挣扎着想看见洞悉。骤然他意识到原来没有月亮、没有花园，自己仍在洞穴内，脸挨着地板，身体虚弱得站不起来。

冷风吹拂，他看见脸烧伤的女人出现，手里捧着短刀。女人为妹妹切断绳索，将妹妹的手拉来自己头上安抚。

"通往平安的道路很艰辛，"女人说，"你们才刚踏出第一步。"

他听见口干舌燥的自己问了一个问题。以前从未想过的问题。

"我是谁？"

"你是他的仆人。"女人回答，"乘风飞翔的渡鸦。"

"真希望有酒，"勒熙隔着火焰望向鸦人，"说不定你就会觉得轻松些，愿意给我讲故事了。"

胡甘望进篝火。"或许，"他回答，"也或许不。"

勒熙笑了笑，舒展一下筋骨。至少这夜有火。"你说我拿衣服来烤干安不安全呀？"

鸦人默不作声，勒熙暗忖这是默许吧。商人老早就学到一点：北人这些获得动物力量的祭司，并不会因为追随神明而变得温文有礼。

他在地上插几根树枝，脱下长裤与鞋子挂上去，接着解开头巾放在靠近火堆的草地上，最后是脖子上的丝巾。所以只剩下上半身的长衫了。

好久没有这种放松的感觉，旅途中总是提防着野人，甚至拿刀剑的女人。今天终于可以好好睡一觉。

肩头忽然被人重重一敲，他惊醒，看见鸦人的脸浮在眼前。

"怎么了？"勒熙问。

胡甘的细长手指探向他喉部。

"不是你的。"鸦人扯下狼人的遗物。

54　黑魔法

　　摩塞尔不改前言，拒绝让奥菲提等人进入暖房内。对他而言，留下北人小命已经够客气了，而四个狂战士就只好在外头生火，虽然饿肚子，但至少温暖安全，最重要的是埋在树林里的宝物没被发现。

　　骑士团搜查了修道院内部，没找到躲藏的敌人，发现只有悔过室的门锁起来。但他们往里面看，除了稻草好像什么也没有，就懒得特别打开了。

　　在暖房内，艾莉丝想起一天所见所闻，不禁打起哆嗦。这么多人搜索自己，那面目全非的巫婆也在附近。她尝试以可理解的方式对摩塞尔说明自己的恐惧：有个女巫还没被捉到，希望骑士团可以谨慎小心，尤其注意鸟，推测巫婆以鸟为媒介施展法术，尽管曾经破除过妖术但恐怕并未打倒对方。说明之中，艾莉丝一直注意摩塞尔的反应，因为光是提起巫术就属敏感禁忌，但她知道不得不说，再隐瞒下去没有好处。

　　"小姐，你与恶魔做了交易吗？"

　　"不，但恶魔确有此意，所以会不断骚扰，因此我要请你们以战士、骑士的身份保护我。摩塞尔，你是耶稣的代表，就像对抗路西法的米迦勒，我的生命、还有灵魂，都交在你的手中。"

摩塞尔一听认真起来，要部下轮流守夜，随时预备弓箭将乌鸦给射下。他找了毯子给艾莉丝当床垫，并以翻倒的桌子将角落隔出私密空间。

艾莉丝躺下却没睡着，白天的种种都历历在目，她一下子回到船上摇晃，一下子听见骑士团冲刺过来。忽然间她想念起那矮小商人了，只有勒熙会乖乖带自己去找赫尔吉。还有愿为自己牺牲的狼人，他也相信赫尔吉可以帮得上忙。艾莉丝心中浮现勒熙骑着骡子的模样，并想象那个象征坐骑的符文在骡子身上游移，希望可以将他带来。

睡了又醒，醒了又睡，半梦半醒间艾莉丝的意识好像同时处在很多不同时空，记忆与梦境混杂，未来与昔日交错并陈。心脱离了时光与人格拘束后，陌生与熟悉无法分辨，幻象和预言融为一体。终于睡了，却也因此来到心灵的边境，魔法所在的地方。

她觉得自己好像清醒，但暖房里一个人也没有，火焰里剩下余烬，奇怪的是室内非常燥热。打开房门，银月寒光罩下，艾莉丝感觉并不只有自己在这儿。记忆尾随，她察觉以前也在洛什镇的花园迎向夜风。

修道院里一片寂静，她的目光被吸引到角落。那儿有扇门，开的方式特别不一样。缮写房、暖房、厨房、小礼拜堂的门都向外开以节省空间，但为什么只有那扇门是往里开的呢？

艾莉丝走过去，门板上有小窗，伸手拉开看见的是……雾？她一吐气就在月光下化作白雾，看见以后身子也发抖着，温度不知为何这么低，连手也颤个不停。

身体里有什么东西亮了，似是回应着袭来的寒气。是个符号，像是锯齿状的S，散发如太阳的温暖，祛退了寒冷。另一个形似尖锐钻石的符号也浮现，艾莉丝感觉脚下大地似乎藏着汹涌波涛正不断地拍打山脉的根基，然后流入最深最暗的虚空里。

突然，好比百万根细针扫过肌肤的刺痛传来，接着有股海上风雨的气味入鼻。好像身体里的符号发出呼唤，那寒冷靠近予以回应。她脑海涌现记忆：一天晚上自己站在洛什镇的花园中，明月当空，艾莉丝手上有朵婴儿头颅大小的玫瑰花，花香浓郁迷人。又一个刺痛感，艾莉丝发现自己的手指被荆棘所伤，血膨胀成一颗珠子，于是她赶紧放进嘴里含着。甜美花香与血液的腥臭渗入了痛觉的印象里。

一转身，视线扫过修道院内，斑驳的阴影下站着两人。女人套着白色的粗布衣，那张脸就像是海滩的浮石一样布满坑洞，她手里有把又长又细的刀子，身子不断颤抖着，大腿那儿的衣服撕裂了，而且还有脏污。而她的脖子上有一条细绳子，绑出了很繁复的结，光是看见那绳结，艾莉丝就打了个冷战。女人身边有个看来十二岁左右的男孩，打扮是丹麦人的战士。他的眼睛死气沉沉，脸颊被扎了两个洞，所以染满血。男孩握着女巫的手，将她牵到艾莉丝可以看清楚的地方。

"我的同胞在这儿，他们会消灭你，女巫。"艾莉丝开口，然后心里闪过另一个符号，是两条直线中间有一个X的图案。这时，刮起了一股不同于以往的冷风，亮起一道不同的光，这符号象征新的一天，也是启示。艾莉丝意识到这符号存在女巫那里，如旭日扫荡黑暗后又消失，修道院重回月光下。

艾莉丝发出尖叫，然后看见身边法兰克人一个一个姿势扭曲而古怪，有些人面朝下，也有些人抬头，像是对星空祈祷自己能够获得饶恕。体内的符号似乎增加了感官敏锐，她从骑士们身上察觉到更多颜色，听见了更多细微声音，注意到他们根本没死，还陷于梦境。都活着，不过中了法术。

"你究竟是什么？"艾莉丝听见自己问。

那女人低头。"你，"她说，"我就是你。"

"女巫，你讲话有条理一点儿。"

"我们就像是同一个瓮的碎片，但这瓮还是可以补好。"

"你可是我的敌人。"

"对，我曾经攻击过，但根本没用，我伤不了你，就像你伤不了我。"

"所以你才发抖？"

"因为死是必然的。"

"谁的死？"

"你的，和我的。"

"我可没打算死在这儿，无论面对的是你，或者你的爪牙。"

"不，你不会死在这里，但符文终将结合，而他再度来临时会将你我都抹煞。这才是真相。"女人碰了脖子上的绳结，"死者之王的项链，解开的三环结。当他到来，就会合而为一，显现在符文里。"

"是谁又要到来？"

"符文的神，他就是符文。我知道你身体里有什么，那并不只是轰鸣的符文而已。"

艾莉丝愣了愣。轰鸣的符文，这形容很精准。它与其他八个不同，对着山丘嗥叫寂寞。呼唤谁呢？似乎就是在洛什镇时，躲在暗夜黑影中的东西——狼。

"所以你和你那可恶的哥哥就一直追杀我？"

"这是我要找你的原因，但我哥哥并不了解背后的理由。他无法触及符文的真实本质，无法理解为什么符文会在我体内，并且揭示命运。"

艾莉丝忽然强烈感应到这女人的思绪，是欺骗，但却与商人那种类似酸醋、沥青的味道又有所不同。她骗了自己的哥哥，不过是哪一件事情呢？

女巫继续说："符文因为死亡而结合时，神会到来，狼会杀死兄弟，并与死尸之王决斗。当我死在狼牙下，命运就会圆满。"

艾莉丝完全不明白这女人说些什么，却感觉身体里的符文骚乱起来，发出各种碰撞、呻吟，又或者不断摇晃。一些影像流入心中——马身的毛色光泽、湿滑黑岩上的水流、水花映射出的虹彩、云端被太阳染成火红，安德尔-卢瓦尔省的山谷里，田地像是微微发亮，闪着光的镰刀收割了金黄色麦穗，满车的玉蜀黍、喜悦之光从圣埃提恩修道院窗户向外打，在石板路上留下一道道蓝色痕迹。她跪着请求救赎与恩典，明白符文的光辉来自于神。但为何它们会苏醒？

因为受到召唤，如同夏去冬就会来。然后光芒打在矗立的冰柱上，带着荆棘的叶片结了霜。冰雹降下，宛如一片银色布幕覆盖在白色野牛冒出蒸汽上的皮肤。这些画面也从符文生出，但不是艾莉丝这儿的符文，她知道都来自于女巫，同时她也知道浑身的不适意味着两边的符文都想合而为一。

不管用什么方法，得杀死这女巫……

仿佛穆宁听见了她的心声，竟将刀子丢到艾莉丝面前摔出叮当声。艾莉丝捡起来，刀刃在月光下看来阴森恐怖。女巫没讲话，空洞的眼窝瞪着虚无。艾莉丝上前，想将刀刺进穆宁身体，但却迟疑了，似乎手臂不肯听脑袋的命令。

女巫又开口："假如这么简单，你几年前就已经死了。"

艾莉丝想挤出全部力气，双手握刀要砍向穆宁的脖子，但不管怎么做都会自动停下来。她注意到是身上的符文在干预，尽管想要结合，却又不让自己动手。看来一边八个的两组符文都想要消灭对方的宿主，却也尽力保护自己的主人。

她受挫地丢下刀。

　　"还有别的办法。"女巫说。

　　艾莉丝听见脚步声，转身看见摩塞尔与奥菲提走出来，阿斯塔特、伊吉尔、费斯塔尔跟在后头。前面这两人合力提着一大捆绳子，她注意到这五人状况不对。首先就是没带兵器。这两人绝对不可能在这局面下让兵器离身。摩塞尔的剑、奥菲提的斧头呢？

　　她跑上前："就是这女人，她是敌人，快点儿杀了她！"艾莉丝叫道。

　　但他们都没动，只是望向女巫。

　　艾莉丝又伸手抓住摩塞尔摇晃几下，结果骑士一点儿反应也没有。她缩回了手，注意到不知为何骑士身上全湿了。

55　潮汐

退潮了，海浪还是没有淹掉木桩。摩塞尔与奥菲提将木桩再往前推一点，找沙子还湿黏的地方，将艾莉丝以坐姿捆绑好。冰凉的海水渗入裤内，艾莉丝看看旁边的积洼，知道海浪可以淹到这儿。他们想把自己给溺死，而且还是很慢很慢地死。

当然她也挣扎过，可是奥菲提孔武有力，再加上摩塞尔可以轻而易举压制艾莉丝。她知道两人受了法术控制，完全不会回话，专心在女巫指派的任务上。摩塞尔更是不断舔嘴唇，牙齿咯咯作响，还非常粗鲁地打嗝，假如没被下咒，贵族才不敢有这些失礼之举。

艾莉丝想起自己应如何对付齐格菲，试图从身体里呼唤出符文，暗忖也许有办法为他们破除法术。然而什么力量也找不到，甚至根本叫不醒那些符文。似乎是因为同样拥有符文的穆宁在场，于是它们全部都遭到挟持。

"我知道你在想什么，"穆宁站在她身旁，"但要彻底控制符文，必须付出很大的代价。"女巫指向自己的脸，"如果不能控制符文，符

392

文就会自己行动。但只有透过苦痛、否定，才有办法自由操作它们。你必须受苦，然后放弃，将符文交给我。"

艾莉丝看着明亮的半月，大声质问为什么不操控部下杀死自己就好，当初不就做过同样的事情。女巫没讲话，可是艾莉丝猜得到答案：因为没办法成功。她想起狼人说过的话，自己询问为何名叫Hrafn的男巫师要杀自己，狼人的答案是他怕你。推敲起来，是因为艾莉丝与这女巫两人都不可以直接造成对方死亡，因此穆宁才要利用潮汐这种方法将自己给逼死。

维京大男孩牵着女巫到艾莉丝面前，直接坐在湿沙上。艾莉丝眼中，穆宁的脸已经不是人类该有的模样，变换不定、忽隐忽现，如同暴风雪那样迫使她无法直视。

她们一起在沙滩上等着。日出了，阴郁的一天，阳光很勉强地从云层中透出。艾莉丝身体冻坏了，颤抖得太厉害甚至抽搐起来。女巫唱起歌，歌词关于宇宙的开端与终结，那古怪尖锐的高音反复着那首诗，艾莉丝觉得听不出曲调但却又很美。

> 我处于树上狂风，
> 悬于树头足足九夜；
> 受矛尖所伤，成为祭品，
> 为奥丁，为我献上我。
> 悬于树顶，无人知晓树底何物缠绕，
> 无人救助，无食无饮。
> 低头瞭望，符文显现于凄厉哭喊之间。

后来涨潮还是没有淹死她，但也没人再过来搬动了。艾莉丝身子冷，心却清澈，她知道穆宁的盘算。虽是一片蓝天，被称为潮汐之后的月亮却还挂在上头，而她的命运就操纵在月相上。尽管不在海岸长大，艾莉丝也学过潮汐在某些时节特别大，不知道还剩下多少时间？一天，还是一周呢？

那歌声里有一句话回荡在艾莉丝心中。

足足九夜。

她向上帝祷告，希望得救，不然宁愿早点儿进入天国。入夜以后，艾莉丝冷得昏厥过去，到天亮才清醒，云朵像是沸腾的白柱，猛烈的太阳升起后全散了。虽然赤热的阳光带来温暖，艾莉丝的皮肤很快被晒裂了，加上口很干，非常想喝水。恍惚中，不知道是谁竟放了一块沾满水的破布在她嘴里。居然不让我死！但艾莉丝不由自主还是吸吮着清水，后来又失去意识，再醒来时满天星星。

海水打着她双腿，看看四周，却觉得海滩仿佛摇晃着。歌声继续传来，但她看不见女巫在哪里。很努力地稍微转头后，艾莉丝看见几双靴子，知道其中一个是奥菲提。

她呼喊着上帝，但毫无响应，于是又试着与符文沟通，能够听见它们发出的声音，也感受得到光、水、土、蹄子等等意象，却无法运用那些魔力，因为都被女巫给制住了。海浪盖过艾莉丝的腿以后，她身体有些痉挛。淹到腰部，她又开始向上帝祷告、再祷告，然而现在心中的不是上帝，而是一个符文。只有这个符文不同，它不寻找同伴。凹凸不平、横卧的S形，中间贯过一条线，就像长矛刺穿尸体。

接着艾莉丝又看见狼与人，或者说是狼的人。雨云在地平线翻腾，令人胆寒的恸哭，如送葬的凄凉痛楚，那是所爱之人早逝的哀戚。符文的名字缓缓在脑海成形：风暴、猎狼……还有一个名字，她确定，而且已经在舌尖了。符文应该有三个名字，却怎么样都只说出两个：风暴、猎狼、风暴、猎狼、风暴、猎狼……终于说出第三个，艾莉丝也想起了他——狼人。

艾莉丝叫了起来，但并非是发自于她的叫声，而是符文借由人类肉体来展现自我时的呐喊，因此口腔、咽喉都以异乎寻常的方式共鸣着。声音传递到非睡非醒之间，记忆最深暗的角落，挖掘出童年的恐惧，扰醒潜伏于梦境边界等待在床上不安分的人。

沙滩上传来砰的一声，奥菲提重重地坐在地上。女巫的歌声停了下来。

海水淹到艾莉丝胸口，绳子泡水膨胀，在手臂上刮出血，也挤压着她的呼吸。她忍不住挣扎，尽管知道不会有用。

又一声大叫，但这次从修道院传出，似乎呼应着方才艾莉丝的呼喊。水涌上下巴，她试着仰头，但立刻被木桩给挡着。

艾莉丝慌了起来，心头一片空白。然而体内的符文却以光抵抗着恐惧，以温暖保护她承受海的冰冷。她回神时自己又到了另一个时空中。

站在光秃秃的山上，艾莉丝俯瞰青翠山丘与绵延河川，身边有两个男人，长得一模一样，头发是黑色，皮肤也都晒得黝黑。但她知道其中一个是狼，应该说两个都是。虽然外表不是，但艾莉丝就是知道。她自己也觉得奇怪，为什么这两个人会算成一个？

"瓦利，救我！"她很自然地开口了，"菲雷格，我快死了。"

"我不会抛下你。"两个男人异口同声。

"快点儿！"

"我会去救你，"又是齐声说，"但不要相信他。看看他做了什么，他心里只有杀戮！"

艾莉丝也明白，他们控诉的正是彼此。

"你是谁？"

她凝视其一，觉得好像认得，那面孔相当熟悉。名字浮现在脑海：约翰？不，不对，他站得直挺挺，并非残障。

那首诗又飘进耳里，但却不是女巫的吟唱，而是个孩子的歌声：处于树上狂风，悬于树头足足九夜……

艾莉丝不断下坠，坠进一片漆黑。潮水到了颈部又退回去，再拍上来时已经没那么高。潮汐来了退，退了几天又来，太阳月亮在天上转动，起落只是一瞬间。诗歌塞满艾莉丝的意识，一头名为怨恨的狼追逐着月，一头名为变节的狼狩猎着日。

　　斧的年代、剑的年代，

　　盾牌四散迸裂。

　　风的年代、狼的年代，

　　世界直坠。

她忍不住尖叫，放声大叫。水去而复返，淹上胸口，艾莉丝觉得这次自己真的会死。女巫的歌声刺进而躲，她伸长脖子往左边望去，终于发现穆宁站在那儿，身子挺直，好像出了神。艾莉丝觉得自己的身体有什么东西正在撕裂，是符文渐渐被剥离，想要飞向穆宁。她知道这样下去，自己一定会没命。歌声继续着：处于树上狂风，悬于树头足足九夜……

噪声再现，仿佛黑色随它而来。一阵急促脚步声，女巫的吟唱稍有迟疑，但很快就持续下去。噪声越来越清楚，艾莉丝努力动着颈子想看清楚，却听到很耳熟的声音。

"不要是小姐！不要是小姐……"

一个人踏着浪朝自己跑过来。"我来了，小姐，我来了！"

她吞进好几口咸水。符文受到的拉扯力道越来越强，艾莉丝看得见了，八个符文就快要飞向穆宁身边旋转的另一组。

"我快死了。"艾莉丝开口。

忽然一把刀将绳子切断，然后不知道是谁将自己拉起来，艾莉丝在朦胧中看得不完整，有剃过的胡须、头巾、以及一张异国的黝黑面孔。那人将她拉向岸上放好。

艾莉丝已经冷得连颤抖也没力气。她勉强抬头，看见从女巫背后走过来的是渡鸦（Hrafn），那把阴森的弯刀已经出鞘在手里，步伐非常沉稳。

同时艾莉丝也感受到女巫心中的那份喜悦。或许因为死期已至，她的观察更加敏锐深刻，知道女巫会夺走符文，符文全部结合以后，神就降临在人世。狼——艾莉丝听得见他的低吼——将杀死自己的兄弟，然后神就在面前任他处置。沾染兄弟鲜血的狼牙可以将神撕裂，并赐予他如何在现世死亡的智识。鸦人就是狼的兄弟，他来这儿是为了死。

某个东西往这群人接近了。像是猛兽发出吼叫，在沙上跳跃。

艾莉丝想起身，但身子动不了，一点儿力气也没有。她预备好接受死亡，无论是刀砍或者其他方式。女巫在维京男孩扶持下到了艾莉丝面前弯下腰，胡甘站在一旁高举着刀。狼嗥很近、很响亮，而且她仿佛可以听懂。

"快逃！你们快逃！"

胡甘的刀刃往下一闪。刹那的空白过后，有个物体撞上艾莉丝的手臂。她睁开眼睛，女巫的头颅像个祭品掉在面前海滩上。胡甘低头望着自己，手中银刃裹着一层腥红，那张残破的脸抽搐着开口了。

"我的爱人，"他这么说，"我来了。"

符文发出尖啸一瞬间朝艾莉丝簇集，狼也冲了过来，世界陷入混乱。

56 狼人

　　忏悔室内，约翰胸口被自己的口水打湿，鼻子里只剩下海滩上的激斗——风中有铁臭，咸味不是来自海水而是血水。有马匹，马汗的气味好像浓稠得可以沾黏在他皮肤上。

　　约翰用爪子撕扯，用牙齿啮咬，大口大口地吞下了绳索，他无法控制，本能就是将在口边的任何东西都给肚子吃下。他松绑后在地上滚来滚去，伸展四肢并不停张望，觉得转转头好像可以让神智清楚一些。一起身，整个身体感觉不对劲儿，结果还是趴下四只脚爬出去。约翰注意到自己两腿不同了，太灵活，似乎可以往不可思议的角度弯曲过去，这肉体的结构和活动范围远非以往所知。他忍不住一直将背部拱了又放，背变得好长，肩膀则反过来比较有局限感，但那是因为肌肉膨胀有力。

　　他搔抓手臂，发现有一层浓厚体毛，也察觉牙齿变大了，舌头在口腔中来回，感受犬齿的锐利，觉得自己好像长了满嘴船钉。约翰举起手探上头皮抓了下，缩回来的时候闻到血腥味，定睛一看手指又长又粗，指甲像是爪子一样。他刚才那样一碰，就刮伤自己。

约翰觉得好热，不停地喘气，也不停地留口水，倒在地上希望靠石头降下一些温度。头顶好麻，阳具更是硬挺着欲望勃然，他只能靠意志力克制。好渴，渴得难以忍受，上次喝水是什么时候？他想不起来，应该好几天前的事情了吧。

在沉重的呼吸与思绪的风暴中，约翰试着找回自我。意识之中回荡着嗥叫，像是野兽困在陷阱里，还有类似金属与石头彼此碾轧得嘎嘎响。他注意到在自己里面还存在着从未发觉的东西，不由自主地笑了起来。

"我将撕裂神的敌人！"

不对。约翰努力寻求意识清明，也因此察觉真相多么可怕。他被诅咒了，大概是逼他吞下生肉的那个人对他下了诅咒，而自己无力抵挡。上帝竟纵容这一切，为什么？因为他不够圣洁，不够尽力，没有将心与灵全部侍奉给耶稣。

他蹲伏着感受这身怪力，很有把握，门也挡不住自己了，可以将木板拆成碎片。但他没这打算，究竟被关在这儿多久了呢？这问题进入脑海，但很快又沉没。对他而言，这件事情没有太大意义。

力气是恶魔的礼物，约翰不想行使。这是考验。感官极度活跃，牙似钉、爪如刃，杀戮冲动在身体里流动。他不由得伸出手，握紧拳，好想杀些什么。

但他不会这么做。

"我绝不沦丧。"他大叫。不过声音嘶哑，好像木门泡水膨胀以后刮过石地板。约翰静心祈祷："耶稣，请聆听我。耶稣，请降伏我。主啊，使我再度残缺吧，夺走我的眼、我的手脚，我的身体沾染邪恶，看得见也没有意义。请让我回归黑暗之中的虔诚。"

然而他却听见海岸那头传来呼唤。

"瓦利，救我！菲雷格，我快死了。"

他认得那声音，是艾莉丝小姐。约翰始终记得在维京人营地中与她的短暂接触。

"快点儿！"

约翰知道，艾莉丝正向自己求救。刹那间，意识如胡桃般裂开，野兽的噪叫太震撼了，他的人格被轰得所剩无几。

"瓦利！"只见自己摇身一变，成为从未见过的健壮青年，与一位少女手牵手走在山丘上。女孩有头金发，却看不清楚面孔。山麓被阳光照耀成一片金黄，风中有蜜蜂振翅嗡嗡作响。接着又有人大叫。

"王子，王子！"身旁一个大个子北人，脸上有不少疤痕，但认不出身份。"您的长矛呢？您的弓箭呢？"

对方看起来很生气，但约翰没感觉害怕。这情景是恶魔构筑的吧？非常逼真。

山景逐渐褪色，他到了海边的登船台上，有三条维京人的船正要靠岸。少女又出现在面前，凝望自己的眼睛。

"为我杀死一百个敌人吧。"她说。

"我曾经认得你。"

"我一直认得你。"

"我会找到你。"

"那是你的宿命。"女孩说。

约翰回神，房间角落有屎尿气味，地板各处都被呕了血。自己到底被关在这儿多久？他认为一定不算短。接着，又听见了女人的声音："我快死了！"痛苦折磨袭来，仿佛脑袋里塞满了苍蝇。"我快死了！"

该走了。他一拳就打破门板，再一拳拳破洞更大，但是这样拆门都还嫌啰唆。约翰抬头看见屋顶上的洞，之前都没想过可以从那儿爬出去，墙壁太平滑，他索性直接往上一跳，强而有力的爪子扣入草蓬顶里，身子一翻就上去了。

风清月朗、繁星点点，约翰觉得仿佛受到宇宙的注视，夜空就是大城，他以英雄的身份在众所瞩目下即将出战。脉搏声传进耳朵，血的味道飘入鼻内，手脚下这茅草屋顶透出凉意。

望向那片银沙，沙滩上酝酿着巨变。几个人影在那儿，他的视觉敏锐得克服了黑暗，看得见有人抱着什么。耳朵也捕捉到那男人的喘息，怀中女子咳着呕着，旁边还有六个人站立，相较起来逊色许多。先前在修道院内这能力觉醒了，他可以明确掌握周围很大一片空间中各种事物的位置与特性，还察觉得到所有生物的注意力范围放在何处，无须特地以眼睛观察。透过这样异乎寻常的感官，他发现底下好几个男人不大正常。闭起眼睛，他感觉得到抱着女子的男人非常专心要将她拉上岸，而那女人则非常焦急想要恢复神智清醒过来。周围的六个男人只是站在旁边看着面前一切，什么反应也没有。在狼人而言，他们几近于不存在。

沙地彼端过来另一个男人，手中有把弯刀在月光下闪闪发亮。然后另一个女人也现身了，身子沾满血与脏污的味道。朝着想要逃上岸的那对男女伸出双手。

约翰从屋顶跳下，朝沙丘冲过去，在如火焰熊熊燃烧的月光下直扑海岸，但他迅速又安静，宛如夜空下飞鸟的阴影。

57 孤身

　　许多画面在艾莉丝脑海中冲突，她觉得仿佛滚过一片荆棘，全身皮肤刺痛，恐惧成为可以触碰到的情绪，很冰冷，很坚硬。眼前出现一片蔚蓝天空，腿底下沙子被海水带走，也将自己吸了过去。她看见一个男人如同祭品一样被挂在树梢，枝丫是漆黑的夜，叶片是闪烁的星。艾莉丝感觉那男人的心脏逐渐无力，自己的脉搏也越来越微弱，接着比起饥饿、干渴都更强烈的一股冲动生出，她想要成为自己应该成为的模样。沙滩上有好多张脸孔，她明明知道自己认识，但思绪受到符文冲撞一团混乱。两组十六个符文如今一同在艾莉丝这儿鸣叫、咆哮或者歌唱，庆祝它们的团圆。

　　以前在安德尔−卢瓦尔省河，早晨时从住处走一小段路可以到急流边，夏天的时候很多小孩子喜欢跳进里面顺水而下，享受那份速度、刺激与阳光下种种光影闪动，虽然心里会怕，但又很叫人亢奋。但某一年，夏天下了暴雨，她与侄女麦缇蒂一同去了河边，看见水流那样湍急，麦缇蒂不敢下去。艾莉丝勇敢地进去了，却也很快明白在这么猛烈的水势中根本无法控制方向，只能赶紧用手护着头部希望不会命丧于此。此刻在海岸上，她却有同样的感受，而且放大了很多倍——汹涌波涛即将卷走自己所有思想，仅存的就是生存意志。更糟糕的是艾莉丝要面对的并不是一道洪流的摧残折磨，而是十六道各自在她的心中卷起的旋涡。原本存在艾莉丝这里的符文叫唤本属女巫的符文，从黑暗中符号带着炽热光芒流泄过来。仓皇之中她分不清幻象与现实、过去与未来，也想不起自己在海滩边的经历。

那怪物、那头狼，杀死了摩塞尔，她看见了。胡甘将妹妹斩首的瞬间，骑士也瘫软在地上，不过他又想要爬起来扑向胡甘。艾莉丝看着，明白骑士以为巫师想要害自己，尽管自己饿了多天体力不支，也想要为她挡下一刀。但是迅雷不及掩耳之际，有个肢体飞舞的影子将摩塞尔给抓进海里，溅起水与血。是狼。那头狼杀性大发，将骑士的身体撕裂，并对周边不屑一顾。

又一个人进入艾莉丝的视野里。奥菲提两眼空洞，步伐像是还在宿醉，醒来以后认不得这环境。岸边传来吆喝，中了法术的法兰克人醒了以后高举刀剑跑到沙滩上。还有维京人——胖子的同伴也来了。

艾莉丝低头看见女巫的头颅落在脚边，好像一块被虫蛀坏的木头。但不知为何，她忍不住弯腰伸手碰了一下。艾莉丝浑身酸痛，脑袋也被翻腾的符文给震得模模糊糊。

胡甘取下刀带放在沙上，他脖子挂着一条东西，是皮绳串起的小石头。鸦人取下坠子，并以连接刀鞘和刀带的皮绳来将项链串得更长一些。狂战士们意识清楚以后，上前包围那头巨狼，阿斯塔特往左跨步到水里，伊吉尔窜向右侧，费斯塔尔从正面对峙，奥菲提还试着从满地尸体中找到一把乘手武器。

"这是做手工的时候吗，鸦人？"奥菲提问。

"是要困住那头狼。"胡甘回答。

将皮绳系好之后，胡甘踏着水接近巨狼，狼只顾着吃，没有注意周围。鸦人朝他背上飞扑，想将那坠子捆在狼身上，但巨狼身子一抖就将他甩开，重重坠在沙滩上。

"能被这怪物杀死可也光彩！"阿斯塔特缓缓绕行："来吧，来啊！我要在传奇故事里永恒不朽了！"

艾莉丝看清楚那头狼，毛色如夜一般黑，眼睛如同两枚绿碟，那外观不像是自然产物，而是不知谁制造出来的。他以两条后腿站立，前脚学着人类抬起，手掌却是锐利的爪子。巨狼确实庞大，比起已经魁梧的奥菲提还大上一半。

"来呀！"费斯塔尔也叫道，"让我坐在奥丁右手边，享受永恒的酒宴！"

尽管口口声声要迎接永恒，但费斯塔尔给巨狼一吼，寒意与恐惧还是渗入骨髓之中，手指不听控制地松开，长矛砰地掉在沙子上。

巨狼朝他一跳。

千钧一发之际，费斯塔尔回过神，扭腰往那怪兽头上击出一拳。太迟了，鲜血狂喷。下一个丧命的是阿斯塔特，在巨狼的咆哮下成了碎肉，甚至或许比起海藻还要软、还要脆弱。饿狼低头噬咬尸体，口鼻探进胸腔，以两排利齿刮下内脏与骨肉。

法兰克骑士带着刀剑长矛到场助阵，十五人步行，还有几人来不及上鞍就骑了马过来。他们齐声杀过去，但巨狼将第一人抓起丢出，击倒后头两人；一名骑兵朝他冲锋，手中长矛却骤然消失，坐骑四条腿断了往沙地一垮。

英勇的骑士前仆后继。巨狼在艾莉丝眼中就像恶魔一样，体积有自己的两倍，那奇形怪状的躯体如小孩恶作剧拉出的土偶，但却仿佛在梦中见过。

伊吉尔赶到以后，站在水边，掂掂手中长剑，退后一步，直指狼人。

"纵使必须在此一死，但万世千秋此恶兽与我……"讲到一半他编织不出漂亮句子。"去他妈的，"伊吉尔叫道，"上吧！"

战士往狼人砍过去，狼人却只是眼睛一瞪，朝他持剑那手肩颈咬去，然后头一甩就将伊吉尔丢到血池中。

奥菲提拿了鸦人的刀，大叫着父亲与祖父的名号，告诉狼人自己这门血脉出了多少英豪冲过去。"怪物，今天你遇上对手了！"

艾莉丝感觉有人拉了自己手臂。是鸦人。她想闪开，但胡甘紧紧抓住，还塞了一个东西到她手里。是那条项链。

"把这东西套在他身上，"胡甘说，"这是我们唯一的希望。"

艾莉丝完全无法理解。

"别靠近我！"

"我刚刚才救了你。看看死在你身旁的女巫吧。然后快去把这个套在狼的身上，快点！"

狼人的目光朝艾莉丝射来，似乎隐隐约约认得。他朝艾莉丝接近，周围还有人继续攻击，又砍又刺，但被狼人一一逼退。

艾莉丝抓着那块石头，退了一步，不知所措。

怪物开口了，声音如同石头的摩擦："你曾经在我身边。蓝天白云，阳光照得水面像是布满钻石的原野，田里的玉蜀黍还没有成熟……你还给了我祝福，圣母。"

慌张下艾莉丝拔腿就跑，不敢回头。

奥菲提挥舞着鸦人的刀往巨狼砍去，但巨狼动作非常灵敏，立刻闪身避开。弯刀还是在他腰际黑毛划过，他转身扑向奥菲提，危急之际鸦人双手环抱着维京人将他往下一拉，抢先狼牙一步，没让他脖子被咬到。

狼人伸手摸了伤口，手指放在唇上，舔了舔自己的血。

"杀了他！"鸦人呐喊同时，奥菲提已经飞身过去，但这回狼人已有准备，爪子一探就将奥菲提整个人提起，脚都离开沙了。

艾莉丝情急转身："瓦利，住手！"她不知道为什么自己讲出这句话，也不明白究竟是什么意思，可是对狼人似乎起了作用。

狼人爪子一松，奥菲提摔了下来，掉在水上然后捧着自己左右两侧被利爪掐伤的地方，上气不接下气。几名法兰克骑士上前挑衅，却被狼人给分尸。他又迷失在杀戮中，疯狂地撕、咬。

一个符文显现，是艾莉丝最早知道名字的。马。一匹灰色母马沿着沙滩跑过来，是法兰克人带来的坐骑。

"小姐，你得留下来，我会保护你！"鸦人大叫。他拾起自己武器，却没回头与狼人对打。

艾莉丝摇摇头，继续向后退。

"小姐！"

她抓了鬃毛，翻上马背。

"这样你会被他杀死的！他会找到你！"鸦人又嚷嚷。

快走！艾莉丝心念一转，马立刻往树林里冲。

58　狩猎队

　　艾莉丝与狼人都不知所终。她骑马离开以后，狼人也不想与法兰克人纠缠，跟着闯进树林里，还拖了一个骑士的尸体在后头。

　　鸦人用斗篷将弯刀擦拭干净，收回鞘内。

　　"简直是纳斯特隆德①。"

　　奥菲提给狼人抓住到现在呼吸还不顺畅，他听了点点头，望向无数尸体："整个海岸都是。"换了一口气，他念起以前听过的诗：

　　　"她看见血浪汹涌，

　　信守誓约之人与杀人者和叛贼同在，

　　鸦群啃尸、狼牙裂体。"

　　"这是古代的预言，"胡甘说，"诸神黄昏的开端。"

---

① 北欧神话中的"尸岸"，生前杀人、通奸、背信者，死后会在尸岸受苦。

奥菲提的手还按着伤口，放开一看，上头都是血，所幸只伤及皮肉。他认为狼人并不想杀死自己，否则沙滩上分明已经死了超过二十人。经历过大小战斗，奥菲提还没有看过这么多人一下子就全被分尸的惨况。天上的海鸥与乌鸦已经盘旋，身为维京人的他虽然讶异于狼人的凶猛，却不像那位神父一样难以接受世界上有魔法。奥菲提小时候在山上的农庄长大，一直认为精灵、矮人、山怪、狼人等等都真实存在，与自己照顾的羊群、外头打湿人的雨水或者寒冷的霜雪没有两样。

勒熙从沙丘后面跑出来。

"要打的时候你就不在。"奥菲提骂道。

"我只负责给鸦人引路，帮他找到最近的船只呀。我知道一定会有人来这儿。"

"其实你没有给任何人引路。所有人聚集于此，已经注定好了。"胡甘回答，"因为宿命而起。"

"那按照宿命，你就会进入拉多加啰？既然如此，就不需要人帮忙啊。"

"在命运中，每个人都有自己该扮演的角色。"胡甘说，"但千万不要以为你可以躲得过。"

"我该打的仗是买卖和赚钱。"商人回答，"要我对付那东西，根本是给你们找麻烦吧？不过他到底是什么？"

"死神的敌人。"胡甘说。

勒熙看看身旁："那要是遇上死神的朋友还得了。"

奥菲提难得一点儿也笑不出来。他想以诗歌和传统仪式悼念死去的战友。

"英灵殿酒席已空，

408

黑暗之神派遣巨狼斟酒；

沙上染满勇者热血，

武士们手指搐动、未忘怨仇。"

胡甘静静听着。虽然他不被北人养大，但明白北人的习俗，知道奥菲提现在做的事情就如同法兰克人为亲友祈祷、落泪，或摩尔人的号哭哀叹，都是对逝者深厚的敬意。

"我的同胞都死了。"奥菲提回头说，"也没有办法回家乡，虽然有三条船，还有很多财宝，但一个人什么也带不走。加上脑袋里好像装满烟雾，只有泡冰水才能清醒一些。"

鸦人起身："去修道院吧，那里应该还有食物和水。"

"战士大人，你身上袍子看起来挺不错，"勒熙说，"还有别的好东西吗？"

"都埋在地下，"奥菲提说，"别以为你抢得走。"

"恰好相反，"勒熙说，"我是想帮你卖个好价钱。"

"我要去追狼。"鸦人说。

"我一起去。他杀死我三个朋友，我得扒了他的皮。"奥菲提说。

胡甘点点头。"好，你能派上用场。"

"我可不会给人利用！"奥菲提说。

"是神要利用你，他们利用所有人。"胡甘回答，"命运已经串起来了，充满血腥的命运。我必须阻止。"

"你刚刚好像说过，命运是无法改变的。"勒熙说。

"你不能。"胡甘说，"但只要拥有强大的信念、足够的毅力，英雄也可以对抗众神。"

"真是谦虚的性格。"勒熙叹道。

"如何阻止命运？"奥菲提问。

"找到她。"

"听她说想去找赫尔吉，算是线索吧。"奥菲提说。

"在法兰西王国，她眼睁睁地看着我被丢进水里不救，也是打算去那儿。"勒熙附和。

鸦人想了想："看来如我所想，赫尔吉也得死。"

"杀他有好处？"

"他是降世的神。我看见预兆，一定没有错。我妹妹对神太虔诚，想要保护他不受命运控制，所以想要杀死那位小姐，还为此利用了我。巨狼会跟着那位小姐，等她找到赫尔吉，命运的丝线也到了尽头——届时巨狼就会与死尸之神展开决斗。"

"赫尔吉就是你信奉的神？"奥菲提问。

"我不确定。"

"如果是的话？"

"就必须比狼更早一步杀死他，不能让命运实现。"

"这样做究竟有什么好处？"

"可以带来终结。"

"什么？"

"终结血的轮回：神与狼会降世，然后狼杀死神。"

"你为什么在意这件事？"

"因为那位小姐将狼吸引过去以后，她就会死。"

"我问的是，"勒熙说，"你为什么在意她死？"

"因为法术破除以后，"胡甘说，"我想起来了。"

"想起来什么？"

"很久很久以前，我发过誓，会保护她。"

"到底多久以前？"勒熙追问，"从巴黎来这儿的一路上，你老想杀她呀。"

鸦人不再搭理，转头对奥菲提说："胖子，我帮助你破除了女巫的法术，希望和你交换个代价。"

"是不是你破了她的法术我可不清楚，但你砍她头以后似乎我是清醒了。就当作是这样吧，你想要我做什么？"

"很简单，找个女人，生很多小孩，把我等会儿告诉你的故事传开。叫你的后代一直传颂这故事，直到世界灭亡为止。这是很崇高艰难的任务。"

奥菲提指着勒熙："为什么你不自己、或叫他去生小孩讲故事呢？"

"他老了，而我注定要死。"

"怎么个死法？"

"与巨狼对抗，如过往、如往后。这是我的宿命。"

"你怎么知道？"

"我妹妹……我当成妹妹的人，给我看了预兆，但当初我没看穿伪装。"

"她确实知道很多，"奥菲提说，"是因为精通赛德式魔法吧。你知道自己的命运了，却显得不太高兴。一般人知道未来，不都欣然接受吗？"

"无论女巫怎么说，一定有个方法能够破除诅咒，否则我将来也只能和此生一样，对自己毫无所悉，受到操弄。尽管这具躯体剩下的时间不多，但还有明天。如果在未来，我们之中任何一个先了解了真相，就可以切断无尽的悲伤痛苦。所以我要将让这讯息流传永恒，而你就是送信者。"

"我要和你一起去找赫尔吉。"奥菲提说，"不是想帮你，而是因为答应过那位小姐会保护她。知道她会有危险，所以我得和你一起去，变形者。我为的不是名声、财富或后代，只是因为要完成对那位小姐的承诺而已。死在这儿的女巫给我下了咒，害我差点儿背信弃义伤了小姐，要是不能补偿，去了死人的世界下场一定很惨。更何况，我要为同胞报仇，必须找到那头狼，杀了他。上次那刀砍下去，他也流了不少血，没道理我不能再多砍他几下。"

"你杀不死他，"胡甘说，"除非他完成神的伟大仪式，也就是杀死万物之父。"

"等着瞧，"奥菲提回答，"自称杀不死的人我见多了。比方说，那个'无敌'艾瑞克。"

"他的下场是？"勒熙问。

胖子眨眨眼："和我对打的时候，名不副实。"

"这不是凡人。"鸦人提醒。

奥菲提闷哼一声转头走向修道院。勒熙望向树林，距离拉多加还很遥远，后头还有高山，山上住着各种野人。他们要追的目标呢？是个潜伏于黑暗想要加害那位小姐的怪物，智者都明白离那种东西越远越好。不过，他想留住鸦人给自己的项链，而且都已经藏进自己头巾底下了。问题大概是有多想吧，是不是真的非得跟着两个疯子去挑战神明呢？好像也没这么想。

勒熙追上奥菲提。"当初在那山上就说把我留着吧，"他说，"那小姐可没给你们带来什么好运。"

奥菲提笑了笑，眼角却闪着泪光。勒熙猜想他想念死去的同伴。"也来不及了，"他说，"往事像阵风，吹过去就算了，反正也没办法改变。"

胖子踏过湿润的沙子，勒熙开始从遗体上收集武器和财物。至少还有十把质量不错的剑，去比尔卡能够换到不少钱。再加上宝石项链以及巫师行李内的一百迪拉姆，收获很丰富，不过勒熙觉得冒险够了，一到有市集的地方他就要和两人告别。

59　花园里的灯

艾莉丝骑马进入树林，符文在身旁如耀眼星星排列成花圈。它们低语着狼的名字，其中一个很熟悉、一个很陌生，还有一个介于其间。他是约翰，也是巨狼芬里尔；他是瓦利，过去与未来皆然。

她的脑袋像是要被回忆给撑开了——在洛什镇时，天一亮就去采蘑菇，林子里很多茉莉花，花上飞蛾成群，翅膀拍打出的微弱嗡嗡声一直在耳边散不开，就像现在这样紧紧贴着自己的恐惧感。艾莉丝不断告诉自己根本没什么好怕，但仍不由自主地想穿越黑暗丛林找到空地与阳光。每个感觉都那样强烈：篮子里放的垫布黏了黑色的脏污，手指也染了黑色液体，晨曦将沾了露水的草地上那片雾气给逼开，虽然脸暖了，却觉得两脚依旧湿冷。

而且她知道自己正在寻找的东西并不只是蘑菇，也意识到追着自己的并不只有阳光。尽管天亮了，但艾莉丝从骨子里就感觉到一股威胁。她脚步学着鹿那样小心翼翼，害怕狼会窜出。

瓦利。

这名字在艾莉丝心头激起涟漪。她看见自己在全然陌生的地方，四处是低矮简陋的房屋，屋顶都是由草和泥巴混在一起搭建的，而且还不及腰高。小山丘底下河流潺潺、波光闪闪，听见孩童们的笑闹后低头一看，他们都在晒太阳。身旁有人，转过头便瞧见了，虽然觉得极为熟悉，但艾莉丝却又认不出来，仿佛曾经见过，却是隔着朦胧的玻璃，所以五官扭曲模糊。

她望向自己的手，并没有什么不同。即使符文集结了，艾莉丝并未因此成为神，也不如女巫预言一般死去。她镇定下来，看见两组符文绕着各自的轨道在身边飞舞，中心是那不断轰鸣的符号，它那歪斜潜伏的姿态恰似一头狼。艾莉丝注意到，在自己的感受上，这个符文似乎比起其余十六个加起来还重要，然而少了什么。是第三个轨道。只要第三个轨道没有出现，她就能保有人类的身份。

鸦人交给她的石头还握在掌心，仓皇之中，艾莉丝没注意到自己根本没松开过指头。她拿起来仔细端详，差点儿掉到地上。只是一块小石头，用皮绳以很繁复的绳结绑起来，石头表面上却刻着狼的面孔。一段话浮现在艾莉丝心中：诸神见狼已受缚，将其拘禁于轰鸣之石上。[①]接着在脑海中，她看见一头巨狼，血盆大口被长剑残忍地往外扳开后钉在大石头，以一条细如丝带的绳索捆着。巨狼吼叫挣扎，但却无法挣脱。天色黑了，一个男人走到岩石前面，他身形高挑、皮肤苍白，有一头红发，试着解开束缚，但不得其法。于是男人捡起巨岩下一块碎片，在天亮时离去，并刻下印记——狼首的图案。

---

① 北欧神话中，众神为了捕捉芬里尔，以猫的脚步声、女人的胡须、山的根、鱼的眼皮、熊的肌腱、鸟的唾液六种材料（因此这六样东西不复存在现世中）制作成枷锁，并靠战神提尔出面引诱（为此他牺牲一臂）后才成功擒获。

都是符文给她看见的异象。符文知道一切。她策马在树林中奔驰，但最后马也累了，必须停下来休息吃草。春天的天气温暖，林中百花盛开，梧桐、白桦、橡树都枝叶茂密。阳光如雨水从叶片缝隙间洒落，白色树皮在墨绿色烘托下像是一层银色鱼皮，一截横倒在地上的橡树树干覆满苔藓后神似镀金的宝箱，白色与黄色花朵在枝头晃荡仿佛随着隐形的水流跳舞。

一放松，先前在潮汐中受虐的苦楚全部涌出来。

艾莉丝全身无一处不痛。她的肌肤被绳子割得破烂，何况还泡过盐水。口也很渴，她东张西望地想要找水，附近没有溪流，幸好才下过雨，森林中很湿润，从叶子上就可以舔到不少清水，后来艾莉丝又看见地上的水洼，整个头埋进去像小狗那样子狂饮起来。实在太累了，她没力气采东西吃。因为太过疲倦，感官也似乎有些错乱，总觉得看见听见什么动静，一担心之后，还是决定赶紧上马离开此地。

林子里的碧绿与金黄逐渐褪去，她靠在马鬃上打了个盹儿，惊醒过来却又忍不住往前趴着。艾莉丝暗忖如果真有危险，或许符文会叫醒自己、给自己力量吧。马儿多走几步以后，她又打起瞌睡。后来感觉到马儿停下脚步才转醒，注意到自己很冷，明明从树叶中透进的夕阳还很耀眼。

"我会被吞噬……"

那充满喉音的一句话听来相当骇人。艾莉丝马上清醒，看见狼就在面前，嘴角还带着同胞的血液。

她赶紧踢马腹想要从怪物前面窜开，但来不及了，巨狼一个飞扑将艾莉丝从马背扯下，滚落地面。摔在泥巴上，努力压抑的一身疲惫渲染开来，艾莉丝当场昏迷。

再次清醒，马已经不知去了哪儿，但怪物四爪压在身上，长鼻朝艾

416

莉丝脸上探去。

"我会被吞噬……"他又这么说。那嗓音如同冰雹，又像是船体龙骨撞击海岸。

艾莉丝讲不出话，想要找符文帮忙，却发现它们不见了。似乎见到巨狼，符文就会逃离。

她缩了身子想闪躲，但巨狼以巨大的爪子扣着他一条腿。

"我一直挣扎……"他又说，"你不认得我吗？"

"你是个怪物啊。"

"我是约翰神父。我一直想救你，免得你被那人杀死。"

"那在海滩上，你为什么不直接将他杀死？"

野兽低头："我只看得见你一个人。只有你。我想要保护你，但又不敢靠近你，这股莫名的愤怒会吞噬我。"

他挺起身子，转头以双腿走了一步，却立刻又趴在地上翻滚，样子就像有只苍蝇在旁边烦。接着狼蹲着，露出牙齿叫道："快走，这狼在我身体里，我没办法控制。"

"那你为什么追过来？"

"想看看你，想碰碰你。"

艾莉丝低头看着自己手中那块石头，鸦人特地将皮绳延长，可以套在狼的脖子上。虽然不大相信会有效，但此刻别无选择，所以她小心接近蠕动的巨狼。狼还是蹲着，如桌子底下的狗不愿意骨头被人拿走那样愠怒。艾莉丝想要为他系上项链，但狼却露齿恫吓，一股腐臭随之而来，她吓得又缩了回去。

巨狼继续发出如同咬碎软骨扯开关节的声音："我不能戴上那东西。'不可为自己雕刻偶像，也不可做什么形象仿佛上天、下地，以及地底下、水中的百物。不可跪拜那些像，也不可侍奉他，因为我耶和华你的神是忌邪的神。恨我的，我必追讨他的罪，自父及子，直到三四代；爱我、守我诫命的，我必向他们发慈爱，直到千代。'上帝，请怜悯我，请给我您的慈爱！"

艾莉丝伸手安抚，但野兽吓得退后，在地上翻滚、低吼一阵后迅雷不及掩耳地向她窜去。将艾莉丝撞倒在地以后，他站着号啕片刻，接着几大步就遁入林子深处消失无踪。只剩下自己一个人，艾莉丝走在夜幕下密林中，原本很饿又冷，蓦然却又不饿不冷、不再孤单。一股奇妙的温暖注入，心头涌现日出的光景，整片森林弥漫了纯净的光芒。她可以清楚地看见巨狼离去的足迹，是符文在体内放出的明亮。

跟着足迹，艾莉丝穿越树林。她知道天色暗了，但又不真的觉得暗，从心中蔓延出的光虽然使她所见一切就像在白昼那样清晰，却没有改变现实中的黑暗，仿佛一亮一暗的两座森林重叠在一起。

艾莉丝走了一阵子，注意到林子里各种香味：湿润的土地和野草，触摸树皮后带走了一丝树脂的清新。她听见飞蛾振翅，还有沃土深处的钻洞和低鸣。天空由深沉转为浅银，鸟啭、暖意和如矛晨光从树梢落下。

日出以后，她又找到睡着的巨狼。他挨着一截断木，还用泥土盖在身上。睡着的狼似乎就不像醒着时会吓跑符文，艾莉丝心里依旧充满蠕动、闪亮的符号。她低头看着石头坠子，与既亮又暗的森林、是狼也是人的野兽一样，眼前表面上是刻着狼头的石块，底下却藏着一团无尽黑暗，像是从黑夜摘出来的，而且比起在物质世界所看见的小石头要大了很多很多。

艾莉丝知道这是魔法，也知道这是罪恶，然而透过符文，她感受一股欣悦，以及前所未有的活力。身边的时空又起了变化，童年的梦魇覆盖过来，树木似乎失去活力，成为雕塑，天空披上了一层金属色泽后很不自然像是人造的屋顶，地上的草也如同一根根深色的玻璃锥；尽管如此，她仍不觉得害怕，受到符文指引以后，进入这现实与幻境交界依旧内心安宁。

她望着坠子，发现自己无法判断那片黑暗究竟多大。乍看集中于自己手掌，但却又延伸到繁星之中。这世界美妙又不可思议，巨狼也如此叫人陶醉而忘记了恐惧。躺在微光下的他是古树阴影中的另一道阴影。艾莉丝将坠子绑在狼颈上，靠在他身旁休息，暖意从巨狼身上传来，她竟觉得很安心。

怪物没有醒来。早上、午后，直到傍晚，树的影子越来越长，夕阳余晖落在身上。入夜了，他继续睡，耳朵边的蚊虫嗡鸣、或每天清晨皮毛上结露都无法惊扰。

艾莉丝一直留在巨狼身边。衣服已经破烂了，不过她未曾觉得冷，也很少觉得饿。符文带来温暖，她沉浸其中，已经学会在意识与梦的交会处找到那一丝迹象后将力量带出、盈满全身。艾莉丝是太阳下奔驰的马匹，也是落日往黑暗伸出的光，她既是长满刺的山楂，更是敲打大地的暴风雪。河水滋润大地也塑造大地的形状，大地同样汇聚出河川，引导着水流的方向，而艾莉丝是河流又是土地。

暮色中，她坐在巨狼身旁，看着林子的苍翠葱茏、姹紫嫣红都归于灰暗。入夜后艾莉丝看见新的色彩，月光为枝叶上银漆，地平线弥漫着墨蓝，身边许多东西都散发出淡淡的红紫光辉。以前她没看过这样的风景，却常在梦中体验到。她与狼同眠，将自己当作盾牌，保护他不受伤害。醒来时在林间行走，有时是身为女人的艾莉丝，有时则成为符文的延伸。站在桦树前，她可以看见春天的光在树的身体中流动。

艾莉丝不知道自己这样过了多久，其间都吃了些什么。白昼一天比一天长，但对她而言，则从未结束。她就是这片森林的暖流、歌声，望向月亮时，仿佛望着镜子般能够瞧见自身的倒影。这感受好比重获新生。艾莉丝的手指还沾着莓果的汁液，口里残留蘑菇的香味，仅偶尔喝下冷冽山泉时，她会猛然回神，看着这片树林好似世界初开，万物都如此鲜艳闪耀。

最先靠近的是两个男孩，他们好奇但胆怯。艾莉丝可以从男孩身上看见很多东西，像是皮肤上汗水的湿亮，以及如透过玻璃珠射来的多色虹彩。她也可以用听的，两个男孩像是音乐，微弱、颤抖，跟小孩子吹笛很像。其实更精确地来说，是她的眼睛有了类似音阶的感应。此外，艾莉丝在他们身体深处都找得到如烛火般祛退肉体黑暗的一道光。

可是他们回来时却带了更多的人。过去身为贵族千金的艾莉丝又在意识中苏醒，她知道自己身处险境，隐隐约约地发出呼喊想要逃走，但那声音微弱得难以听见。对方大约四十人，是个强盗团。她察觉天色黯淡，快入夜了，风很冷。

"他们早被人抢了，你们看。"

是她故乡的语言。一群法兰克人，却不隶属于哥哥或任何君主的亡命之徒。有一些身上衣物破破烂烂，但也有几个穿得还像样，想当然那是赃物。

"如果给那娘儿们多塞点吃的进去，应该还挺漂亮的。"

"现在就漂亮得可以塞别的进去啦。我们等什么？两个奴隶啊，先好好操她一顿，再把两个都卖了吧。"讲的是个年轻男子，身材矮小，皮肤晒得很黑，牙齿断了不少，耳朵也缺了一角。在艾莉丝眼中，他像是烧得滋滋响，膝盖有青苔的颜色，袖子则是花粉的那种金黄。燃烧的木柴，这个譬喻大抵可以描绘出男人的性格。她看得津津有味。

然后艾莉丝开口了：

"我独坐于此时古者到访，

众神所惧者凝视我眼；

　'汝所寻者何？为何？'

　'奥丁，'古者答，'我已知悉你远离自身却又藏于自身。'"

　　"这是北人语吧？是个维京人婊子！丹麦人呀，卖给他们一定不少
钱。"

　　"这儿离海岸很远。"另一人答道。

　　艾莉丝察觉冷风之中飘着一股不安。她转头望向身后的巨狼，却看
见只有一个神父裸身倒在那儿。约翰？狼呢？而且约翰也与过去认识的
相差甚远，身子不再残疾，外表健康英俊。她又说话了：

　　"我见一人受缚于湿林中，

不幸之恋，肖似洛奇。"

　　"她在用妖术吧，"又有人嚷嚷，"趁我们还没中法术之前，先
杀掉她！"

　　"哪来的法术？真有法术的话，她会是这副德性吗？"另一个声
音说。

　　那诗韵一般的声音又透过艾莉丝讲话，仿佛一阵风透过她这根芦苇
发出声音：

　　"铁林①之中坐有古老女巨人，

——————————

① 铁的森林是北欧神话中九界之一。

于东方产下芬里尔子嗣；

其一乔装为凶残怪物，

并将窃取天上日光。

吞下死尸腐肉，

血染诸神居所；

太阳熄灭、风暴席卷，

今夏即至——你还想听吗？"

天色越来越暗，树林里面很黑。这雨何时来的？她不知道。大颗水珠打在皮肤上，非常冰凉，夕阳将雨云照得一层金一层灰，艾莉丝身旁整座林子又好像散出光晕。

"赶快把他们带走吧，今天有得享受了。"

"我要先玩玩再说，暖暖身嘛。"一口碎牙、耳朵缺角的男人带了刀。

艾莉丝脉搏加快，感觉血液从面部往下跑。但，这男人明明如此脆弱，像是娇嫩的野花，好像随时可以摘下，然后丢掉。她的认知非常怪异，仿佛同时身处在很多地方，心灵变得极为宽广而复杂。

那人碰了自己。

艾莉丝既在那片森林，也不在那片森林。她心灵的洞穴中，符文闪烁、歌唱，但背景并不是树林里。是什么地方呢？她忖度着。那是小时候常去的花园，园子里飘着茉莉花沾了露水的香气，夜风吹来暖和，艾莉丝停留在梦境，赤脚散步。她看见墙壁凹龛里搁了蜡烛，仔细留意，发现附近有很多灯火。艾莉丝伸手，将最靠近的火捻熄了。

树林里，站在艾莉丝面前的年轻男子，一手拿着刀，一手脱裤子，但他猝然倒地。

她察觉那群盗匪骚动不安，许多思绪如秋风扫过落叶。

两个同伴上前跪在地上摸了摸死者的脸，尽管刚刚才断气，但却已经冰冷。许多人拿出武器叫骂："女巫！"

月光下的花园里，艾莉丝扬手，起了一阵轻风，所有蜡烛熄灭。

雨势很大，拍打叶子的声音就像激昂的鼓。她有种想跳舞的冲动，跑到约翰那儿将他扶起，将他的脸抬向坠下的雨水。

"醒醒，"艾莉丝说，"我把狼给冲走了。"

约翰朝着乌云张开嘴，在雨滴中眨眨眼睛。野莓那样大的水珠在他脸上溅开。

他转头看着艾莉丝，伸手抚着她秀发。"是我，"约翰说，"以前的我，现在的我。我旅行了很远，终于找到你。"

她都明白。那当下，艾莉丝已经了解：她们在此生之前就存在于世上，而且彼此的爱超越了死亡。那时的自己叫作什么？那时的他又叫作什么？想不起来了。一句话自然而然地脱口而出："我也等了好久才等到你。"

艾莉丝吻了约翰，两个人倒卧在几十具尸体旁边。她从小到大，第一次觉得不孤单。

60　思想与记忆

　　胡甘蹲坐着，看着沙滩上妹妹的遗体。当时他一刀就将妹妹的头颅斩下，人头被海水打到五步外。他没走过去。

　　他猜想是因为自己戴上了狼石项链，于是妹妹的法术失去作用。但其实在此之前，法术效力就日渐衰退——从自己在河边看见那位小姐挣扎上岸开始。那时候，他为什么没有下手杀死艾莉丝？原本以为是好奇心，想看看受到诸神操弄，是否还有可能溺死。胡甘知道神给她安排了比溺死还惨的下场，但想知道神是否会罢休，让她冷死在水里就算了，还是一定要身为奥丁仆役的自己下手呢？

　　不过，如今他意识到自己当初为什么没立刻痛下杀手。胡甘在梦境中寻找过艾莉丝，然而梦境中本属于艾莉丝的位置都被当成妹妹的女巫给取代了。也许看着艾莉丝在急流中挣扎，他就逐渐察觉自己受骗了？

　　被封在高山洞穴中，于彻底的黑暗中摸索，又饿又渴，几乎无法维持理智时，他做了很多次同样的梦。梦中胡甘成为渡鸦，乘风飞行，寻找能感觉却无法说出名字的什么。他飞越树林与河流，来到长满常春藤的围墙里，一座神殿点满蜡烛。又或者，胡甘会穿越狭窄的隧道，日晒风吹的山崖边，溪水凝结树皮发亮的月光下，继续寻找那不知名的人。然而，每回在常春藤围墙内的神殿内总是遇见了妹妹。妹妹使胡甘以为两人宿命相连、永不分离。她进入自己梦境的花园，篡夺了艾莉丝的角色。

也因此胡甘心情沮丧。他为妹妹杀了很多人，又抛下原本在修道院的生活，两个人在山上过着野兽般的日子，忍着寒冬、风雨，牵着手在黑暗中等待幻象与魔力，听着古怪陌生的语言，久而久之竟也习惯了。北人的神透过仪式、困顿、黑暗与这对兄妹互相沟通。他一直想回家。

"我们回去吧，"以前胡甘这么说过，"不要理这个怪女人和她的巫术了，找个农村工作过活，就说我们碰上战乱逃出来也罢。学法术干吗呢？"

妹妹一直坐着，用脚拨弄着面前地上的小石子，目光落在山谷里。后来她又吞下蘑菇，回去黑暗中，胡甘放不下兄妹之情，始终留在她身边，跟着一起受苦，学会法术保护妹妹。

于是他也看见了。被那女人关在洞穴里面以后，他看见了。神来到面前，躺在自己身边的黑暗里——带着轰鸣符文的独眼神，他一脸空白，透露出狂乱，脖子上系着绞结。刘易斯——当时他还自认是刘易斯——伸手摸了神，皮肤很冷。神已经死了，意识却还是一张巨大的网，刘易斯觉得自己好像会坠进去，于是在山洞里不断往后缩，缩到了角落。再睁开眼睛，洞口开了，从外头的微弱雾气射进一点儿光线。就着光，他看见躺在自己身边的其实是妹妹。

从洞口走出以后，他不停啜泣。妹妹过来，对他说寻求魔法的道路本就艰辛。

"刚才在黑暗里的是什么？"他问。

妹妹没回答，只是紧紧握了一下他的手，接着自己再度遁进黑暗里。即使很爱这妹妹，刘易斯也没有跟着进去。

那野女人过来坐在他旁边。"他来了——"女人踩着地，"来死在狼牙下。你刚才看见的神，进入这世界对抗他永世的仇敌。神一死，你跟着死，你妹妹也得死，有许多人都要丧命。"

他想问话，但神智不清、极度疲倦，心里有强烈的悲伤感。

女人望进他眼底。

"该怎么防止那种事情？"他总算开口。

"服侍他。"

"宇宙的中心有三位诺恩女神，他们坐在名为尤克特拉希尔的世界树下纺着命运的丝线。九界的神与人都受到命运左右，因此诸神必须在黄昏时死去，女神已经预告了。为此，主神在漫长的时代里不断献上生命来复制宇宙终结的景象，借此满足命运的要求，避免真正的灭亡。你被卷入这个悲惨的轮回，成为众神之王要给命运的贡品之一。你的妹妹也一样，两个人都注定得死。"

"你怎么知道？"

女人伸手摸着烧伤的半边脸、那只血红色的眼睛。"我付出代价，加上许多世的缄默，所以才能够看见。我也同样是诸神计划的一部分。"

"那我该怎么做才好？"

"保护妹妹。她活着，神就不容易降世。"

"怎么说？"

"胡甘，有些事情取决于信念。"

那名字好像在他骨髓深处引起一波共鸣。后来他进入山里打猎，察觉在洞穴中见过那不可思议光景以后，身体里有什么东西觉醒了，目光锐利、指掌稳健、步伐轻盈。每回取弓放箭都一定命中，不只是绵羊，连狼群都败在手下。力气也变得很大，后来再有人进山里，不是带刀带斧要打劫，而是给礼物，希望他能帮忙治病疗伤。

日出时，他坐着看黑暗从山谷褪去，金黄色的大地慢慢苏醒；黄昏时，他也坐着看阴影从河岸升起，一点一点将山丘淹没。

冬天他们在洞口生火，躲进去避寒，盖着兽皮兽毛依偎在一起。

那女人用她家乡的语言唱歌，诉说两位兄弟神自相残杀的故事。不知为何，他听得懂。似乎是北地的神使他与过去的某一世产生连结，叫醒了北人语的记忆，所以他好像生来就会讲、会听一样。故事中，两兄弟不得不随着诸神的旋律起舞，但那条歌谣会揭示出神的灭亡。两个男孩注定随神一起死在狼牙下，母亲得知以后，将一个孩子藏在东边森林中给狼养大，另一个则托付给歌谷中的某户人家，希望两人可以永远不见面。没想到却出现一个女子，身怀众神恐惧的古老符文，她引导两兄弟会面了。那位母亲逼不得已，让一个孩子去杀死女孩。尽管为此悲叹不已，那男孩下手了，而他的家族和领地因此兴旺繁荣。

山洞的昏暗，那位神、自己的饥饿与寒冷一再使刘易斯意识模糊混乱。那条歌变得如山、如冷、如雾、如妹妹一样真实。他意识到故事的主角是自己。

"他在你身体里醒过来了，"女人说，"这里……"她碰了碰刘易斯的手臂，"这里……"她指了指刘易斯的眼睛，或者说视觉。"都有他在，在你身体里。都是他。你是一只渡鸦，可以展翅遨翔。"

"那依莎贝拉呢，她怎么办？"

"她也正在学习如何与身体里的东西相处。"

"怀孕了吗？"

"不是小孩，是符文。"

他也看见过，那些奇怪的发亮符号在洞窟的黑暗里扭曲旋转，发出叮叮咚咚的旋律，在那狭隘空间制造出光、雨，甚至收成的气味。

"我去找她。"他转身想要进入洞窟深处，将离去时自己封好的通道打开。

"不行，"女人摇头，"现在神已经与她同行，你去了也没用。反倒是你以后就要靠她指引。天气一好，我就准备走了。"

"去哪儿？"

"离开。为了保住你们性命，我也还有事情得准备。我会给你们留下纪念品。"

"什么东西？"

"连狼也怕的东西。神死了之后，用它可以杀死狼。要小心，那毒凝聚了女巫们的梦魇。"

之后她不再开口，只是坐着望向篝火或者山间的雾。

他睡着了，天亮醒来，女人已经不见。但地上有一把细长的弯刀装在黑色刀鞘里。刘易斯抽出来一看，刀刃在晨曦下闪亮耀眼，同时前世的片段浮现了一些。他暗忖若将这把刀卖掉，应该好几年不愁吃穿，可以找个小镇小村过活，这样子不会因为赚大钱而引起贵族注意。不然干脆当商人好了？以前见过从隆巴第前往法兰克王国的商队，都是自由人，不受任何领主管辖。

妹妹忽然出来了，狼狈地坐在火边。刘易斯给她炖了肉，烤些拔回来的草根吃，用各种办法想让依莎贝拉舒服一些。但依莎贝拉休息片刻，一恢复力气就又要进去闭关。

他不忍心妹妹一个人受苦，所以跟着进去了。再出来时，换了一个人。

往昔的刘易斯沉睡在黑暗中，走出来的人叫作胡甘，他服侍洞穴黑暗中的神，获得了无与伦比的力量。之后各种弃绝自我的仪式成为家常便饭，也照顾妹妹，为她找来各种冥想所需的蕈类与药材，并且狩猎食物，在这过程中他也变得更加强壮。渐渐地，他好像能够与山林间的植物对话，于是自然而然地学会了医术，也会调配药物帮助人进入神与怪物所处的境界。穆宁将自己在黑暗中获得的魔力分享出来，于是哥哥也获得了神的祝福。伸手不见五指的漆黑中，空气潮湿、岩石冰冷，胡甘感觉自己被尸神抓住，对方低语着名字："奥丁。"他明白这代表自己已经成为死神的奴仆。

接着他也看见异象。洞穴内部像是烛光那样摇曳闪烁，然后他站在一头巨狼前面，保护妹妹不被狼牙啃噬。还有一名独眼魁梧的威武战士，在终结之日，朝着巨狼掷出长矛。胡甘知道时候到了，受到符文指引而来的狼会咬死神。那可怕的符文在面前半空中蠕动，胡甘明白它存在于某个人的身体里，如同妹妹身上带着好几个符文一样。看着那枚符文，总觉得它不断威吓着人，就像以前有商人带到修道院给修士们见识过的眼镜蛇。

在山上过了四个夏天，妹妹才愿意离开山洞，目光落在谷地里。两人的心灵连结已经成长到无须言语的地步，肢体触碰就能交换心思，甚至看见她所看见的景象。

"在她身体里醒来了，"穆宁说，"那个符文会召来弑神的野兽。"

胡甘知道她说的是那头巨狼，还有那指引宿命的女孩。

"她必须死。"胡甘的心与声音都这么说。

"对。"

穆宁站起来，她身子很虚弱，头发全乱了，但还是慢慢地下去山谷里。胡甘亦步亦趋，身上有刀，还有以木头和篝火加工制作的弓箭与长矛，但终究这么多年没下山，心里有些不踏实。穿越熟悉的这片松杉桦栎时，妹妹叫唤鸟儿过来，以自身的苦痛为通道取得预兆。每到薄暮，胡甘就害怕，黑色羽翼自夏夜翩然降落，撕裂妹妹的血肉。许多北人四处烧杀掳掠，然而遇上这对兄妹时，他们只会低头行礼请求祝福，并且像围在穆宁身上的鸟儿一样留下来当护卫。

胡甘用木头与丝线做了一个眼罩，但穆宁始终无法查出引来巨狼的轰鸣符文究竟位在何处。他哀求妹妹不要那么做，甚至挺身而出代替妹妹接受鸟儿啄食，但仍旧没有用。死亡之神索讨更多，穆宁便将双眼奉上，然后真的找到她了。那女子就在起火的巴黎。因此兄妹去说服齐格菲，对他说命运就在塞纳-马恩省河畔的小城里，那位蛮族王最后言听计从。

这时狼人出现，他似乎完全无视穆宁的法术。兄妹两人都不知道原来这是因为狼人身上带着轰鸣石的碎片，可以化解任何魔力。然而可以对抗法术，也不能抵挡胡甘的刀，鸦人二度以为自己已经杀死狼人，但对方总是死而复生。

在河边终于逮到艾莉丝，然后他与狼人进行最后一次决斗。要是他早点儿知道真相，恐怕当时会有更多挣扎——与自己的挣扎，而他现在真希望当时有挣扎过。一看清楚艾莉丝，心中忽然有什么地方松动了——身为死神仆从的胡甘只是包裹在外的黏土人偶，但在那瞬间外壳裂开来，露出底下的东西。直到套上狼石，鸦人已经彻底粉碎，剩下的是刘易斯与商人站在黎明下，而他顿悟察觉：过去的一切都是谎言。记忆清晰起来，没想到连妹妹发烧这件事情也是捏造的，真相是依莎贝拉以法术杀死父母，操纵了自己。而刘易斯当然也根本就不是她的哥哥，只是野地里那怪女人挑中的人。

换言之，也并非那女人要刘易斯杀死修道院院长，是那女孩侵入自己意识编造一切，使刘易斯爱她，服从她。怪女人不是她的导师，而是她的奴婢。女孩从最初就明了自己身体里面有什么力量，那是死亡、苦痛、严苛的考验，她也知道怎样唤醒这些魔力。但她为什么要带自己一起踏上旅途？

依莎贝拉，或者说穆宁侵入了他的梦，取代了巴黎的艾莉丝，或者说那个前世。法术破除以后，胡甘才真正明白自己与死神同行的意义。艾莉丝是他前世牺牲性命保护的女人，所以那个假的妹妹利用了这一点骗取自己的信任和感情，自己还陪着假妹妹进入意识深处，于是受到更强而有力的控制。但，魔力终究有破绽。

他现在知道自己有过前世，还为自己不断追杀的女子而死。受到女巫挟持意识，他竟背叛了这段曾战胜死亡的感情。

于是他也隐隐约约地察觉到假妹妹和那怪女人的真实身份，若脑袋再清楚一点儿的话，应该连名字也能够想起。可以肯定的是，摆脱了法术控制，他对穆宁的情绪由爱转恨怨。穆宁的行动似乎跟一开始的计划有些不同，但很难猜测她的真正动机。难道她想寻死？没关系，她真的死了。

推敲起来，穆宁也许是这么想的：她原本以为透过受苦与虔诚就可以完全控制符文，不会被它们反噬，并基于这个假设拟定了保住性命的计划。可以肯定她一开始并不想死。穆宁的误判是收受八个符文之后，符文竟然想与姊妹们团聚，这呼唤带来的是死亡而不是生命。在仪式中，穆宁恐怕也失去了自我，召来了别种存在物——可能是神的碎片，他想要完整，然后死去，将自己作为祭品献给自己。只有在人世死亡，才能在神界永存。

那么穆宁为什么需要刘易斯，需要自己？为什么要把他留在身边？他知道自己会死得凄惨，穆宁应该也预见了那个未来。这个死亡的意义是什么？穆宁想要的是神降临在自己身上，带着所有的智识死去，刘易斯在这个计划里面扮演什么角色？或许并不重要。她想害死艾莉丝，而刘易斯原本会努力保护艾莉丝。

胡甘跪在海边，看奥菲提从修道院牵两匹马出来，马背上有满满的武器与护甲。胖子的身上裹了一层维京人的长斗篷，外面再罩着法兰克人比较精致的短斗篷，其余装扮则都很法兰克风格，像是蓝丝上衣和貂毛披肩，以及腰带上挂的上好长剑。乍看之下他真的变成法兰克人了，不过没有这么高大又一头红发的法兰克人。所以结果仍旧是原本的模样——满身赃物的海盗。商人跟在后面，也是类似的打扮，不过牵了六匹马。

　　胖子对鸦人挥手叫道："我准备好，要履行诺言去救小姐了。"

　　脱离穆宁控制以后，鸦人的意识可以自由穿梭于魔法通道，进入尸神的洞穴里面。他看见一个画面：自己站在山边，握着女人的手，却不敢望向对方，因为害怕自己眼神透露出爱意会遭她拒绝。然后自己的声音传进脑海，那是前世留下的回音：我会保护你。

　　他朝胖维京人点点头："我也得完成誓约。"

　　"那就出发擒狼去。"奥菲提说。他回头望向岸边那几条船，摇摇头以后跟着怪物在沙上留下的脚印进入森林中，鸦人和勒熙则尾随过去。

61 吞噬

　　斜阳下，艾莉丝坐在约翰身旁，金发像是一圈光晕。身边是秋季的各种色彩，但约翰不觉得冷，他围着一条隆巴第人的斗篷，还穿着料子很好的羊毛衣、长裤与靴子。不是第一次有野人来犯，但或许是最后一次。

　　约翰心里涌起回忆——远方仿佛传来钟楼与祷告声，弥撒中纪尧姆弟兄总一直咳嗽。他还记得残障给自己带来的诸多限制，明明身体很想动，却又动弹不得。还有些片段特别鲜明：闪烁的河水、苍翠的河畔，还有一个女孩。女孩留着长发，在太阳下几乎成了白色，她笑着朝自己泼水，而自己一直深深爱她、思念她，好久好久。都不重要了。他就在女孩身边，过去与未来被贪婪的当下吞食，两人的身体碰触，女孩的湛蓝双眼在秋叶的赭红下更深邃，森林里无处不是宝石般晶莹的珠光。

　　他伸手摸着挂在脖子上的那块石头，艾莉丝也伸手过去，要他别拿下来。又有记忆冲进脑海，约翰觉得自己不该配挂这种象征偶像崇拜的东西，有股扯下丢掉的冲动，但他并没有这么做，因为察觉得到自己曾变成的狼像是一层甩不掉的皮。有时只是走动，就忽然怒气腾腾，想要冲出树林。只有这块石头可以保住自己的意识，约翰感觉得到是狼石维持自己清醒，防止他再变成嗜血怪兽。

两个人一起打猎——艾莉丝取来盗匪们的弓箭，约翰则能隐匿潜伏以长矛击中鹿。那天晚上，他们一起煮了肉，躺在林地看星星。

约翰知道自己的过去：深爱着某个女子，于是克服了死亡回来寻找她。但他无法更明确地化为文字，因为自己对艾莉丝的执着似乎来自于比起饥饿更低劣的渴求，一种窒息前的挣扎。艾莉丝之于他就好比空气，约翰无法想象失去她会怎么样。

夏天还没结束时，两人看见他们了：强壮的胖子、鸦人以及那个东方行商。约翰与艾莉丝没让对方发现，藏匿在树林深处。而且艾莉丝可以来去自如，就算坐在他们的篝火旁抚摸他们的马匹，甚至拿了他们的东西吃，也完全没被那三个人察觉，于是悄然回到约翰身边。因为艾莉丝并不想让对方看见两人，所以她与约翰就不会被看见。

之后一天，天气冷了，艾莉丝吻了约翰，牵起他的手在森林里走了几里路，到了一栋小屋旁边，屋子低矮，屋顶是草泥铺起来的。里面没有人，但看得出居住过的迹象，桌子翻倒，椅子砸歪，还有一张稻草床。曾住在这儿的人走得匆忙，约翰不难想象原因，这座森林实在太多盗匪出没。艾莉丝在这儿找到一把弓，点燃壁炉，约翰将自己带着的行李放下，取出肉和菜根烹煮，之后两个人在床上坐着直到夜深，相拥入眠。

睡在这屋子里，约翰什么也没梦见了。没有上帝、没有巨狼，他也不再回到残障的身体里，甚至没看见前世的自己与身旁那女子。终于平静了。

醒来时秋天的寒意掠过皮肤。艾莉丝先醒了，去外头采蘑菇，正好进门传出脚步声，一下楼梯就将篮子放在桌上。

约翰伸伸懒腰，睁开眼睛。起初以为是太阳太大太刺眼，但他知道自己在屋内，阳光不会射进来。

"醒了吗？"艾莉丝问。他眨了好几下眼睛。

"约翰？"

他吞口口水，又摸着狼石坠子。

"我看不见了。"

62 险阻

　　他们在树林里面找得太久。巫师和奥菲提年纪还不算太大，勒熙可就吃不消，他觉得就算自己也想找到那两人，体力还是很难负荷，而且带着这么多贵重东西，无论走到哪里都觉得不安全。这林子里有很多强盗，说不定还有更可怕的怪物躲藏在深处。奥菲提与鸦人则是挫折感很重，他们找得到巨狼留下的足迹、甚至气味，却怎么也无法找到他。

　　中间好几天，他们隐藏行踪，察觉附近有人虎视眈眈。勒熙让脾气稳定的骡子带头，后头牵着六匹马。奥菲提一直想叫他把马给丢下，因为这样一只队伍加上马的叫声实在太容易引来敌人。但鸦人不以为意。

　　"让他留着东西卖吧，"他说，"我们的命运与对方纠缠着，所以不会被这些山林野人给杀死。"

　　隔天，他们就看见许多尸体。

　　奥菲提弯腰检查他们死因，勒熙则忙着搜刮财物。

　　"不是战士的死法。"胖子说。

"瘟疫？"勒熙听了退后一步。

"瘟疫能让人这样子排好一圈死掉吗？"奥菲提说，"那可就真的是怪病了。巫师，你说这是不是赛德式魔法？"

鸦人耸耸肩，他也蹲在一个死者前面，还伸手摸了摸那人的脸。

"不是你懂的魔法？"奥菲提又问。

"我的魔法是强化体能来作战，跟这不一样。"

"那这是？"

鸦人咂嘴："女人才能用的魔法，我也没看过一次杀死这么多人的术者。"

"你妹妹行吗？"勒熙问他。

奥菲提说："我看最厉害的山怪也办不到吧。要是一个女人转转脑袋就可以杀掉这么多人，请她去城墙前面晃晃就可以攻破巴黎，我现在应该已经喝光法兰克人的酒了。"

"用这种法术杀死一个人我还见过，这么多人就难以想象。"胡甘蹲坐着望着树林里，片刻之后又开口，"女巫已经死了，你们也看见我亲手把她的头砍下，所以可以排除她。"

"那是谁？"勒熙问。

"不知道。"胡甘面色凝重。

"要不要留在这儿，看看对方会不会回来？"奥菲提说。

"好主意，"胡甘回答，"有这种力量的话，应该就得到小姐。"

勒熙揉揉耳朵，觉得不敢置信："我们要在这儿等一个能杀死四十个人的东西回来？"

"我们得找到小姐。假如这儿有厉害的女巫，就该向她求助。"胡甘回答。

"被她杀死怎么办？"

奥菲提摇摇头："我说商人，你干吗这么怕死？"

"这种事情还需要解释？你为什么不怕？"

"因为死了也会在万物之父的殿堂复活，然后每天上战场，每天回去喝酒吃肉。人不用那么爱惜生命，迟早都会死啊。太怕死的话，活得也不尽兴。换个角度想，死其实挺有趣的。"

"我不怕死，"勒熙回答，"不过我是商人，你是战士。还没赚够钱、买大房子，我就不想死。我这辈子都过得窝囊，不想这样子就死掉。"

"说得不错，"奥菲提告诉他，"但还是不大对。再怎么有钱、身边都是美女和牲畜的商人，跟战士相比还是不实际。金子平常很好用，除了拿在手上当武器以外。需要的时候，钢铁的价值胜过黄金一百倍。"

"用武器那是你的专长。"勒熙说，"这部分我可没资格和你争辩。"

他很清楚北人的思考模式，也注意到奥菲提说的话开始充满哲理。北人每次要较量智慧时都会这样子讲话。这种时候，他觉得不如退让一步，称赞对方就好。

"那你可以乖乖留下来了吧？"

"当然，"勒熙说，"就祈祷雷电之王不会让我死于非命吧。"

奥菲提坐上一截倒下的树干，搔了搔头说："你挺聪明的。能这么迂回曲折说话。"

"但还是得靠保镖拿刀拿剑保护。"勒熙回答。

"刀剑是共通语言——"

"安静！"鸦人举起手，"你们听见没？"

"什么？"

"笑声。"

勒熙东张西望，努力地听。"什么也没听到。"

"有人在笑。"鸦人说，"是她。"

"谁？"

"艾莉丝。"

"和狼在一起吗？"奥菲提问。

"我看是树灵想骗你，"勒熙说，"怎么——"但他忽然也听见了，虽然只是轻微的呼吸声，但勒熙也能听出确实是艾莉丝。

奥菲提拔剑，左顾右盼。

"法术吗？"勒熙问。

"赛德式。"奥菲提回答。

勒熙没见过胖战士以前这么紧张，所以害怕起来。"你说的赛德到底是什么？"

"只有女人可以用的法术。"

"那应该不会很厉害？"勒熙虽然这么说，但心里很清楚答案。北人相当敬畏那些能预卜未来的女性。

奥菲提白了他一眼，意思仿佛是刚刚还说他聪明，怎么马上就这么没常识。

接着三个人都看见了。艾莉丝从傍晚凝滞的空气中现身，但立刻又消失得无影无踪，简直像是光影变换的幻觉。她美得令人心惊，不像俗世之物。尽管还是艾莉丝，却又有所不同。

"小姐，我们是来保护你的。"勒熙想起赫尔吉会给奖赏便开口说。艾莉丝变得如此清丽脱俗，若能带去献给赫尔吉，勒熙觉得自己一定会被延揽入宫。他忽然觉得恶心，难道看见美女就一定得有卖掉的念头吗？但想想他又更讶异了，以前只会计较利益得失的自己跑哪儿去了呢?

艾莉丝消失无踪,他脑袋变得清楚了一些。远处传来声音,是马儿在嘶叫。

他转头往右看,只有骡子在那儿,旁边是收集来的刀剑。"马……"他叹道,"都跑了。"

63 约翰的抉择

艾莉丝抚摸约翰的额头，他很冷，却又一直冒汗，眼珠子不断转动却看不见小屋里的任何一样东西。

"你发烧了。"

"嗯。"

"休息就会好。"

结果并非如此，艾莉丝一直看顾着。她不孤单，有符文陪着自己呼吸歌唱，它们始终飘浮在视野边缘。艾莉丝伸出手，一枚符文如雪花降下，形状像是个杯子。她捧起符文，感觉它似乎深得可以装下整片海洋。朝里头望去，艾莉丝看见约翰高烧的原因。是那块石头。她放开手，符文消失，接着她为约翰摘下项链，放在桌子上。

她坐在约翰身旁，听见符文发出如钟鸣，如风吼，如海浪破碎的各种声音。之后她睡了，醒来时约翰不见人影，外头天黑。

艾莉丝并不觉得恐慌，只是跟了出去。月光下森林又是一片银色，她可以清楚看见约翰的脚印。即使并不精通追踪技术，但艾莉丝凭借体内魔力还是能感应到正确路线，更精确地说是自然而然觉得其他的路都很怪很不对劲儿，就好比一个人每天出门都右转，三十年后某一天却得左转那样地不习惯。

在那堆已经腐烂的尸体里找到了约翰，艾莉丝猜想得到，因为对狼而言，死尸的气味难以抗拒。

神父坐在地上，眼珠子疯狂打转，仿佛寻求着任何一点点光。他的大腿上，还搁着一个强盗的头颅。

"别吃下去，约翰。让狼饿死。"

约翰以拉丁文喃喃自语，并在死者头上画了十字架。

艾莉丝知道他正在念诵亡者日课，小时候去教堂也念过这段祷词。死亡的绳索缠绕我；阴间的痛苦抓住我；我遭遇患难愁苦。那时，我便求告耶和华的名，说：耶和华啊，求你救我的灵魂！

神父哭了起来，捧着那颗头就像捧着爱人、捧着艾莉丝一样。

"约翰，快点儿离开。"

"你这女巫，对我下了什么咒！"他的叫声并非怨恨，而是太过痛苦。

"我的爱人，我从未对你使用魔法，但我们从未改变，就像花朵一样绽放后枯萎凋零，也如同花朵还有再盛开的一天。开了又谢，谢了又开，无尽的轮回。我看见了，符文已经揭示。"

"没有什么来世，只有透过耶稣基督得以复活。"约翰说完往旁边一倒，咳个不停，"我绝不……成为野兽……"

"你不需要。那烧会退的。回到我身边吧。"

"不会退，只能在那块石头和那个野兽之间做选择。我不想身子衰弱的话，就必须吃东西。

艾莉丝内观，自己到底是谁？想得起来吗？曾经她是个看见面前场景该会恶心作呕的女孩，但如今却觉得一切都像山丘上营地冒出烟火那样遥远模糊无关紧要。一转眼，艾莉丝却看清楚了，原来她也曾经是站在约翰身旁的那东西。是他造成的，就像有海洋才能有海岸。

"上帝也不愿你这样受苦。在东方有个大公，去找他以魔法帮忙吧。"

"我不能屈服于偶像崇拜。"约翰的身体恢复残缺，但信仰也跟着回到心中。

"那块石头的魔力可以阻止你变成狼，为什么不愿意用其他的魔力来帮助自己呢？"

"是上帝使我衰弱，以此作为考验。我不可以再配戴那种异教的邪物，但也不可以任那饿狼为所欲为、操弄心智。"

约翰已经满头大汗，声音与手都颤抖着。

"但你还是跑到尸体这儿来。"

艾莉丝想要利用符文来治愈约翰，然而一看见现在的他，符文就会战栗萎缩，发出仿佛遭到焚烧的恐怖声音。于是她离开了，穿过月光下冷如寒冬的森林。尽管很想帮忙，很想给他慰藉，但艾莉丝明白约翰不可能放弃对上帝的信念。

再回去的时候，约翰仍跪在死者中间背诵祷词，但唇上已经沾了血，他面前的遗体被撕裂了挖出内脏。

"我抵抗不了。我是人，不是天使啊。我没办法。因为我爱你，所以才会变成这样。"

"我可以帮你。"

"这种感情违反了我对上帝的誓言，所以他才会舍弃我。"

"他怎么会因为你爱一个人就厌弃你呢？"

约翰落泪："我不知道，但他舍弃我了。"

艾莉丝感觉得到他的灵魂还想要坚持："你打算怎么办？"

"只能在残缺的身体和变成怪物之中择一，用不洁的魔法保护自己，或者直接成为那种魔法的受害者。但无论如何选择，最后都得下地狱。不过，这都只是肉身的选择，我的心依旧向着基督，所以必须保住自我。给我戴上那石头吧。"

艾莉丝将项链挂上，符文立刻带着旋律回到身边闪耀。"或许可以在真的很难过时稍微取下。"

"不脱掉了。"他用力吞下口水，咬紧下颚。

"那，我们之间呢？"

"不能继续，不能这样下去。"他泪水溃堤，喘得像是染上肺痨。

"无论你变成什么模样，我都会陪在身边。"艾莉丝说，"我带你去找赫尔吉吧。他有办法让我们两个都变得完整，不必受到魔法的箝制。"

她唤来名为马的符文，金色光辉弥漫视野，本来泛银的树木像是上了铜漆。

"得先找坐骑。"艾莉丝说。

64　划船

　　很快，三人就意识到走陆路去东方不妥，途中有太多逞凶斗狠的盗匪，加上法兰克人与北人之间的斗争，迟早会遇上想杀人越货的歹徒。

　　下大雨了，他们在灰暗的天空下朝着海滩前进。奥菲提与胡甘踏着泥巴，勒熙骑着骡子。地上找不到马蹄印，等天晴时风中有炊烟的味道。胡甘闻了心情愉快一些，以前在高山上他也常嗅着山谷传来的气味，想象着住在正常人家会是怎样的光景。

　　鸦人知道齐格菲死后，许多维京人就决定转攻阿努尔弗王统治的东法兰克，因此决定去那边碰碰运气找条船，应当会有法兰克人的船只可以买或偷，不然就是维京人的船上或许有空间载人。

　　离开森林时，他非常气馁，明明直觉肯定艾莉丝还在里面，但完全找不到踪迹。所以只好赌赌赫尔吉了，而且说不定艾莉丝还是会过去。万一她不在那儿该怎么办？按照胡甘的想法，她迟早会去见赫尔吉。那，自己可不可以杀掉赫尔吉？既然神都不认识自己，那么或许有机会。不过，应该下手吗？也许保护赫尔吉不被狼咬死是更好的选择，只是神也可能早已设想好自己将如何死去。他究竟该怎么办？答案只有一个，那就是找到艾莉丝，不让她被巨狼、被天神或任何危险所伤害，并借此违逆命运。

有人带路，奥菲提乐得轻松。勒熙更是早就想赶快离开树林了，他觉得在林子里找人本来就很蠢，而且无论回到拉多加以后要过怎样的日子，至少不必在这儿吹秋风，可以享受家乡的温暖。

上路几周以后，他们越过小山丘，看见一片泥泞的平原，旁边的河湾有座城镇，镇上建筑物都起火了，因此覆盖在黑烟底下。隔得很远，但胡甘看得见还有一场激斗没打完。

城镇呈圆形，面积不小，外侧有长了草的垒墙防御。长船停在墙外，看得到有些人正自己涉水或透过小船将水里的东西捞起放上岸。光线不好，什么都是灰蒙蒙的一片，胡甘无法判断那些人到底在搬什么，非常专注一阵子以后才发现是尸体。

"法兰克人似乎守住了。"他说。

"那他们恐怕不会太欢迎北方人喔。"奥菲提说。鸦人点点头。

"来自卡林西亚的阿努尔弗王可和胖皇帝不一样。"勒熙附和着。

"我听说过。"奥菲提回应，"他很有名。假如让他当皇帝，我们可就很难过活了。"

"只有乌鸦在这儿好过活，"胡甘说。他察觉奥菲提朝自己露出奇怪的眼神。"底下有很多船只，能偷一条或买一条的话，就可以和舰队一起撤出去。"

"假如身边还有九个战士在，我们就能自己拿下一条龙船离开，去当富翁了。"奥菲提也这么说。

"河船就好了。"胡甘回答，"我们今天晚上下去。"

"好主意。"奥菲提说。

到了晚上，平原处处有火光。

河岛上好像有一场宴会，插了许多火炬，还有船只在小岛和城镇之间来来回回。

三人下山丘，躲进一块块有围篱的田地里。路不难走，周围很多人喝彩欢笑。入秋了，田地还没被北人烧掉，所以是收成的时节，难怪农民要庆祝。天很冷，但他们快速行动就没太大感觉。顺着田间小路，他们到了河岸较高的地方。

"商人，你去交涉吧。"胡甘说。

鸦人与奥菲提远远地看着勒熙去讲价，蒙面之后才过去。卖船给勒熙的法兰克人目送这两名怪人上船，按照当地法律有陌生人都必须通报，不过经过围城战，平民挨饿很久，能赚到钱就不管太多了。勒熙买了一条还算宽敞的小船，奥菲提晃了晃桅杆和船桨后，摇摇头，不表赞赏但没多说什么，因为法兰克人还没走远，有可能听见，就算身上都穿着法兰克人的衣服也很容易被识破。

纵然天气阴沉，但月亮还是探出头，视线勉强清楚，他们打算即刻出发，所以牵了骡子上船。

奥菲提握着桨，小船乘着水流朝海口移动，速度平稳，可是三不五时船桨会打到浮尸，或者船身会与什么物体擦撞。胖子笑着说："这时间游泳好像太晚了点儿？"

勒熙看着自己的脚，鸦人也不说话，沉思着穆宁说过的预言。一张张死者面孔如鱼浮上水面，他仿佛也看见自己的未来：死于水中。因此可以选择时，胡甘绝不搭船。但当然他以前就迫不得已上船过，所以也决定走水路往东行。穆宁曾告诉胡甘他命运不凡，可是她满口谎言，所以也许他会死于非命，像是从船上摔出去，或者被农民拿长矛在身上开洞。胡甘在意的并非自己死活，但他死了就没办法保护艾莉丝。以前他曾经为艾莉丝死过，在异象的洞窟中，巨狼血口朝自己扑来，艾莉丝发出尖叫。但他知道这回死法不一样。死于水中。

天色渐渐明亮，起了一点儿风，奥菲提便张开船帆。顺流而下，速度很快，小河注入大河，他们越来越接近出海口。途中所见，两侧房舍农地都化为灰烬废墟。

中途试着买食物，但这边的百姓自己都没得吃。房子和田地都被毁掉了，还愿意留下来的人只是放不下回忆。三人也因此一直挨饿。

要是天色太暗，他们就得靠岸。鸦人生火，勒熙带骡子下去走动走动，之后大家没东西吃也不讲话，直到睡着，就这么过了几天。维京人也并非屡战屡胜直到那城镇才败退，他们看见河岸农庄边也插着不少北人的人头，胡甘与勒熙花了点儿工夫才劝阻奥菲提别想着上岸帮忙寻仇。对他而言，战死成为乌鸦的食粮是一回事，被砍头拿来展示又是另一回事。

后来天空又昏暗，快要下雨了。

"我可真不知道当初居然进去那么内陆的地方。"勒熙说。

"那片森林乱七八糟的。"奥菲提也说。

水流更快了，胖子解下船帆，但感觉船身还是不大稳。"这船做工不够好啊。"他说，"只是木头拼起来钉一钉能浮就好吧，法兰克人还是乖乖骑马才对。"

总算看见广阔的海湾，铁灰色的云层也在日暮时散开。

"日光削云为剑，誓言如风满帆……"

"没想到你还会作诗啊。"勒熙对奥菲提说。

"身为战士除了要勇敢，也要知道怎样让英勇事迹流传千古，受子子孙孙传唱。"

胡甘点点头："有诗歌，后代才知道怎样尊敬祖先。很高兴你有这天赋，奥菲提，之后可以将我们这段冒险故事也传颂下去。"

448

勒熙比较在乎眼前的问题："我们要一路搭这条小船过去？"

奥菲提摇头："连在河上都不稳怎么出海，浪大一点儿就翻了。没关系，相信我，这附近一定有北方人，经过大战总有船只要修理，也要抓奴隶或者等路过的人上船帮忙，不会多远才对。"

他们靠岸扎营，等到早上也不搭船了，直接往东走。走了大半早上，到了海边的小山凹，岸边停着长船，有人正在维修舵桨和船尾。船很大很长，吃水很深，但船头的雕像不见了。只有二十人，其中三个还受了重伤躺在沙地上。

"这就是我们的船啦！"奥菲提朝山凹下走去。

"法兰克人，给我站住！"那群维京人看见了大吼，"听清楚，我们就算要死也会轰轰烈烈打一场，而且你们的马进不来的，得像个人乖乖和我们决斗！"说话的人身材高瘦，一手提着斧头，另一手却下垂。胡甘看了，猜想是受伤折断。

"弟兄们，"奥菲提大叫，"我不是那些爱骑母马的法兰克人，和你们一样都乖乖站在地上呢！"

"是霍达兰来的吧，那腔调一听就知道！"

"打骨子里就是地道的霍达人啊，"他回答，"不过这把骨子要冷死啦。可不可以跟你们一起烤个火？"

"朋友你说话可真有趣。来吧，欢迎。"营地里另一人叫道。

三人受到接待，对方炖了鱼，愿意分着吃。虽然都是丹麦人，但与霍达、洛嘉两族都做买卖，所以对他们态度不错。胡甘知道大家看得出他是巫师，有所提防，于是也出手帮忙疗伤接骨，凑合出一些膏药来用。那群维京人觉得能遇上他们三个，代表今天运气不错。

胡甘事情做到一半，奥菲提凑过去。"跟你讲句话。"他拍着鸦人的背一副要讲笑话的模样。

两人走到船尾，假装是在看舵桨怎么修理好。"我认得这群人，至少认得一个啦，"胖子开口，"叫作长手史卡奇，是我们那边的罪犯。不乖乖做生意，居然乱捉奴隶，把我们霍达人也捉走不少。我要他拿命来偿。"

　　"但我们需要这条船。"胡甘说。

　　"我明白，所以先说好：登陆之前，我会把他和帮他的人都杀掉。"

　　"有二十个。"

　　"没关系，就算我死了，也有少说十五个得陪我死。"

　　"要是只剩下你一个人，怎么把船靠岸？我不会驾船。"

　　"我会等到非常靠近海岸时才动手，运气好的话，他们的人会直接跳水里保命。要是他们不逃，那你们也可以跳水游上岸。我不打算要你们帮忙。"

　　胡甘点点头，却暗忖自己不能让胖子胡来。当务之急是杀死赫尔吉。经过思考，鸦人认为这是最好的处置，能够阻止神死于狼口的预言成真。他越探究越觉得赫尔吉就是神的转世，因为大公不只骁勇善战，也礼遇诗人，甚至巫师。同样地，奥丁就是司掌战争、诗歌与魔法的神，当然他也代表疯狂。不能再延宕了，可是这代表胡甘可能得除掉奥菲提。他并不想。这维京人似乎带给他好运。难道是自己送了很多战士进入英灵殿，奥丁以这胖子作为犒赏？这胖子示范过了，那头巨狼也砍得伤。鸦人摸了摸那把刀，要是在圣莫里斯修道院时自己就知道这件事，或许状况就截然不同了吧？狼还是人类的模样，也许杀得死。变成狼之后呢？胡甘很怀疑。

　　可以请奥丁帮忙吗？自己算不算是背叛了他？胡甘想要拯救的女人不就是引来狼的工具？假如不靠奥丁，还可以靠谁，洛奇吗？来不及反应，祈祷的句子已经涌现在脑海里：谎言之神、人类之友，请给我助力。

　那名高瘦维京人走到两人身旁："我们一直想修好，但找不到干的木头，没办法做事。"他敲敲舵桨，"这次出海运气一直很背。明明有一百多条船过来，结果那个阿努尔弗还真是个厉害的国王，非常熟悉自己的领土地形，派出骑兵队穿越沼泽地来奇袭。那可是我第一次看见那么多马同时跑过来，然后就被杀得落花流水，我们很勉强逃回来。偏偏登陆的时候，舵桨居然撞坏了，真惨。"

　"这么辛苦，一点儿报酬也没有吗？"奥菲提问。

　"没有。唉，有啦，回程时在河边捉了奴隶。"

　顺着他下巴一撇，胡甘看见两个人背靠背遭捆绑，之前居然都没留意到。一个看来是农村的男孩子，被打得很惨，意识模糊了，另一个模样则相当古怪，那皮肤颜色白得像是鲨鱼肚，头发是鲜艳的红，而且一撮撮立着。

　"小的大概撑不久，大的倒可以卖好价钱。"

　"我来看看你们的舵桨吧，"奥菲说，"修船我懂一点儿，感觉应该不难。从你们甲板和我们用过的小船取些木头应该就能补好，希望小船还在就是了。"

　"我喜欢你这人！"史卡奇拍拍他的背，"真高兴有你在，看来我们的运势总算有点儿改变。"

65 冰

　　约翰的心像是岩石那般冷。一度强壮的躯体，如今又像累赘得由艾莉丝推上马背。世界褪了色，失去视觉之外，本来夜里听得很清楚的各种声音都像是被布给蒙遮起来那样遥远。还有比起眼睛更发达的鼻子也迟钝得好像被堵起来，缤纷丰富的气味——森林的香、草原的清新、远处海风的黏稠以及沼地的腐臭——全部消失了。现在的他，又是个无趣乏味的平凡人。

　　艾莉丝叫来了马，一匹很强壮的花斑马。马儿缓缓踏过林子，在她身旁乖乖等着，她将约翰推了上去。

　　两人乘马先北行至海岸，然后转往东。森林很大，但艾莉丝有符文如烽火指引着，很轻易可以找到正确方向。一开始其他几匹马也跟在后面，但艾莉丝举起手要他们别跟了，于是马儿转身钻入树林深处。

　　约翰仍觉得旅途艰困，几乎无法忍受。他的身体随着马儿的晃动不断受到剧烈摩擦，关节也被震得很痛，无一处不肌肉僵硬。加上心思清醒，什么都记得，一下子想起自己害死很多人，就不禁落泪。

艾莉丝就在身边。"要不要把石头拿下来一会儿？"

"我不能再杀人。"

她点点头。符文齐集后，之前的女孩只剩下淡淡的光影，如雨后的彩虹随着太阳和云层的流转而褪去。

偶尔短暂地恢复自我，她渴望着约翰——他的声音、他的抚触。但神父的声音越来越虚弱，四肢如同枯萎的树枝一样失去作用。

艾莉丝知道继续前进有困难，感应到了树林中有人躲在暗处窥视，于是释放魔力使他们害怕颤抖、陷入狂乱加以逼退，或者让对方一时间看不见自己的踪影。尽管有一段距离，她远远就察觉沙滩上有一群北人，被法兰克人击败以后怕遭到追杀，很落魄地躲在河口附近，里头有伤员，还冒出腐败气味的人。再接近一点儿看，北人吓得连生火也不敢，只能缩着靠船身稍微遮蔽细雨。

她让马儿先走，呼唤出如海一般深邃、可以揭开秘密与暗影的符文指引，搀扶约翰朝海滩走去。到达以后，艾莉丝将他放在沙地上，两人用着北方人的火，吃着北方人的食物，但却完全没有被发现，因为艾莉丝不想让这些人发现。

他们即将张帆出航，艾莉丝带着约翰一起登船。船上很多桨位空着，两人就随便坐下了。顺风向东，她看着岸上的风景与身边这群蛮族，后来还与一个人讨了点儿吃的。对方双目空洞，她还是不让人察觉自己与约翰的踪迹。

艾莉丝走到舵桨前面那人，看来是头目，个儿很高，有把黄色胡子。

"弟兄，我们往哪儿呢？"

"往斯堪尼亚回家去。"

"去拉多加碰碰运气吧，"她说，"那是个富裕的地方。"

"奥戴古勃格吗？你们东方人脑筋不错，"那位头目回答，"就去那儿好了。斯冯去过，可以带路。"

艾莉丝回头看看船上，眼中有这群人的肉身，也有他们在魔法界的本质：花园围墙上的一个个烛火。她靠近每个火苗伸手感觉温度，加以控制，这条船去什么地方由她做决定。

越往东边天气越冷，岸边甚至海面上都结了些冰。神父倒在她脚边不断打哆嗦，艾莉丝好想替他拿下狼石，让他再站起来，但又不能这么做，只好拿一条薄毯给约翰盖上，尽量保持他的卫生清洁与保暖。

宽广的海面逐渐缩小成海峡，之后进入河道，北人丢下桶子取清水上来。河道很窄，水面结冰的范围有一条船那样宽，他们得常常下去以斧头棍棒敲碎冰层才能继续前进。到了一座大湖，北人捕鱼煮来吃。之后进入另一条河，前段河道够宽，后来也被冰块堵塞。从水面飘起雾气，能见度只剩几条船的距离，更深入之后几乎什么也看不见，艾莉丝站在船尾就看不见船头，只看得到最靠近的一个人手拿着桨不断张望。

她让北人继续划船，想要更快地抵达赫尔吉所在之处，甚至亲自掌舵，倚靠照明的符文释放出如最皎洁的月光来引路，带领这条船穿越迷雾。越前进，冰层越厚，不过她总能找到穿过去的路线。

天黑了，艾莉丝看得出来约翰非常冷，于是过去拥抱他来帮忙取暖。当她迷失于对约翰的关注时，忘记了船员，船员也就不划桨了，呆呆地坐在结冰的河道上。北人将他们的毛皮衣物都塞在当作椅子的大箱子里面，平常要划桨时就不需要穿很多，即使最冷的寒冬也只要套件皮背心就够；但罗斯这儿有内陆上凛冽刺骨的寒气，他们不摇桨时一定得赶快穿衣服才行。艾莉丝抱着约翰，无法要符文也使他热起来，所以只能抱着他，用毯子将他紧紧裹好。雾气弥漫，船帆和索具都结了霜，维京人们继续坐着。约翰与艾莉丝呼出的气混杂成一片白，她发抖一阵，也为自己拉好衣服。

在寒风中，艾莉丝不知道过去多久时间，整颗心都专注在如何为彼此保暖，还有对约翰那份异乎寻常的感情。她看自己的指尖时，发现已经变成青蓝色并失去知觉。这肉体快要凋零，体内符文却还明亮。有时她可以保持镇定，相信符文足以保护自己的性命，但又有时原本的自我浮现，陷入恐慌——艾莉丝害怕死亡，不是因为恐惧肉体灰飞湮灭，而是恐惧孤独。经过这样漫长艰苦的旅程才找到约翰，她不想重来一遍。于是狼人的承诺在心中响起：赫尔吉可以帮你。她知道是真的，那位国王一定可以帮助自己逃过命运，逃过符文的控制。

"赫尔吉——"艾莉丝自言自语，"我们来了。过来帮忙。"

从冰层上闪过一线光，她知道可以借此判断所在位置并找到那位法师王。

"朝那道光过去……"她吩咐桨手们。

但船动也不动，除了被河上的冰块包围，也因为北人都冻死了。

66 商人的故事

赫尔吉的官殿内炉火不大，屋外缠绕着一层浓雾。室内的战士与女人好像也感受到了那股隐形压力，一个个依偎着，像是被绑着。大公坐在火边，已经打起瞌睡。

但他眼角余光忽然闪过影子，起初还沉溺于回忆中，以为是斯薇法溜到自己身边，结果只是叫作荷卓的怀孕母猫想找东西吃。如果斯薇法还活着，现在几岁？应该已经结婚成家，可以按照传统将新生小猫送一只过去当贺礼了。

他还没带那女人回来。赫尔吉想起自己委托的狼人，那任务没办法派禁卫军去办。应该到得了巴黎才对？有没有找到那女孩子？既然可以穿过卫兵，无声无息进入奥戴古勃格找到自己，要抵达巴黎应该不是难事。该不会在路上把人搞丢了？或者更糟糕的状况是她被杀害。假如那女人死了，符文就会飞至其余人选，距离神的降世更靠近一步，赫尔吉的土地也更接近战乱和灭亡。他不能让绳结重新拼凑起来。

陷入梦魇时，赫尔吉被奥丁疯狂追赶：八足神马马蹄踏破积雪，神王脸上充满愤怒仇恨，神矛直指自己胸口。赫尔吉从异兆所见与狼人所言若合符节，代表奥丁即将来到人间。但自己与那红发人的交易又是什么？他是谁？洛奇，谎言的巧匠、焚风的领主、众人的仇敌，这一点也可以肯定了。

"他承诺会让我成为伟大的王，"赫尔吉低声对自己说，"但结果我却落入这种处境。"

他回想女儿艾琳甘妮出生后的种种怪事，以及她死后的局势发展。基辅在英格瓦的统治下居然日益繁荣壮大起来，同时赫尔吉准备的东方新都诺夫哥罗德却因为一场大火肆虐而几成废墟，子民已经惴惴不安地生活长达十年之久了。斯薇法死了一周后，当地人将基灵格也下葬，连同他的长矛长剑、床褥、七弦琴以及所有死后世界所需都一起封入墓冢里。

挖掘墓冢时竟也发掘了深暗狭窄的奇怪地道，根据一些有见识的人判断，应当是罗马的矿坑。当地人没有开矿技术，所以封起墓冢时就连地道一起堵住。但这在赫尔吉眼中实非好兆头。

果然，不久以后墓冢就塌陷了，挖开以后发现珠宝不见了、七弦琴被砸烂，其他被窃的还有食物、毯子、长矛。但不可能有人偷走这些东西，因为基灵格的家人以及赫尔吉的禁卫军都会轮流在墓冢守哨。

传言说基灵格的亡魂进入那些地道了，于是他又安排了另一个新的地点安葬。之后一年，有人去旧墓冢的坑道口献上贡品，面包与肉同样不翼而飞。或许是狐狸吧，但蜂蜜、啤酒、毯子、靴子也消失，不是动物叼走才对，却不知被谁给取走。

赫尔吉也觉得那地方很古怪。他曾经坐在坑口前面的泥巴上，望向那片如瞳孔般的深邃黑暗，当然也亲自进去查探过。入口真的很小，大公侧着身子才能慢慢钻过，然而进去了也没有收获，里头实在太窄又弯弯曲曲，好几处通路都被崩他的石头或积水堵住。后来墓冢那边已经长满野草，但赫尔吉偶尔还是会过去坐着沉思。

视线回到炉火上，他觉得自己太多愁善感，于是走去外头转换气氛。这片笼罩城镇的浓雾经过一个星期依旧如此稠密，能看见的只有远处卫兵们的火堆，如萤一般的光晕指引着方向。

"船！是船！"塔顶上有人这么嚷嚷。

怎么可能呢……河面已经冰封一周，根本不可能有船经过，更何况还有浓雾遮眼，连拉多加湖的两岸都没办法找到。

他登上塔顶，暗忖或许是雾气使人生了幻觉，得训斥这些卫兵不要犯傻。上阶梯以后，赫尔吉走到平台。

"刚刚叫嚷什么？"

"王，有一条船在那儿，我发誓。刚刚看得很清楚。"

赫尔吉眯起眼睛，什么也没找到。但他察觉高处的雾气比较稀薄，卫兵其实也都不是大惊小怪的人，因此决定多待一会儿确定状况。雾气飘动一阵，赫尔吉也看见了，的确是桅杆和船帆的形影，上头都结了冰，船身微微倾斜。

"那就看看上天送了什么东西过来吧。"在部下与子民面前，赫尔吉继续扮演豪爽英勇的领导者，因为臣民们只能接受这样的君主，若表露出内心潜藏的恐惧，只会损害自己的统治地位。卫兵想随他下去，但赫尔吉要他留着："总得有人告诉我方向。"

"王，你下去以后我也看不见。"

"有办法让你看见的。"

赫尔吉先回宫殿，从箱子取出一双装有铜片的冰刀靴。回到城门，他取下墙壁上的火炬，在河岸交给一名禁卫军，开始换靴子。取回火炬，他穿越冰层，移动起来像是在白蒙蒙之中发着光的虫。

不过视野差到无法看见四步外。赫尔吉抬头对着塔顶大叫："看得见我的火把吗？"

"报告，看得见！"透过雾气穿来的声音显得朦胧平板。

"那告诉我怎么走！"

赫尔吉缓缓滑过积雪，卫兵请他往左边。他一下子就无法确定自己的相对位置了，摔倒两次但没弄丢火炬。

"王，请继续往前。"

再前进半晌，雾气薄了一些，赫尔吉的视线清楚多了。那条船伸出的船桨都包覆在冰块内，远远看就像是黏在松脂里的昆虫。船壳完全披成白色如同幽灵，船帆结冰以后被重量扯下，绳索滴着一条一条的冰锥。

绕到旁边观望，大公吃了一惊：他看见船员坐在原位握着桨，就这么冻结了，好像被下了咒。

一名禁卫军跟在后面，赫尔吉必须继续伪装得无畏从容，实际上恐惧感如同覆盖在船上的冰霜那样贴着他的一举一动。

"王，这实在很诡异。"

"既是上天给的馈赠，就别过问如何来的了。"赫尔吉说，"就像喝酒的时候，也别去想象是怎样的脚踩过葡萄。"

禁卫军听了大笑："王，要我上船看看吗？"

"一起上去。"

士兵才上去忽然就愣了，他看见有点儿动静。两人都拔出剑。

"是谁？"赫尔吉直接开口，"这是个贸易都市，若行得正就不必害怕，可以露面。我是赫尔吉，东方大湖的领主，阁下现在受到我的保护。"

从船尾走来一个形状怪异的身影，身上裹满了兽皮与兽毛，腰上还挂了一把剑，看起来不像有刀剑狼咬的外伤或者受了风寒。对方缓缓接近，但不断伸手按着冻死的船员来稳住步伐。到了两人面前五步的地方，他换了一大口气。

"陌生人，别乱动！"禁卫军士兵叱喝，后面有其他护卫追来。"报上名来！"士兵又叫道。

"再请教一次，阁下是？"赫尔吉问。

人影抬头，不断发抖、喘气，结结巴巴地开口了。

"我是巴黎厄德伯爵的妹妹，名叫艾莉丝。您是罗斯的大公赫尔吉，也是唯一可以帮忙的人。我带来一个身有残疾的修士，需要你协助。"

赫尔吉看得出她冻坏了，心头大惊指着城镇吼叫："快把她带回去！快！别让小姐死，千万不可以！"

67 海的惩罚

丹麦人很想回家，不想陪勒熙、胡甘、奥菲提前往东方。当然对商人而言随便个港口都市就好，能够休息、吃点儿好的，又能找女人，运气好也许就定下来。骡子替他扛着五把剑，卖了以后只要和当地领主或其他商人打好关系，生根落地并不难。不过也得先提防这条船上的维京人，所以勒熙用法兰克人的斗篷将剑包起来，又塞进木条伪装成帐棚与睡袋。他很清楚，如果有人仔细看就会发现异样，但至少目前为止，这群船员还很客气。

勒熙本想在寇本南根就下船，可是丹麦人还是直冲海泽比。也没关系，一百年以前，那儿的统治者还特定从东方绑架生意人来，他的子孙应当也会欢迎东方商人的服侍才对吧？

鸦人与奥菲提只能既来之则安之。他们告诉商人：冬天要到了，尽管到海泽比算是绕远路，但在那儿找船比在冷冷的海岸空等要有希望得多。胡甘觉得无奈，自己不懂航海，从海泽比换船也还是比步行前往拉多加要快。

出海五天，船航行得缓慢，因为常常要修整舵桨，就一直要找小海湾或峡洞停泊。史卡奇在船上有一把小的木工斧，奥菲提用起来还算顺手。直到在海岸找到小屋，拆下足够的木头以后，他总算将舵桨完全修理好。

胖子注意到史卡奇打量自己，觉得手有点儿痒了。被史卡奇捉去卖掉的并不是他什么要好朋友，但其中几个算是有些交情的亲戚，所以奥菲提拿斧头劈柴时不禁想象面前就是史卡奇的脑袋瓜。然而史卡奇可也不是笨蛋，胖子的外表特征很明显，加上眼神很难完全隐藏，恐怕也多少猜到状况了。

"距离海泽比还有一天。"史卡奇坐在勒熙身旁这么说。奥菲提正在调整船帆，调度其他人帮忙，鸦人也专心照顾伤者，为他们清理伤口化脓。

"那可以洗洗这身咸臭的衣服了。"勒熙说。

"在那儿可以做生意。"

"我没东西可以和人家买卖啊，但如果你需要的话，吩咐一声，我能帮得上忙。"勒熙这么回答。他并不喜欢这人，史卡奇嘴角有道疤，看上去像是永远冷冷地笑着。

"卖奴隶的话，可以帮我们谈个好价钱吗？"

"酋长，我从小开始做买卖，都已经这把年纪了。不管什么东西，我都可以给你半价买进、双倍卖出。"

史卡奇望向海面："听说你在奥戴古勃格已经不大受欢迎呢。"

"得带一样我没能拿到的贡品回去才行。"

"什么贡品。"

"一个女人。"

史卡奇点点头。"我买卖的是奴隶，"他说，"不过我只会打架，没那么会谈生意，到市场上总会赔一半。"

"意思是我们合作吗？我的话就是不会打。"

"这看得出来。"史卡奇回答，"我想谈生意，你可就没问题了，有那种脸。"

"是呀。"

"那，测试一下吧。"史卡奇又说，"和你一起旅行那两个，和你没血缘吧？"

"今年春天之前根本就不认识他们。"

"很好。我打算捉他们当奴隶。会医术的可以卖不少，那个霍达人直接卖给大公吧，他那德行没农家愿意买。"

"这季节也晚了，"勒熙说，"价钱都不会漂亮。"

"有你在，总是可以谈得高一点儿。"

"那边的商人恐怕不愿意和我谈。"

"有我出面就可以。我卖了很多抢来的东西和奴隶给他们，不成问题。"

勒熙继续反驳，讲给对方听，也讲给自己听："但要是那儿正好也有霍达人在怎么办？碰上他们的船，你们双方就会打起来。霍达人一看见就会拔剑了。"

"霍达人现在都在不列颠尼亚。"史卡奇说，"西大岛那儿的国王可不欢迎他们登陆，连我这种不怕死的人也没那样莽撞。"

"那就照你说的吧。不过我先警告一句，他们两个不胆小也不好惹，胖的很能打、瘦的更能打，他们都杀过很多很多人，还懂得法术。"

"很好。"史卡奇竟回应，"那俘虏起来，我也声名远播了。我也提醒你一句，要是你泄露风声给他们，小心保不住舌头。"

勒熙脸色一白："你打算何时动手？"

"明天。"

商人吁一口气，暗忖还有点儿时间，盘算如何行动比较好。他走到
骡子旁边清了清粪便，心想骡子很值得效法，随遇而安且从不埋怨。他
们从海岸废弃的农家搬了一些干草上来给它吃，骡儿吃完就看看海、拉
拉大便。勒熙想想觉得好笑，"看看海、拉拉大便"听来怎么很像一句
励志箴言，向前看的同时不要忘记现实面。自己有哪些选择呢？要当英
雄，还是要功利一点儿？

"朋友！"史卡奇过去搂着奥菲提，虽然手臂不大够长。

"我跟你可不是朋友，"奥菲提忍着脾气，"目前只是旅伴。要当
朋友，得过好几年，你也得证明自己的勇气。现在我在这世上只有三个
朋友，第一个坐在船头那边，平常很安静，作战时却英勇无比，他已经
得到我的认同。再来就是那儿的行商，虽然他胆子并不大，可是采取的
行动却都很勇敢，比许多自以为的勇士厉害多了，比方说他就愿意陪着
我溜进敌阵找船，把食物分给我也不会埋怨。这点很重要，年纪那样大
了也不会太啰唆。"

"那第三个朋友是？"

"我腰上这把剑。"奥菲提拍了拍它，然后手回到舵柄上。史卡奇
重重地咳了一声，指节在长船栏杆敲击三次，一转眼，他迅速探手抓了
奥菲提的武器，然后退开。

刚才就是暗号，看见史卡奇夺走敌人的兵器以后，六个人冲上前
去包围鸦人。胡甘很镇定，但武器也先被抢了，幸好身手依然矫捷，
一起身在对手尚未回神时就将他丢出了船。不过接下来面对的状况依
旧是以寡击众。

结果史卡奇根本也不信任勒熙，一个胡子还稀疏、没有门牙的维京
年轻人拿了刀子架住他，脸上挂着狞笑，那种表情比板着脸还要恐怖。

明天？史卡奇怎么可能冒险给勒熙警告两人的机会，他会对勒熙说那些话只是为了埋下犹豫的种子，如此一来，商人为求自保与利益，看见开打了，也不会有贸然之举。

奥菲提张开双臂往史卡奇走过去。

"来吧，"他说，"我活够久了，看起来你也一样。两个人做伴一起下海去，看看海浪女神兰恩躲在海底的什么地方。"

"你乖乖去给丹麦国王当战士。"

"我先为自己好好打一场再说吧。"奥菲提说看，"何况，要是被你这种娘娘腔的小子给打败，人家肯要我吗？快点儿过来打我啊，还是你只敢欺负霍达的女人小孩，遇上大人就没胆靠近？"

"我可杀了你们不少人。"史卡奇回答。

"那就再加一个，不好吗？既然这么厉害，面对个赤手空拳的人也怕？"

"不想损伤要卖的东西罢了。"史卡奇说。

"我祖父是个狂战士，拿着长矛长剑打遍世界各地，从来没退缩过。我父亲脾气好一些，不过他去过的地方狼都养得肥肥胖胖。我叫托瑞克，赌上父亲泰特玛、祖父泰雷夫之名，别妄想要我投降。就算是拿针线的女人，我都见过比你有胆量的。"说完以后，他抽出腰上的短刀往地上一射，"来吧，这下我可真的空手啦！"奥菲提捶着胸膛叫嚣。

勒熙确实佩服他的勇气。北人心里装的信念与理想使他们的生命能比肉体的局限更加宏大。拥有超越生命、享乐，比起赚钱、女人、大房子更重要，能让人放下算盘跟计较的心，到底是怎样的感觉？物质的幸福当然可以带来快乐，不过褪色得也快，而且总得担心会被夺走，无论是碰上强盗、饥荒或动乱；而且生活里总有财富无法解决的问题，像是肠胃不适、与朋友起争执、买了不听话的骡子或烂奴隶等等。在这当下，勒熙终于对北人有了更深一层的理解：他们追求名声，并不只是虚荣，而是鞭策自己追求更伟大的事物，活得更精彩，也因此活在后人的心里。那是更久远的价值，对北人而言，那比短暂的快乐安适、甚至可以说比起任何东西都来得有意义。

回想起来，这辈子里没什么人为勒熙付出过。但这胖子保护过他，还有巫师也愿意帮忙，甚至以不成比例的报酬换取自己琐碎的服务。他知道以这两人的本领，只要敌人稍微分心就能扳回一城，于是他悄悄将手探进头巾里，取出红宝石项链高举着大叫："别伤他们，不然我就把这东西丢近海里啰！这是瑟克兰公主的宝贝，光是弄丢这东西，她就悲伤而死了。"

史卡奇回头。"确实是罕见的宝物，"他说，"但看来你得交给我，没办法拿去卖了。"

"杀了我再说。"

"那就杀啊。那件宝贝抵得过十年努力，要找别人帮我做买卖还成问题吗？"

勒熙将手伸到船外："你不放了我们，就一辈子也别想找到它。"

"你不可能一路到海泽比都保持这姿势吧，还是拿它换自己性命比较好吧？"

勒熙忽然意识到势态有多绝望。鸦人被八个人包围，也因此受迫于蹲坐的姿态，一双手掐着他脖子，两个人制住双臂，三个人压在腿上，完全动弹不得，奥菲提这边则是已经没有武器了。对商人自己而言，用项链保住性命去海泽比重新开始比较实际，但他却不明白那还有什么意义？与其日渐衰老凄凉，还不如挑个华丽的瞬间死了也罢。反正腿酸脚痛，自己的日子差不多够了。

"反正横竖都会被你杀吧？我干吗给你。奥菲提，你信的神有哪些，随便报个过来。"

"他们的神是洛奇啊。"红色头发的奴隶插嘴。

"不行啦，"奥菲提回答，"他专门起内讧的。"

"你们感觉是常常内讧啊。刚好，那就请洛奇神赐给史卡奇大内讧啰。"勒熙就这么将项链往外一甩。

史卡奇见状气得脸都白了，朝商人扑过去要砍。勒熙避过第一剑，从骡腹下钻过去，史卡奇又抓不到。两个人在骡子周围玩起捉迷藏，你捉我跑，史卡奇咆哮着说竟然浪费那种宝物，一定要砍死勒熙。

奥菲提身旁的人因此视线挪开了，机不可失，胖子立刻挥出能粉碎牙齿的重拳，击倒一人以后抢来长矛。片刻后另一人被扫到船外，还有一人膝盖被奥菲提踹裂。

勒熙躲个两轮也不行了，本来年纪就大，史卡奇速度又很快，于是第三圈时对方就追到身边，一手揪着他头巾，另一手举剑要劈。勒熙扣住史卡奇握剑那只手，却给维京人用剑柄重重往脸上一敲。勒熙松了手，史卡奇一手扶着骡子，一手再次要劈落。

从拉多加到巴黎、再从巴黎回拉多加，骡子一直没吭声，这下子可觉得受够了人类。他抬起腿一蹬，蹬的不是维京人，反倒是勒熙的腿。勒熙整个身子豁地躺下，史卡奇这剑竟又挥空。

奥菲提顾不得长矛称不称手，直接射过半条船的距离，矛尖插进史卡奇的太阳穴，他整个身躯在甲板上滚出好几圈。胖子又从倒地的敌人抢来斧头。压制鸦人的那一群人也很苦恼，不能杀他，甚至不可以伤他太重，否则就卖不了了。现在船上已经倒了两个，外头还要溺死一个。奥菲提踹倒一个，接着又扔斧头过去，第四条人命。其余人上前与胖子对峙，方才看老大和商人兜圈子，还有四个同伴与奥菲提捉对厮杀时觉得有趣，不过此刻都笑不出来。

467

"弟兄们，来吧。"奥菲提叫道，"我手无寸铁的时候就宰掉你们四个人，不来试试看我拿这家伙可以敲碎你们多少颗头吗？还是打算认赔加入我算啦？你们听过我吧！各地的战士都知道我的厉害呢。"他将斧头在手掌上掂了掂。

一个矮壮的金色大胡子开口："我是很想跟随你。史卡奇不是什么好头目，死了就算了，你看起来就厉害得多，跟在你身边一定比较好过。可惜，女武神已经带走我们的亲人，就算下一个轮到我，我也得替他们报仇。"

旁边听着的勒熙会意过来：这人觉得死期已至，所以讲话变得特别文雅有条理。

"他们可不是我的亲人。"忽然有人回答。

"也不是我的。"

四个人走到奥菲提身边，转头与伙伴反目。

"你们六，"奥菲提说，"我们五。看起来我的命运丝线可还没卷到尽头。"

"等后头把你那朋友收拾了，"敌方一人说，"我们就有十三个！"

"太迟了。"压在鸦人身上的一个战士说。

"怎么回事？"

"他已经死了。"

奥菲提嘟着嘴点点头："所以我死了个伙伴，你们死了四个。要请神帮忙算数吗？"

"也罢，这样算得上扯平。"金胡子说，"就听你指挥吧，胖战士。"

勒熙跑道鸦人身旁，发现他已经变得冰冷，还失去脉搏。他对胡甘悄悄说："看样子你没有什么伟大的命运呀……不过还是可惜，虽然你

468

没讲过，但有把我当成朋友呢。我很感激。"

　　商人望着海面。要到海泽比了，他算了算自己身上有一百迪拉姆以及五把好剑可以卖，画了个闪电符号抬头朝天。"运气总算好了一点儿。"忽然他想起自己方才献出贡品，"也该感谢洛奇神，您相当慷慨呢。"

68　没有应允的祷告

　　约翰静静躺着。他的肢体冰冷，但并不只因为冬季。他的骨头扭得乱七八糟，比起索具上凝结的冰锥还要碍事。他连发抖的力气也没有，昏昏沉沉，睁不开眼。但同时，约翰知道自己可以改变这一切，只要取下脖子上的狼石，巨狼会回到身体，而他自有脱困的办法。只不过，他不愿意。死——约翰认为自己离死不远，但死亡却是更好的解脱。

　　他在心里默默唱着圣歌，却变得字不成字、句不成句。世界仿佛褪色了，身体完全不能动，连小时候就开始止不住的轻微的身体摇晃也无法继续。

　　她的面孔浮现在脑海。站在原野上的圣母，其实是艾莉丝。"别来找我。"她当时是这么说的。但约翰还是去找她，和她同床共枕并因此愉悦。罪大恶极——竟无视上帝的旨意追求快乐。

　　约翰宁愿选择死亡。他并非只求解脱，也希望借此面对上帝的惩罚。自己吞下了不净的肉，行为不贞，还蔑视上帝，该在永恒中受苦。

　　有人上船，而且他们搬走了东西，大箱子、武器。两个人站在身旁。

"是那个修士吗？"

"王，他腿都跛了。"

约翰感觉有人摸自己的脸。

"让我看看，还活着吗？"

"不知道呢？"

约翰真希望这些人别来帮忙。他想要死，他是个怪物啊。假如动得了，大概会出手攻击，逼对方在防卫中杀死自己吧。问题就在于约翰完全动不了，连证明自己活着都不行。一个人按着胸口看看他是否还有气息，正好按在狼石上。那触感使对方揭开他衣服。

"什么东西？"

"只是块小石头。看起来他和佩切涅格人一样穷，不会有什么珠宝在身上。"

"我看看。"

约翰感觉有人取下狼石。

"这东西可配不上您这样的王者。"

"但这是我需要的东西。"

"王？……"

"是预言的一部分，只要我得到这块石头，巨大的幸运会随之而来。这东西可以困住神。"讲话的人语气急切，并不针对特定对象。

"那就恭喜您了。"

"有这东西才安全，"赫尔吉告诉部下，"不必再担心敌人。"

约翰觉得领口一紧，然后唰的一声又松开。

"王，您要戴上吗？"

"这是神的赠礼，所有女巫、山怪、恶狼的克星。我们深受祝福。回去的路上我先戴着，但宫殿里有个人比起我更需要它。"

约翰觉得像是卸下沉重的负担，脑袋也清楚起来。这是回光返照吗？灵魂脱离肉体，所以觉得轻飘飘的？

"回去找那位小姐。"

"那么，王，这修士怎么办？"

"此人的命运昭然若揭，"赫尔吉回应，"取下他身上那些毛皮，之后就别管了。

粗糙的手将身上衣物扒光，冷风咬着约翰的身体，甲板摩擦着他赤裸的皮肤。那些人下船了，还有马匹在底下叫，蹄子嗒嗒地走远。

然后呢？寒气淹没了他，约翰觉得像是包在冰块中，还听见自己对艾莉丝说话，而她也响应了。

我又是自己了。

但我却不是自己。你是神的敌人。

我又是自己了。

你是杀害同类的凶手。

他晃了下头，甩开许多碎冰。他是凶手，他杀过人，要继续杀。他很清楚，还有他必须想办法死。

这回，他说：我要为你死。

你会使我死。上一回，你使我无法活下去。这一回，你会杀死我。

不！

他闭上眼睛，祈祷冰天雪地卷走自己的生命。但最后占据他的不是冰冷，是饥饿。

472

69 赫尔吉的救赎

赫尔吉的宫殿中，艾莉丝躺在火边，身下是羽绒软垫。离开森林以后，她第一次真正觉得温暖，暖意渗透指尖脚底时起初还觉得有些刺痛，过了片刻才真正舒适起来。寒冷从血液中褪去，肢体变得柔软，仿佛第一次获得自由。她伸展一下，松了口气，知道终于到了可以恢复昔日自我的安全地点。直觉判断，艾莉丝知道赫尔吉想保护自己；符文并未透露赫尔吉怀抱着友谊或者好感，但她很强烈察觉大公将自己的安危当作第一优先。能得到庇护与照顾，艾莉丝还无暇去思考背后的缘由。

她一直等人将约翰带来。先前因为体温过低，艾莉丝的脑袋转得很慢，不断迷失于魔力和符文的旋律中。此刻身体暖和了，她又惦念起神父的下落。

以维京风格建筑的宫殿内部空间很宽广，房间的每面墙壁下都有长凳，一个角落堆满床褥。门口堆满了人，大家都想见见她。艾莉丝看见一位女祭司，脸上涂了白色黏土粉，头发绑成了杂乱的辫子、挂上了许多小东西来装饰。还有小孩子与几位魁梧战士，战士脸上的表情戒慎恐惧，那份不安如同呆板刺耳的乐声传进她心里。

人群分开，赫尔吉进来。他很高，肩膀也宽，一头长发有飘逸气息，穿着华贵的蓝色羊毛衣，衣领有蕾丝，宽松的长裤则是东方才有的样式。

大公在垫子上坐下。艾莉丝望进他眼中。从小她就可以感受其他人的意念、心事，虽然不是一字一句地读出来，但会以颜色或音符般的形式呈现。面对赫尔吉，艾莉丝竟什么也感觉不到，他的灵魂似乎失去共鸣，如同死去了一般。门口的其他人都还有生命的光彩，艾莉丝闭上眼睛就可以在花园围墙上的凹槽中看见烛火摇曳，可是她却找不到属于赫尔吉的那道火。然而刚刚在船上，她都还能察觉赫尔吉迫切想要保住自己性命，那份冲动巨大得遮盖了其余的思绪，现在艾莉丝则完全捕捉不到任何线索。

"您就是那位魔法师、那位先知？"她先开口。

"有些人这样称呼我。"

"那您知道我是谁吧？"

"来自巴黎的艾莉丝。我找了小姐你很久。"

"结果我自己来了。您可以帮助我，以及精修圣人约翰吗？"

赫尔吉猜想她口中另一人，大概就是船上的修士。

"是说与你一起旅行的那位？"

"没错。"

"我们会照顾他，"赫尔吉回答，"但你的事情比较重要。"

"我不是以前的自己了。"艾莉丝解释，"身体里有魔法，我不知道怎样处理。"

"我可以帮忙，"赫尔吉说，"但必须你配合。在你身体里的东西力量强大，不会轻易离开。能够请你先容忍它们一会儿吗？给我一段时间，我好征服它们？"

艾莉丝感觉得到符文骚动，符号戴着颜色、声音、气味与触感不断在脑袋里转动。

"我不知道……"她说，"可以试试看。"

"之后来试试看，现在先休息。你千里跋涉，想必一路很艰苦。"赫尔吉击掌以后，下人进来，"给小姐拿热酒和食物过来，连这点待客之道也要我亲口吩咐吗？"

"遵命，王。"

艾莉丝感觉得到那战士的恐惧像是一阵冷风刮起。

有人取酒来，倒进锅子加热。甜润的口感在艾莉丝身体里蔓延，然后有烤山羊肉以及面包，虽然质朴却美味。喝了酒以后，她觉得困了，用过餐后就倒在羽绒垫上。

入梦后她回到儿时那片森林里，水气弥漫的凌晨，飞蛾不停旋转飞舞，她追着跑，听见随着翅膀拍打传来的奇妙旋律，有些高而悠扬，有些轻盈如海风。晨曦下，艾莉丝沉溺于喜悦中，却觉得脖子上有种不舒服的感觉。她低头一看，竟是狼石。身手想要扯下，但手不肯听话。居然连拔下挂在颈上的东西也没办法，实在太荒谬了。艾莉丝仔细观察以后，意识到自己以前就看过这块石头，它与自己一样是碎片，从更大的某物分离出来。而且艾莉丝回想起它的名字了，在北人的语言中叫作Gjöll，翻译过来就是轰鸣。她四下张望，林子忽然变得好暗，飞蛾都不见了。

赫尔吉从软垫那儿退开。"看好她，"大公下令，"别让她取下脖子上的项链。"

475

70 智识的代价

"身体冰冷的朋友，我手里是什么呢？"

鸦人注意到甲板上似乎只剩下自己一个人。他不知道声音从何处传来，站起来以后看见天空昏暗无云，海面静滞得如同镜子，船身仿佛飘在星光满布的大泡泡上。

"我不知道。"

"是你的死期。"

忽然站在身旁的是那群维京人的俘虏。他的肤色如月光。船上看不到其他人。都被杀了吗？那男人摊开手掌，掌心上搁着一颗牙齿。胡甘认得出那是狼牙。

"我是死在水中。"

"那赫尔吉呢？"

"死于有蹄有鬃的动物。"

"可以这么说吧。那位小姐又如何？"

"死在狼牙下。"

"你怎么知道？"

"已经都揭示于我眼前。"

"谁给你看的？"

"穆宁。"

"你应当很清楚她那张嘴多不可靠。"神这么说。鸦人已经可以肯定他的身份。

"她到底是谁？"

肤色苍白的神手一晃，忽然出现了条绳子。

"绑绑看，"他说，"按照当年那个野女人教的。打个他的符号出来，死者之神的项链。"

胡甘想照做，却怎样也打不起来，只能做出两个环，最后一部分总是会失败。

神接了过去。"她本来在这儿，"神指着一环，然后将绳索两端用力一扯，"现在她到了这儿。"

胡甘看着绳结，已经扭紧了，两个环无法区分。

"为什么我结不出第三个环？"

"因为奥丁还没来到人间，三个环当然不能在一起。"

"怎样才能系好它？"

"这绳结是做什么用的？"

"杀人，带来死亡。"

"你这不就说出答案了嘛。"

"所以艾莉丝得死？"

"她带着符文，无论如何最后都会不复存在。"

"主要是可以吸引巨狼的轰鸣符文。"

"对，不过穆宁察觉到她身上还有别的符文，才想要赶快杀死艾莉丝，加速奥丁降世。穆宁并不想阻止他来这世界。"

"不对吧？"

"其他的事情她都骗你，独独这件事情你却认定她没说谎。这符文可在她身上呢。"

神又摊开掌心，一个形状在上面翻转，很难看清楚到底长什么模样，有时候是几道水平线条，有时候又是垂直线，还会交错。它是安苏兹（Ansuz），代表奥丁的符文。

鸦人吞咽口水，觉得血液离开面部，腹部不停缩紧。"神也将自己的符文放入艾莉丝体内吗？如此说来，我的所作所为全部都背道而驰，一怒之下杀死穆宁其实是加速了她的死期到来？"

"你是个战士，战士就是如此——以别人为代价来满足自己的欲望。"

"我不明白你的意思。"

"谁杀人的时候会知道一刀下去斩断了怎样的未来呢？"

"要是我没杀她，奥丁降世的时间点就可以推迟一些。"

"而你们也就要挣扎更久。符文终归想要聚集合一，所以带着符文的人也自然会想杀死彼此。届时，即便你不愿意，也得保护穆宁了。"

"我也因此被养育长大。"

"好吧，我尽力了。"

"你是自称我母亲的那个女人吗？"

"我既是你的母亲，也是你的父亲。很多神都这样，有无数化身，永恒或者刹那。像我喜欢有魅力、固执又能生小孩的。"

"你帮了穆宁。"

"就算讨厌自己的主子，我可也是那个吊死鬼之神的属下哦。"

"我必须弥补过错。"

"那就试着别让这成真。"

神从胡甘手上抢来绳子，指头转动后绑好了第三个环。

"该怎么做？"

"这绳结打好了，人也死了。"

胡甘明白他的意思。自己该做的就是守护艾莉丝的性命，也保住其余身负符文的人。只有这些人活着，符文没有齐集于一处，奥丁就无法进入凡间。

"她在奥戴古勃格吗？"

"想得到答案，就得付出代价。你要为我做什么？"

胡甘没回答，站在神面前他觉得脑袋昏沉、感官迟钝。洛奇，谎言之神。这几个字带着干煎一块肉的声音传进他心里。

神继续讲话："你要活下去吗？你要走开吗？你想要一辈子扮演恶狼，不想当当看牧羊人？你想不想加入那些兴高采烈还得到众神祝福、被尊称为英雄的杀人凶手行列中？"他在胡甘耳边弹了一下手指，胡甘的意识顿时清明起来。

"我并不怕死。"

"很好，"他又问，"但你不是已经死了吗？"

"你很清楚，那只是伪装。"

"法术呀。"

"小把戏而已。我曾经在黑暗中与死亡之神共眠，获得了一些知识，虽说并不很重要。"

"那接下来有什么打算？"

"你希望我怎么做？"

"我厌恶众神。"

"这儿只有你一个神。"

洛奇挥挥手，船上忽然满满的人，都在星空下睡着了。

"让他们充当神吧，反正他们也一样会从母亲身边抢走孩子来满足自己的欲望或者拿去买卖，与神一样腐败又懦弱却被世人尊奉为英雄。我最讨厌英雄了，只会杀人，引发战乱。"

"我杀了那么多人，应该也会被你讨厌。"

"你是英雄吗，胡甘？Hrafn，可爱的鸟儿？你追求名誉或者功绩？"

"不。"

"那你想要什么呢？"

"我想要的只是……安稳。"胡甘自己也讶异竟会说出这两个字。

"那，给我我要的东西。"

"献祭？"

"你又不喜欢他们，这算是献祭吗？"

"只剩我们三个的话，就没办法航行。"

"那好像就符合献祭的定义了。"

"要我杀死他们？"

"对。"

"但是，神，我会得到什么？"

"可以见到那位小姐。"

"可以救她吗？"

"未来就像是个大都市，有错综复杂的街道。"

"我会死吧？"

"悲惨痛苦地死去。"

"我的死可以解救她吗？"

神身子往前一探，在胡甘耳边悄悄道："我已经告诉你够多的了。

480

你该为我做点儿什么吧？"

鸦人惊醒过来。夜色浓密，几乎一点儿光也没有，但他视觉敏锐，仍能在黑暗中看见模糊的形体。这样就够了。背后极微微弱的天光下，有个人站在舵桨旁，那是他的习惯。胡甘猜测今天乌云来得快，所以船来不及靠岸就困在这片漆黑中，而这种状况乖乖坐着对神祷告会比勉强朝陆地靠近要安全。

胡甘行动之前，先低声念诵咒语。

　　"我为鸦，风中之絮，

　　我为鸦，死饥之口，

　　我为鸦，嘶哑之夜。"

他反复低语，如当年在高山洞穴之中那般释放自身心灵，透过仪式与苦难而迎来力量。短刀还插在栏杆上，他拔了下来，化为暗影中的暗影，持着利刃的一抹黑。

掌舵者被一刀贯过肋骨直取心脏，还没机会惨叫便已断气。胡甘将他轻轻放在地上，然后同样寂静迅速地划过五名熟睡者的咽喉，接着爬向甲板中段，嗅到骡子的气味，隐隐约约地看得见他的位置。胡甘伸手，摸到绑着头巾的脑袋，决定跳过。神说的是以他人性命满足私欲的凶手，他不包括在内，那个胖维京人应该也不算。绕过去以后，又摸到一个大肚腩。

"怎么回事？"奥菲提出声问。

胡甘不想浪费时间，在黑暗中跳窜夺命。

"嘿！"

"我被砍伤了！"

"有妖怪！"

"我受伤了！我受伤了！"

"啊！"

"冷静点！"奥菲提大叫。

但其余人惊恐之余，拿起武器朝黑暗乱劈。

胡甘蹲伏着，身边刀剑斧头相撞，陷入一团混乱。

"看不见！我看不见啊！"

"那就别打！"

"霍达人，是你搞的鬼？"

扑通一声，有人被推到船外去，接着有更多惨叫声和金铁交鸣声。

安静片刻，第一道曙光从背后地平线射来。胡甘坐在船头，取回自己的弯刀，映出了日出的寒光。长船上只剩下另五人。

"你——"

商人躲在船尾，双手覆在头顶保护，奥菲提在一旁船舵边持长矛将来犯者逼退。

"他死而复活来寻仇啦！"一个缺牙的小伙子将斧头掉在甲板上。

"看我再宰掉你一次，鬼怪！"另一个奴隶贩子胆量较大，拿起长矛往胡甘扑过去，但甲板上都是尸体，他靠近时被绊倒。

胡甘伸手抢过长矛，脚步一拐、刀光一闪，人头落地。来不及喘息，第二人盾牌底下的腿被截断，摔落在船上的血泊中，又被胡甘一刀劈开头盖骨。只剩那小伙子了，他哭着缩着不想让胡甘靠近。

"为什么要这样做？史卡奇已经死了，我已经报仇了啊！"奥菲提摊开手一脸不可置信。

胡甘指着那年轻人："他也得死。"

"是你要施法？"

"是神要的。"

奥菲提转过头："小子，这可就没办法了，你得和他打一场。"

"一定会被他杀死呀！他把我们都杀光了！"

"相信我，与他一战的人会被迎接到英灵殿内。反正伸头是一刀、缩头也是一刀，不如鼓起勇气面对吧。畏畏缩缩的话，死了会下地狱。"他帮忙把斧头塞回年轻人手中。

"帮我啊，不然他可能连你也会杀掉！"

"我和他一起旅行很多天，要杀我的话他早就动手了。何况他看起来没要加害于我，我干吗自找麻烦？假如我和你得有一个人和他作对，抱歉，还是你去吧。快点儿，打起精神来。"

起先那年轻人还犹豫不决，后来一咬牙冲上去奋力出招，胡甘也逼近后举刀一挡，然后斩下他两手手腕，夺走斧头反手往他背上一抡，嵌进颈骨里。年轻人趴在甲板上。

胡甘低头望向自己造出的尸体。

"你是鬼魂？"奥菲提问。

"不，那只是幻术。"

"厉害，但还好我们没把你给丢下船。"

"据说就算死了，把巫师丢到海里，会引来恶劣的天气吧？"

"好像是如此。感谢你的天神们，这些家伙很迷信。还有个奴隶活着呢。"

皮肤苍白、头发鲜红的男子仍旧与农家男孩一起被捆在骡子旁。男孩身上插了一只矛还没掉下来。红发男子没开口，胡甘看见他却也无法回想起神的造访。

"好了，"奥菲提说，"这下子都别当奴隶。我们把他解开，然后还要想办法处理这条船呢。"

勒熙一直觉得自己的脚被骡子踩断了，咬牙忍着拿出刀。奥菲提接过刀子，将绳子砍断。男人起身，明明受苦许久，却仿佛毫不难受。

　　"朋友，你是水手吗？"奥菲提问。

　　"我很行的。"他回答。

　　"那帮我张一下船帆吧。胡甘、商人，你们两个也帮帮忙，我们还得把尸体都丢出去。他们活着就很臭，死了还得了。"

　　白皮肤男子所言属实，他确实相当擅长航海技术，因此旅途顺畅。勒熙倒是几乎帮不上忙，他的腿真的断了，连站都站不起来。

　　"我故乡那儿有些可以操纵风向的习俗，"男人问，"你们要去哪儿呢？"

　　"奥戴古勃格！"

　　那男子从甲板取了绳索，上头有个繁杂怪异的绳结。他将结解开，挂在船帆上方，结果真是一帆风顺，速度变得很快。

　　"早知道一开始就想办法放了你，"奥菲提过去抓住舵柄，"以后大家就是好朋友啦！"

　　男人露出微笑。"别客气，"他回答，"相信你日后会回报的。"

71 筵席

　　这一次转变更快。之后狼缓缓地从意识爬出，现在他直接冲出来。那股饥饿难以承受，约翰呻吟惨叫，萎缩的肌肉自己动了起来，蠕动着爬过冰冷甲板，骨骼不断摩擦出嘎嘎声。

　　他知道自己该怎么做。身体太虚弱，本来的人格又被锁在冰层下，脑海中仅存狼的饥渴，也是这股力量保住生命。

　　不断前进，直到撞上物体。他感觉得到这不是船体结构的一部分，因为比较起来要软得多。由于没力气整个身子翻转，约翰只好颤抖着踢腿掉头，这种动作很费力，即使这样寒冷也踢得他满身大汗。头扑在那物体上，是男人的衣服。约翰继续扭着身子靠上去，碰触到手臂。他继续爬，尽管肌肉抽搐、关节僵硬，但还是钻到一只裹着手套的手掌上。先前上船的士兵将这些人身上值钱些的东西都拿走了，所以约翰挨着的是个半裸的维京人。

　　用力将脸扭过去，一根指头在嘴边，但他没办法一次咬下整根，所以微微动着嘴唇调整位置，只咬住一点点肉。第一口令他痛苦万分，牙

485

齿很难撕下结冻的肉，下颚好像生锈腐朽的铁门那样卡着无法滑动。但努力过后，血液的浓稠味道进入口中，他想要更多。吞下去，继续咬。

一瞬间原始人格闪过，心里浮现夕暮下的礼拜堂，空气里漂浮着蜂蜡蜡烛的香味。那记忆很快流走，余下一片黑暗，如野兔钻进丛林里。约翰又失去自我。

圣日耳曼的修士们在晚祷的钟声与诗词下忙碌，约翰咬了两口；然后到夜祷之前，他又咬了六口。太阳升起，雾气蒸腾成薄薄的灰色，在赞美诗的颂唱下，他啃光了整条手臂。每日祷告的第三课，约翰已经有力气将肚子剖开，吞下了那人的肺、肝以及心。又是晚祷时分，他坐在船上，衣服沾染的血迹已经都冻结，身体里的血液却熊熊燃烧，约翰的意识已经不再受到寒冷左右。

站起来以后，他伸手探向脖子，狼石已经不见了。他低头望向自己的所为，感觉狼在身体里露出狞笑，打算稍事休息后再继续进食。这时候约翰已经觉得牙齿大得与自己的头颅不成比例，思绪似乎不以双手为指引，而是专注在嘴巴上。先前经历过的各种转变这回飞快地完成，他又感觉到恐惧与喜悦混杂难分的奇妙情绪，就像是人和野兽的相遇。

上帝为什么又要他重温这一切？好不容易他才找回自我，现在又要迷失，本以为可以宁静地死去，却又得继续与诸种卑劣欲望挣扎对抗。

约翰明白那头狼不只使自己有了野兽的食欲，更使自己灵性堕落至畜生的程度。他这一生都追求应允的奖励，也就是天国，但天国已经遭饿狼吞噬，于是自己被困于现在，过去已然湮灭、未来渺茫难寻，能掌握的只有当下，一刻一刻地绵延。当下，以及艾莉丝。有了她的当下都足够。但艾莉丝也被带走了。被捉了吗？会不会沦为奴隶甚至惨遭杀害？约翰必须找回她。去找她。狼可以找到艾莉丝，就像以前一样。这念头如悬崖边的大石，只要轻轻一推就会滚落，并且无可挽回。

脑海深处又浮现了那抹狞笑。如同守财奴囤积着黄金，狼囤积的是尸骨。

"不可以！"

但约翰只是凡人，无法压抑那头狼。冰冷的尸体继续飘出诱人的甜香，仿佛嘲弄他这头怪物，而他下巴却又挂满了唾液，牙齿不由自主地摩擦起来。

"上帝，"他仰望天空，"耶稣啊，您给我的考验太艰难了！"

接着他扑向船上的一具具尸体，满足那熊熊燃烧的欲望。

身体里的巨狼在欲望得到满足以前不会让约翰离开这条船。寒冬在身边越来越深，雪落在背上，但他不觉得冷，也没有人会来打扰。赫尔吉已经下令所有人不得靠近这条船，担心会有人拆了当柴烧。

因此约翰可以留在冰天雪地中不断地吃。

不过他听得到河上有人拿锤子敲碎冰层来捕鱼。雾气里有衣物上绵羊油脂的厚重味道，也有鲜鱼的气味。

转变如此之快，约翰可以清楚感觉到肉体的成长，伸出手指再缩回时，长度竟已不同，咀嚼时舌头总是一片血肉模糊，背部隆起，肩膀关节感觉越来越紧绷。

严冬下却有各种气味——他似乎连冷也能嗅到。拉多加城内的每一道火诉说各自的故事：旧木柴散发的干燥熏香深沉而古老，这年冬天的开头烤过些肉，后来只有鱼了。

人类的气味也可谓缤纷，屎尿、汗水，或者一口烂牙等等。排泄物的味道可以告诉约翰一个人喝了多少酒、平时有什么活动、是否上过床、发过烧等等。他继续吃。

约翰将尸体翻过来，注意到死人背部与臀部凝聚的红斑，讶异生死之间的变化，蓦然间仍有道德良知的自我醒来，他跑向船尾用手指不停挖喉咙催吐。然而这自我意识仍逐渐淡去，又觉得啃尸体与啃苹果并没有多大差别。对过去的约翰而言，最不能容忍的是以死尸为食竟感觉到欢愉，于是他总试图压抑那股畅快感，可是无法持续到最后，终究躺在甲板上脸上大大地笑着，不断地舒展着背，感觉身体的延伸与轻盈。

然而作为精修圣人的约翰意志力十分坚强，他知道自己对抗不了体内的狼，只能不断维持自己人格的完整。祷词、圣歌都没有用，他怀疑自己已经与上帝分离，受到诅咒注定在血及黏液中打滚，但还可以专注在她身上。七岁的时候就见到她了，尽管她说"别来找我"，约翰还是寻觅着，而且靠的并非肉体，是意志。他要两人相依，在苦难之中仍旧呼喊，只是不断地以祷告来覆盖自己最内在的声音。

此刻，约翰又呼唤她："拜托，艾莉丝，回到我身边。艾迪丝拉，我说过会找到你，我来了。"

浓雾对约翰一点儿意义也没有，凭借敏锐的嗅觉与听觉，即便无光的环境，他也能轻易地穿越过去。到了白天，太阳甫升起，雾气由黑转灰时，他就可以辨认出形体——冰层上有人钓鱼，一些动物走过。但没有谁可以反过来察觉他。约翰游移四处搜索艾莉丝，但丝毫没有踪迹，闻不到、听不见。他去了城墙外的墓冢，呼唤也得不到回音，却引来卫兵提火炬上墙顶，嗅到他们的恐惧，听见他们心跳比脚步更快。约翰回去船上继续以尸体为食，肉体也不断成长，直到最后一具维京人遗体也不剩。

一天醒来，天空是铁灰色。

"好饿。"他自言自语。

首先是有个人在冰层上的洞口边钓鱼，翌日是围墙上的卫兵。他跳上去，将卫兵拉至结冰的河上杀死。

开始有人狩猎这野兽，他们带着火把与猎犬到处巡逻，约翰明

488

白对方口中各种咒骂说的都是自己。"山怪、女巫;沼居者、怪物;狼……"

他避至雾气中,等这些人回去。不能回船上了,那儿有人立起火炉,持着斧头与长矛等待。

约翰静静地看着这些人,努力想逼自己离开,别将他们都当作食物。

然而,接着雪渐渐融了,有一群人牵着骡子过来。他的记忆被唤醒,心里浮现在河边拉起一个胖子的场景,还有圣莫里斯修道院、满地的血、以及盯着自己的可怕巫师。

那个商人,他在森林里急躁不安。维京人赛尔达逼自己坠进这畜生道上。约翰悄悄爬近,一眼就认出来了——确实是那胖维京人、牵骡子的行商,以及杀死女巫的鸦人。他都认识,但并非如以往靠着外貌或声音,而是透过气味来辨认。约翰不敢上前相认,现在他体内的野兽比人性更强大。试着理解这种感受时,脑海忽然跑出一句话:我吃饱了,懒得动。

三个旅人与船上的卫兵打招呼。一个守卫下来带路,商人牵着骡子往城里走。

72　意外的款待

　　浓雾不散，恍如永恒冬夜。赫尔吉坐在宫殿里，艾莉丝在旁边的凳子上安安静静。从给她戴上狼石以后，她就几乎不开口；但根据女孩无法自行取下项链这点判断，大公认为自己没猜错。她一定就是洛奇说过的女子，也就是神的一块碎片。赫尔吉认为现阶段已经控制住艾莉丝了才对。

　　有时艾莉丝望向他，眼神中充满愤恨。赫尔吉明白她想知道修士的下场，甚至曾经自己朝那条船走过去，但当然有卫兵会拦下来。艾莉丝不停质问，赫尔吉偶尔会后悔当初怎么不干脆把那修士一起带回来也罢，只是不明白这小姐为何对那人如此执着。此外，从艾莉丝的语气态度判断，她好像认为那修士身上中了某种法术，因此赫尔吉也有些不安。后来他决定捏造个说词，声称他要人把修士带去山上找女巫医治了。

　　"别把我当成死了小狗的孩子打发。"艾莉丝这样响应。

　　"我是这里的王，"赫尔吉说，"没欠你任何解释。何况，你该感谢我才对，自己要我解除你身上的魔法，我也办到了。这么一来，大家都能安心。"

艾莉丝只是木然地瞪着他，微微摇头，没再讲话。

城里的人对她不再陌生，所以宫殿里又回到往日熙来攘往的盛况。他们进来避寒，还索性开起小市集。

"王——"一个禁卫军进来，身上还有股寒气没散开。

"怎么了？"

"那商人回来了。勒熙。"

赫尔吉起身："狼人也在吗，米尔基鲁夫？"

"这我不确定。"

"不确定是什么意思？"

"很难判断。他有带别人，其中一个是巫师，我没有靠近看。听说与他们眼睛对上就会中法术。不过他们说有事情想警告您。"

"警告？"

"他们不肯告诉我。"因为商人决定让鸦人出面说明一切。

赫尔吉望向艾莉丝。既然她无法发挥魔力，自己就还安全，可是大公明白符文想要聚集起来，所以会有其他神的碎片到这儿。正因如此，他为艾莉丝准备了更坚固安全的居住处，尽管浓雾不断，建造工程持续进行，即将完竣。

她也望向大公。赫尔吉说了ulfhethinn这个词，也就是北人语里的狼人，加上提起米尔基鲁夫这个名字。

"辛德烈死了。"她开口。挂上狼石以后，艾莉丝的北人语变得很生硬含糊。

"什么？"

艾莉丝改以罗马语复述一遍。旁边有个卖香料的，自从起雾以后就没什么人和他买东西。他替大公翻译："你派来找我的狼人死在我故乡的北边。"

"那我派去找你的商人呢？"

香料商继续翻译："也许还活着，但没有狼人保护很难想象。"

"你刚才确实看到狼人？"赫尔吉问进来的禁卫军。

"报告大人，我可以肯定商人是勒熙，虽然瘦了一点儿但认得出来。至于狼人，我不敢肯定，因为我对他的印象只是比我高出一个头。勒熙带来的人是同样身材。"

"那他自己怎么说？"

"他要我告诉您，辛德烈与商人一起回来，有要事禀告大公。对了，他们还带着一个维京人，很胖很高，看来相当威猛。"

赫尔吉望向女孩，暗忖难道预言里的人来了？神的化身想要变得完整。吊死鬼的神、长矛的神，司掌魔法与诗歌的奥丁，亲自上门来索命，夺取他的王位。

"商人在外面？"

"是。"

"你把小姐带去后门，别让那商人看见。安顿好小姐以后再回来。"

艾莉丝被人领出去，虽然想要反抗，却受到狼石影响而意识混沌，头痛之外，四肢也酥软。

"带那商人进来。"

勒熙一跛一跛地走入宫殿，觉得自己可能生病了。鸦人特地用木板帮他固定，又以药草敷疗，但还是发肿、瘀青，当然非常痛。其实里面骨头碎了，要不是有鸦人及时帮忙，他这辈子都没办法再站起来。本来鸦人说应该要截肢，他可以处理，勒熙不肯，心想自己活得差不多了，没理由自讨苦吃。

腿还是不灵活，勒熙连将包裹起来的几把剑取出都成问题，直接将那捆东西当作特别笨重的拐杖来搀扶。

492

由于城外有杀人怪物出没，陌生人不得随意入城。不过勒熙是熟面孔了，因此卫兵特准他自己先进来与大公谈话，两名同伴就留在外面的寒冷中等候。

商人心里不是很有把握，但因为体悟了自己终须一死，反而就有勇气面对大公了。他还想要帮鸦人与奥菲提找到小姐，想的已经不是将她给卖了，而是保护她、不让她死于巨狼之口。至于鸦人是不是真的要杀死赫尔吉，勒熙觉得不关自己的事了，反正空手而回大抵还要受处罚呢，幸好自己在这世上的日子剩下不长。

能死在故乡而不是旅途之中总是一件好事。他不希望是异国的沙子掩埋自己尸骨，也不愿意倒卧在森林深处或高山上。勒熙想回到自己做了三十年生意的市集旁边，最好吐苹果核都能吐到的距离。他曾经多么想在这里盖间大房子，找许多漂亮女人陪伴。

赫尔吉就在宝座上，如以往为人民裁定纠纷那样。

"令人敬畏的大公。"勒熙很勉强地鞠躬行礼。

"你将女孩带回来了吗？"

"启禀大公，没有。"

"那你还有脸回来。什么事？"

"我是来找她的，她应该已经到了才对。我让她先过来。"

赫尔吉表情像张面具："你好像不怕惹怒我？"

"我很怕。但我已经老了，也已经尽全力试着亲自带她来。然而在法兰西王国北部，我就与她失散。那时候我们搭同一条船要回来，但全遭遇大风浪，我掉到船外，多亏有一头鲸鱼帮忙，将我顶回了岸上，我才能活到现在。可也就与小姐分开了。"

勒熙不想坦承自己被维京人丢下船，听起来很窝囊，另一方面则不想提及狼人，因为他已经听说这附近有怪物出没，不希望让人以为是自己将这片大雾和那野兽带回来。

"鲸鱼？"

"是呀，大公。"

赫尔吉点点头："我也听说过，他们有时会拯救落海的人。"

"我亲身体验了呢，大公。但那条船上有我雇用的保镖，所以小姐应该可以平安抵达才对呀。"

"你不觉得一个女孩子在都是陌生人的船上很危险？"

"大公，其实她是一位相当厉害的魔法师，谁敢轻举妄动反而会像蚊虫那样丧了命。她能销声匿迹、来去自如，也有威猛的王者死在她面前，各种邪物无法靠近。"

赫尔吉点点头："如我所料，所以是你要她搭船来奥戴古勃格？"

"是，大公。"

"那狼人呢？"

"在北法兰西死了。"

赫尔吉转头对禁卫军吩咐："给这商人搬凳子——你们看不出他受伤了吗？顺便热杯酒给他。"

勒熙很想掐掐自己耳朵，真不敢相信听见什么。

坐下来，喝了酒，而且还喝了两杯。

"再给他一杯吧。"赫尔吉下令，于是勒熙的杯子三度斟满。大公瞪着勒熙，眼神仿佛收到了钱，怀疑钱是假的，却又找不到证据。

"和你一起旅行的两个人又是谁？"

勒熙暗忖自己可以强调他们的能耐，如此一来若自己调查不到艾莉丝的下落，或许可以安插他们留在赫尔吉身边。"是他们好心帮助我回到这儿来，其中一位是北方的战士，在故乡也算是个王。他的武艺是我生平仅见——只稍微输给您一些而已。"

"带他进来，我们切磋切磋。"一个禁卫军不满开口。赫尔吉举起手示意他不要多言。

"在我后来找的船上，他手无寸铁，与五个人对峙也毫不胆怯，结果还打败对手胜出。掷起长矛，他可以将苍蝇钉上墙壁，此外也很有诗歌的天分呢。我叫他奥菲提，不过他有许多外号，都是靠那一身本领赢来的。"

"那另一个呢，是他的同伴？"

"是一位巫师，与您一样侍奉北方的神明。他带来讯息，希望能与您见面。"

"他叫什么名字？"

"启禀大公，他叫作胡甘。"

赫尔吉喉咙动了一下。"他是自己一个人？"

"原本与他妹妹女巫穆宁同行，不过那位女巫已经身亡。"

赫尔吉吞了口水，自己也要了一杯酒，起身开口：

"胡甘、穆宁展翅飞，
飞越大地至天边。
唯恐胡甘入歧途，
更惧穆宁不得归。"

念完以后他啜饮一口酒："你知道这首诗吗？"

勒熙怕说错话听起来像是贬低北方人的信仰，于是回应道："是出于经典吗？"

"这是诸神之王、控制魔法与吊死者的疯神奥丁讲过的话。结果穆宁却死了。"

"女巫在法兰德斯亡故。"

赫尔吉点点头："真没想到连这段话也算是预言的一部分。"

勒熙知道没事不要质疑这些当王的人讲了什么话，但不免好奇究竟是指什么预言。

"所有迹象到齐。"赫尔吉说，"都应验了。一名英勇战士在鸦群的陪伴下，从异乎往常的大雾中走出——"

"这件事情不那么奇怪才对。"勒熙连忙说，"我们在船上遇见另外一位巫师，也很厉害。是靠他帮忙，我们才能顺利抵达。"

"他做了什么？"

"操纵了风向，融化了冰层，我们才能顺利通过湖泊到这儿。后来他带着船离开了。"

赫尔吉一听面色发白："凡人绝没有这种力量，而强大魔力更是女性所独有。这恐怕是神伪装成人的模样。"

"但他是个人啊，高高白白，看头发的话，可能与大公您有些渊源。"

"头发？"

"是相当鲜艳的红色，如同鸡冠，而且一撮撮立起来呢。他一个人就带我们到这儿来，中间都不必靠岸，不然也很麻烦，海岸上法兰克人与约姆维京团①打得不可开交。"

大公放下酒杯。在风暴之中能够行船流浪，想必是洛奇了吧。赫尔吉想起预言内容：

船自东来，

---

① 公元十至十一世纪间相当活跃的维京人佣兵部队。

496

洛奇掌舵，

火地之民破浪而至。

渡鸦群集，恶兽随之。

这是末世预言，奥丁率领众神与巨狼战斗的光景。但船是从西边来的。可是东西如何分辨？船经过了名为东大湖的地方啊。赫尔吉很了解预言总是模糊不清。

大公先凝神镇定。"你们替我打赏，"他吩咐部下，"给这商人五十第纳尔，以后开放他进出宫殿，或者他要在别的地方住下也没关系。我猜还可以给他找个女奴，不过他们斯拉夫人觉得上床不可以太公然。"

赫尔吉又转头望向一名禁卫军："时候到了，把小姐带到城门去。"

"王，留在外头的两个外地人怎么处理？"

"杀掉。派六十个人过去。"

"遵命。"战士跑出宫殿。

73　赫尔吉的命运

这条竖坑建造起来相当麻烦，挖掘到一半时曾经崩塌，夺走三个东方奴工的性命。好不容易完成了，边缘磨得光滑，有三个成人身高那样深，而且底部连结到基灵格最初的墓穴。

艾莉丝被人用长矛抵着逼向前。狼石造成她意识迟钝，恍恍惚惚在大雾中前进。禁卫军并没有特地将她绑起来，反正看得出女孩意识不清楚，动作也很沉重，显然想跑也跑不掉。她体内的符文都沉默了。在坑口，她站着张望，风景的颜色都被这片雾气给抹煞，只看得见黑色岩石与灰色丘陵。

有些人跟在后面，都是些因为起雾之后一直闷在城里，有禁卫军保护才敢出来的妇孺。商人也骑着骡子混在队伍中，那几把剑居然就留在宫殿里面了，因为听说了艾莉丝的遭遇，所以一下子失去了赚钱的心思。

艾莉丝在坑口边看见勒熙下骡子，一拐一拐到了赫尔吉面前，好像哀求着什么，但自己听不懂。她连北人语能力也失去了。然而艾莉丝却又感觉得到自己的前世，虽然不是完整的故事，却有许多片段与面孔闪过脑海，像是许多船只、起火的村子，还有对自己很重要的人在床上惨遭杀害。

"商人，我怎么了？"她用罗马语问。

勒熙一脸苍白："你得下那条梯子。抱歉，小姐，我带你过来是为了赚钱，一开始以为你是新娘子，没想到事情会变成这样。"

艾莉丝回头，望向赫尔吉。"这里是那个岛吗？"她还是说罗马语。

赫尔吉用北地语回答，所以艾莉丝听不懂。

大公见状，改以生硬的罗马语沟通："什么岛？"

"你上次埋葬我的岛。"

"听不懂你在说什么。你怎么忽然不会讲北方话了？"赫尔吉越来越肯定自己的处置正确。

"那他就会来。他会再来找我。"

"她这是说什么呢？"大公看向勒熙。

"她的意思是，他以前来找过她，这次也会再来。"

"谁呀？"

"狼。"

"小姐，你是唯一的一头狼。"

"你杀不死我。"

赫尔吉不耐烦地讲起北人语。商人慢慢翻译出来："他不要你死，要你活下去。"

"在这里面？"

"你进矿坑才安全。"赫尔吉说。

"在黑暗中？"

"进去黑暗里，但你会……"大公想不起那些字词怎样用罗马语描述，就指了指旁边篮子，里头有毛毯、食物、燧石、蜡烛等等。

"要留在里面多久？"

"等到适合的时候。"

"永远不能出来？"

赫尔吉又朝勒熙讲些话。勒熙翻译过去："你知不知道自己是谁？"

"一个碎片。"艾莉丝回答。

"三个才能完整，"赫尔吉以罗马语笨拙地说，"不可以。只有一个王、一个征服者。奥丁得等等。"

"假如我会魔法，你如何限制我？"

勒熙翻译出来，赫尔吉指了她脖子上挂的石头："洛奇、奥丁、巨狼。不可以用魔法。"

艾莉丝见识过这块石头对约翰造成的影响，所以懂得大公的意思。那么，石头从神父身上解下来了，他又变成如何？死了吗，或者又变身为狼，开始猎食无辜之人？此刻艾莉丝对于赫尔吉口中提到的神似乎更为熟悉，从小到大的宗教信仰反而褪色了。基督对她而言比较像是责任而非发于内心——周日去教堂礼拜，艾莉丝并不想知道上帝的丰功伟业，反而比较想与旁人聊天。赫尔吉方才说到狼还有奥丁，她从骨髓深处感受得到那才是真相。看看身边的世界，女孩内心的声音说：怎能想象会出于一个温柔的神呢。

诸神看见巨狼受缚，将他拘禁于名为轰鸣的巨岩上。怎么这几句话这样深刻烙印在脑海，竟比祷词圣诗更强烈？

"梯子。"赫尔吉说。

艾莉丝想伸手取下项链，但发现还是办不到，指头不肯听话，无法扳动狼石。

"果然。"赫尔吉也察觉了，"小姐，时候到了，下去。"

艾莉丝看着这北人王，他穿着可笑的束腰长袍与宽膝裤管。自己可是强者罗贝特的血脉，明明比起他要高贵得多。不必挣扎，不必哭泣，艾莉丝对赫尔吉微笑："北人，与神为敌，要先挖好自己的坟墓。不久之后，为你挖出这条坑道的人，又要再给你挖一个下葬的地方了。"她往大公脸上呸了一口，忽然稍稍想起北人语。"I dag deyr thú."

"我死期已至？"赫尔吉问，"等着瞧吧。预言说过，我会因马而死，但这儿没有马，我过得很安全。"

"神不喜欢听见这种说法。"艾莉丝回答，"或许会视为挑衅。"

赫尔吉实在不明白她这番话意欲为何，倒可以肯定其中的反感厌恶。他噘起嘴说："你是个美女，可惜只有这个办法。"

艾莉丝无言转身表示轻蔑，自己爬下梯子。梯子被抽起，篮子放下来，她往上望去，一方灰光中赫尔吉低头瞭望。

"底下很温暖，"赫尔吉说，"我保证会让你好好活下去，在这儿死不了。"

沿着大河，远方传来狼嗥。

"但你却很快就没命了。"艾莉丝说，"我也向你保证。"

大公转身向将士问话："我是谁？"

"先知赫尔吉！"他们齐声应和。

"赫尔吉的命运是？"

"死于自己的马匹！"

"赫尔吉有几匹马？"

"没有！"

"那么谁可以杀死赫尔吉？"

"没有！"

"谁可以反抗他？"

"没有！"

禁卫军敲打盾牌高声喝彩。勒熙走到大公后面，悄悄取出腰上当初用来割下艾莉丝头发的丝绸刀，往赫尔吉背上插进去。

"很多人说我是你养的骡子呢，大公。"他开口，"但事实上，我就只是个小人物，完全不被你们这些当王的当英雄的人放在眼里。"

赫尔吉手探到背后抓住刀，但怎么也拔不出来。

"斯薇法……"他叹道。想多说些话，却已经吐不出声音，跨出一步后摔进坑里。

禁卫军上前砍倒勒熙。

74　勇敢的胖子

奥菲提和胡甘加上一群卫兵在火炉边坐着。

"可真奇怪，"胖子说，"没有人划桨，只有一大摊血在船上。"

胡甘凝视雾气深处。河岸边鬼影幢幢，但他注意到很远的地方那物体绝对不是石头。用力嗅了嗅，他察觉那股气味。

"有东西在那儿，"胡甘说，"是一头狼。"

"哪儿？"

鸦人伸手指过去，恰好岸边传出嗥叫，在沉重雾气里听来显得格外诡异而平板。"是我们那位朋友吗？"

"我认为是。"

"这么快就找到他可真是幸运，杀了就能回家去。"

冰层上有什么东西移动着——黑色的影子，或许只是错觉。但他们知道自己没看错，那些都是人。距离二十步外，一大群禁卫军逼近过来，看上去都狰狞可怕，个个披着兽毛身形高大，呼出白气仿佛是生于这片浓雾的怪兽。禁卫军排成一列面对着船，瞪着火炉边的两人。鸦人的刀已经出鞘，船边的两名守卫早已丧命。

"看样子没空担心了。"奥菲提低头看看两具尸体，又看看周围的大雾，能见度只有丢一块石头的距离。他暗忖也可以选择逃跑，躲进黑暗中，但恐怕不会太顺利，因为自己与鸦人不同，脚程并不快。何况他也不是被吓大的，他可是继承狂战士泰雷夫血脉、泰特玛之子勇者托瑞克。因此奥菲提跳到船上，拔出长剑。

鸦人朝他露出质疑神色。

"你可以先走，"奥菲提这么说，"但记得把我的故事流传下去，告诉大家有个勇敢的胖子在奥戴古勃格孤身对抗大军，临终前也给这世上多添了几个寡妇！"

"快跑，我们可以先到河岸。是你得为我流传故事给后代。"

"错过这么光荣的一战？乌鸦你还是找别人给你唱歌吧。"奥菲提笑着高举武器，禁卫军缓缓上前，他们的靴底都绑有绳索，踏在冰层上比较稳当。

"来了，快走。"鸦人的手臂伸过栏杆，奥菲提握了一下却说："替我多告诉点儿人！"

胡甘点点头，化为雾气中的一道影子。

奥菲提朝那群禁卫军大叫："冰上的处女们，有没有人敢上船跟我一对一单挑啊？不如派你们最厉害的家伙过来，要是他被我宰了，你们就乖乖让条路算啦？"

他努力保持握剑的手不紧绷，心思回到商人那项链当贡品以后，自己是如何痛快地收拾那些海盗。

禁卫军继续靠近，步伐越来越快。"上吧！我可先警告你们，人多没用，因为我可是被洛奇给祝福了！"

敌人冲锋过去，奥菲提准备面对自己的末路。

75 信心的跃进

竖坑底下的隧道以石柱和烧砖支撑，往艾莉丝前后伸展。站在坑口下，因为白天还有些光线，勉强可以看得见东西，但若要避寒避雨就得钻到黑暗中。

她敲打火燧石，一点点星火没有太大作用，面前这两大片黑暗好像可以吃掉所有的光。她又敲打试试看，点燃大公准备的火绒与小油灯。

艾莉丝坐下来休息一会儿，又想将狼石给解掉，但还是没办法，手指就是不愿意动它，也不肯解开绳结。她望向外头天空，那片灰越来越暗，待会儿就要天黑了。理智越来越渺小，该怎么出去？她太惊恐了，无法专心思考这问题。

不过休息片刻以后，还是镇定一些，艾莉丝明白自己吓自己也无法解决这窘境。赫尔吉说过这是座矿坑，那么应该会有些木头之类的工具可以插进墙壁爬上去吧。没错，只要找得到木桩，要爬上去并不难。她将火燧石和火绒收到袋子、放进上衣内，这可是现在最重要的宝贝。

忽然传来砰的一声，什么东西重重摔在面前，还把油灯都给打翻了。艾莉丝伸手摸索，手臂！就着油灯摇曳的火光，她缩起来靠着墙，不敢靠近死者。上头传来喧嚣叫骂，有北人语也有罗马语。

"女巫！"

"她对这商人下咒了吧！"

"杀死她！"

"死了，赫尔吉居然死了！"

"一定是山怪假扮！"

面前那具遗体居然是他，赫尔吉。艾莉丝知道这不是害怕或者高兴的时候，得先想办法自救。她勉强爬上前，看见大公背上插着刀，便跪在沾了血的兽毛上用力将刀拔出。一看见刀子样式，她惊觉是谁杀死了大公。

艾莉丝拿了油灯往隧道里面钻，可是爬了一阵子以后，隧道越来越矮，她不免慌张起来。将油灯往前推的时候，竟然撞在石头上，油灯的黏土壳破了，剩下油与灯芯而已。这下子等烧光以后，她就真的只能活在黑暗里。再往前不到一个身子的距离，火焰晃了下熄灭了，于是艾莉丝只能靠手摸索。这通道朝下，坡度很陡，但她仍继续向前，磨破了膝盖，头也撞倒洞顶，不禁叫了出来。

有人从梯子爬进来。那词她听了太多遍，不需要翻译。"女巫！"

艾莉丝再伸手侦察地形时，居然什么也摸不到。前方没有地面。她转过身，两腿探出去，竟真的悬在半空，什么也踏不到。

"拿火炬来！"说话的人应该是外地来的军人，因为竟操起不流利的希腊语。

许多声音同时讲话，她挺好奇那坑道怎塞得进这样多人。背后至少就有五个追兵，更远一些还有其他人，总之都很生气地吼叫着。

该怎么办？很快她的直觉就做出决定，试着摸摸看有没有梯子或可

506

以立足的地方，但什么也找不到。后头黄光袭来，追兵拿到火把，钻进这条隧道里。黑暗中银光闪过，是矛尖。

"该死的女巫！"

那人用长矛刺过来，但不够接近。他向前爬，手臂一弯再攻击一回。

艾莉丝心里想找个对象祷告。上帝？早就远离自己的生命了。符文？不要，会夺走自我。没有谁可以帮她了。

"死吧！"士兵大叫。

忽然一个声音传来，既陌生又熟悉，来自她的前世。不是魔法，只是回忆，像是孩提的经验在成人以后闪过脑海。

"瓦利，救我！"她低语之后跳进黑暗。

76 往下

　　胡甘沿着河岸到了镇外。得自己一个人进去，但无所谓，不是没干过这种事。接近拉多加的围墙时，他听见很多怒骂声，而且还是女人和小孩。怎么回事？她们都哭喊着赫尔吉的名字。

　　朝声音跑过去，鸦人越听越清楚。往左边转头之后，看见雾气里头矗立一座高耸木塔，原来是城门的塔楼。想必是赫尔吉下令要自己和奥菲提死，大摇大摆进城一定活不成。他走过结冻的河面，看见许多妇孺老人鱼贯入城，许多人一脸讶异，而且哭泣着。

　　他找了一个正在催孩子走快些的母亲拦下问："发生什么事？"

　　"你是他们在找的巫师！滚开！"

　　胡甘只好稍微拔刀，亮出拇指宽的刀刃。"告诉我，发生了什么事？"

　　"你们这些山怪不是应该很清楚吗？赫尔吉大公死了，没人保护我们了。"

　　"他怎么死的？"

　　"大公将女巫关进地底，女巫就诅咒了他。那法兰克女巫居然对大公重重赏赐过的商人下咒，让商人杀死大公。这下子我们要怎么对抗敌人呢？"

胡甘回头审入人群内。那妇人大叫着说敌人混进来了，不过因为现场混乱，雾气又浓，没人真的知道他在哪儿。

他跑上山丘，又听见很多人吼叫。

"该死的女巫，杀了她！"

胡甘一听就明白已经没时间靠言语交涉，要是艾莉丝被他们逮到一定当场身亡。

他朝黑影靠近，才四步就看见一群人——持着长矛的禁卫军，但目光并不在鸦人身上，而是注视脚边。胡甘把握良机，冲杀过去，由左到右一刀砍了颗头，顺势出腿端向隔壁士兵的后腰，希望这一脚能让他倒地够久，先处理掉旁边两个。第三人才要拔剑，手掌已被弯刀砍下，鸦人一掌将他往后面同伴猛推过去，两人在地面滚成一团，于是未受伤那人就被他找到破绽一刀刺破头颅。刀刃卡在头骨上，胡甘索性松手。失去手掌那人望着血淋淋的手腕还没回神，胡甘便拔出短刀捅了他肚子，转身准备对付一开始踹倒的禁卫军。但，那人没出现。

定睛一看，胡甘才发现地上有个坑，那人被自己一踹掉进去了。于是他想起刚才从妇人口中听见的：大公将女巫关进地底。

洞口冒出一张脸，胡甘全力踢了下去。砰的一声以后，胡甘听见下面有人咒骂，低头一看是个禁卫军拿着火把往上望。小小坑道下面竟然有八九个、说不定更多的人，每个都面露惊惧。他想将梯子扯掉，但底下的人紧紧抓住，却又不敢爬上来送死。

胡甘身子一转，迅速将洞口边另一具尸体也踹下去。底下又一阵大叫，他从声音距离判断这坑算是深，却没深得不可以跳进去，于是先再扔一个死人，然后拔回自己的刀，将那脑袋被开洞的家伙也往下丢。准备自己跳下去时，眼角余光忽然发现熟悉身影，是那商人死在这儿。其实勒熙被狂怒的禁卫军围剿，剁成了碎肉，是因为那条头巾才能辨认出来。

"来吧，"鸦人叹道，"最后一战了，你也可以上。"

他将商人也踢到坑口推下去，然后无声无息跟着跳进坑中，手上已经握好刀。胡甘这招是伪装成死人，所以落地时不会引起敌人戒心，可以展开奇袭。

摔在一堆活人与死人身上，鸦人大开杀戒，火炬从那群战士手中落地。他又砍又刺，前所未有地疯狂。在地底没人看得清楚状况，对他而言，八个都要杀，但敌人却得锁定他一个；狭隘的空间里刀剑或斧头都没挥洒空间，但禁卫军别无选择地抡起兵器，结果是自相残杀，砍在自己人身上。最后只剩鸦人站在一堆尸体上，他不知道该按着自己的肩膀还是面孔，因为两个地方都受创，舌头可以从开到臼齿那儿的伤口探出。胡甘不在意，只要还可以挥刀就好。

脚边有一条隧道，里头透出光线。

他将尸体都推开，爬进那狭隘空间里，大概十人身长、宽度跟棺材差不多。扭着身体前进时，胡甘暗忖别有禁卫军从面前过来才好，对方若持着长矛，自己就无处可躲。还好随即看见另一头没人，是地上掉了一根火把。他继续前进，发现火炬搁在一条矿井井口，下面是什么也看不见的深邃黑暗。

不过有声音飘上来。"女巫！你在哪儿？滚出来！"然后是女子的尖叫和男人的咆哮。

胡甘将身子推到矿井口，这儿洞顶高一些，所以他可以坐起来。短刀回鞘，确定弯刀在身上系好了，他也跳进那片黑暗，坠入冰冷漆黑的水中。

77　巨狼芬里尔

乌黑而冰冷的水，几乎冻结所有感官，令人难以找到水面。艾莉丝踢了几次腿，岔了几次气，慌乱中努力挣扎，好不容易终于吸到空气。她四肢麻木，心脏跳得很急，四周看不见东西，只知道这水颇深。忽然间小小一道光出现在黑暗里，游过去的途中，她还吞了几口冰水。

打水时手拍到了什么，摸起来像是平台。艾莉丝眯着眼睛挤出水，然后看看附近，猜想自己位在一个巨大的洞窟内，积水的边缘不是天然山壁，而是人工凿出来的。

后头有个人也坠进水中。她很害怕，但又没力气爬上去，想挺起身子却撞到头往后一倒。很痛很痛，艾莉丝担心自己会晕过去，回头时看见那男人比自己高好多，他可以踩到水底，头探出水面朝着这儿走来。艾莉丝颤抖着，手根本握不紧刀。

霍然腹部一烫，她伸手下探，发现肚子上竟多出了个锐利的东西。那人提着长矛下来，插在自己身上。艾莉丝干呕，然后尖叫，一手抓住矛杆，另一手拍打水岸。

接着忽然有一双手从上面伸至她颈部。

"时候到了。"是小孩子的声音，"石头保护了送你来的人，这样它算是功德圆满。"项链被解开，一瞬间符文光芒大作。

战士扑过来，将艾莉丝的脸压进水中。

两人身子碰撞，矛杆也被撞歪。每组八个、三组符文绕着各自的轨道，以艾莉丝和岸上那人为中心。

她试着进入心中的花园，看似洛什镇但有许多烛光的地方。然而符文只是舞动着，艾莉丝没办法控制。她吞进更多冰水，然后世界仿佛沉默。一个小女孩声音在脑海中响起："我在黑暗中等了你好久。符文告诉我，只要我带狼过去，你就会到这里来。"

"你是谁？"

"我的名字就是你的名字。"

"你是谁？"

"奥丁。"

"我不是神。"艾莉丝说。

"符文在你身体里，已经十六个了。等到变成二十四个，你与我就成为神。"

"怎样会变成二十四个？"

"遵循奥丁的传统——死亡。"那个声音说。

"不要屈服于他。"

"他就是你。这是我们的宿命。三位一体，重新系上的结，死者之神将进入中土世界、死于中土世界，成为对命运的献祭。我们分裂为三，透过死亡而重新结合，新生并完整。"

"神在我们体内，但他不代表我们。让他继续等死，让他因为无法拥有生命而死。假如我活着，你也可以继续活下去。"

"但你不能继续活下去。"

"可以。"

"你不行。"那声音说。

艾莉丝拥有的符文发出歌声，完美地应和着洞穴内另外一组符文。

"我与以前不同。"

"你以前是什么？"那声音问。

"花园内的女子。"

"我也与以前不同。"

"你以前是什么？"

"长凳下的女孩。"

"我们是什么？"

"碎片。"

"完整之物的一部分。"艾莉丝说。

符文飞舞着，艾莉丝感觉自己回来了，又是那个从巴黎逃出来的少女，虽然承袭了强者罗贝特的血统，却只想回到洛什镇的花园在灯光下追逐小飞蛾。她想起来：飞蛾不是在半空舞动，它们是扑火而亡。

接着艾莉丝意识到自己在水里，与符文的连接变弱了。八个、八个、八个，三组符文在她心中串了起来，是比诸神还要古老的三环结。她伸手往背上一摸，矛柄竟从后面突出，自己的身体被贯穿了。这感觉就好像吃了太多，多到撑得身体发疼。符文离去好像会拉扯肌肤，艾莉丝还听见骨肉被撕开那样的声音，嗅到烧焦的气味。她明白那孩童声音的主人想要自己死。

然而，有一个符文是对方没看见也不想要的。在痛苦之中，艾莉丝感受到意识深处的阴影里缓缓钻出一个符文，它匍匐着，动作轻巧，像是发现猎物的狼。接着，洞穴里响起狼嗥——虽说是狼嗥，听起来却更

513

狂野、更凄凉。符文到了眼前，不断脉动，像是现世被划破一道后露出的黑暗。它比起别的符文都更古老，诉说着许许多多奥秘，其中最强烈的一句是：猎狼钩。

符文呼唤着艾莉丝，她也察觉原来这符文躲在自己体内最久，可以追溯好几世。也因此艾莉丝更明白一点：那孩子声音说错了，她拥有超过十六个符文，这是第十七个。它不遵循其余符文的轨道，不跟着其余符文一同咏唱奏乐，只是一直隐匿在意识最深最暗的地方，如同白昼被切割的破痕，若发声就是咆哮。

"瓦利，救我！约翰，不管你变成什么模样，救我！"

那枚符文在艾莉丝体内散发更加强烈的黑暗，一股寒意窜入她心中，连带着将每一世的片段带进脑海。水边小屋前的女孩，被俘虏到北方给巫师的奴隶，在风雪中南下的旅人，河边花园里的少女，跪在昏暗教堂内的贵族仕女，被追杀狩猎的逃难女子，承载巨大魔力的容器。

呼吸！她的头探出水，终于又有了空气。一双手搭在腰上，正要将她给拱上岸，但腹部插着的长矛一直妨碍。艾莉丝还注意到水比方才温暖一些，想窒息自己的战士不见了。

"是谁？"

"胡甘。我来救你，因为我以前也保护过你。我是……菲雷格。"

他迟疑地说出那名字，但那名字搅动了艾莉丝的回忆，如同风吹过烟囱，引起一阵呼啸声。她想起自己也曾来过这样的地底，面对怀抱杀意的残忍孩童。一句话带着浓浓的后悔与悲苦浮现，却是她前生所说过最认真的一句话。

"瓦利，我会再次活下去，但不是在你身边。死神憎恨你。"

洛什镇的花园里，月光为树木染上银漆，河水如桥梁连接着两片黑暗，在那儿有东西追逐着艾莉丝。她可以转身面对了。就在那里，圣人

514

约翰，但仔细一看，其实是头狼。通往树林的小径旁，另一个男人站在那儿，长得几乎一模一样，脸上没有疤痕，眼神充满爱意。是胡甘，是鸦人，也是以前认识的菲雷格。任谁一看就能明白，他们是兄弟。

地底回荡着碰撞声，洞顶摇晃起来，钟乳石坠进水中。

"他来了。"那孩童声音又传来，"快杀死她。"斯薇法对胡甘这么说。符文依旧互相缠绕，没有回应斯薇法。

又一次巨大的撞击声，这次洞顶一整块岩石落下。

斯薇法大叫：

"船过大海，
洛奇掌舵，
巨狼尾随
谎言之神。"

一阵比起海岬狂风更猛烈的力量拍打过来，艾莉丝胸膛都感觉得到那震动。洞顶坍塌，阳光流入，随之而来的是嗥叫，仿佛来自内心最底层的恐惧。

那声音又高喊：

"石壁倾颓，
女巫踌躇。
人入地狱，
苍天碎裂。"

从头上那大洞，巨狼探头进来，嘴角拖着唾液，咬噬着空气并吐出许多沙土。

"他会伤害我们吗？"

"是来杀我们的，"那声音回答，"不过得先杀死别人才行。"

巨狼跳进水中，溅起一大片比艾莉丝还高的水花。她下意识挨着胡甘，而尽管长矛还卡在艾莉丝身上，胡甘将她推到岸上。艾莉丝以为会痛得晕过去，视野已经模糊了，还吐出血来。几秒以后终于可以对焦，她抬头看见两个身影——首先是胡甘将自己拖得更远一些，避免被狼咬到，另一个则是非常憔悴的女性，是否成年实在难以分辨，只看得见身体瘦得可怕，而且脸与溺死的人没两样。

"停！"艾莉丝看见巨狼盯着那小女孩龇牙咧嘴时赶紧大叫。

狼转头过来。"艾莉丝……"他开口了，"我来找你，我会保护你。"

"我已经要死了，你保护不了我。"洞顶的岩块又崩落，一而再、再而三，看起来整个坑道就要坍方。

"我会医术，可以治好你。"

"神父，你还不明白自己是谁吗？你杀了很多很多人。"

"我迷失了，艾莉丝。"

符文来到她身边，如飞蛾、如蝴蝶、又如蜜蜂或者麻雀那样旋转着，鸣叫着。艾莉丝知道它们的力量正在集中，也知道自己的生命在一点一点流失。"这就是命运，"她说，"以前如此，往后也如此。你杀人，而我会吸引你去杀人。"

"我们必须反抗。"胡甘说，"转世以后，我们要知道自己是谁，才不会走上同样一条路。"

"但我们都必须死，"狼说，"才可以都重生。"他凑近过来，头已经到平台上。

516

"同样的命运出现，"斯薇法接着道，"一次、又一次、再一次，性喜杀戮的神不断降世，不断实现自己的死亡。"

"那，我们就死吧。"胡甘答道。

"不行！"艾莉丝声嘶力竭大吼，胡甘却已经持刀上前砍了巨狼的嘴砍过去，削下一大片肉，露出了底下牙齿。

巨狼嗥叫，颤抖。约翰压抑不住兽性了。

胡甘高举着刀，但第二招没有发出，因为巨狼实在太快，牙齿已经咬住他的腰部，撕下手掌大小的肉块，并将他甩进水中。刀还在手中，胡甘想要起身时，一声轰隆之后，巨大的岩石往头顶砸落。

在墓冢地面挖开的大洞内，还站着一个人。奥菲提亲眼看见胡甘被石头埋入水底，赶紧抓着旁边的树根滑下去，站在水中摸索一阵后，摸到了一只手，手中握着弯刀。他稍微使劲儿，将鸦人拉了出来。胡甘呛着不停吸气。

狼的眼睛望向艾莉丝："我不会杀你。"

"也没有必要了。"她说。

"我爱你。"

"我也爱你，但是这种命运太悲惨。约翰，要是我可以重生，千万不要再靠近我了。"

"我会找到安全的办法。"

"不可能的。"

"我们的宿命就是受苦，然后死去，不断反复，直到永远。"斯薇法说。

"不！"巨狼张嘴扑过去，她用瘦弱的手臂想要抵挡，却只是两条手臂都被扯断，连胴体都被一口咬下。

符文发出尖啸声，艾莉丝忽然洋溢着喜乐，看见火光、战场，鼻子里有焦土与腐败的味道，绞索绳结的嘎嘎声在耳边回荡，指尖传来尸体的冰冷触感，口里好像尝到了火葬后的灰烬，但却觉得这一切如此美好。她拔出插在身上的矛，高举过头，而魔力带来一波又一波的亢奋。艾莉丝的另外一只手伸至脸上，挖出右眼。

洞穴自她面前消失，取而代之的是自己站在一片满布死尸的原野，无数苍蝇飞舞盘旋。她手里握着枪，一身盔甲还拿着盾牌，身旁有八足马，但已经倒下断气。符文不见了，因为她就是符文本身。符文的结合透过她来展现。

"兄弟相残，预言已经完满。我与巨狼战斗的时刻已至。"她说完迎向怪物。

巨狼的绿色瞳孔冒出火光："我是噬神之狼芬里尔。"

"我是独眼神奥丁，司掌诗歌魔法，你为了毁灭我而存在。既是宿命，就让我们一起迎接。"

她平举长枪冲锋向前，朝怪物的胸口攻击，但狼没有这么容易阻挡，也扑向她的咽喉。

转眼艾莉丝与约翰又看见不同光景：不再是神也不再是狼，两人是山间的一对爱侣。

"我会找到你。"他说。

"别来找我。"她说。

接着艾莉丝成为巨狼口中破碎瘫软的躯体。

奥菲提扶着胡甘。巫师靠在乱石堆上，头勉强高过水面。他伤势太重，腰缺了一大块，内脏都流出来了，但却紧紧握着刀。两人的头顶上，沙土不断落下，像是黑色的瀑布。

"让我死在这儿。"鸦人说，"把我放进水里，会死得快一些，不必等太久。"然后他将弯刀塞给奥菲提，"时候到了。用这把刀，可以杀死他。这刀沾了女巫的梦魇，当年那怪女人这么告诉过我。"

"我可以救你出去。"

"不，这是我的宿命，一定要完成预言。现在离开，才能确保下次能再遇见她。杀了我吧。"

奥菲提将鸦人放进水中，压着他胸膛。鸦人本能想挣扎，但立刻压抑，静止不动。奥菲提感觉他抓着自己手臂的力道消失，便松口并取起月之刃。转身以后，鸦人也没有起来。

他走到巨狼面前，但也只有肩膀在水之上。这狼是成年男子的两倍体积，口鼻、牙齿都染红了，绿色眼珠看似疯狂，却在不停地喘气、发抖，头低着靠在水边。

他抬起头，望向奥菲提。

在这冰冷的水池中，胖维京人第一次真心感到胆寒："沼居者，连我也想一起杀掉吗？"

约翰神父，是个精修圣人、基督信仰的模范，努力制伏心中的野兽，开口回答他："我脑袋里只剩下血，恐怕会继续杀戮，但只要还有人性，我就会继续抵抗。即便死后会下地狱也无妨，我不能再残害同胞。我已经准备好面对死亡。"

"我也准备好帮你一把。你杀了我的伙伴。"

狼将头别开。"杀了我吧，但要用全力，"他说，"否则你不会有第二次机会。我将遭到兽性驱使，若还有余力，必定会反过来杀死你。"

他将头埋进水里。奥菲提站稳以后，手起刀落，狠狠地劈下去。巨狼的颈部被砍断一半，在刀刃落下时，几乎已经断气。狼血染红池水，也染红了维京人。

奥菲提没有多余的时间思考这里究竟是怎么一回事。他抬头看着头上那大洞，觉得很不妥当，但又决定还是得确认一下自己发誓要保护的艾莉丝会不会奇迹生还。将她从水里拉出，放在平台上，但胖子发现只看得到骨头跟碎肉，连是不是艾莉丝本人都没法子分辨。不过他却在黯淡光线下看见地板上有个东西，是鸦人在海滩杀死穆宁以后，交给艾莉丝的那块石头坠子。奥菲提捡起来，绑在自己颈上当作纪念，然后将艾莉丝放回水里。

后来几年，他告诉人家的是：还好自己够高，踏上崩塌的石块以后，伸手可以够到当初抓着滑下来的那条树根，费了一番力气以后，终于从巨狼挖出的大洞爬了出去。

中午雾气散开，晴朗的天空下，雪地一片晶莹闪烁。奥菲提望向美丽的河畔都市奥戴古勃格，暗忖今天接连有奇遇，几乎令人生厌了。比方说他对上几十个禁卫军，心想自己没命了，随口大叫自己得到洛奇的庇佑，结果巧合似的——那条船周边看似坚固的冰层刹那间崩了卞去，从河岸裂开一条黑色大缝，于是那些士兵全部掉进水里，是死是活，他也无暇注意了。

从地底出来后，胖子身上的衣物全湿了，得找个地方烤烤火休息，但应该不能进城吧——假如还有禁卫军生还，自己一定会被通缉。那还有什么办法呢？燧石与火绒也泡过水，其余就是鸦人的刀，还有几枚戒指在身上。而且得找船回去法兰西，将当初埋起来的金子给挖出来。上哪儿找呀？奥菲提往东边一看，三月了，南边的河川应当已经融冰，可以找条船到基辅去。在基辅，他就只是个来碰运气的旅行战士而已。

脚下有阵轰隆声，不外乎那大洞终于整个坍了封起来了吧。他想起几个朋友都埋在那儿，死得其所，最终化为不朽传奇。虽然哀伤，但夫复何求？甚至还有点儿羡慕呢，自己不一定能死得如此轰轰烈烈。

就往东边走吧。白天还不会有关系，到晚上一定得找到火。麻烦就在于必须躲进树林才能避开禁卫军的追捕，不过距离有一天路程这么远。

因此需要一匹马。此时奥菲提听见背后有动静。巨狼挖出一个大洞，也因此拨开了积雪，露出了底下的草。无声无息地，骡子竟已经跑来吃。

"来吧，"奥菲提见了大喜，"和我一起走，保证惊险刺激。东边没下雪了，草会长到你耳朵这么高！"

骡子看看他没反应。奥菲提过去，抓着缰绳跳到骡背上。

"也有代价啦，你会觉得比以前要重一些吧，不过我们可以互相照顾，你觉得如何？话说我有个故事得常常讲给别人听，先拿你来练习吧。开始啰，诸神有个计划……"

他将骡子转向东边，穿过墓冢，往森林前进。

78　拜占庭

夜色静谧，冬月低垂，银光洒在士兵的矛尖，指着黑暗中一盏盏的烛火。

军队驻扎在米可拉嘉德三天外的距离。男孩因为左眼周围暗红色的胎记形状，被大家取了外号叫作蛇眼。他非常兴奋，还学会了几句罗斯语。营地很大，有六千位官兵加上随行的妇孺。蛇眼因为语言天分很高，就成为家人和大公这支军队之间沟通的渠道。他们也是北方民族出身，所以这里的军人都很亲切，但看在男孩眼中，外地人的礼俗、衣着都很新鲜。军队从基辅过来，所以虽然高头大马又是金发，却穿着东方形式的上衣，宽松的裤子在脚踝束紧，武具上常有金银装饰。蛇眼对他们很有兴趣。

男孩缩在篝火边。他很喜欢营地入夜以后的炊烟气味，还有离远一点儿时冷得要命，再回去时就更觉得烤烤火极为舒服的感受。

蛇眼低头看着脖子上的项链。他跟父亲讨了很久才讨到。其实只是块石头，会做成坠子也真是不可思议，不过男孩就是很执着。石头上面刻了图案，是狼的脸，属于北方的绘画风格。另外，皮绳也打了一个三环结，看来很奇妙。父亲说过这是个护身符，考虑到皮绳迟早会腐烂，就教了男孩怎样打这种结。据说这也是魔法的一部分。

士兵们今天很高兴，因为终于能拿到钱了。弗拉基米尔大公性子吝啬，这些承袭北方领主血统、最勇敢强壮的将士们扬言再不能准时拿到钱就要走了，结果大公的解决方式居然是将他们派到米可拉嘉德来，协助世界上最繁华都市拜占庭的皇帝对抗叛乱的福卡斯。因此，尽管在河边礁石旁夜风凉飕飕，大家还是气氛火热。搭船过来的人距离拜占庭剩下三天路途，走陆路的部队要落后一些，不过他们会集结起来再进城，盛大的军容让皇帝觉得自己没白花钱。

男孩一家人在火边休息，陌生人走过来了。他个子很高，皮肤很白，一头红发像是针，肩膀上搁着一条大狼皮，身上倒是穿得简便，普通的粗丝上衣和东方样式的长裤。他走到蛇眼面前，丢下狼皮问："多少？"

蛇眼看看他，不知道该回答什么。

"那孩子有什么可以给你呀？"男孩的父亲开口，"给我看看吧，帮你估个价。"

男人弯腰捡起狼皮，递给蛇眼的父亲，是个身高颇高、稻草色头发的胖子。

"血水还没清理干净，这样子价格没办法漂亮。"蛇眼的父亲故意让腔调很正式，想显现出自己地位不低。

"我不想换钱，"陌生男子回答，"只是旅行累了，想借个火休息，听听故事。"

"你该用那条皮换件斗篷来，"蛇眼的父亲告诉他，"依你那身打扮，过不久就会冷出病来。"

"有诗歌就足够温暖。"对方响应道，"说个故事给我听，我就用不着将这玩意儿披在身上。"

蛇眼的父亲耸耸肩:"好吧,我说个故事。以前有个叫作希吉的人,据说是奥丁的儿子,而他——"

旅人举起手:"这个故事我听过很多遍,想听新的。不如让这孩子说一个给我听。"

"你想听小孩子的故事?"

"小孩子说的故事,或者关于小孩子的故事,都可以。"

蛇眼忽然被点名,觉得有些尴尬。"我没有什么故事呀。"

"没听祖父说过什么吗?"

男孩想了想后回答:"这是很多很多年以前,比伟大的英格法继承师傅赫尔吉的先知名号四处征伐还要更早的故事。那个时代,王公贵族最喜欢哑巴,因为由他们服侍,什么秘密都不会说出去。在北方我们的故乡,曾有过这样一个奴隶,她活了很久,比主子们都要久,却总是不会老,连头发也不会白,而且勤劳又诚实。

"有一年,她随着嫁给文德人①大公的公主一起旅行至东方。这奴隶非常方便,因为她的脸有半边烧伤了,一般男人都看不上,也就不可能私通怀孕甚至引来杀身之祸。原本一路平安顺遂,但到了某个港口的市集,却忽然有个富裕的旅人,竟想要将那奴隶买过去。

"旅人拿出许多的金条以及翡翠,但公主却嗤之以鼻,说宁死也不愿放弃这样一个好奴仆,毕竟她不知是受天神赐福或者诅咒,居然长生不老,如此一来可以传给子子孙孙呢。

"结果搭船沿着河流要去找那位文德人的大公时,那船上居然起了热病,船员一个接一个倒下,最后只剩公主与奴仆两人。再过一阵子,

---

① 曾居于现今德国的斯拉夫民族。

连公主自己也高烧不停，撒手人寰。奴隶坐在船上，不知如何是好，却忽然发现那位富有的旅人就坐在旁边甲板上。

"'你是谁？'那奴隶竟可以发出声音了。

"'我就是热病。'对方回答，'我住在这些人身体里。换我问你了——现在你已经没有需要服侍的主人，那要不要跟我走？'

"女奴隶说好，与那男人躺在船上的尸体之间。男人说自己已经爱了她很多很多代，女奴还为他曾经产下两子。女奴又说自己也想起来了，但记得两个儿子曾经死掉。

"旅人说，儿子会死，是因为身为父亲的他是诸神的仇敌，所以奥丁故意将两个孩子放入计划之中。死者之神故意引他们来中土世界与自己对战，演出诸神灭亡那一天，万物之父被巨狼吞噬的情节。在这计划里，两个孩子一人长大成人，另一人却长大为狼，狼吃了自己的兄弟，也吃了万物之父化身的女巫。万物之父散为许多符文，有的落在近处，有的落在远方，都会寄生于人。这对双胞胎兄弟也因此不断重生。

"两个人只要分开就很安全，要是靠近就会因为宿命牵引而必须与奥丁会面。奥丁借用血肉之躯，实行神奇的仪式，拥抱死亡的同时又拒斥了死亡。但那女奴听不懂这些，只知道自己爱着那旅人，却也很怕他。

"母亲再度怀孕，她将两个孩子分开，还自己再收养了一个孩子，教他魔法，抚养成为狼人，以为可以瞒过神，让养子代替亲生儿子死去。但她没有如愿以偿，因为爱她也爱孩子的洛奇很明白一世的死亡并不重要，应当要将两个儿子彻底从奥丁的阴谋中释放出来，只不过这需要世世代代的努力才能达成。洛奇自己被捆绑在一块大岩石上，他的儿子——一头巨狼，也同样遭到束缚。虽然洛奇仍能够将意识投射到九界各处，却必须谨慎使用魔力，因为若被诸神之王察觉，遭受的刑罚就会加倍。于是他不敢直接帮助两个孩子，需要透过迂回巧妙的手段来介入。

"洛奇佯装自己与奥丁同一阵线，找上一位心高气傲的王。那个王以为自己可以反抗神，不让神来到这世界。但结果呢，赫尔吉只是加速了奥丁的到来。

"两个孩子持续对抗诸神之王，已经疲累了，不想继续逃避命运。奥丁最诡诈之处就在于前一次死去时，将符文藏得极其巧妙，一部分进入山间的女孩，另一部分则沉眠于东大湖那儿瓦良格人的公主身上。最奸诈也最残酷的，莫过于他找到两兄弟曾爱过的女子转世。这女子身上本来只有一个咆哮符文，可以吸引巨狼，而奥丁将自己安排在这儿，就注定会遇见预言中杀死自己的巨狼。"

"这个神转生到人间，只是为了死，这是怎么回事？"男孩的父亲插嘴问。

"等会儿就会说到，"蛇眼答道。他拿树枝拨了拨火，继续说了下去，"山上的那女孩已经猜测到自己的真实身份，于是骗了两兄弟之一，留在自己身边，利用他去寻找其他符文的下落，杀死符文的主人夺取力量。她还教会这男孩变形法术，使男孩强壮、敏锐，期望他最终会与巨狼会面，按照宿命那般死去。这女孩本能地透过法术仪式，使符文成长茁壮，但她以为神只分为两部分，不知道实际上他将自己切为三块。后来，她的法术也出现了破绽，结果被她欺骗的男孩识破之后将她杀死，头颅放在挚爱跟前。

"经过无数次战斗，在这样寒冷的夜里无法一一道尽，总而言之，两兄弟努力想要保护女孩，最后其中之一终于如过去那样变成了巨狼。最后他们到了古冢，也就是放置死者的地底空洞。在地下，兄弟终于相残，然后神透过那女孩进入这世界。

"同样的事件已经反复无数次，未来还要持续下去。一切起因于世界树下，有三位诺恩女神不断纺着命运之纱。她们揭示的命运，诸神必须遵从，然而女神却要求诸神的黄昏，也就是神的灭亡。因此深谙魔法之道的奥丁选择将死亡作为贡品献给命运：他不断让自己与巨狼进入人类世界，以血肉之躯战斗、死亡。众神之父以自己的死亡为献祭仪式，换取真正灭亡的时刻得以延后。若有一天，也终将有一天，奥丁的仪式会出错，届时诸神的黄昏就会成真，远古蛮荒的众神将会彻底死去。

"而致力于此的便是洛奇。他与诸神为敌，并协助那对兄弟前往奥戴古勃格，因为洛奇之道死亡是生命的种子。同时，仁慈睿智、名叫维达的神祇也以一个胖战士的模样出现在凡间，借由洛奇的帮助幸存到最后，宰杀了巨狼，然后留下这个传奇。他希望能将这讯息不断流传下去，直到卷入奥丁那仪式的受害者能明白自己的真实身份，并成功反抗。

"据说，将这故事流传开来，可以给自己带来好运。要是那两兄弟在此生或来生能听到故事内容，说不定就能躲过悲惨的命运。而谎言与黑气之神、阿斯嘉德诸神的仇敌洛奇也亲自授予祝福，只要说这故事就能得到他的庇荫。"

男孩的故事讲完了，旅人将狼皮搁在他面前。"孩子，洛奇确实给你带来好运。这条狼皮给你。"

"真是谢谢先生了。"

"希望你以后也在米可拉嘉德多跟人说说这故事，那么你和你整个家族一定可以富裕。要是能到给人智慧的教堂前面，在阶梯上头讲，可以得到比这狼皮更大的收获。'

"先生会预言吗？"男孩的父亲问。

"能创造未来，大概就和预言差不多吧。嗯，我是预言者。"旅人说完起身。

"您这么大方，留下来喝杯酒再走吧。"男孩的父亲又说。

"愿意跟我分享这故事，你们才是真的慷慨呢。"旅人回答，"我得先走一步，今天晚上还要拜访别人。"

"都给这种厚礼的话，您一定很受欢迎。"男孩的父亲道。

"我的努力也都有很丰盛的回报。"那男人鞠躬离去。

翌日清晨，蛇眼在耀眼的冬阳下醒来，暗忖昨夜一切是不是梦。但狼皮确实在身旁，父亲已经起来正在煮粥。看见儿子走出帐棚，他堆满笑容。

"我都不知道家里居然出了个这么会说故事的人啊。你从哪儿听来的？"

蛇眼走到父亲身边："不是你跟我说的吗？"

"好像是吧。"父亲回答，"据说是你曾祖父和一头巨狼搏斗过，但他说出来，也没多少人相信。"

"曾祖父应该带了很多财宝回去吧？"

"对啊，还知道很多东方故事。"

蛇眼点点头："说不定有一天，也有人会讲我的故事。"

"有可能喔，蛇眼。你应该是个好诗人，所以也能当个好战士。到时候，皇帝会让你写自己的故事吧。"

"用我的剑，还有敌人的尸体来写。"男孩回答。

"真的是个好诗人、好战士呢！"父亲说，"有你这样的儿子挺叫人骄傲。"

"我一定会出名。"

男孩摸了摸脖子上的那块石坠。天色清朗，看得见远方那片海洋。蛇眼在心中告诉自己：再过一天，他们就要扬帆出航，朝着日落的方向前往米可拉嘉德，未来或许充满血腥，但也充满希望。

致谢词

感谢阿达姆·罗伯特阅读本书初稿，并给予许多建言。谢谢我的妻子克莱儿代我多照顾孩子，我才能完成这本书。对艾德·勃阮德说声抱歉，饼干是我拿的。

529